OS PRÊMIOS

JULIO CORTÁZAR

Os prêmios

Tradução
Ernani Ssó

COMPANHIA DAS LETRAS

Copyright © 1960 by Julio Cortázar e herdeiros de Julio Cortázar

Grafia atualizada segundo o Acordo Ortográfico da Língua Portuguesa de 1990, que entrou em vigor no Brasil em 2009.

Título original
Los premios

Capa
Elaine Ramos e Julia Paccola

Ilustração de capa
Nicolás Robbio

Preparação
Maria Emilia Bender

Revisão
Jane Pessoa
Clara Diament

Dados Internacionais de Catalogação na Publicação (CIP)
(Câmara Brasileira do Livro, SP, Brasil)

Cortázar, Julio, 1914-1984
    Os prêmios / Julio Cortázar ; tradução Ernani Ssó. — 1ª ed. — São Paulo : Companhia das Letras, 2023.

    Título original: Los premios.
    ISBN 978-65-5921-532-4

    1. Ficção argentina I. Título.

23-145123   CDD-Ar863

Índice para catálogo sistemático:
1. Ficção : Literatura argentina   Ar863

Aline Graziele Benitez – Bibliotecária – CRB-1/3129

Todos os direitos desta edição reservados à
EDITORA SCHWARCZ S.A.
Rua Bandeira Paulista, 702, cj. 32
04532-002 — São Paulo — SP
Telefone: (11) 3707-3500
www.companhiadasletras.com.br
www.blogdacompanhia.com.br
facebook.com/companhiadasletras
instagram.com/companhiadasletras
twitter.com/cialetras

O que o romancista tem a fazer com pessoas ordinárias, totalmente "comuns", e como colocá-las diante do leitor para torná-las minimamente interessantes? Evitá-las por completo na narração é de todo impossível, porque as pessoas ordinárias são, a todo instante e em sua maioria, um elo indispensável na conexão dos acontecimentos cotidianos; portanto, evitá-las seria violar a verossimilhança.

Dostoiévski, O idiota

Sumário

Sobre a tradução, 9

Prólogo, 13
Primeiro dia, 96
Segundo dia, 232
Terceiro dia, 326
Epílogo, 363

Nota, 381

Sobre a tradução

Como disse Mario Vargas Llosa, engrossando um coro bastante grande, em seus melhores momentos o texto de Cortázar não parece escrito, mas *falado*. Apenas isso já seria um problemão para o tradutor, porque alcançar essa naturalidade depende muito de ouvido nas duas línguas e talvez sorte, além de paciência para pesquisar. E ainda ponha-se na conta o ritmo acelerado, o humor, a atmosfera, as gírias e as preferências de linguagem que distinguem os personagens, aspecto fundamental em *Os prêmios*. Facilmente pode-se tornar tudo uma pasta cinzenta e sem sabor, que se move como o caracol Osvaldo, na célebre corrida num banco do metrô na Paris de *62/Modelo para armar*.

Gostaria de deixar de lado a batalha auditiva, digamos, mas ela foi cruenta principalmente nos diálogos. Boa parte deles não pode ser traduzida de modo literal. Seria um crime, porque frases inteiras ficariam ou incompreensíveis ou desconjuntadas, perdendo eficácia, quer dizer, precisão, ritmo, tom e naturalidade. Um exemplo banal: os palavrões. É raro poder manter o mesmo termo — quase sempre rangem, deslocados. É preciso avaliar o nível de violência do palavrão original para achar algo correspondente.

Outro problema foram os erros gramaticais e de pronúncia nas falas do Pelusa e família, personagens de escassa escolaridade.

Como muitos erros são intraduzíveis, foi necessário descobrir como o Pelusa erraria em português. Resisti à tentação de estropiar os plurais porque, se não cochilei demais, o Pelusa cometeu esse tipo de erro apenas uma vez. Enfim, decisivo foi tomar cuidado para que os erros não soassem folclóricos (ou folclóricos demais, já que alguns eram folclóricos em espanhol), como me disse a Heloisa Jahn, iluminando uma suspeita informe minha.

Por falar no Pelusa, mantive alguns raros italianismos e os artigos originais antes dos apelidos, que conferem certa intimidade e individualidade aos personagens. É como se disséssemos que não é um Pepino qualquer, mas Pepino, o Breve. A Nelly pode parecer uma exceção, já que é um nome hebraico bastante conhecido, mas também é o apelido de nomes como Nélida e Manuela, que deve ser o caso aqui, se seguirmos a lógica cortazariana.

Também mantive o tratamento de respeito um tanto cômico a dom Galo. Somente outros três personagens, dois deles mencionados de passagem em conversas, merecem o dom. O terceiro, Trejo, é chamado de dom uma única vez, se lembro bem.

Quanto ao embalo do texto, a medida mais óbvia foi não inflar as frases com palavras inexistentes no original, coisa bastante comum, por exemplo, quando o tradutor explica expressões idiomáticas em vez de achar uma equivalente, e só alterar a pontuação em casos de vida ou morte. Cortázar era econômico nas vírgulas. Em uma entrevista sobre a edição de *Livro de Manuel*, contou que os revisores botaram uma média de quinze a vinte vírgulas por página, que ele foi obrigado a pedir que fossem retiradas. Se ele, muitas vezes, dispensava a vírgula antes de "mas" ou de "embora" e mantinha os advérbios livres quase sempre, por que devemos contrariá-lo em português? Uma coisa é seguir o swing do autor, outra é bater continência para a burocracia gramatical.

A tradução foi feita a partir da décima edição da Sudamericana, de 1970, da edição da Alfaguara de 2004 e da edição de Javier García Méndez para a Cátedra, de 2005. Meu receio era que Cortázar houvesse feito alterações (cortes ou acréscimos) depois das primeiras edições, mas, fora os esperáveis erros de revisão, o texto é o mesmo em todas elas. Inclusive os enganos que o velho cronópio cometeu com o nome de dois personagens jamais foram corrigidos.

Antes de encerrar, devo agradecer à Heloisa Jahn e ao Mário Goulart. À Heloisa porque levei grande vantagem em nossas trocas de dúvidas, sugestões e alguns achados. Ao Mário porque se deu ao trabalho de ler a tradução, me provando mais uma vez que sou péssimo digitador e que às vezes tomo liberdades um tanto licenciosas, digamos, com a gramática. Como diria um *compadrito* de Borges, que lhes garoe fininho.

E. S.

Prólogo

1

"A marquesa saiu às cinco", pensou Carlos López. "Onde foi mesmo que li isso?"

Estava no London, na esquina da Perú com a Avenida; eram cinco e dez. A marquesa saiu às cinco? López meneou a cabeça para afastar a lembrança incompleta e provou sua Quilmes Cristal. Não estava gelada o bastante.

— Quando tiram a gente de nossos hábitos, ficamos como peixe fora d'água — disse o dr. Restelli, olhando seu copo. — Estou muito acostumado ao mate doce das quatro, sabe? Repare naquela mulher que sai do metrô, não sei se dá pra ver, tem muita gente. Lá vai ela, refiro-me à loira. Será que vamos encontrar viajantes tão loiras e graciosas em nosso agradável cruzeiro?

— Pouco provável — disse López. — As mulheres mais bonitas viajam sempre em outro barco, é tiro e queda.

— Ah, juventude cética — disse o dr. Restelli. — Eu já passei da idade das loucuras, ainda que dê umas escapadas de vez em quando, é claro. No entanto conservo todo o meu otimismo, e assim como embalei em minha bagagem três garrafas de grapa de Catamarca, tenho quase certeza de que desfrutaremos da companhia de belas moças.

— Logo veremos, se é que vamos viajar mesmo — disse López. — Por falar em mulheres, aí entra uma digna de que você vire a cabeça uns setenta graus para o lado da Florida. Assim... *stop*. A que está falando com o cara, de cabelo solto. Eles têm todo o jeito de quem vai embarcar com a gente, embora vai saber qual é o jeito de quem vai embarcar com a gente. Vamos pedir outra cerveja?

O dr. Restelli concordou, satisfeito. López pensou que com o colarinho duro e a gravata de seda azul com bolinhas roxas ele lembrava extraordinariamente uma tartaruga. Usava um pincenê que comprometia a disciplina no Colégio Nacional, onde ensinava história argentina (e López, espanhol), favorecendo com sua presença e sua docência diversos apelidos que iam desde "Gato preto" até "Cartolinha". "E eu? Que apelidos me botaram?", cogitou López hipocritamente; tinha certeza de que os garotos se conformavam com López-o-da-lista-telefônica ou coisa parecida.

— Bela criatura — opinou o dr. Restelli. — Não seria nada mau se ela se juntasse ao cruzeiro. Deve ser a perspectiva do ar salgado e das noites nos trópicos, mas devo confessar que me sinto incrivelmente animado. À sua saúde, colega e amigo.

— À sua, doutor e parceiro de sorte — disse López, fazendo seu copo de meio litro baixar consideravelmente.

O dr. Restelli apreciava (com reservas) seu colega e amigo. Nas reuniões de aproveitamento costumava discordar das avaliações fantasiosas que López propunha, empenhado em defender vagabundos irrecuperáveis e outros menos vagabundos mas afeitos a colar nas provas escritas ou ler jornal em plena aula sobre Vilcapugio (sem falar na merda que era explicar honrosamente essas surras que os bárbaros deram em Belgrano). Mas apesar de um tanto boêmio, López se portava como um colega excelente, sempre disposto a reconhecer que os discursos de 9 de Julho precisavam ser proferidos pelo dr. Restelli, que acabava se rendendo modestamente às solicitações do dr. Guglielmentti e à pressão tão cordial como imerecida da sala de professores. No fim das contas era uma sorte que López tivesse acertado na Loteria

Turística e não o negro Gómez ou a professora de inglês do terceiro ano. Com López era possível se entender, mesmo que às vezes caísse num liberalismo excessivo, quase um esquerdismo reprovável, e isso ele não podia tolerar em ninguém. Mas em compensação o colega gostava de garotas e corridas de cavalos.

— *Justo a los catorce abriles te entregaste a la farra y las delicias del gotán* — cantarolou López. — Por que comprou um bilhete, doutor?

— Tive que ceder às insinuações da sra. Rébora, meu caro. Você sabe como é essa senhora quando mete uma coisa na cabeça. Ela também o aborreceu muito? Claro que agora estamos gratos a ela, temos de reconhecer.

— Me encheu a paciência durante uns oito recreios — disse López. — Impossível me aprofundar na seção de turfe com aquela aporrinhação na minha orelha. O gozado é que não entendo qual era o interesse dela. Em princípio, era uma loteria como qualquer outra.

— Ah, isso não. Você me desculpe. Sorteio especial, completamente diferente.

— Mas por que a sra. Rébora vendia bilhetes?

— Supõe-se — disse misteriosamente o dr. Restelli — que a venda dessa extração se destinava a certo público, digamos, distinto. Provavelmente, como em ocasiões históricas, o Estado apelou à colaboração filantrópica de nossas damas. Tampouco ficava bem que os ganhadores tivessem que conviver com pessoas de, digamos, baixo nível.

— Digamos — concordou López. — Mas o senhor esquece que os ganhadores têm direito a botar na roda até três membros da família.

— Meu querido colega, se minha falecida esposa e minha filha, a esposa desse rapaz Robirosa, pudessem me acompanhar...

— Claro, claro — disse López. — Seu caso é diferente. Mas veja, não vamos ficar enrolando: se me desse a louca e eu convidasse minha irmã, por exemplo, já ia ver como o nível baixava, para empregar suas próprias palavras.

— Não acho que a senhorita sua irmã...

— Ela também não acharia — disse López. — Mas eu garanto que é das que dizem "menas" e pensam que "vomitar" é um palavrão.

— Na verdade o termo é um pouco forte. Eu prefiro "regurgitar".

— Ela, em troca, é dada a "devolver" ou "lançar". E o que me diz de nosso aluno?

O dr. Restelli passou da cerveja ao desgosto mais evidente. Jamais poderia compreender como a sra. Rébora, chata mas nada boba, e que ainda por cima ostentava um sobrenome de certa classe, pudera se deixar levar pela mania de vender bilhetes de loteria, rebaixando-se a oferecer o carnê aos alunos das turmas mais adiantadas. Como triste resultado de uma lufada da sorte vista apenas em algumas crônicas, talvez apócrifas, do Cassino de Montecarlo, além de López e dele próprio havia levado o prêmio o aluno Felipe Trejo, o pior da turma e autor mais que provável de certos surdos ruídos que se deixavam ouvir na aula de história argentina.

— Acredite, López, não deveriam autorizar esse verme a embarcar. É menor de idade, entre outras coisas.

— Não só embarca como traz a família — disse López. — Soube por um amigo jornalista que andou entrevistando os poucos ganhadores que pôde encontrar.

Coitado do Restelli, coitado do venerável Gato Preto. A sombra do Nacional o seguiria ao longo da viagem, se é que viajariam, e a risada metálica do aluno Felipe Trejo lhe estragaria as tentativas de paquera, o cortejo de Netuno, o sorvete de chocolate e o exercício de salvamento sempre tão divertido. "Se soubesse que tomei cerveja com Trejo e sua turma na Plaza Once, e que graças a eles sei dos apelidos, Cartolinha e Gato Preto... O coitado tem uma ideia tão quadrada do magistério."

— Isso pode ser um bom sintoma — disse esperançoso o dr. Restelli. — A família amansa. Não acha? Claro, como não acharia.

— Dê uma olhada — disse López — nessas gêmeas ou quase, que vêm da Perú. Ali, ó, estão atravessando a Avenida. Viu?

— Não sei — disse o dr. Restelli. — Uma de branco e outra de verde?

— Exato. Principalmente a de branco.
— Bela mesmo. Sim, a de branco. Hum, que pernas! Talvez tenha o passo apressado demais. Viriam à nossa reunião?
— Não, doutor, é evidente que só estão de passagem.
— Uma pena. Sabe, eu tive uma amiga assim, uma vez. Muito parecida.
— Com a de branco?
— Não, a de verde. Nunca vou me esquecer que... Mas você não vai se interessar. Vai? Então outra cervejinha, afinal falta meia hora para a reunião. Sabe, essa moça pertencia a uma família da alta e sabia que eu era casado. Enfim, pra resumir, ela se atirou em meus braços. Que noites, meu amigo...
— Nunca duvidei de seu Kama Sutra — disse López. — Mais cerveja, Roberto.
— Os senhores estão com uma baita sede — disse Roberto.
— Se vê que o ar está úmido. Saiu no jornal.
— Se saiu no jornal, amém — disse López. — Já começo a suspeitar quem serão nossos companheiros de viagem. Têm a mesma cara que nós, entre divertidos e desconfiados. Dá uma olhada, doutor, e logo vai descobrir.
— Por que desconfiados? — disse o dr. Restelli. — São boatos, notícias sem fundamento. Você verá que zarparemos exatamente como consta no verso do bilhete. A loteria conta com o aval do Estado, não é um sorteio qualquer. Foi vendida nos melhores círculos e seria bizarro supor alguma irregularidade.
— Admiro sua confiança na ordem burocrática — disse López. — Vê-se que corresponde à ordem interna de sua pessoa, digamos. Já eu sou uma verdadeira salada e nunca tenho certeza de nada. Não que desconfie da loteria, porém mais de uma vez me perguntei se não vai acabar como o caso do *Gelria*.
— O *Gelria* era coisa de agências, provavelmente judias — disse o dr. Restelli. — Até o nome, pensando bem... Não que eu seja antissemita, nisso sou categórico, mas faz anos que venho notando a infiltração dessa raça tão meritória, que seja, sob outros aspectos. À sua saúde.
— À sua — disse López, controlando-se para não cair na risada. A marquesa realmente sairia às cinco? Pela porta da Avenida

de Mayo entravam e saíam as pessoas de sempre. López aproveitou uma meditação provavelmente etnográfica de seu interlocutor para observar com mais atenção. Quase todas as mesas estavam ocupadas mas apenas numas poucas imperava a atmosfera dos presumíveis viajantes. Um grupo de garotas saía com a confusão habitual, tropeços, risos e olhares aos possíveis censores ou admiradores. Armada de várias crianças, entrou uma senhora que se encaminhou ao salãozinho de toalhas tranquilizadoras onde outras senhoras e casais pacatos consumiam sucos, pastéis ou no máximo um copinho de cerveja. Entraram um rapaz (sim, esse sim) e uma garota muito bonita (sim, tomara que sim) e se sentaram perto. Estavam nervosos, se olhavam com uma falsa naturalidade que as mãos, atrapalhadas com carteiras e cigarros, tratavam de desmentir. Fora, a Avenida de Mayo, insistindo na desordem de sempre. Os vendedores de jornais anunciavam a quinta edição, um alto-falante elogiava alguma coisa. Havia a luz raivosa do verão às cinco e meia (hora falsa, como tantas outras adiantadas ou atrasadas) e uma mistura de cheiro de gasolina, asfalto quente, água-de-colônia e serragem molhada. López se admirou de que em algum momento tivesse achado a Loteria Turística irracional. Apenas um longo hábito portenho — para não ir mais longe, para não entrar na metafísica — podia aceitar como razoável o espetáculo que o rodeava e o incluía. A mais caótica hipótese do caos não resistia à presença daquele entrevero a trinta e três graus à sombra, daqueles itinerários, marchas e contramarchas, chapéus e pastas, guardas e *Razón quinta*, ônibus e cerveja, tudo metido em cada fração de tempo e mudando vertiginosamente na fração seguinte. Agora a mulher de saia vermelha e o homem de paletó xadrez se cruzavam a duas lajotas de distância no momento em que o dr. Restelli levava o copo à boca e a garota muito bonita (com certeza era) pegava um batom. Agora os dois transeuntes se davam as costas, o copo baixava lentamente e o batom escrevia a curva palavra de sempre. A quem, a quem poderia parecer estranha a loteria.

2

— Dois cafés — pediu Lucio.
— E um copo d'água, por favor — disse Nora.
— Sempre trazem água com o café — disse Lucio.
— Verdade.
— Sem falar que você nunca toma.
— Hoje estou com sede — disse Nora.
— Sim, faz calor aqui — disse Lucio, mudando de tom. Inclinou-se sobre a mesa. — Está com cara de cansada.
— Pudera, com a bagagem e as providências…
— As providências, quando se fala de bagagem, soa esquisito — disse Lucio.
— Sim.
— Está cansada mesmo?
— Sim.
— Esta noite vai dormir bem.
— Espero — disse Nora. Como sempre, Lucio dizia as coisas mais inocentes com um tom que ela havia aprendido a entender. Provavelmente não dormiria bem aquela noite pois seria sua primeira noite com Lucio. Sua segunda primeira noite.
— Princesa — disse Lucio, acariciando uma das mãos dela.
— Princezinha inhainha.
Nora lembrou do hotel em Belgrano, da primeira noite com Lucio, mas não era lembrar, era antes esquecer um pouco menos.
— Boboca — disse Nora. O batom de reserva estaria no nécessaire?
— Bom o café — disse Lucio. — Você acha que não perceberam em sua casa? Não que eu me importe, mas para evitar problemas.
— Mamãe acha que vou ao cinema com Mocha.
— Amanhã vão armar uma tremenda confusão.
— Já não podem fazer mais nada — disse Nora. — Pensar que me deram uma festa de aniversário… Vou pensar no papai, principalmente. Papai é uma boa pessoa, mas mamãe faz gato-sapato dele e dos outros.
— Está cada vez mais quente aqui dentro.

— Você está nervoso — disse Nora.

— Não, mas gostaria que a gente embarcasse logo. Não acha estranho terem nos mandado vir aqui antes? Imagino que vão nos levar de carro até o porto.

— Quem serão os outros? — disse Nora. — Essa senhora de preto, acha que ela vai?

— Não, essa senhora nem pensar. Aqueles dois que conversam naquela mesa, pode ser.

— Tem que ter bem mais, uns vinte pelo menos.

— Você está um pouco pálida — disse Lucio.

— É o calor.

— Ainda bem que vamos descansar até não poder mais — disse Lucio. — Espero que nos deem uma boa cabine.

— Com água quente — disse Nora.

— Sim, e com ventilador e escotilha. Uma cabine externa.

— Por que diz cabine e não camarote?

— Não sei. Camarote... Na verdade cabine é mais bonito. Camarote parece uma cama barata ou algo assim. Te contei que os rapazes do escritório queriam vir se despedir da gente?

— Se despedir da gente? — disse Nora. — Mas como? Então eles estão sabendo?

— Bem, se despedir de mim — disse Lucio. — Não sabem de nada. Só falei com Medrano, no clube. É de confiança. Não se esqueça que ele também vai viajar, então era melhor falar antes.

— Que coisa, ele ganhar também — disse Nora. — Não é incrível?

— A sra. Apelbaum nos ofereceu o mesmo bilhete inteiro. Parece que o resto das frações foi vendido lá pelas bandas da Boca, não sei. Por que você é tão bonita?

— É segredo — disse Nora, deixando que Lucio pegasse sua mão e a apertasse. Como sempre que ele falava de perto, com ar interrogativo, Nora se retraía delicadamente, cedendo só um pouco para que ele não ficasse nervoso. Lucio olhou sua boca, que sorria, deixando o lugar exato para uns dentes muito brancos e pequenos (mais atrás havia uma obturação de ouro). Se lhes dessem uma boa cabine, se essa noite Nora descansasse bem. Havia tanto para apagar (mas não havia nada, o que havia para apagar era esse nada insensato em que ela se obstinava). Viu Medrano entrar pela porta da Florida, junto com uns caras com jeito insolente e uma senhora de blusa rendada. Quase aliviado levantou o braço. Medrano o reconheceu e foi até eles.

3

O Anglo até que não é tão ruim no calor. De Loria a Perú são dez minutos para se refrescar e dar uma olhada na *Crítica*. O problema havia sido dar o fora sem que Bettina perguntasse demais, mas Medrano inventou uma reunião da turma de 35, um jantar no Loprete precedido de um vermute em algum lugar. Já tinha inventado tanta coisa desde o sorteio da loteria que a última e quase piedosa mentira nem valia a pena mencionar.

Bettina havia ficado na cama, nua e com o ventilador na mesinha de cabeceira, lendo Proust na tradução de Menasché. Tinham feito amor a manhã toda, com intervalos para dormir e tomar uísque ou coca-cola. Depois de comer um frango frio haviam discutido o valor da obra de Marcel Aymé, os poemas de Emilio Ballagas e a cotação das águias mexicanas. Às quatro Medrano se meteu no banho e Bettina abriu o volume de Proust (tinham feito amor mais uma vez). No metrô, observando com interesse compassivo um estudante que se esforçava em parecer um homem vivido, Medrano traçou uma linha mental sob as atividades do dia e a soma foi satisfatória. Já podia começar o sábado.

Olhava a *Crítica* mas ainda pensava em Bettina, um tanto espantado por continuar pensando em Bettina. A carta de despedida (gostava de classificá-la como carta póstuma) havia sido escrita na noite anterior, enquanto Bettina dormia com um pé fora do lençol e o cabelo nos olhos. Lá ele explicava tudo (menos, é claro, tudo o que ela poderia pensar contra), as questões pessoais liquidadas convenientemente. Com Susana Daneri também havia acabado desse jeito, sem nem mesmo ir embora do país como agora; cada vez que encontrava Susana (sobretudo nas exposições de pintura, fatalidades de Buenos Aires) ela lhe sorria como a um velho amigo e não deixava transparecer nem rancor nem saudade. Imaginou-se entrando na galeria Pizarro e dando de cara com Bettina, sorridente e amistosa. Mesmo que fosse apenas sorridente. Mas o mais provável era que Bettina voltasse para Rauch, onde a esperavam com total inocência sua impecável família e duas cátedras de espanhol.

— *Doctor Livingstone, I suppose* — disse Medrano.
— Nora, Gabriel Medrano — disse Lucio. — Sente, tome alguma coisa.

Apertou a mão um pouco tímida de Nora e pediu um Martini seco. Nora o achou mais velho do que havia esperado de um amigo de Lucio. Devia ter pelo menos quarenta anos, mas como lhe caíam bem o paletó de seda italiana e a camisa branca. Lucio nunca ia aprender a se vestir assim, mesmo se tivesse grana.

— Que acha dessa gente toda? — disse Lucio. — Estávamos tentando adivinhar quem vai embarcar. Acho que saiu uma lista nos jornais, mas não vi.

— Por sorte a lista era muito incompleta — disse Medrano. — Além de mim, omitiram outros dois ou três que queriam evitar publicidade ou problemas familiares.

— Ainda tem os acompanhantes.
— Ah, sim — disse Medrano, e pensou em Bettina adormecida. — Bem, de saída vejo Carlos López com um senhor de ar distinto. Não conhecem os dois?

— Não.
— López frequentava o clube há uns três anos, eu o conheço dessa época. Deve ter sido um pouco antes de você entrar. Vou ver se é da turma que viaja.

López era da turma que viajava, cumprimentaram-se muito contentes de se encontrar outra vez e nessas circunstâncias. López apresentou o dr. Restelli, que disse que Medrano lhe parecia conhecido. Medrano aproveitou que desocuparam a mesa ao lado para chamar Nora e Lucio. Tudo isso levou tempo porque no London não é fácil levantar e trocar de mesa sem provocar a evidente fúria do pessoal de serviço. López chamou Roberto e Roberto resmungou, mas ajudou na mudança e embolsou um peso e nem agradeceu. Os jovens com jeito insolente começavam a se fazer ouvir e reclamavam uma segunda cerveja. Não era fácil conversar a essa hora em que todo mundo tinha sede e se metia no London como que com calçadeira, sacrificando o último resquício de oxigênio pela duvidosa compensação de um copo de cerveja ou uma água tônica. Já não havia muita diferença entre o bar e a rua; agora descia e subia pela Avenida uma multidão compacta com pacotes e jornais e pastas, principalmente pastas de todos os tamanhos e cores.

— Em suma — disse o dr. Restelli —, se compreendi bem, todos nós teremos o prazer de conviver nesse ameno cruzeiro.

— Teremos — disse Medrano. — Mas temo que parte desse simpósio popular aí à esquerda se incorpore ao grupo.

— Você acha? — disse López, bastante preocupado.

— Têm uma cara de gentinha que não me agrada nem um pouco — disse Lucio. — Numa partida de futebol a gente confraterniza e tal, mas num barco...

— Quem sabe — disse Nora, que se sentiu no dever de dar o toque moderno. — Talvez sejam bem simpáticos.

— Olhem lá — disse López —, uma donzela de ar modesto parece querer se incorporar ao grupo. Sim, é isso mesmo. Acompanhada de uma senhora vestida de preto, que é a virtude em pessoa.

— São mãe e filha — disse Nora, infalível nessas coisas. — Meu Deus, que roupas.

— Isso acaba com a dúvida — disse López. — São da turma que viaja e também vão ser da turma da chegada, se é que partimos e chegamos.

— A democracia... — disse o dr. Restelli, mas sua voz se perdeu numa algazarra procedente da boca do metrô. Os jovens de ar insolente pareceram reconhecer os sinais da tribo, pois dois deles responderam na hora, um com um alarido uma oitava mais alta e o outro metendo dois dedos na boca e emitindo um assobio horripilante.

— ... de contatos infelizmente subalternos — concluiu o dr. Restelli.

— Exato — disse Medrano educadamente. — Além disso a gente se pergunta por que embarca.

— Como assim?

— Sim, que necessidade temos de embarcar?

— Bom — disse López —, imagino que sempre pode ser mais divertido que ficar em terra. Pessoalmente gosto de ter ganhado uma viagem por dez pesos. Não se esqueça que a licença automática com salário integral já é um prêmio considerável. Não dá pra perder uma coisa dessas.

— Reconheço que não é de se jogar fora — disse Medrano. — Pra mim o prêmio serviu para fechar o consultório e não ver incisivos cariados por um bom tempo. Mas admitam que toda essa história... Duas ou três vezes tive a impressão de que isso vai terminar de uma maneira... Bem, escolham o adjetivo, que é sempre a parte mais fácil de escolher da oração.

Nora olhou para Lucio.

— Acho que está exagerando — disse Lucio. — Se a gente fosse recusar os prêmios por medo de um golpe...

— Não acho que Medrano pense num golpe — disse López. — É mais uma coisa que está no ar, uma espécie de gozação num nível, digamos, sublime. Observem que acaba de entrar uma senhora com uma roupa... Enfim, está na cara que ela também. E lá, doutor, acaba de se instalar nosso aluno Trejo rodeado por sua amorosa família. Este café começa a ganhar ares cada vez mais transoceânicos.

— Nunca vou entender como a sra. Rébora pôde vender bilhetes aos alunos, e em especial a esse — disse o dr. Restelli.

— Faz cada vez mais calor — disse Nora. — Por favor, peça um suco pra mim.

— A bordo estaremos bem, você vai ver — disse Lucio, agitando o braço para atrair Roberto, que andava ocupado com a crescente mesa dos jovens entusiastas, que faziam pedidos extravagantes como cappuccinos, leites com chocolate, sanduíches de linguiça e garrafas de cerveja preta, artigos ignorados no estabelecimento ou pelo menos insólitos àquela hora.

— Sim, acho que vai ser mais fresco — disse Nora, olhando com receio para Medrano. Continuava preocupada pelo que ele havia dito, ou era antes uma maneira de fixar a preocupação em algo conversável e comunicável. A barriga lhe doía um pouco, quem sabe precisasse ir ao banheiro. Que chato ter de se levantar diante de todos esses senhores. Mas talvez pudesse aguentar. Sim, poderia. Era mais uma dor muscular. Como seria o camarote? Com duas camas bem pequenas, uma em cima da outra. Ela preferia a de cima, mas Lucio poria o pijama e também subiria.

— Já viajou por mar, Nora? — perguntou Medrano. Parecia bem coisa dele chamá-la em seguida pelo nome. Via-se que não era tímido com as mulheres. Não, não havia viajado, fora uma excursão pelo delta, mas isso, claro... E ele, tinha viajado? Sim, um pouco, na juventude (como se fosse velho). À Europa e aos Estados Unidos, congressos odontológicos e turismo. O franco a dez centavos, imagina só.

— Felizmente aqui é tudo pago — disse Nora, e quis engolir a língua. Medrano a olhava com simpatia, protegendo-a de saída. López também a olhava com simpatia, mas além disso se notava nele uma admiração de portenho que não perde uma. Se todas as pessoas fossem tão simpáticas como eles, a viagem ia valer a pena. Nora sorveu um pouco de granadina e espirrou. Medrano e López continuavam sorrindo, protegendo-a, e Lucio a olhava quase como se quisesse defendê-la de tanta simpatia. Uma pomba branca pousou por um instante na grade da boca do metrô. Rodeada de todas essas pessoas que subiam e desciam a Avenida, permanecia indiferente e distante. Depois voou com a mesma aparente falta de motivo com que havia pousado. Pela porta da esquina entrou uma mulher com um menino pela mão. "Mais crianças", pensou López. "Na certa esse garoto viaja, se é que viajamos. São quase seis, hora das definições. Sempre acontece alguma coisa às seis."

4

— Aqui deve ter muito sorvete gostoso — disse Jorge.
— Você acha? — disse Claudia, olhando o filho com um ar cúmplice.
— Claro que sim. De limão e chocolate.
— É uma combinação horrível, mas se você gosta...

As cadeiras do London eram particularmente desconfortáveis, pretendiam sustentar o corpo numa vertical implacável. Claudia estava cansada de arrumar as malas, no último momento havia descoberto que faltava um monte de coisas, e Persio precisou correr para comprá-las (por sorte o coitado não tivera muito trabalho com sua própria bagagem, que parecia destinada a um piquenique) enquanto ela terminava de fechar o apartamento, escrevia uma dessas cartas de última hora para as quais de repente faltam todas as ideias e até os sentimentos... Mas agora descansaria até se cansar. Fazia tempo que precisava descansar. "Faz tempo que precisava me cansar para depois descansar", corrigiu-se, brincando desanimadamente com as palavras. Persio não demoraria a chegar, no último instante havia se lembrado de alguma coisa que faltava fechar em seu misterioso quarto em Chacarita onde acumulava livros de ocultismo e prováveis manuscritos que não seriam publicados. Pobre Persio, ele sim precisava de descanso, era uma sorte que as autoridades tivessem permitido a Claudia (com ajuda de um telefonema do dr. León Lewbaum ao engenheiro Fulano de Tal) que apresentasse Persio como um parente distante e o embarcasse quase de contrabando. Mas se alguém merecia aproveitar a loteria era Persio, infatigável revisor de provas na Kraft, pensionista de vagos estabelecimentos do oeste da cidade, caminhante noturno do porto e das ruas de Flores. "Vai aproveitar mais que eu essa viagem insensata", pensou Claudia, olhando as unhas. "Pobre Persio."

Ela se sentiu melhor com o café. E assim saía de viagem com seu livro, levando de quebra um antigo amigo transformado em falso parente. Viajava porque ganhara o prêmio, porque a vida no mar seria ótima para Jorge, porque seria melhor ainda para Persio. Pensava as frases de novo, repetia: E assim... Tomava um gole de café, distraindo-se, e recomeçava. Não era fácil compreender o que estava acontecendo, o que ia começar a acontecer. Entre ir embora por três meses ou pela vida toda não havia muita diferença. Mas e daí? Não era feliz, não era infeliz, esses extremos que resistem às mudanças violentas. Seu marido continuaria pagando a pensão de Jorge em qualquer lugar do mundo.

Ela tinha a própria renda, o mercado paralelo sempre à disposição caso fosse necessário, os travelers cheques.

— Todos esses aí vão com a gente? — disse Jorge, voltando pouco a pouco do sorvete.

— Não. Podemos adivinhar, que tal? Aposto que essa senhora de rosa vai.

— Mesmo? É muito feia.

— Bem, então ela fica. Agora você.

— Aqueles homens na mesa ali, com a moça.

— Pode ser, sim. Parecem simpáticos. Você trouxe um lenço?

— Sim. Mamãe, o barco é grande?

— Acho que sim. É um barco especial, parece.

— Ninguém viu?

— Talvez, mas não é um barco conhecido.

— Então deve ser feio — disse Jorge melancolicamente. — Os bonitos a gente conhece de longe. Persio, Persio! Mamãe, olha lá o Persio.

— Persio sendo pontual — disse Claudia. — Parece que a loteria está corrompendo os costumes.

— Persio, aqui! O que trouxe pra mim, Persio?

— Notícias do astro — disse Persio, e Jorge olhou feliz para ele e esperou.

5

O aluno Felipe Trejo se interessava muito pelo ambiente da mesa ao lado.

— Você se deu conta? — disse ao pai, que secava o suor com a maior elegância possível. — Na certa uns desses babacas aí vão com a gente.

— Não pode falar direito, Felipe? — se queixou a sra. Trejo. — Quando esse menino vai aprender a ter modos!

Beba Trejo discutia problemas de maquiagem com um espelhinho de bolsa que aproveitava para usar como periscópio.

— Está bem, esses caras — condescendeu Felipe. — Mas viram? São do Abasto.

— Não acredito que todos vão viajar — disse a sra. Trejo. — Provavelmente o casal que parece chefiar a mesa e a senhora, que deve ser a mãe da moça.
— São vulgaríssimos — disse a Beba.
— São vulgaríssimos — arremedou Felipe.
— Não seja idiota.
— Vejam só, a duquesa de Windsor. A mesma cara, ainda por cima.
— Vamos, crianças — disse a sra. Trejo.

Felipe tinha a deliciosa ciência de sua repentina importância, que usava com cautela para não queimá-la. Tinha que botar na linha principalmente sua irmã e cobrar tudo o que ela havia lhe aprontado antes de ele ganhar o prêmio.

— Nas outras mesas há pessoas que parecem de bem — disse a sra. Trejo.
— Pessoas bem-vestidas — disse o sr. Trejo.

"São meus convidados", pensou Felipe, que gostaria de gritar de alegria. "O velho, a velha e essa bostinha. Agora eu faço o que quiser." Virou-se para a outra mesa e esperou que alguém o olhasse.

— Por acaso vocês também vão viajar? — perguntou a um moreno de camisa listrada.
— Eu não, mocinho — disse o moreno. — O jovem aqui com sua mãe e a senhorita com a mãe dela.
— Ah! Vocês vieram se despedir.
— Isso. Você vai viajar?
— Sim, com a família.
— Tem sorte, meu jovem.
— Fazer o quê? — disse Felipe. — Quem sabe na próxima vez você ganha.
— Claro. É isso mesmo.
— Com certeza.

6

— Além disso trago notícias do octopato — disse Persio. Jorge botou os cotovelos na mesa.

— Encontrou ele embaixo da cama ou na banheira?
— Em cima da máquina de escrever — disse Persio. — Que acha que ele fazia?
— Escrevia à máquina.
— Que garoto inteligente — disse Persio para Claudia. — Claro que escrevia à máquina. Tenho aqui o papel, vou ler um trecho pra você. Diz: "Vai viajar e me deixa como um chinelo velho. O pobrezinho do octopato vai esperar por você o tempo todo". Assinado: "Octopato, com carinho e um puxão de orelha".
— Coitado do octopato — disse Jorge. — O que ele vai comer enquanto você estiver fora?
— Fósforos, pontas de lápis, telegramas e uma lata de sardinhas.
— Não vai conseguir abrir — disse Claudia.
— Claro que sim, o octopato sabe — disse Jorge. — E o astro, Persio?
— Parece que choveu no astro — disse Persio.
— Se choveu — deduziu Jorge —, os formigomens vão ter que subir nas balsas. Será como o dilúvio ou um pouco menos?
Persio não tinha muita certeza, mas de qualquer modo os formigomens eram capazes de dar um jeito.
— Você não trouxe o telescópio — disse Jorge. — Como vamos fazer pra ver o astro a bordo?
— Telepatia astral — disse Persio, piscando um olho. — Claudia, você está cansada.
— Essa senhora de branco — disse Claudia — responderia que é a umidade. Bem, Persio, aqui estamos. O que vai acontecer?
— Ah, isso... Não tive muito tempo de estudar a questão, mas já estou preparando a frente.
— Frente?
— A linha de frente do ataque. É preciso atacar uma coisa ou um fato de muitas maneiras. Em geral a gente escolhe apenas uma maneira e só consegue resultados pela metade. Eu sempre preparo minha linha de frente e depois sincretizo os resultados.
— Entendo — disse Claudia com um tom que a desmentia.
— É preciso trabalhar em *push-pull* — disse Persio. — Não sei se fui claro. É como se algumas coisas estivessem no caminho

e fosse preciso afastá-las para ver o que acontece do lado de lá. As mulheres, por exemplo, com perdão do garoto. Mas há outras coisas que é preciso agarrar pela alça e puxar. Esse moço, Dalí, sabe o que faz (vai ver não sabe, mas dá na mesma) quando pinta um corpo cheio de gavetas. Eu acho que muitas coisas têm alça. As imagens poéticas, por exemplo. Se a gente as olha de fora, só vê o sentido aberto, mesmo que às vezes seja bem hermético. Você fica satisfeita com o sentido aberto? Não, senhor. É preciso puxar a alça, cair dentro da gaveta. Puxar é se apropriar, se apropinquar, se propagar.

— Ah — disse Claudia, fazendo um sinal discreto para Jorge se assoar.

— Aqui, por exemplo, os elementos significativos pululam. Cada mesa, cada gravata. Vejo como que um projeto de ordem nessa desordem terrível. Me pergunto no que vai dar.

— Eu também. Mas é divertido.

— O divertido é sempre um espetáculo: não vamos analisá-lo porque aí vai aparecer o artifício obsceno. Veja bem, não sou contra a diversão, mas cada vez que me divirto primeiro tranco o laboratório e jogo fora os ácidos e os álcalis. Quer dizer que me submeto, cedo ao aparente. Você sabe muito bem como o humorismo é dramático.

— Recite para Persio o verso sobre o Garrick — disse Claudia a Jorge. — Você vai ver que belo exemplo de sua teoria.

— *Vendo Garrick, ator da Inglaterra...* — declamou Jorge aos gritos. Persio escutou atentamente e depois aplaudiu. Outras mesas também aplaudiram e Jorge ficou vermelho.

— *Quod erat demonstrandum* — disse Persio. — Claro que eu aludia a um plano mais ôntico, ao fato de que toda diversão é como uma consciência de máscara que acaba por se animar e suplantar o rosto real. Por que o homem ri? Não há nada de que rir, só o riso em si. Pode reparar que as crianças que riem muito acabam chorando.

— São uns tontos — disse Jorge. — Quer que eu recite o poema do mergulhador e da pérola?

— No convés, ou melhor, no convés inferior, sob a assistência das estrelas você vai poder me recitar o que quiser — disse

Persio. — Agora eu gostaria de entender um pouco mais dessa proposição semigastronômica que nos circunda. E esses bandoneones, o que significam?

— Nossa Senhora! — disse Jorge, abrindo a boca.

7

Um Lincoln preto, um terno preto, uma gravata preta. O resto, fora de foco. O que mais se via de dom Galo Porriño era o motorista de ombros imponentes e a cadeira de rodas em que a borracha lutava com o cromo. Muita gente parou para ver como o motorista e a enfermeira retiravam dom Galo e o baixavam até a calçada. Nos rostos se percebia uma compaixão mitigada pela evidente riqueza do valetudinário cavalheiro. A isso se somava a semelhança de dom Galo com certos frangos de pescoço pelado e um jeito tão enviesado de olhar que dava vontade de cantar a Internacional na cara dele, coisa que ninguém jamais havia feito — segundo afirmou Medrano — apesar de a Argentina ser um país livre e a música uma arte promovida nos melhores círculos.

— Tinha me esquecido que dom Galo também ganhou um prêmio. Como dom Galo não ia ganhar um prêmio? Mas nunca imaginei que o velho faria a viagem. É simplesmente incrível.

— Você conhece esse senhor? — perguntou Nora.

— Quem não conhece dom Galo Porriño em Junín merece ser apedrejado na bela praça de alamedas amplas — disse Medrano. — Os acasos da minha profissão me levaram a padecer em um consultório nessa progressista cidade até uns cinco anos atrás, época ditosa em que pude voltar a Buenos Aires. Dom Galo foi um dos primeiros próceres que conheci por lá.

— Parece um cavalheiro respeitável — disse o dr. Restelli. — Na verdade, com esse carro, parece meio estranho que...

— Com esse carro — disse López — dá para jogar o capitão n'água e usar o barco como cinzeiro.

— Com esse carro — disse Medrano — dá pra ir muito longe. Como veem, até Junín e até o London. Um dos meus defeitos é fofocar, mas acrescento em minha defesa que só me interessam certas formas superiores de fofoca como a história, por exemplo. O que direi de dom Galo? (Assim começam certos escritores que sabem muito bem o que vão dizer.) Direi que deveria se chamar Gaio, logo vocês vão ver por quê. Junín conta com a grande loja Ouro e Azul, nome predestinado; mas se vocês incorreram em turismo buenairense, coisa de que prefiro duvidar, saberão que na Veinticinco de Mayo há outra loja Ouro e Azul e que em praticamente todas as capitais da vasta província existem ouros e azuis nas esquinas mais estratégicas. Em resumo, milhões de pesos no bolso de dom Galo, galego laborioso que suponho ter chegado ao país como quase todos seus congêneres e trabalhado com a eficácia que os caracteriza em nosso pampa propenso à sesta. Dom Galo mora num palácio em Palermo, paralítico e quase sem família. Uma burocracia bem azeitada cuida da rede Ouro e Azul: intendentes, olhos e ouvidos do rei, vigiam, aperfeiçoam, informam e sancionam. Mas eis que... Não chateio vocês?

— Claro que não — disse Nora, que-bebia-suas-palavras.

— Pois bem — disse ironicamente Medrano, caprichando em seu exercício de estilo que, tinha certeza, apenas López apreciava pra valer —, eis que há cinco anos se deram as bodas de diamante de dom Galo com o comércio de tecidos, a arte da costura e seus derivados. Os gerentes locais souberam oficiosamente que o patrão esperava uma homenagem de seus empregados e que tinha a intenção de passar em revista todas as lojas. Naquela época eu era muito amigo de Peña, o gerente da sucursal de Junín, que andava preocupado com a visita de dom Galo. Peña soube que a visita era fundamentalmente técnica e que dom Galo vinha disposto a conferir até a última cartela de botões. Resultado de informes secretos, provavelmente. Como todos os gerentes estavam igualmente nervosos, teve início uma espécie de corrida armamentista entre as filiais. Rimos muito no clube com as histórias de Peña sobre como havia subornado dois caixeiros-viajantes para que lhe trouxessem notícias do que preparavam os de 9 de Julio ou os de Pehuajó. Ele por sua vez fazia o possível, e na loja se trabalhava até horas inverossímeis e os empregados andavam furiosos e assustados ao mesmo tempo.

"Dom Galo começou sua turnê de auto-homenagem por Lobos, acho, visitou umas três ou quatro lojas e num sábado ensolarado apareceu em Junín. Naqueles dias ele tinha um Buick azul, mas Peña havia mandado preparar um conversível, desses que Alexandre teria desejado para entrar em Persépolis. Dom Galo ficou bastante impressionado quando Peña e uma comitiva à sua espera na entrada da cidadezinha o convidaram a passar para o conversível. O cortejo entrou majestosamente pela avenida principal; eu, que não perco esse tipo de coisa, havia me posicionado no meio-fio da calçada, perto da loja. Quando o carro se aproximou, os empregados, estrategicamente distribuídos, começaram a aplaudir. As garotas atiravam flores brancas e os homens (muitos contratados para a ocasião) agitavam bandeirinhas com a insígnia ouro e azul. De um lado a outro da rua havia uma espécie de arco do triunfo que dizia: BEM-VINDO DOM GALO. Tal compadrio tinha custado a Peña uma noite em claro, mas o velho gostou da coragem de seus súditos. O carro parou em frente à loja, os aplausos se intensificaram (me desculpem essas palavras odiosas mas necessárias) e dom Galo, como um sagui na beira do assento, movia a mão direita de vez em quando para devolver os cumprimentos. Reparem que poderia cumprimentar com as duas, mas eu já havia me dado conta da empáfia do personagem, Peña não tinha exagerado. O senhor feudal visitava seus servos, requeria e avaliava a homenagem com um ar entre amável e desconfiado. Eu quebrava a cabeça tentando lembrar onde já tinha visto uma cena como aquela. Não exatamente a cena, porque em si era igual a qualquer recepção oficial, com bandeirinhas e cartazes e buquês de flores. Era o que a cena encobria (e para mim revelava), algo que compreendia os aterrados balconistas, o pobre Peña, o ar entre chateado e ávido de dom Galo. Quando Peña subiu num banquinho para ler o discurso de boas-vindas (que, confesso, em boa parte era de minha lavra porque de coisas assim são feitas as diversões de que a gente desfruta nas cidadezinhas), dom Galo se ouriçou em seu assento, mexendo a cabeça afirmativamente de quando em quando e recebendo com fria cortesia as estrondosas salvas de palmas que os empregados vertiam precisamente nos trechos que Peña havia indicado a eles na noite anterior. No momento exato em que chegava ao ponto mais emocionante (havíamos descrito em detalhes os esforços de dom Galo, self-made man, autodidata etc.), vi que o homenageado fazia um sinal ao motorista, o gorila que vocês veem aí. O gorila desceu do carro e falou com alguém na beira da calçada, que ficou vermelho e falou com o sujeito ao lado, que hesitou e se pôs a olhar em todas as direções como se esperasse uma aparição salvadora... Compreendi que me aproximava da solução, que saberia por que tudo isso me era tão familiar. 'Pediu o penico de prata', pensei. 'Gaio Trimalquião. Minha nossa, o mundo se repete como pode...' Mas não era o penico, claro, apenas um copo d'água, um copo bem pensado para esmagar Peña, quebrar o páthos do discurso e recobrar a vantagem que havia perdido com o truque do conversível..."

Nora não tinha entendido o final mas a risada de López a contagiou. Agora Roberto acabava de instalar dom Galo com dificuldade perto de uma janela e lhe trazia um suco de laranja. O motorista havia se retirado e esperava na porta, de papo com a enfermeira. A cadeira de dom Galo incomodava tremendamente a todos, mas a dom Galo isso parecia fazer muito bem. López estava fascinado.

— Não acredito — repetiu. — Com essa saúde e toda essa grana vai embarcar só porque é de graça?

— Nem tão de graça — disse Medrano. — O número lhe custou dez pesos.

— Na velhice dos homens de ação costumam acontecer esses caprichos de adolescentes — disse o dr. Restelli. — Eu mesmo, riqueza à parte, me pergunto se realmente deveria...

— Aí vêm uns caras com bandoneones — disse Lucio. — Será em nossa honra?

8

Via-se que era um café da grã-finagem, com essas cadeiras de ministro e garçons que fechavam a cara mal a gente pedia um caneco de chope bem tirado e com pouca espuma. Não tinha clima, isso é que era chato.

    Atilio Presutti, mais conhecido como Pelusa, meteu a mão direita nos cabelos crespos cor de cenoura e a retirou pela nuca depois de um percurso trabalhoso. Então cofiou o bigode castanho e olhou satisfeito seu rosto sardento no espelho da parede. Não contente, puxou um pente azul do bolso superior do paletó e se penteou com o inestimável auxílio de batidinhas categóricas que dava com a mão livre para definir o topete. Contagiados por essa toalete, dois de seus amigos se puseram a retocar o penteado.

    — É um café da grã-finagem — repetiu o Pelusa. — Quem pode pensar numa despedida num lugar desses?

    — O sorvete é bom — disse a Nelly, sacudindo a lapela do Pelusa para tirar a caspa. — Por que botou o terno azul, Atilio? Morro de calor só de ver, te juro.

    — Na mala ia ficar todo amarrotado — disse o Pelusa. — Eu podia tirar o paletó, mas fico sem jeito nesse local. E dizer que a gente podia ter feito a reunião no café do Ñato, que é mais informal.

    — Cala a boca, Atilio — disse a mãe da Nelly. — Não me fale de despedida depois do que aconteceu domingo. Ai, meu Deus, cada vez que me lembro...

    — Mas ora, dona Pepa, se não foi nada — disse o Pelusa.

A sra. Presutti olhou o filho severamente.

    — Como que não foi nada? — disse. — Ah, dona Pepa, esses filhos... Não foi nada, né? E teu pai na cama com a paleta fora do lugar e o tornozelo em pandarecos?

    — Ora, isso — disse o Pelusa. — O velho é mais forte que uma locomotiva.

    — Mas o que aconteceu? — perguntou um dos amigos.

    — Como, você não estava lá no domingo?

    — Não lembra que não fui? Tinha que treinar pra luta. Quando a gente treina, nada de festas. Eu te avisei, lembra?

    — Agora lembro — disse o Pelusa. — Não sabe o que perdeu, Rusito!

    — Teve um acidente, não foi?

— Coisa de louco — disse o Pelusa. — O velho caiu do terraço e quase empacotou. Santo Deus, que bafafá.
— Um acidente, viu? — disse a sra. Presutti. — Conta pra ele, Atilio. Me arrepio só de lembrar.
— Coitada — disse a Nelly.
— Coitada — disse a mãe da Nelly.
— Mas não foi nada de mais — disse o Pelusa. — Acontece que o pessoal se reuniu pra se despedir da Nelly e de mim. A velha aqui fez uns raviólis fora de série e os rapazes levaram cerveja e doces. A gente estava numa boa no terraço, o caçula e eu botamos o toldo e levamos a vitrola. Não faltava nada. Quantos éramos? Trinta pelo menos.
— Mais — disse a Nelly. — Eu contei quase quarenta. O molho mal deu pro gasto, me lembro.
— Pois é, a gente estava numa boa, não como aqui que parece uma loja de móveis. O velho tinha ficado na cabeceira, ao lado do dom Rapa, o do estaleiro. Você sabe como meu velho gosta de um trago. Olha, olha só a cara que a velha fica. Mas não é verdade, hein? O que tem de mal? Eu só sei que quando serviram as bananas a gente estava mais pra lá do que pra cá, mas o velho era o pior. Como cantava, *mamma mia*. Bem aí ele resolve fazer um brinde pela viagem, levanta com o copo na mão, e quando vai começar a falar tem um ataque de tosse, se joga pra trás e cai direto no pátio. Me deu uma impressão danada aquele barulho, pobre velho. Parecia um saco de batata, juro.
— Coitado do dom Pipo — disse o Rusito, enquanto a sra. Presutti tirava um lencinho da bolsa.
— Viu, Atilio? Já fez tua mãe chorar — disse a mãe da Nelly.
— Não chora, dona Rosita. Já passou, não foi nada.
— Claro, não foi nada — disse o Pelusa. — Meu, foi um fuzuê daqueles. Todo mundo desceu pra baixo; eu podia jurar que o velho tinha quebrado a cabeça. As mulheres choravam, era um dramalhão. Eu disse pra Nelly desligar a vitrola e a dona Pepa teve que atender a velha, que teve um troço. Coitada da velha, como se debatia.
— E o dom Pipo? — perguntou o Rusito, ávido de sangue.

— O velho é um caso sério — disse o Pelusa. — Quando vi ele esticado sem se mexer, pensei: "Pronto, você ficou órfão de pai". O caçula foi ligar pro pronto-socorro e enquanto isso tiramos a camiseta do velho pra conferir se ele respirava. A primeira coisa que ele fez ao abrir os olhos foi meter a mão no bolso pra ver se não tinham batido a carteira dele. Meu velho é assim. Depois disse que as costas estavam doendo mas que não era nada. Pra mim, que queria continuar a farra. Lembra, mãe, quando carregamos ele pra que você visse que não tinha acontecido nada? Coisa de louco, em vez de se acalmar ela teve um troço de novo, duas vez mais forte.

— A emoção — disse a mãe da Nelly. — Uma vez, lá em casa...

— Então, quando a ambulância deu as caras o velho já estava sentado no chão e a gente rindo sem parar. Pena que os dois enfermeiros não quiseram saber de deixar ele em casa. No fim das contas levaram o coitado, mas aproveitei que um deles me pediu pra assinar não sei que papel e pedi pra examinar esse ouvido que às vezes fica tapado.

— Legal — disse o Rusito, impressionado. — Olha só o que perdi. Pena que bem nesse dia eu tinha treino.

Outro amigo, entalado num enorme colarinho, se levantou de repente.

— Olha só quem está chegando! Que legal, cara!

Solenes, cabelos reluzentes, impecáveis ternos quadriculados, os bandoneonistas da orquestra típica de Asdrúbal Crésida abriam caminho entre as mesas cada vez mais lotadas. Atrás deles entrou um jovem vestido de terno cinza-pérola e camisa preta, com a gravata creme presa com um alfinete em forma de escudo futebolístico.

— Meu irmão — disse o Pelusa, embora ninguém ignorasse esse importante detalhe. — Viu? Ele veio fazer uma surpresa pra gente.

O conhecido intérprete Humberto Roland chegou à mesa e estendeu a mão efusivamente a todo mundo, menos à sua mãe.

— Que demais, cara — disse o Pelusa. — Alguém substituiu você na rádio?

— Eu falei que estava com dor de dente — disse Humberto Roland. — É o único jeito pra que esses sujeitos não me descontem o dia. O pessoal da orquestra também quis se despedir de vocês.

Intimado, Roberto acrescentou outra mesa e quatro cadeiras; o artista ordenou um *mazagrán* e os instrumentistas foram unânimes em pedir uma cerveja.

9

Paula e Raúl entraram pela porta da Florida e sentaram a uma mesa ao lado da janela. Paula mal olhou o interior do café, mas Raúl se divertia com o jogo de adivinhar os prováveis companheiros de viagem entre tantos portenhos suarentos.

— Se não estivesse com a carta de convocação no bolso, acharia que é brincadeira de algum amigo — disse Raúl. — Não acha incrível?

— Por ora só acho quente — disse Paula. — Mas admito que a carta vale a viagem.

Raúl desdobrou um papel creme e resumiu:

— Às dezoito horas neste café. A bagagem será recolhida a domicílio pela manhã. Roga-se não comparecer acompanhado. O resto corre por conta do Ministério de Desenvolvimento. Como loteria, há de se reconhecer que é um tanto esquisita. Por que neste café, hein?

— Faz tempo que desisti de entender esse negócio — disse Paula —, só sei que você ganhou o prêmio e me convidou, me desqualificando para sempre do *Quem é quem* na Argentina.

— Pelo contrário, essa viagem enigmática vai te dar grande prestígio. Você pode aludir a um retiro espiritual, dizer que está trabalhando numa monografia sobre Dylan Thomas, poeta da moda nas rodas literárias. Pra mim, o mais encantador de toda loucura é que sempre acaba mal.

— Sim, às vezes isso pode ser encantador — disse Paula. — *Le besoin de la fatalité*, como dizem.

— Na pior das hipóteses será um cruzeiro como qualquer ou-

tro, só que não se sabe muito bem para onde. Duração, de três a quatro meses. Confesso que foi isso aí que me convenceu. Aonde são capazes de nos levar por tanto tempo? À China, por exemplo?
— Qual das duas?
— A ambas, para honrar a tradicional neutralidade argentina.
— Tomara, mas você vai ver que vão nos desembarcar em Gênova e dali vão nos arrastar, de ônibus, por toda a Europa até nos deixar em cacos.
— Duvido — disse Raúl. — Se fosse assim teriam anunciado clamorosamente. Vai saber que encrenca vão arrumar na hora do embarque.
— Mas, enfim, alguma coisa falavam do itinerário — disse Paula.
— Totalmente aleatório. Vagos termos contratuais que já nem lembro, insinuações destinadas a despertar nosso instinto de aventura e de aposta na sorte. Enfim, uma viagem agradável, sujeita às circunstâncias mundiais. Quer dizer que não vão nos levar à Argélia nem a Vladivostok nem a Las Vegas. A grande jogada foi o lance das férias automáticas. Que burocrata resistiria? E o talão de travelers cheques, isso também conta. Dólares, veja bem, dólares.
— E a possibilidade de me convidar.
— Claro. Para ver se o ar salgado e os portos exóticos curam os males de amor.
— Sempre será melhor que o Gardenal — disse Paula, olhando para ele. Raúl a olhou também. Por um instante ficaram assim, imóveis, quase se desafiando.
— Vamos — disse Raúl —, deixe de besteiras agora. Você prometeu.
— Claro — disse Paula.
— Sempre diz "claro" quando tudo está mais do que obscuro.
— Não lembra que eu disse que sempre será melhor que o Gardenal?
— Tudo bem, *on laisse tomber*.
— Claro — repetiu Paula. — Não se chateie, querido. Estou agradecida, acredite. Você me tira de um pântano ao me convidar, mesmo que minha escassa reputação pereça. Sério, Raúl,

acho que a viagem servirá para alguma coisa, principalmente se nos metermos numa confusão absurda. Vamos morrer de rir!

— Pelo menos será uma coisa diferente — disse Raúl. — Estou meio cheio de projetar chalés pra gente como os seus parentes ou os meus. Sei que essa solução é bastante idiota e que não é uma solução mas um simples protelamento. No fim vamos voltar e tudo vai ser como antes. Ou, na melhor das hipóteses, será ligeiramente pior ou melhor que antes.

— Nunca vou entender por que não aproveitou para viajar com um amigo, com alguém mais próximo que eu.

— Talvez por isso, milady. Para que a proximidade não continuasse me prendendo à grande capital do Sul. Sem falar que esse negócio de proximidade, você sabe...

— Acho — disse Paula, olhando-o nos olhos — que você é um bom sujeito.

— Obrigado. Há controvérsias, mas você dá a isso uma aparência de realidade.

— Eu também acho que a viagem vai ser muito divertida.
— Muito.

Paula respirou profundamente. Assim, sem mais nem menos, algo como a felicidade.

Mas Raúl observava uma reunião de jovens barulhentos.
— Minha nossa — disse. — Tem um que vai cantar, pelo visto.

A

Aproveitando o diálogo materno-filial Persio pensa e observa ao redor, e a cada presença aplica o logos ou do logos puxa o fio, do miolo a fina pista sutil com vistas ao espetáculo que deverá — assim ele gostaria — lhe abrir o postigo para a síntese. Sem esforço Persio desiste das figuras adjacentes à sequência central, calcula e se concentra na vaza significativa, esquadrinha e fustiga a circunstância ambiente, separa e analisa, põe de lado e bota na balança. O que vê adquire o relevo que daria uma febre fria, uma alucinação sem tigres nem coleópteros, um desejo que persegue sua presa sem saltos de macaco nem de cisnes de ecolalia. Já ficaram fora do café os figurantes que assistem à partida (mas agora se fala de jogo) sem saber de sua chegada. Persio começa a gostar de isolar no microscópio a parca constelação dos que ficam, daqueles que vão viajar de verdade. Não sabe mais que eles as regras do jogo, mas sente que estão nascendo aí mesmo de cada um dos jogadores, como num tabuleiro infinito entre adversários mudos, para bispos e cavalos como delfins e sátiros brincalhões. Cada jogada uma naumaquia, cada passo um rio de palavras ou de lágrimas, cada casinha um grão de areia, um mar de sangue, uma comédia de esquilos ou um fracasso de trovadores que rolam por um campo de guizos e aplausos.

Assim, um concerto municipal de boas intenções voltadas à beneficência e talvez (com certeza, sem sabê-lo) a uma obscura ciência em que opera a sorte, o destino dos premiados, tornou possível esse congresso no London, esse pequeno exército do qual Persio suspeita quem sejam os cabos, os furriéis, os desertores e quem sabe os heróis, vislumbra as distâncias do aquário ao belvedere, dos gelos de tempo que separam um olhar de homem de um sorriso vestido de batom, a incalculável distância dos destinos que de repente se tornam um feixe num encontro, a mistura quase pavorosa de seres sozinhos que se encontram de repente vindos de táxis e estações e amantes e escritórios, que já são um só corpo que ainda não se reconhece, não sabe que é o estranho pretexto de uma saga confusa que talvez se conte em vão ou não se conte.

10

— E assim, sem mais nem menos, somos, quem sabe, uma só coisa que ninguém vê — disse Persio, suspirando —, ou que alguém vê ou que alguém não vê.

— Você surge como que debaixo d'água — disse Claudia — e quer que eu compreenda. Primeiro me dê as ideias intermediárias. Ou sua frente de ataque é inevitavelmente hermética?

— Não, claro que não — disse Persio. — Só que é mais fácil ver que contar o que se viu. Estou superagradecido por ter me dado a chance dessa viagem, Claudia. Vou me sentir tão bem com você e Jorge. Todo o dia no convés fazendo ginástica e cantando, se é que é permitido.

— Nunca andou de barco? — perguntou Jorge.

— Não, mas li os romances de Conrad e de Pío Baroja, autores que você vai admirar daqui a uns anos. Não acha, Claudia, que ao começar qualquer atividade é como se renunciássemos a um pouco do que somos para nos integrarmos a uma máquina quase sempre desconhecida, uma centopeia na qual seremos apenas um anel e dois peidos, no sentido locomotor do termo?

— Ele disse peido! — gritou Jorge entusiasmado.

— Disse, sim, mas não é o que você pensa. Eu acho, Persio, que sem isso que você chama de renúncia não seríamos grande coisa. Já somos passivos demais, aceitamos demais o destino. Enfim, uns eremitas, ou como esses falsos beatos com um ninho de passarinho na cabeça.

— Minha observação não era axiológica e muito menos normativa — disse Persio com seu jeito mais petulante. — Na verdade o que faço é recair no unanimismo fora de moda, mas trato de voltar a ele por outro ângulo. Todo mundo sabe que um grupo é mais e ao mesmo tempo menos que a soma de seus componentes. O que eu gostaria de verificar, se pudesse me colocar dentro e fora desse grupo (e acho possível), é se a centopeia humana responde a algo mais que ao acaso em sua constituição e em sua dissolução; se é uma figura, no sentido mágico, e se essa figura é capaz de se mover sob certas circunstâncias em planos mais essenciais que os de seus membros isolados. Ufa!

— Mais essenciais? — disse Claudia. — Primeiro vamos ver esse vocabulário suspeito.

— Quando olhamos uma constelação — disse Persio —, temos uma espécie de certeza de que o acorde, o ritmo que une suas estrelas (atribuídos por nós, claro, mas nós os atribuímos porque ali acontece alguma coisa que determina esse acorde) é mais profundo, mais substancial que a presença isolada de suas estrelas. Já notou que as estrelas soltas, as coitadas que não conseguem se integrar numa constelação, parecem insignificantes ao lado dessa escrita indecifrável? Nem só as razões astrológicas e mnemotécnicas explicam a sacralização das constelações. O homem deve ter sentido desde o começo que cada uma delas era como que um clã, uma sociedade, uma raça: uma coisa ativamente diferente, talvez até antagônica. Em algumas noites eu vivi a guerra das estrelas, seu jogo insuportável de tensões. E considere que do terraço da pensão não se vê muito bem, sempre tem fumaça no ar.

— Você olhava as estrelas com um telescópio, Persio?

— Não, não — disse Persio. — Sabe como é, algumas coisas a gente precisa olhar a olho nu. Não que eu me oponha à ciência, mas acho que só uma visão poética pode abranger o sentido das figuras que os anjos escrevem e ordenam. Esta noite, aqui neste pobre café, pode ser que haja uma dessas figuras.

— Onde está a figura, Persio? — disse Jorge, olhando para todos os lados.

— Começa com a loteria — disse Persio, muito sério. — Um conjunto de bolinhas escolheu alguns homens e mulheres entre várias centenas de milhares. Os ganhadores, por sua vez, escolheram seus acompanhantes, coisa que por mim agradeço muito. Veja bem, Claudia, não há nada de pragmático nem de funcional na ordenação da figura. Não somos a grande roseta da catedral gótica mas a petrificação instantânea e efêmera da roseta do caleidoscópio. Agora, antes de ceder e se desfolhar depois de uma nova rotação caprichosa, que jogos jogaremos, como vão se combinar as cores frias e as quentes, os lunáticos e os mercuriais, os humores e os temperamentos?

— De que caleidoscópio você está falando, Persio? — disse Jorge.

Ouviu-se alguém que cantava um tango.

11

Tanto a mãe como o pai e a irmã do aluno Felipe Trejo opinaram que não seria má ideia pedir um chá com biscoitinhos. Vá saber a que horas jantariam a bordo, sem falar que não era bom embarcar com o estômago vazio (não se pode chamar sorvete de comida, ele derrete). A bordo seria melhor comer coisas secas no começo, e se deitar de costas. Nada pior para o enjoo que a sugestão. Tia Felisa ficava enjoada só de ir ao porto, ou no cinema quando passava filme de submarinos. Felipe escutava com um tédio infinito as frases que conhecia de cor. Agora sua mãe diria que tinha enjoado no delta quando era jovem. Agora o sr. Trejo comentaria que naquele dia ele havia aconselhado a ela que não comesse tanto melão. Agora a sra. Trejo diria que a culpa não tinha sido do melão porque tinha comido melão com sal e o melão com sal não tem problema. Agora ele gostaria de saber o que falavam na mesa do Gato Preto e do López; na certa do Nacional, do que os professores iam falar? Na verdade devia ter ido cumprimentar os professores, mas para quê? Daqui a pouco ia encontrar com eles a bordo. López não o preocupava, pelo contrário, era um cara muito legal, mas o Gato Preto, logo esse pé no saco ter sorte num prêmio.

    Inevitavelmente pensou de novo na Negrita, que tinha ficado em casa com uma cara não muito triste mas um pouco triste. Não por ele, claro. O que aquela sem-vergonha não engolia era não poder viajar com os patrões. No fundo ele tinha sido um idiota, porque se exigisse que Negrita viesse sua mãe teria afrouxado. Ou a Negrita ou ninguém. "Mas, Felipe..." "Qual é? Não fica bem ter a empregada a bordo?" Mas aí teriam se dado conta de suas intenções. Capaz de apelarem pra sacanagem de que não era maior de idade, aviso ao juiz e neca de cruzeiro. Será que os velhos realmente teriam sacrificado a viagem por isso? Claro que não. Ora, no final das contas que importância tinha a Negrita. Até o fim ela não tinha deixado que ele subisse ao seu quarto por mais que a bolinasse no corredor e falasse em lhe dar um relógio de pulso logo que arrancasse uma grana do velho. Desgraça de empregada, e pensar que com aquelas pernas... Felipe começou a sentir aquele doce amolecimento do corpo que anunciava um fenômeno totalmente oposto e se sentou reto na cadeira. Escolheu o biscoito com mais chocolate, um décimo de segundo antes que a Beba.

— Sempre grosso. Esganado.

— Dá um tempo, madame.
— Crianças... — disse a sra. Trejo.

Vá saber se a bordo não haveria umas garotas pra dar em cima. Então se lembrou — sem ânimo mas inevitavelmente — de Ordóñez, o mandachuva da turma do quinto ano, seus conselhos num banco do Congresso numa noite de verão. "Tem que foder, cara, você já é grandinho pra ficar só na punheta." À sua negativa desdenhosa mas um tanto afobada, Ordóñez tinha respondido com uma palmada no joelho. "Ora, ora, não venha bancar o machão comigo. Sei como é, sou dois anos mais velho que você. Na tua idade é sempre cinco contra um. Qual é? Não tem problema. Mas agora que você já vai nas boates não pode se conformar com isso. Olha, a primeira que te der bola você leva pra remar no Tigre, ali dá pra transar em qualquer lugar. Se não tiver grana, me avisa que falo com o meu irmão, o contador, pra emprestar o matadouro uma tarde. Sabe como é, na cama é sempre melhor..." E uma série de lembranças, de detalhes, de conselhos de amigo. Mesmo cheio de vergonha e de raiva, Felipe estava agradecido a Ordóñez. Que diferença do Alfieri, por exemplo. Claro que o Alfieri...

— Pelo visto vai ter música — disse a sra. Trejo.
— Que brega — disse a Beba. — Não deviam permitir.

Atendendo aos gentis pedidos de parentes e amigos, o popular cantor Humberto Roland havia ficado de pé enquanto o Pelusa e o Rusito ajudavam com grande distribuição de empurrões e argumentos para que os três bandoneonistas pudessem se instalar com comodidade e tirar os instrumentos do estojo. Ouviam-se risos e alguns assobios, e as pessoas se amontoavam nas janelas que davam para a Avenida. Um guarda olhava da Florida com espanto evidente.

— Beleza, beleza! — gritava o Rusito. — Pelusa, teu irmão é demais!

O Pelusa havia se instalado de novo ao lado da Nelly e fazia gestos para que as pessoas se calassem.

— Vamos, pessoal, um pouco de silêncio! *Mamma mia*, este lugar é a própria casa da sogra.

Humberto Roland tossiu e alisou os cabelos.

— Me desculpem, mas não deu pra trazer a seção rítmica — disse. — Vamos fazer o possível.
— Isso, cara, vamos lá.
— Pra gente se despedir do meu querido irmão e da sua simpática noiva, vou cantar o tango de Visca e Cadícamo, "Muñeca brava".
— Beleza! — disse o Rusito.

Os bandoneones serpentearam a introdução e Humberto Roland, depois de botar a mão esquerda no bolso da calça e projetar a direita no ar, cantou:

*Che madam que parlás en francés
y tirás ventolín a dos manos,
que cenás con champán bien frapé
y en el tango enredás tu ilusión...*

Era perceptível uma inversão acústica tão repentina quanto surpreendente no London, pois enquanto a mesa do Pelusa mergulhava num silêncio fúnebre, as conversas em volta se tornavam mais animadas. O Pelusa e o Rusito lançaram ao redor olhares furibundos, enquanto Humberto Roland impostava a voz:

*Tenés un camba que te acamala
Y veinte abriles que son diqueros...*

Carlos López se sentiu perfeitamente feliz e informou Medrano disso. O dr. Restelli estava visivelmente incomodado — conforme disse — com o feitio que as coisas tomavam.
— Desinibição invejável dessa gente — disse López. — Há quase uma perfeição no modo como agem dentro de seus limites, sem a menor suspeita de que o mundo vai além dos tangos e do Racing.
— Olhem dom Galo — disse Medrano. — Pelo jeito o velho está começando a se assustar.

Dom Galo havia passado da estupefação a gestos ameaçadores para o motorista que entrou correndo, ouviu seu amo e voltou a sair. Viram que falava com o guarda que assistia à cena pela janela da Florida. Também viram o gesto do guarda, que consistiu em reunir os cinco dedos da mão virada para cima e imprimir-lhes um movimento de vaivém vertical.

— É isso aí — comentou Medrano. — Afinal, qual é o problema?

Te llaman todos muñeca brava
porque a los giles mareás sin grupo...

Paula e Raúl se divertiam à beça com a cena, muito mais que Lucio e Nora, visivelmente desconcertados. Um distanciamento gélido contraía a família de Felipe, que observava fascinado as fulgurantes marchas e contramarchas dos dedos dos bandoneonistas. Mais adiante Jorge entrava em seu segundo sorvete, e Claudia e Persio se perdiam numa conversa metafísica. Acima de todos eles, acima da indiferença ou do regozijo da clientela cativa do London, Humberto Roland chegava ao desenlace melancólico de tanta glória portenha:

— *Pa mí sos siempre la que no supo*
guardar un cacho de amor y juventú...

Entre gritos, aplausos e batidas de colherinhas na mesa, o Pelusa se levantou comovido e deu um abraço apertado no irmão. Depois cumprimentou os três bandoneonistas, bateu no peito e pegou um lenço enorme para se assoar. Humberto Roland agradeceu as palmas com ar condescendente, e a Nelly e as senhoras iniciaram um semicoro laudatório que o cantor ouviu com seu sorriso incansável. Então um menino muito pouco visível até aquele momento soltou uma espécie de bramido, decorrente de um engasgo com um biscoito de nata, e na mesa houve uma tremenda agitação, coroada por um clamor universal suplicando que Roberto trouxesse um copo d'água.

— Que espetáculo, você — dizia o Pelusa, enternecido.
— Como sempre, ora — respondia Humberto Roland.

— Quanto sentimento — opinou a mãe da Nelly.
— Sempre foi assim — disse a sra. Presutti. — Não queria saber de estudar nem nada. Só da arte.
— Que nem eu — dizia o Rusito. — Que estudo, que nada! Comigo era só porrada!

A Nelly acabou de tirar os pedaços de biscoito da garganta do menino. As pessoas amontoadas nas janelas começaram a se retirar, e o dr. Restelli passou um dedo pelo colarinho engomado e mostrou alívio evidente.

— Bom — disse López —, parece que chegou a hora.

Dois senhores vestidos de azul-escuro acabavam de se posicionar no centro do café. Um deles bateu palmas secamente e o outro fez um gesto para pedir silêncio. Com uma voz que poderia ter prescindido dessa precaução, disse:

— Solicitamos aos senhores clientes que não foram convocados por escrito, assim como aos senhores que vieram se despedir dos convocados, que se retirem do local.

— Hein?! — perguntou a Nelly.

— Vamos ter de puxar o carro — disse um dos amigos do Pelusa. — Poxa, bem agora que a gente mais se divertia.

Passada a surpresa, eclodiram exclamações e protestos dos clientes habituais. O homem que havia falado levantou uma das mãos com a palma para a frente e disse:

— Sou inspetor do Ministério de Desenvolvimento e cumpro ordens superiores. Solicito às pessoas convocadas que permaneçam em seus lugares e aos demais que saiam o quanto antes.

— Olha — disse Lucio a Nora. — Tem um cordão de guardas na Avenida. Isto parece mais uma batida que outra coisa.

O pessoal do London, tão surpreso quanto os clientes, não dava conta de cobrar de repente todas as contas, e havia complicações extraordinárias de troco, devolução de biscoitos e outros detalhes técnicos. Na mesa do Pelusa se ouviam choros e berros. A sra. Presutti e a mãe da Nelly passavam pela dura aflição de se despedir dos parentes que ficavam em terra. A Nelly consolava a mãe e a futura sogra, o Pelusa abraçou Humberto Roland de novo e trocou palmadas nas costas com toda a turma.

— Felicidades, felicidades! — gritavam os rapazes. — Escreva, Pelusa!

— Te mando um postal, mano!

— Não esqueça da turma, tá?!

— Imagina! Felicidades, hein!

— Viva o Boca! — gritava o Rusito, lançando às outras mesas um olhar desafiador.

Dois senhores com ar distinto haviam se aproximado do inspetor de Desenvolvimento e olhavam-no como se ele tivesse acabado de chegar de outro planeta.

— O senhor pode obedecer às ordens que quiser — disse um deles —, mas nunca em minha vida vi um abuso como esse.

— Andem, andem — disse o inspetor sem olhá-los.

— Eu sou o dr. Lastra — disse o dr. Lastra — e conheço tão bem como o senhor meus direitos e obrigações. Este café é público, e ninguém pode me obrigar a sair sem uma ordem escrita.

O inspetor puxou um papel e o mostrou a ele.

— E daí? — disse o outro senhor. — Não passa de um abuso legalizado. Por acaso estamos em estado de sítio?

— Envie sua reclamação pelos canais competentes — disse o inspetor. — Ei, Viñas, mande sair aquelas senhoras do salãozinho, ou vão ficar se emperiquitando até amanhã.

Na Avenida havia tanta gente forçando o cordão policial para ver o que acontecia que o trânsito acabou interrompido. Os fregueses iam saindo com cara de espanto e escândalo pelo lado da Florida, onde a aglomeração era menor. O dito Viñas e o inspetor de Desenvolvimento percorriam as mesas pedindo que mostrassem a carta de convocação e identificassem os acompanhantes. Um guarda recostado no balcão batia papo com os garçons e o caixa, que tinham recebido ordens de não sair de onde estavam. Quase vazio, o London ganhava ares de oito da manhã, que o cair da noite e o barulho da rua desmentiam estranhamente.

— Bom — disse o inspetor —, já podem baixar as portas de aço.

B

Por que razão uma teia de aranha ou um quadro de Picasso devem ser assim, quer dizer, por que o quadro não pode explicar a teia e a aranha não pode determinar a razão do quadro. Ser assim, o que quer dizer? Da mais diminuta partícula de giz, o que se verá em seu interior será semelhante à nuvem que passa pela janela ou à esperança de quem contempla. As coisas pesam mais se a gente as olha, oito mais oito são dezesseis e aquele que conta. Então ser assim pode não ser assim, pode apenas valer assim ou anunciar assim ou enganar assim. Dessa forma um conjunto de pessoas que deve embarcar não oferece nem garantia de embarque porque cabe supor que as circunstâncias podem variar e aí não haverá embarque, ou podem não variar e aí haverá embarque, e nesse caso a teia de aranha ou o quadro de Picasso ou o conjunto de pessoas embarcadas se cristalizarão e já não se poderá pensar desse conjunto de pessoas que é um conjunto de pessoas que deve embarcar. Em cada caso a tentativa tão retórica e tão triste de querer que algo por fim seja e se aquiete verá correr pelas mesas do London as gotas inapreensíveis do mercúrio, maravilha da infância.

O que se acerca de uma coisa, o que induz e leva a uma coisa. O outro lado de uma coisa, o mistério que a levou (sim, é como se a trouxesse, sente-se que não é possível dizer: "que a levou") a ser o que é. Todo historiador caminha por uma galeria de formas de Hans Arp que ele não pode virar, tendo que se contentar em vê--las de frente, em ambos os lados da galeria, ver as formas de Hans Arp como se fossem telas penduradas nas paredes. O historiador conhece muito bem as causas da batalha de Zama, com certeza as conhece, só que as causas que conhece são outras formas de Hans Arp em outras galerias, e as causas dessas causas ou os efeitos das causas dessas causas estão brilhantemente iluminados de frente como as formas de Hans Arp em cada galeria. Então o que se acerca de uma coisa, seu outro lado talvez verde ou macio, o outro lado dos efeitos e o outro lado das causas, outra ótica e outro tato poderiam talvez soltar delicadamente as tiras rosa ou azul-celeste das máscaras, deixar cair o rosto, a data, as circunstâncias da galeria (brilhantemente iluminada) e esgaravatar com um palito de paciência ao longo de uma poesia considerável.

Dessa maneira e sem que a analogia prestativa traga ao presente em que estamos e estaremos suas vistosas variações, é possível que ao nível do solo seja o London, que a dez metros de altura seja um defeituoso tabuleiro de damas com as peças mal ajustadas nas casas e carecendo de toda combinação de claro-escuro e convenção estabelecida, que a vinte centímetros seja o rosto avermelhado de Atilio Presutti, que a três milímetros seja uma superfície brilhante de níquel (um botão, um espelho?), que a cinquenta metros coincida com o violonista pintado por Picasso em 1918 e que foi de Apollinaire. Se a distância que faz de uma coisa o que ela é se mede por nossa certeza de estar conhecendo a coisa tal como é, de pouco valeria continuar esse texto, cansar-se alegremente para urdir sua invenção. Caberia menos ainda se fiar em explicar as razões da convocação, suficientemente esclarecidas em cartas com timbre oficial e assinatura rubricada. Só se concebe o desenvolvimento no tempo (ponto de vista inevitável, causação aberrante) por obra de um empobrecedor enquadramento eleático em antes, agora e depois, às vezes encoberto de duração gálica ou influência extratemporal de vaga justificação hipnótica. O simples agora do que está acontecendo (a polícia baixou a porta de aço) reflete e despedaça o tempo em incontáveis facetas; de algumas delas talvez se possa retroceder o raio hialino, voltar atrás, e assim na vida de Paula Lavalle estará de novo um jardim de Acasusso, ou Gabriel Medrano encostará a porta de vidro colorido de sua infância em Lomas de Zamora. Nada mais que isso, e isso é menos que nada na selva de acasos que trouxeram essa convocação. A história do mundo brilha em qualquer botão de bronze do uniforme de qualquer um dos guardas que dissolvem a aglomeração. No mesmo instante em que o interesse se concentra nesse botão (o segundo contando do colarinho), as relações que o abarcam e o levam a ser essa coisa que é são como que aspiradas para o horror de uma vastidão frente à qual nem mesmo cair de cara no chão tem sentido. O vórtice que do botão ameaça absorver quem olha, se ousa algo mais que olhá-lo, é a entrevisão esmagadora do jogo mortal de espelhos que sobe dos efeitos para as causas. Quando os maus leitores de romances insinuam a conveniência da verossimilhança, assumem sem perdão a atitude do idiota que, depois de vinte dias de viagem a bordo do barco a motor Claude Bernard, *pergunta, apontando para a proa:* "C'est-par-là-qu'on-va-en-avant?".

12

Quando saíram era quase noite, e grandes nuvens avermelhadas de calor se achatavam contra o céu do centro. Com muita cortesia, o inspetor determinou que dois guardas ajudassem o motorista a transportar dom Galo até o ônibus que aguardava longe dali, na altura dos fundos do Cabildo. A distância e a travessia da rua complicaram inexplicavelmente o transporte de dom Galo, de quebra obrigando outro guarda a parar o trânsito na esquina da Bolívar. Ao contrário do que Medrano e López tinham acreditado, não havia muitos curiosos na rua, as pessoas olhavam um instante o estranho espetáculo do London com as portas de aço baixadas, trocavam algum comentário e seguiam em frente.

— Afinal, por que não estacionaram perto do café? — perguntou Raúl a um dos guardas.

— Ordens, senhor — disse o guarda.

As apresentações recíprocas, promovidas pelo amável inspetor e continuadas espontaneamente pelos viajantes entre atordoados e divertidos, já lhes permitiam formar um grupo compacto que seguiu como um cortejo a cadeira de rodas de dom Galo. O ônibus devia pertencer ao Exército, embora não se visse nenhuma inscrição sobre a reluzente pintura preta. Tinha janelinhas muito estreitas, e introduzir dom Galo no veículo foi uma operação particularmente complicada pela confusão do momento e a boa vontade de todo mundo e em especial do Pelusa, que se esfalfava no estribo dando ordens e contraordens ao taciturno motorista. Logo que instalaram dom Galo no primeiro assento e a cadeira se dobrou como uma sanfona gigante entre as mãos do motorista, os viajantes embarcaram e tomaram assento quase às cegas no veículo tenebroso. Lucio e Nora, que haviam cruzado a Avenida de braços dados, bem grudados, procuraram um banco no fundo e ficaram muito quietos, olhando com algum receio os outros passageiros e os policiais dispersos pela rua. Medrano e

López já estavam de papo com Raúl e Paula, e o dr. Restelli e Persio trocavam os comentários de praxe. Claudia e Jorge se divertiam muito, cada um a seu modo; os demais estavam muito ocupados em falar aos berros uns com os outros para dar atenção ao que acontecia.

O barulho das portas de aço do London, que Roberto e o resto do pessoal desenrolavam de novo, chegou a López como um acorde final, o desfecho de algo que definitivamente ficava para trás. Medrano, a seu lado, acendia outro cigarro e olhava os ilegíveis painéis na fachada do *La Prensa*. Então soou uma buzina e o ônibus arrancou bem devagarinho. No agoniado grupo do Pelusa predominava a opinião de que as despedidas são sempre dolorosas porque uns se vão mas outros ficam, mas desde que haja saúde, ao que se observava que as viagens são sempre a mesma coisa, a alegria de uns e a tristeza dos demais, porque há os que vão mas é preciso pensar também nos que ficam. O mundo está mal organizado, é sempre assim, para uns tudo e para outros nada.

— Que achou do discurso do inspetor? — perguntou Medrano.

— Pois é, aconteceu uma coisa que me acontece muitas vezes — disse López. — Enquanto o sujeito falava as explicações me pareceram inquestionáveis, e cheguei a me sentir perfeitamente à vontade nesta situação. Agora já não me parecem tão convincentes.

— Há um certo excesso de detalhes que me diverte — disse Medrano. — Teria sido muito mais simples nos convocar na alfândega ou no cais, não acha? Mas pelo visto isso privaria alguém de um prazer secreto, alguém que talvez esteja nos olhando de um desses escritórios da prefeitura. Como certas partidas de xadrez em que se complicam os movimentos por puro requinte.

— Às vezes — disse López — complicamos para dissimular os lances. Em tudo isso há como que um fracasso escondido, um pouco como se estivessem a ponto de nos escamotear a viagem, ou realmente não soubessem o que fazer com a gente.

— Seria uma pena — disse Medrano, lembrando-se de Bettina. — Eu não gostaria nem um pouco que me deixassem na mão na última hora.

Iam se aproximando da doca norte pela costa, onde já era noite. O inspetor pegou o microfone e se dirigiu aos passageiros com o ar de cicerone da Cook. Raúl e Paula, sentados na frente, notaram que o motorista dirigia bem devagarinho para que o inspetor pudesse se estender à vontade.

— Você deve ter reparado em alguns companheiros — disse Raúl ao ouvido de Paula. — O país está bastante bem representado. Ascendência e decadência em suas formas mais vistosas... Me pergunto o que fazemos aqui, afinal.

— Acho que vou me divertir — disse Paula. — Ouça essas explicações que nosso Virgílio está dando. A palavra "dificuldade" aparece a toda hora.

— Não acho que por dez pesos o bilhete — disse Raúl — a gente possa esperar facilidades. Que tal a mãe com o menino? Gosto dos traços dela, tem algo de delicado nas maçãs do rosto e na boca.

— O mais incrível é o deficiente. Tem um jeito de carrapato.

— E o garoto que viaja com a família, que tal?

— Quer dizer, a família que viaja com o garoto.

— A família é mais apagada que ele — disse Raúl.

— Tudo depende da lente com que se olha — recitou Paula.

O inspetor não-abria-mão-sobretudo da necessidade de conservar durante qualquer momento crítico a equanimidade-que-caracteriza-as-pessoas-cultas, e não se alterar por causa de pequenos detalhes e dificuldades ("e dificuldades") de organização.

— Mas se está tudo bem — disse o dr. Restelli a Persio. — Tudo tão correto, não acha?

— Meio confuso, eu diria, pra dizer alguma coisa.

— Não, de jeito nenhum. Imagino que as autoridades tiveram seus motivos para organizar as coisas tal como fizeram. Pessoalmente eu teria mudado alguns detalhes, não me furtarei em afirmar, e sobretudo a lista definitiva de passageiros, levando em conta que nem todas as pessoas presentes estão de fato à altura das demais. Há um rapazinho, o senhor pode ver num dos assentos do outro lado...

— Ainda não nos conhecemos — disse Persio. — Pode ser que não venhamos a nos conhecer nunca.

— Pode ser que o senhor não os conheça. Mas eu, devido às minhas funções docentes...

— Bom — disse Persio, com um movimento majestoso de mão —, nos naufrágios os piores malandros costumam se mostrar admiráveis. Veja o que aconteceu no caso do *Andrea Doria*.

— Não me lembro — disse o dr. Restelli, meio melindrado.

— Houve o caso de um monge que salvou um marinheiro. Nunca se sabe, não é? Não acha bastante preocupante o que o inspetor disse?

— Ainda está falando. Talvez devêssemos prestar atenção.

— O pior é que sempre repete a mesma coisa — disse Persio. — E já estamos praticamente no porto.

De repente Jorge se interessou pelo destino de sua bola de borracha e do bilboquê com tachas douradas. Em que mala estavam? E o romance de Davy Crockett?

— Encontraremos tudo na cabine — disse Claudia.

— Que legal, uma cabine pra nós dois. Você enjoa, mamãe?

— Não. Quase ninguém vai enjoar, fora Persio, desconfio, e também algumas dessas senhoras e senhoritas da mesa onde cantavam tango. É inevitável, sabe.

Felipe Trejo baralhava uma lista imaginária de escalas ("a menos que inconvenientes incontornáveis imponham alterações de última hora", estava dizendo o inspetor). O sr. e a sra. Trejo olhavam a rua, observando cada poste de luz como se nunca mais fossem vê-los, como se para eles a perda fosse arrasadora.

— É sempre triste deixar a pátria — disse o sr. Trejo.

— O que tem de mais? — disse a Beba. — Vamos voltar, não?

— Sim, querida — disse a sra. Trejo. — Sempre se volta ao rincão onde a existência começou, como dizem naquela poesia.

Felipe escolhia nomes como se fossem frutas, revirava-os na boca, apertava-os pouco a pouco: Rio, Dakar, Cidade do Cabo, Yokohama. "Ninguém da turma vai ver tantas coisas juntas", pensou. "Vou mandar cartões-postais com paisagens..." Fechou os olhos, se esticou no assento. O inspetor se referia à necessidade indispensável de manter certas precauções.

— Devo mencionar a vocês a necessidade indispensável de manter certas precauções — disse o inspetor. — O ministério cuidou de todos os detalhes, mas as dificuldades de última hora talvez nos obriguem a modificar certos aspectos da viagem.

O cacarejo completamente inesperado de dom Galo Porriño se elevou no duplo silêncio da pausa do inspetor e do ponto morto do ônibus:

— Vamos em que barco? Porque esse negócio de não saber em que barco...

13

"Essa é a pergunta", pensou Paula. "Exatamente a triste pergunta que pode estragar a brincadeira. Agora vão responder: 'No...'".

— Sr. Porriño — disse o inspetor —, o barco é justamente uma das dificuldades técnicas a que vinha me referindo. Há uma hora, quando tive o prazer de me reunir com os senhores, o ministério acabava de tomar uma decisão a respeito, mas nesse ínterim podem ter ocorrido derivações inesperadas, em decorrência das quais a situação pode vir a se modificar. Parece-me, portanto, mais oportuno que esperemos uns poucos minutos, e assim acabaremos definitivamente com as dúvidas.

— Cabine individual — disse secamente dom Galo —, com banheiro privativo. É o combinado.

— Combinado — disse amavelmente o inspetor — não é precisamente o termo, mas não penso, sr. Porriño, que se apresentem dificuldades nesse sentido.

"Não é como um sonho, seria fácil demais", pensou Paula. "Raúl diria que parece mais um desenho, um desenho..."

— Um desenho como? — perguntou.

— Como um desenho como? — disse Raúl.

— Você diria que tudo isso parece mais um desenho...

— Anamórfico, sua burra. Sim, é mais ou menos isso. Olha, não sabem nem em que barco vão nos meter.

Começaram a rir porque nenhum deles se importava. Não era o caso do dr. Restelli, pela primeira vez estremecido em suas convicções a respeito da ordem estatal. A López e a Medrano a intervenção de dom Galo dera vontade de fumar outro Fontanares. Eles também se divertiam à beça.

— Parece o trem-fantasma — disse Jorge, que compreendia muito bem o que estava acontecendo. — Você entra e acontece todo tipo de coisa, uma aranha peluda anda na cara da gente, tem esqueletos que dançam...

— Vivemos nos queixando de que nunca acontece nada interessante — disse Claudia —, mas quando acontece (e só uma coisa assim pode ser interessante) a maioria das pessoas fica nervosa. Não sei o que vocês pensam, mas eu acho os trens-fantasmas muito mais divertidos que a Ferrovia General Roca.

— Claro — disse Medrano. — No fundo, o que preocupa dom Galo e mais uns aí é que estamos vivendo uma espécie de suspensão do futuro. Por isso estão nervosos e perguntam o nome do barco. O que quer dizer o nome? Uma garantia para isso que ainda se chama amanhã, esse monstro com a cara oculta que se nega a se deixar ver e dominar.

— Enquanto isso — disse López —, começam a se desenhar pouco a pouco as silhuetas aziagas de um barquinho de guerra e um cargueiro de cores claras. Provavelmente sueco, como todos os barcos com aspecto limpo.

— Tudo bem falar de suspensão do futuro — disse Claudia —, mas isso também é uma aventura, bastante comum mas ainda assim uma aventura, e nesse caso o futuro se transforma no valor mais importante. Se este momento tem um sabor especial para nós é porque o futuro serve de tempero, digamos, com perdão da metáfora culinária.

— O problema é que nem todo mundo gosta de molhos picantes — disse Medrano. — Talvez haja duas maneiras radicalmente opostas de intensificar a sensação de presente. No nosso caso o ministério opta por suprimir toda referência concreta ao futuro, fabrica um mistério negativo. Os prudentes se assustam, claro. Pra mim, pelo contrário, isso torna mais intenso este presente absurdo. Eu o saboreio minuto a minuto.

— Eu também — disse Claudia. — Em parte porque não acho que haja futuro. O que nos ocultam não é nada mais que

as causas do presente. Vai ver eles mesmos não sabem quanta magia nos proporcionam com seus mistérios burocráticos.
— Claro que não sabem — disse López. — Ora, magia... O que deve haver é uma confusão desgraçada de dinheiro, papeladas e hierarquias, como sempre.
— Não importa — disse Claudia —, desde que sirva para nos divertir como nesta noite.
O ônibus havia parado perto de um dos galpões da alfândega. O porto estava às escuras, já que não se podia considerar como luz uma ou outra lâmpada e os cigarros dos oficiais da polícia que esperavam junto a um portão encostado. As coisas se perdiam na sombra uns poucos metros depois, e o cheiro espesso do porto no verão golpeou o rosto dos que começavam a desembarcar, dissimulando a perplexidade ou o regozijo. Dom Galo já se instalava em sua cadeira, o motorista a fazia rodar em direção ao portão para o qual o inspetor encaminhava o grupo. Não era por acaso, pensou Raúl, que todos caminhavam formando um grupo compacto. Havia como que uma falta de garantia em ficar para trás.
Um dos oficiais se adiantou, bem-educado.
— Boa noite, senhores.
O inspetor tirava uns cartões do bolso e os entregava a outro oficial. Uma lanterna elétrica brilhou, coincidindo com um distante toque de buzina e a tosse de alguém a quem não se via.
— Por aqui, se não for incômodo — disse o oficial.
A lanterna começou a arrastar um olho amarelo pelo piso de cimento cheio de fios de palha, braçadeiras metálicas quebradas e um ou outro papel amassado. As poucas vozes que se ouviam cresceram de repente e ressoaram no enorme galpão vazio. O olho amarelo contornou a comprida bancada da alfândega e se deteve para mostrar o caminho aos que se aproximavam, cautelosos. Ouviu-se a voz do Pelusa que dizia: "Que pavor que nos metem, não parece filme do Boris Karloff?". Quando Felipe Trejo acendeu um cigarro (sua mãe o contemplava estupefata ao vê--lo fumar em sua presença pela primeira vez), por um segundo a luz do fósforo fez a cena toda tremular, a procissão insegura que se dirigia para o portão do fundo onde mal se recortava o brilho

escuro da noite. Agarrada ao braço de Lucio, Nora fechou os olhos e não quis abri-los até que estivessem do outro lado, sob um céu sem estrelas mas onde o ar era mais fresco. Foram os primeiros a ver o barco, e quando Nora se virava excitada para avisar os outros, os policiais e o inspetor rodearam o grupo, a lanterna se apagou e em seu lugar ficou o mortiço resplendor de uma lâmpada que iluminava o nascimento de uma prancha de madeira. As palmas do inspetor soaram secamente, e do fundo do galpão vieram outras palmas mais secas e mecânicas, como uma zombaria assustadora.

— Agradeço muitíssimo o espírito de cooperação dos senhores — disse o inspetor —, e só me resta desejar-lhes um agradável cruzeiro. Os oficiais do barco se encarregarão dos senhores na ponte e os acompanharão a suas respectivas cabines. O barco sairá dentro de uma hora.

De repente Medrano achou que a passividade e a ironia já haviam durado bastante e tomou a dianteira do grupo. Como sempre nesses casos, tinha vontade de rir, mas se conteve. Também como sempre, sentia o sigiloso prazer de contemplar a si mesmo no momento em que ia intervir em qualquer coisa.

— Pode me dizer, senhor inspetor, se já se sabe o nome do barco?

O inspetor inclinou a cabeça com deferência. Tinha uma tonsura que mesmo na penumbra lhe recortava claramente o topo da cabeça.

— Sim, senhor — disse. — O oficial acaba de me informar, pois lhe telefonaram do centro para que nos encaminhasse até aqui. O barco se chama *Malcolm* e pertence à Magenta Star.

— Um cargueiro regular — disse López.

— Barco misto, senhor. Dos melhores, acredite. Um ambiente preparado à perfeição para receber um grupo reduzido de passageiros seletos, como é precisamente o caso. Eu tenho experiência nessas coisas, embora tenha passado a maior parte de minha carreira no setor aduaneiro.

— Ficarão muito bem — disse um oficial da polícia. — Subi a bordo e posso garantir aos senhores. Teve uma greve de tripulantes, mas as coisas já estão se ajeitando. Os senhores sabem como é o comunismo, volta e meia o pessoal se rebela, mas por sorte estamos num país onde há ordem e autoridade, acreditem. Por mais gringos que sejam, acabam compreendendo e deixam de bobagens.

— Subam, senhores, por favor — disse o inspetor, afastando-se para um lado. — Tive o maior prazer em conhecê-los e lamento não ter a sorte de poder acompanhá-los.

Deu uma risadinha que Medrano achou forçada. O grupo se amontoou ao pé da prancha, alguns cumprimentaram o inspetor e os oficiais, e o Pelusa ajudou de novo a transportar dom Galo, que dava a impressão de ter adormecido. As senhoras se agarraram temerosas no corrimão, os demais subiram rapidamente e em silêncio. Quando Raúl pensou em olhar para trás (já chegava ao convés), viu na sombra o inspetor e os oficiais que falavam em voz baixa. Tudo em surdina, como sempre, a luz, as vozes, os galpões, até o chapinhar do rio contra o casco e o molhe. Mesmo na ponte do *Malcolm* havia pouca luz.

C

Agora Persio vai pensar mais uma vez, vai esgrimir o pensamento como uma espada curta e seca, apontando-o contra a surda comoção que chega até a cabine qual uma luta sobre incontáveis pedaços de feltro, uma cavalgada numa mata de azinheiras. Impossível saber em que momento a enorme lagosta começou a mover a biela maior, o volante onde a velocidade adormecida dias e dias se apruma irritada, esfregando os olhos, e revisa suas asas, sua cauda, seus tentáculos de ataque contra o ar e o mar, sua sirene desafinada, sua bitácula rotineira e volúvel. Sem sair da cabine Persio já sabe como é o barco, situa-se nesse momento azimutal em que dois rebocadores sujos e obstinados arrastam metro a metro a grande mãe de cobre e ferro, afastando-a de sua tangente de pedra costeira, arrebatando-a à imantação do dique. Abrindo preguiçosamente uma mala preta, admirando o armário onde tudo cabe tão bem, os copos de cristal lapidado presos astutamente à parede, a escrivaninha com seu tampo de couro de cor clara, sente-se como o coração do barco, o núcleo onde as pulsações progressivamente aceleradas chegam com uma última, amainada oscilação. Persio tende a ver o barco como se estivesse instalado na ponte de comando, na escotilha central de onde, já capitão, domina a proa, os mastros dianteiros, a curva cortante que desperta as espumas efêmeras. Curiosamente a visão da proa se oferece a ele de modo tão artificial como se tirasse da parede uma pintura e, segurando-a horizontalmente na palma das mãos, visse se distanciarem do primeiro plano as linhas e os volumes da parte superior, mudarem todas as relações pensadas verticalmente pelo artífice, organizar-se outra ordem igualmente possível e aceitável. O que Persio mais vê da ponte de comando (mas está em sua cabine, é como se sonhasse ou apenas contemplasse a ponte de comando numa tela de radar) equivale a uma escuridão esverdeada com luzes meio amarelas a bombordo e a estibordo, com uma lâmpada branca no que poderia ser um fantasma de gurupés (não pode ser que o Malcolm, esse cargueiro moderníssimo, orgulho da Magenta Star, tenha um gurupés). Da escotilha de vidro grosso e violáceo que o protege do vento fluvial (tudo ao redor deve ser barro, tudo deve ser rio da Prata, que nome!, com bagres e talvez dourados, dourados na prata do rio da Prata, incoerência de engaste, péssima joalheria!), Persio começa a entender a forma da proa e do convés, enxerga-a cada vez melhor e ela lhe recorda alguma coisa, por exemplo um quadro cubista mas naturalmente com a tela deitada sobre a palma das mãos, olhando o que está embaixo como se estivesse em frente e o que está em cima como se fosse o que está atrás. É assim então que Persio vê formas irregulares a bombordo e a estibordo, mais adiante vagas sombras talvez azuladas como no violonista de Picasso, e no centro da ponte dois mastros que sustentam seus cabos como um ofício sujo e humilhante, dois mastros que em sua lembrança do quadro são antes dois círculos, um preto e o outro verde-claro com listras pretas que é a boca do violão, como se no quadro se pudessem plantar dois mastros tendo-o deitado sobre a mão, e fazer dele uma proa de barco, o Malcolm na saída de Buenos Aires, algo que oscila numa espécie de frigideira fluvial oleosa e que às vezes range.

Agora Persio vai pensar mais uma vez, só que, contrariamente ao hábito de todo desorganizado, não pensará em organizar o que o rodeia, as lâmpadas amarelas e brancas, os mastros, as boias, mas pensará numa desorganização maior ainda, abrirá em cruz os braços do pensamento e até jogará no fundo do rio tudo o que se afoga em formas dadas, em camarote corredor escotilha convés rota amanhã cruzeiro. Persio não acredita que se possa racionalizar o que está acontecendo: não o quer assim. Sente a disponibilidade perfeita das peças de um puzzle fluvial, do rosto de Claudia aos sapatos de Atilio Presutti, do garçon de cabine *que ronda (pode ser) pelo corredor de seu camarote. Mais uma vez Persio sente que nessa hora de iniciação o que cada viajante chama amanhã pode se instaurar sobre bases estabelecidas esta noite. Sua única ansiedade é a amplidão da escolha possível: guiar-se pelas estrelas, pelo compasso, pela cibernética, pelo acaso, pelos princípios da lógica, pelas razões obscuras, pelas tábuas do assoalho, pelo estado da vesícula biliar, pelo sexo, pelo caráter, pelos palpites, pela teologia cristã, pelo Zend Avesta, pela geleia real, por um guia ferroviário português, por um soneto, pela* Semana Financeira, *pela forma do queixo de dom Galo Porriño, por uma bula, pela cabala, pela necromancia, por* Bonjour tristesse, *ou simplesmente ajustando a conduta marítima às alentadoras instruções que toda latinha de pastilhas Valda contém?*

Persio retrocede com horror diante do risco de forçar uma realidade qualquer, e sua hesitação contínua é a do inseto cromófilo que percorre a superfície de um quadro em atitude resolutamente anticamaleônica. O inseto atraído pelo azul avançará contornando as partes centrais do violão onde imperam os amarelos sujos e o verde-oliva, irá se manter na borda, como se nadasse ao lado do barco, e, ao chegar à altura do orifício central pela ponte de estibordo, encontrará a zona azul interrompida por vastas superfícies verdes. Sua hesitação e sua busca por uma ponte para outra região azul serão comparáveis às vacilações de Persio, sempre receoso de incorrer em transgressões secretas. Persio inveja quem só se propõe egocentricamente a liberdade como problema, pois para ele a ação de abrir a porta da cabine se compõe de sua ação e da porta indissoluvelmente amalgamadas, na medida em que sua ação de abrir a porta contém uma finalidade que pode ser equivocada e danificar um elo de uma ordem que nem ele consegue entender satisfatoriamente. Para falar com mais clareza, Persio é um inseto cromófilo e cego ao mesmo tempo, e a obrigação ou o imperativo de andar somente pelas zonas azuis do quadro se veem travados por uma permanente e abominável incerteza. Persio se deleita com essas dúvidas que ele chama arte ou poesia, e considera seu dever avaliar cada situação com a maior lentidão possível, não só como situação mas a partir de todos os seus desdobramentos imagináveis, começando por sua formulação verbal, em que tem uma confiança provavelmente ingênua, até suas projeções que ele chama mágicas ou dialéticas conforme se deixe levar pelo palpite ou pelo fígado.

Provavelmente o doce balanço do Malcolm e o cansaço do dia acabarão vencendo Persio, que se deitará encantado na cama perfeita de cedro e brincará de conhecer e testar os diversos aparelhos mecânicos e elétricos que contribuem para a comodidade dos senhores passageiros. Mas por ora ocorreu a ele uma escolha prévia e de natureza um tanto experimental, apenas vislumbrada segundos antes quando decidiu se colocar o problema. Não há dúvida de que Persio vai tirar de sua pasta lápis e papéis, um guia ferroviário, e que passará um bom tempo trabalhando com isso tudo, esquecido da viagem e do barco justamente porque se terá proposto dar mais um passo a caminho da aparência e entrar em seus primórdios de realidade possível ou alcançável numa hora em que os outros a bordo já terão aceitado essa aparência ao qualificá-la e fixá-la como extraordinária e quase irreal, medidas do ser que bastam para se quebrar o nariz e seguir convencido de que tudo não passou de um simples espirro alérgico.

14

— Eksta vorbeden? You two married? Êtes vous ensemble?
— Ensemble plutôt que mariés — disse Raúl. — Tenez, voici nos passeports.

O oficial era um homem de estatura pequena e modos escorregadios. Riscou os nomes de Paula e de Raúl e fez um gesto para um marinheiro de cara muito vermelha.

— Acompanhará os senhores a sua cabine — disse de modo literal e se inclinou antes de passar ao próximo passageiro.

Enquanto se afastavam seguindo o marinheiro, ouviram a família Trejo falar em uníssono. Paula gostou de imediato do cheiro do barco e de como os corredores abafavam os sons. Ficava difícil imaginar que a poucos metros dali estava o molhe sujo, que o inspetor e os policiais ainda não teriam ido embora.

— E em seguida começa Buenos Aires — disse. — Não parece incrível?

— Inclusive parece incrível que você diga "começa". Você se acomodou muito rápido à nova situação. Para mim o porto sempre foi onde a cidade acaba. E agora mais que nunca, como todas as vezes que embarquei, e já foram várias.

— Começa — repetiu Paula. — As coisas não acabam tão facilmente. Adoro esse desinfetante que cheira a lavanda, a mata-moscas, a nuvem mortífera contra traças. Quando era pequena gostava de enfiar a cabeça no guarda-roupa da tia Carmela; era tudo escuro e misterioso, e cheirava mais ou menos assim.

— *This way, please* — disse o marinheiro.

Abriu uma cabine e entregou a eles uma chave, depois de acender as luzes. Foi embora antes que pudessem lhe dar uma gorjeta ou dizer obrigado.

— Que bonito, puxa, que bonito — disse Paula. — E que alegre.

— Agora sim parece incrível que os galpões do porto estejam aí ao lado — disse Raúl, contando as malas empilhadas no tapete. Não faltava nada, e se dedicaram a pendurar as roupas e a distribuir todo tipo de coisas, algumas bastante insólitas. Paula se apropriou da cama do fundo, embaixo da escotilha. Recostando-se com um suspiro de satisfação, olhou para Raúl, que acendia o cachimbo enquanto continuava distribuindo escovas e pastas de dentes, livros e latas de fumo. Seria interessante ver Raúl se deitar na outra cama. Pela primeira vez os dois dormiriam no mesmo quarto depois de ter convivido em milhares de salas, salões, ruas, cafés, trens, carros, praias e matas. Pela primeira vez ia vê-lo de pijama, que já estava cuidadosamente dobrado sobre a cama. Ela lhe pediu um cigarro e ele o acendeu, sentando-se a seu lado e olhando-a com um ar entre divertido e cético.

— *Pas mal, hein?* — disse Raúl.
— *Pas mal du tout, mon choux* — disse Paula.
— Está muito bonita, assim relaxada.
— Digo o mesmo de você — disse Paula, e caíram na risada.
— Vamos dar uma volta exploratória? — disse Raúl.
— Humm. Prefiro ficar aqui. Se a gente subir ao convés, vamos ver as luzes de Buenos Aires como no filme de Gardel.
— O que você tem contra as luzes de Buenos Aires? — disse Raúl. — Eu vou.
— Tudo bem. Eu continuo arrumando este florido bordel, porque o que você chama de arrumar... Que cabine bonita, nunca pensei que iam nos dar uma belezura dessas.
— Pois é, por sorte não parece a primeira classe dos barcos italianos. A vantagem deste cargueiro é que tende à austeridade. O carvalho e o freixo sempre refletem um gosto protestante.
— Não há provas de que seja um barco protestante, mas, enfim, você deve ter razão. Gosto do cheiro do seu cachimbo.
— Tenha cuidado — disse Raúl.
— Cuidado por quê?
— Não sei, o cheiro do cachimbo, suponho.
— O jovem fala por enigmas, por acaso?
— O jovem vai continuar arrumando suas coisas — disse Raúl. — Se deixo você sozinha com minha mala, vou encontrar um sutiã no meio dos meus lenços.

Foi até a mesa, organizou livros e cadernos. Testava as luzes, estudava todas as possibilidades de iluminação. Adorou descobrir que as lâmpadas de cabeceira podiam ser graduadas de todas as formas possíveis. Suecos inteligentes, se é que eram suecos. A leitura constituía uma das esperanças da viagem, a leitura na cama sem nada mais para fazer.

— A essa hora — disse Paula — meu delicado irmão Rodolfo deve estar deplorando no círculo familiar minha conduta dissoluta. Garota de boa família sai de viagem com rumo desconhecido. Nega-se a anunciar a hora da partida para evitar despedidas.
— Seria bom saber o que pensaria se soubesse que você compartilha o camarote com um arquiteto.
— Que usa pijama azul e cultiva nostalgias impossíveis e esperanças ainda mais problemáticas, pobre anjo.

— Nem sempre impossíveis, nem sempre nostalgias — disse Raúl. — Olha, em geral o ar iodado do mar me dá sorte. Breve, efêmera como um dos pássaros que, você vai ver, acompanham o barco por um tempo, às vezes um dia, mas sempre acabam se perdendo. Nunca me preocupou que a felicidade durasse pouco, Paulita; a passagem da felicidade ao hábito é uma das melhores armas da morte.

— Diga isso pro meu irmão — disse Paula. — Meu irmão pensaria que estou seriamente exposta às suas intenções de sátiro. Meu irmão...

— Pelo que poderia ser — disse Raúl —, pela possibilidade de uma miragem, de um erro devido à escuridão, de um sonho que se continua ao acordar, pela influência dos ares do mar, tenha cuidado e não se descubra demais. Uma mulher com os lençóis até o pescoço se protege contra incêndios.

— Acho que se você sofresse uma miragem — disse Paula — eu o receberia com este volume de Shakespeare de agudos cantos.

— Os cantos de Shakespeare merecem estranhas qualificações — disse Raúl, abrindo a porta. Justo no batente se delineou a imagem de perfil de Carlos López, que nesse momento levantava a perna direita para dar outro passo. Sua brusca aparição deu a Raúl a impressão de uma dessas fotos de um cavalo em movimento.

— Oi — disse López, parando na hora. — É boa a cabine?
— Muito boa. Dê uma olhada.

López deu uma olhada e pestanejou ao ver Paula atirada na cama do fundo.

— Oi — disse Paula. — Entre, se achar onde botar os pés.

López disse que a cabine era muito parecida com a sua, fora o tamanho. Informou também que a sra. Presutti acabava de trombar com ele na saída do camarote e lhe havia permitido contemplar um rosto em que a cor verde atingia proporções cadavéricas.

— Já está enjoada? — disse Raúl. — Cuide-se, Paulita. O que essas senhoras vão nos reservar para quando começarmos a ver o *behemoth* e outros prodígios aquáticos? A elefantíase, imagino. Vamos dar uma volta? Você se chama López, não? Eu sou

Raúl Costa, e essa lânguida odalisca responde pelo aristocrático nome de Paula Lavalle.

— Aristocrático? Eu, hein! — disse Paula. — Meu nome parece pseudônimo de atriz de cinema, até pela rua Lavalle. Rua Paula Lavalle, setecentos e tanto. Raúl, antes de subir para ver o rio fulvo me diga onde está minha bolsa verde.

— Provavelmente embaixo do casaco vermelho, ou escondida na mala cinza — disse Raúl. — A paleta é tão variada... Vamos, López?

— Vamos — disse López. — Até logo, senhorita.

Paula escutou o "senhorita" com um ouvido portenho habituado a todos os matizes da palavra.

— Ora, me chame simplesmente de Paula — disse com o tom exato para que López soubesse que havia entendido e se desse conta de que agora debochava um pouco dele.

Na porta, Raúl suspirou, olhando-os. Conhecia tão bem a voz de Paula, certas maneiras de dizer certas coisas de certa Paula.

— *So soon* — disse como que para si mesmo. — *So, so soon*. López olhou para ele. Saíram juntos.

Paula se sentou na beira da cama. De repente a cabine lhe parecia muito pequena, muito fechada. Procurou um ventilador e acabou descobrindo o sistema de ar condicionado. Ligou-o distraída, experimentou uma das poltronas, depois a outra, arrumou desatentamente algumas escovas na prateleira. Decidiu que se sentia bem, que estava contente. Eram coisas que agora precisava decidir para afirmá-las. O espelho lhe confirmou seu sorriso quando se pôs a explorar o banheiro pintado de verde-claro, e por um momento olhou com simpatia a garota ruiva, de olhos um tanto amendoados, que lhe devolvia perfeitamente sua boa disposição. Verificou em detalhe os dispositivos higiênicos, admirou as inovações que provavam a engenhosidade da Magenta Star. O cheiro do sabonete de pinho que tirava de um nécessaire, junto com um pacote de algodão e dois pentes, era ainda o cheiro do jardim antes de começar pouco a pouco a ser a lembrança do cheiro do jardim. Por que o banheiro do *Malcolm* tinha de cheirar a jardim? O sabonete de pinho era agradável em sua mão, todo sabonete novo tem algo fascinante, algo intacto e frágil que o enaltece. Sua espuma é diferente, dissolve-se de modo imperceptível, dura dias e dias e enquanto isso os pinheirais envolvem o banho, há pinheiros no espelho e nas prateleiras, no cabelo e nas pernas daquela que agora, de repente, decidiu se despir e experimentar o esplêndido chuveiro que a Magenta Star lhe oferece tão amavelmente.

Sem se preocupar em fechar a porta de comunicação, Paula tirou lentamente o sutiã. Gostava de seus seios, gostava de todo o seu corpo, que crescia no espelho. A água saía tão quente que se viu obrigada a estudar com cuidado o misturador reluzente antes de entrar na quase absurda piscina em miniatura e correr a cortina de plástico que a cercou como uma muralha de brinquedo. O cheiro de pinho se misturava à tepidez do ar, e Paula se ensaboou com as duas mãos e depois com uma esponja vermelha emborrachada, passeando devagar a espuma pelo corpo, metendo-a entre as coxas, debaixo dos braços, encostando-a à boca, brincando ao mesmo tempo com o prazer do imperceptível balanço que às vezes a obrigava, por pura diversão, a se agarrar às torneiras e a dizer um amável palavrão para seu prazer secreto. Interregno do banho, parêntese na existência seca e vestida. Assim nua se libertava do tempo, voltava a ser o corpo eterno (e como não, então, a alma eterna?) oferecido ao sabonete de pinho e à água do chuveiro, exatamente como sempre, confirmando a permanência no próprio jogo das diferenças de lugar, de temperatura, de perfumes. No instante em que se enrolasse na toalha amarela que pendia ao alcance da mão, do lado de lá da muralha de plástico, reingressaria em seu tédio de mulher vestida, como se cada peça de roupa a fosse amarrando à história, devolvendo-lhe cada ano de vida, cada ciclo de memória, colando-lhe o futuro no rosto como uma máscara de argila. López (se esse homem jovem, com jeito tão portenho, era López) parecia simpático. Se chamar López era uma desgraça como qualquer outra; certo que seu "até logo, senhorita" havia sido uma gozação, mas para ela teria sido muito pior um "senhora". Quem, a bordo do *Malcolm*, poderia acreditar que não ia para a cama com Raúl? Não dava para pedir às pessoas que acreditassem em coisas desse tipo. Pensou de novo em seu irmão Rodolfo, tão advogado, tão dr. Cronin, tão gravata com motivos vermelhos. "Infeliz, pobre infeliz que jamais vai saber o que é cair de verdade, se jogar no meio da vida como do trampolim mais alto. O coitado com seu horário nos tribunais, sua fachada de homem decente." Começou a escovar raivosamente o cabelo, nua diante do espelho, envolta pela alegria do vapor que uma hélice discreta sorvia pouco a pouco no teto.

15

O corredor era estreito. López e Raúl o percorreram sem uma ideia precisa de direção, até chegar a uma porta Stone fechada. Ficaram olhando com alguma surpresa as pranchas de aço pintadas de cinza e o mecanismo de fecho automático.
— Gozado — disse Raúl. — Poderia jurar que passei por aqui com Paula agora há pouco.
— Uau! Que aparato!— disse López. — Porta corta-fogo ou coisa parecida. Que idioma se fala a bordo?
O marinheiro de guarda ao lado da porta os observava com um ar de quem não entende ou não quer entender. Fizeram gestos indicando que queriam ir em frente. A resposta dele foi um sinal muito claro de que deviam dar meia-volta. Obedeceram, passaram outra vez diante da cabine de Raúl, e o corredor os levou a uma escadinha exterior que descia até o convés da proa. Ouviam-se conversas e risos no escuro, e Buenos Aires já estava longe, como que incendiada. Passo a passo, porque na ponte se adivinhavam bancos, rolos de cordas e cabrestantes, eles se aproximaram da amurada.
— Gozado ver a cidade daqui do rio — disse Raúl. — Sua unidade, suas margens. Estamos sempre tão mergulhados nela, tão esquecidos de sua verdadeira forma.
— Sim, é muito diferente, mas o calor nos castiga do mesmo jeito — disse López. — E o cheiro de barro que chega até as recovas.

— O rio sempre me deu um pouco de medo, imagino que a culpa seja do fundo lamacento, a água suja que parece esconder o que tem mais embaixo. Talvez as histórias de afogados que me pareciam tão assustadoras quando eu era pequeno. Mas não é desagradável tomar banho de rio, ou pescar.

— Este barco é muito pequeno — disse López, que começava a reconhecer as formas. — Estranho que aquela porta de ferro estivesse fechada. Parece que por aqui também não se pode passar.

Viram que o anteparo alto se estendia de um lado a outro da ponte. Havia duas portas atrás das escadinhas por onde se subia para os corredores das cabines, mas López, preocupado sem saber por quê, descobriu em seguida que estavam fechadas à chave. Em cima, na ponte de comando, as amplas janelas deixavam escapar uma luz violácea. Via-se apenas a silhueta de um oficial, imóvel. Mais acima o arco do radar girava preguiçoso.

Raúl teve vontade de voltar à cabine e conversar com Paula. López fumava, as mãos enfiadas nos bolsos. Passou um vulto seguido de uma silhueta corpulenta: dom Galo Porriño explorava a ponte. Ouviram uma tosse, como se alguém buscasse um pretexto para puxar conversa, e Felipe Trejo acabou por se juntar a eles, muito ocupado em acender um cigarro.

— Oi — disse. — Seus camarotes são bons?

— Razoáveis — disse López. — E os de vocês?

Felipe se chateou que de saída o incorporassem à sua família.

— Eu estou com meu velho — disse. — Minha mãe e minha irmã ficaram no camarote ao lado. Tem banheiro e tudo. Olhem lá as luzes, deve ser Berisso ou Quilmes. Vai ver é La Plata.

— Gosta de viajar? — perguntou Raúl, batendo o cachimbo. — Ou é a primeira grande aventura?

Felipe se chateou de novo com o perfil inevitável que traçavam de sua pessoa. Esteve a ponto de não responder ou de dizer que já tinha viajado muito, mas López devia conhecer muito bem os antecedentes de seu aluno. Respondeu vagamente que todo mundo gosta de dar uma volta de barco.

— Claro, e é bem melhor que o Nacional — disse López amigavelmente. — Há quem diga que as viagens educam os jovens. Logo veremos se é verdade.

Felipe riu, cada vez mais desconfortável. Tinha certeza de que poderia conversar numa boa sozinho com Raúl ou qualquer outro passageiro. Mas estava escrito, o velho, a irmã e os dois professores, principalmente o Gato Preto, iam tornar impossível a vida dele. Por um instante fantasiou um desembarque clandestino, cair fora sozinho, andar por aí. "Isso", pensou. "O negócio é se virar sozinho." No entanto não lamentava ter se aproximado dos dois homens. Buenos Aires ali, com todas aquelas luzes, lhe pesava e o exaltava ao mesmo tempo; gostaria de cantar, subir num mastro, correr pelo convés e que já fosse a manhã seguinte, que já fosse uma escala, tipos estranhos, fêmeas, uma piscina. Tinha medo e alegria, e se insinuava o sono das nove da noite que ainda lhe custava disfarçar nos cafés e nas praças.

Ouviram Nora rir; ela descia a escadinha com Lucio. As brasas dos cigarros os guiaram até eles. Nora e Lucio também tinham uma cabine esplêndida, Nora também tinha sono (que não fosse enjoo, por favor) e preferia que Lucio não falasse tanto da cabine em comum. Pensou que podiam muito bem ter dado duas cabines para eles, afinal de contas ainda eram noivos. "Mas vamos nos casar", pensou apressada. Ninguém sabia da história no hotel em Belgrano (fora Juanita Eisen, sua melhor amiga) e além disso aquela noite… Provavelmente iam passar por casados entre os passageiros; mas as listas de nomes, as conversas… Que maravilha Buenos Aires iluminada, as luzes do Kavanagh e do Comega. Ela se lembrava da foto de uma revista da Pan American que havia pendurado em seu quarto, só que era do Rio e não de Buenos Aires.

Raúl entrevia o rosto de Felipe cada vez que alguém aspirava a fumaça do cigarro. Haviam ficado um pouco à parte, e Felipe preferia falar com um desconhecido, principalmente com alguém tão jovem como Raúl, que não devia ter nem vinte e cinco anos. De repente gostava do cachimbo de Raúl, de seu paletó esporte, de seu jeito meio grã-fino. "Mas na certa não é nada metido", pensou. "Cheio da bufunfa, está na cara. Quando eu tiver grana como ele…"

— Já cheira a rio aberto — disse Raúl. — Um cheiro bem ruim mas cheio de promessas. Agora, pouco a pouco, vamos sentir

o que é passar da vida da cidade à do alto-mar. Como uma desinfecção geral.
— Ah, é mesmo? — disse Felipe, que não entendia esse negócio de desinfecção.
— Até que lentamente vamos descobrir as novas formas do tédio. Mas para você será diferente, é sua primeira viagem e tudo vai ser tão... Bem, você mesmo vai pôr os adjetivos.
— Sim, sim — disse Felipe. — Claro, vai ser incrível. O dia todo numa boa...
— Depende — disse Raúl. — Você gosta de ler?
— Claro — disse Felipe, que às vezes incursionava na coleção Rastros. — Você acha que tem piscina?
— Não sei. Num cargueiro é difícil. Acho que vão improvisar uma espécie de tanque com uma armação de madeira e lona, como na terceira classe dos navios.
— Não diga — disse Felipe. — Com lonas? Sensacional!
Raúl acendeu de novo o cachimbo. "Mais uma vez", pensou. "Mais uma vez a tortura florida, a estátua perfeita de onde brota o balbucio estúpido. E escutar, perdoando como um imbecil, até se convencer de que não é tão horrível, que todos os jovens são assim, que não se pode pedir um milagre... Seria preciso ser o anti-Pigmaleão, o petrificador. Mas e depois?"
"Depois, as ilusões, como sempre. Acreditar que as palavras aladas, os livros emprestados com tanto fervor, com parágrafos sublinhados, com explicações..." Pensou em Beto Lacierva, seu sorriso vaidoso dos últimos tempos, os encontros absurdos no parque Lezama, a conversa no banco, o final repentino, Beto guardando o dinheiro que tinha pedido como se fosse seu, as palavras inocentemente perversas e vulgares.
— Viu o coroa da cadeira? — dizia Felipe. — Figura, hein? Legal esse cachimbo.
— Não é ruim — disse Raúl. — Puxa bem.
— Acho que vou comprar um — disse Felipe e ficou vermelho; exatamente o que não tinha que dizer, o cara ia pensar que era um criança.
— Logo vai encontrar tudo o que quiser nos portos — disse Raúl. — Bem, se você quiser experimentar, empresto um meu. Ando sempre com uns dois ou três.

— Sério?
— Claro, às vezes a gente gosta de variar. Aqui a bordo devem vender bom fumo, mas também tenho, se quiser.
— Obrigado — disse Felipe, sem jeito. Sentia como que um sopro de felicidade, um desejo de dizer a Raúl que gostava de conversar com ele. Vai ver, iam poder falar de mulheres, afinal ele parecia mais velho, muitos lhe davam dezenove ou vinte anos. Sem muita vontade se lembrou da Negrita, a essa hora já devia estar na cama, quem sabe chorasse como uma boba ao se sentir sozinha e tendo de obedecer à tia Susana, que era mandona que só. Gozado pensar na Negrita logo agora que estava falando com um homem tão elegante. Teria rido dele, claro. "Deve ter cada gostosa", pensou.

Raúl respondeu à despedida de López, que ia dormir, desejou uma boa-noite a Felipe e subiu devagar a escadinha. Nora e Lucio vinham atrás dele, e não se via a cadeira de dom Galo. Como o motorista teria feito para descer dom Galo até a ponte? No corredor topou com Medrano, que descia por uma escada interna atapetada de vermelho.

— Já descobriu o bar? — disse Medrano. — Está aí em cima, ao lado da sala de refeições. Infelizmente vi um piano numa salinha, mas sempre resta o recurso de cortar as cordas dele um dia desses.

— Ou desafiná-lo para que qualquer coisa que toquem soe a música de Krének.

— Ai, ai, ai, ai — disse Medrano. — Você seria alvo da fúria do meu amigo Juan Carlos Paz.

— Mas nos reconciliaríamos — disse Raúl — graças à minha modesta discoteca de música dodecafônica.

Medrano o olhou.

— Ora, ora — disse —, isto vai ser melhor do que eu pensava. Quase nunca se pode começar uma relação de viagem nesses termos.

— O mesmo digo eu. Até agora meus diálogos foram de ordem meteorológica, com uma digressão sobre a arte de fumar. Pois olha, vou conhecer esses salões aí de cima, onde talvez tenha café.

— Tem, sim, e excelente. Até amanhã.
— Até amanhã — disse Raúl.

Medrano foi para sua cabine, que dava para o corredor de bombordo. As malas ainda estavam por abrir, mas ele tirou o paletó e se pôs a fumar passeando de um lado para outro, sem vontade de nada. Talvez a felicidade fosse isso. Na minúscula escrivaninha haviam deixado um envelope com seu nome. Dentro encontrou um cartão de boas-vindas da Magenta Star, o horário das refeições, detalhes práticos para a vida a bordo e uma lista dos passageiros com indicação de suas respectivas cabines. Assim soube que a seu lado estavam López, os Trejo, dom Galo e Claudia Freire com seu filho Jorge, que ocupavam as cabines ímpares. Encontrou também uma circular em que avisavam os senhores passageiros, em francês e inglês, que por razões técnicas permaneceriam fechadas as portas de comunicação com os cômodos da popa, rogando-lhes que não tentassem ultrapassar os limites fixados pela oficialidade do barco.

— Caramba — murmurou Medrano. — Não dá pra acreditar.

Mas por que não? Se o London, se o inspetor, se dom Galo, se o ônibus preto, se o embarque pouco menos que clandestino, por que não acreditar que os senhores passageiros deveriam se abster de ir à popa? Era quase mais estranho que numa dúzia de sorteados houvesse dois professores e um aluno do mesmo colégio. E mais estranho ainda que num corredor de barco se pudesse mencionar Krének, assim, sem mais.

— Vai ser bom — disse Medrano.

O *Malcolm* cabeceou duas ou três vezes, suavemente. Sem vontade Medrano começou a se ocupar de sua bagagem. Pensou com simpatia em Raúl Costa, passou em revista os outros. Pensando bem, o grupo não era tão ruim; as diferenças se mostravam com clareza suficiente para que de saída se formassem duas associações cordiais — numa delas brilharia o ruivo dos tangos enquanto a outra teria patronos ao estilo de Krének. À parte, sem participar mas atento a tudo, dom Galo giraria sobre suas quatro rodas, espécie de supervisor astuto e sarcástico. Não seria difícil que nascesse uma relação passável entre dom Galo e o dr. Restelli. O adolescente de cabelo preto caído sobre a testa oscilaria entre a facilidade da rapaziada, tão bem representada por Atilio Presutti e Lucio, e o prestígio dos homens mais velhos. O jovem casal tímido tomaria muito sol, tiraria muitas fotos, ficaria até tarde para contar as estrelas. No bar se falaria de artes e letras, e a viagem talvez proporcionasse casos amorosos, resfriados e as falsas amizades que acabam na alfândega entre trocas de cartões e tapinhas afetuosos nas costas.

A essa hora Bettina já devia saber que ele não estava em Buenos Aires. As linhas de despedida que havia deixado para ela perto do telefone encerrariam sem ênfase uma viagem amorosa iniciada em Junín e concluída após um variado périplo portenho com digressões serranas e marplatenses. A essa hora Bettina estaria dizendo: "Não estou nem aí", e realmente não estaria, até começar a chorar. Amanhã — já dois amanhãs diferentes, mas no entanto o mesmo — telefonaria a María Helena para lhe contar da partida de Gabriel; nessa tarde tomaria chá no Águila com Chola ou Denise, e seu relato começaria a se fixar, a descartar as variantes da raiva ou da pura fantasia, adquiriria seu texto definitivo no qual Gabriel não se daria mal porque no fundo Bettina estaria contente que ele tivesse ido embora por um tempo ou para sempre. Uma tarde receberia sua primeira carta de além-mar, e talvez respondesse à posta-restante que ele indicasse. "Mas vamos pra onde?", pensou, pendurando calças e paletós. Por ora, até a popa do barco estava vedada a eles. Não era muito estimulante ficar circunscrito a uma zona tão reduzida, mesmo que fosse apenas nesse momento. Lembrou-se de sua primeira viagem, a terceira classe com marinheiros vigiando nos corredores a sacrossanta tranquilidade dos passageiros da segunda e da primeira, o sistema de castas econômicas, tanta coisa que o tinha divertido e exasperado. Depois havia viajado na primeira e conhecido outras exasperações ainda piores... "Mas nenhuma como a porta fechada", pensou, empilhando as malas vazias. Então lhe ocorreu que para Bettina sua partida seria no começo um pouco como uma porta fechada em que arrancaria as unhas, lutando para quebrar essa barreira de ar e de nada ("paradeiro desconhecido",

"não, nada de carta", "uma semana, quinze dias, um mês...").
Chateado, acendeu outro cigarro. "Foda-se o barquinho", pensou.
"Não foi pra isso que subi a bordo." Resolveu experimentar o chuveiro, só para ter o que fazer.

16

— Veja — disse Nora. — Com este trinco dá pra deixar a porta encostada.
Lucio experimentou o mecanismo e o admirou devidamente. No outro extremo da cabine, Nora abria uma mala de plástico vermelho e tirava seu nécessaire. Encostado na porta, olhou-a trabalhar, aplicada e eficiente.
— Tudo bem?
— Sim, claro — disse Nora, como que surpreendida. — Por que não abre suas malas e arruma tudo? Eu escolhi este armário pra mim.
Desanimado, Lucio abriu uma mala. *"Eu escolhi este armário pra mim"*, pensou. À parte, sempre à parte, ainda escolhendo por conta própria como se estivesse sozinha. Olhava Nora trabalhar, suas mãos hábeis arrumando blusas e pares de meias nas prateleiras. Nora entrou no banheiro, botou frascos e escovas na prateleira da pia, acendeu as luzes.
— Gostou da cabine? — perguntou Lucio.
— Muito boa — disse Nora. — Muito mais bonita do que eu tinha imaginado, apesar de eu ter imaginado que fosse sei lá, mais luxuosa.
— Como as que a gente vê no cinema, não?
— Sim, mas em troca esta é mais...
— Mais íntima — disse Lucio, se aproximando.
— Isso — disse Nora, imóvel e olhando-o com os olhos muito abertos. Reconhecia esse jeito de Lucio olhar, a boca que tremia um pouco como se ele estivesse murmurando alguma coisa. Sentiu sua mão quente nas costas, mas antes que ele pudesse abraçá-la girou em círculo e escapou.

— Vamos — disse. — Não vê tudo o que falta fazer? E essa porta...
Lucio baixou os olhos.

Botou a escova de dentes no lugar, apagou a luz do banheiro. O barco mal se mexia, os ruídos de bordo começavam a se situar pouco a pouco na zona sem surpresas da memória. A cabine ronronava discretamente — se se apoiava a mão num móvel, a gente a sentia vibrar como uma suave corrente elétrica. A escotilha aberta deixava entrar o ar úmido do rio.
Lucio havia demorado no banho para que Nora pudesse se deitar antes. Gastaram mais de meia hora na arrumação do camarote, depois Nora tinha se trancado no banheiro e reaparecido com um roupão que deixava adivinhar por baixo uma camisola rosa. Mas em vez de se deitar abriu um nécessaire com a clara intenção de lixar as unhas. Então Lucio havia tirado a camisa, os sapatos e as meias e se metera por sua vez no banheiro levando um pijama. A água era deliciosa e Nora havia deixado uma fragrância de colônia e sabonete Palmolive.
Quando voltou, as luzes da cabine estavam apagadas, fora as duas lampadazinhas nas cabeceiras das camas. Nora lia *El Hogar*. Lucio apagou a luz de sua cama e foi se sentar perto de Nora, que fechou a revista e desceu as mangas da camisola até os punhos, com um gesto que pretendia distraído.
— Está gostando? — perguntou Lucio.
— Sim — disse Nora. — É tão diferente.
Ele tirou suavemente a revista de Nora e lhe tomou o rosto entre as mãos, beijou-a no nariz, nos cabelos, nos lábios. Ela fechava os olhos, mantinha um sorriso tenso e meio alheio que devolveu Lucio à noite no hotel em Belgrano, à cansativa perseguição inútil. Beijou-a impetuosamente na boca, machucando-a, sem lhe soltar a cabeça que ela jogava para trás. Endireitando-se, arrancou o lençol; agora suas mãos corriam pelo náilon rosa da camisola em busca da pele. "Não, não", ouvia sua voz sufocada, suas pernas já estavam nuas até as coxas, "não, não, assim não", a voz suplicava. Jogando-se sobre ela, apertou-a entre os braços e

a beijou profundamente na boca entreaberta. Nora olhava para cima, em direção à lampadazinha sobre a cama, mas ele não a apagaria, tinha sido a mesma coisa da outra vez, e depois na escuridão ela havia se defendido melhor, e o choro, esse insuportável lamento como se a estivesse machucando. Bruscamente se atirou para um lado e puxou a camisola, aproximou o rosto das coxas apertadas, do ventre que as mãos de Nora queriam defender de seus lábios. "Por favor", murmurou Lucio. "Por favor, por favor." Mas ao mesmo tempo lhe arrancava a camisola, obrigando-a a se endireitar, a deixar que o frio náilon rosa subisse até a garganta e bruscamente se perdesse na sombra fora da cama. Nora havia se encolhido levantando os joelhos e se virando até ficar quase de lado. Lucio se levantou de um salto, despido se estendeu de novo contra ela e lhe passou as mãos pela cintura, abraçando-a por trás e mordendo-a no pescoço com um beijo que suas mãos sustentavam e prolongavam nos seios e nas coxas, tocando-a profundamente como se apenas agora começasse a despi-la de verdade. Nora estendeu a mão e conseguiu apagar a luz. "Espere, por favor espere um pouco, por favor. Não, não, assim não, espere só um pouco." Mas ele não ia esperar, sentia Lucio contra suas costas, e à pressão das mãos e dos braços que a apertavam e a acariciavam se juntava a outra presença, o contato abrasante e duro disso que naquela noite no hotel em Belgrano ela havia se recusado a olhar, a conhecer, isso que Juanita Eisen tinha lhe descrito (mas não se podia dizer que fosse uma descrição) até apavorá-la, isso que podia machucá-la e lhe arrancar gritos, indefesa nos braços do macho, crucificada nele pela boca, pelas mãos, pelos joelhos e por isso que era sangue e dilaceramento, isso sempre presente e terrível nos diálogos de confessionário, na vida das santas e dos santos, a coisa terrível como um sabugo de milho, coitada da Temple Drake (sim, Juanita Eisen havia dito), o horror de um sabugo de milho entrando brutalmente ali onde apenas os dedos podiam andar sem machucar. Agora esse calor nas costas, essa pressão ansiosa enquanto Lucio ofegava contra seu ouvido e se apertava mais e mais, forçando-a com as mãos a entreabrir as pernas, e de repente algo como um rápido fogo líquido entre as coxas, um gemido convulsivo e um apagado alívio provisório porque

também dessa vez ele não pudera, sentia-o vencido apertando-se contra suas costas, queimando-lhe a nuca com uma respiração arquejante em que deslizavam palavras soltas, uma mistura de repreensão e ternura, uma suja tristeza de palavras.
Lucio acendeu a luz, depois de um longo silêncio.
— Vire — disse. — Por favor se vire.
— Está bem — disse Nora. — Vamos nos cobrir, sim?
Lucio se ergueu, procurou o lençol e o estendeu por cima deles. Nora se virou com um só movimento e se apertou contra ele.
— Me diga por quê — quis saber Lucio. — Por que de novo...
— Tive medo — disse Nora, fechando os olhos.
— De quê? Como pode pensar que vou te fazer mal? Me acha assim tão bruto?
— Não, não é isso.
Lucio descia pouco a pouco o lençol enquanto acariciava o rosto de Nora. Esperou que ela abrisse os olhos para lhe dizer: "Me olhe, me olhe agora". Ela mantinha os olhos em seu peito, em seus ombros, mas Lucio sabia que também enxergava mais embaixo, então se endireitou e a beijou, apertando-se contra seus lábios para que não escapasse. Sentia sua boca se crispar, evitar debilmente o beijo, aí a deixou um instante apenas e a beijou de novo, tocou-lhe as gengivas com a língua, sentiu-a ceder pouco a pouco, entrou mais fundo na boca, atraiu-a devagar para ele. Sua mão procurava suavemente o acesso profundo, a certeza. Ouviu-a gemer, mas depois não ouviu mais ou somente ouviu seu próprio grito, as queixas iam se apagando sob esse grito, as mãos paravam de lutar e de afastá-lo, tudo se recolheu em si mesmo e desceu lentamente ao silêncio e ao sono, um dos dois conseguiu apagar a luz, as bocas voltaram a se encontrar, Lucio sentiu um sabor salgado nas faces de Nora, continuou procurando suas lágrimas com os lábios, bebendo-as enquanto lhe acariciava os cabelos e a ouvia respirar cada vez mais devagar, com um soluço apagado de vez em quando, já à beira do sono. Procurando uma posição mais confortável ele se afastou um pouco, olhou a escuridão onde a escotilha mal se desenhava. Bem, dessa vez... Não pensava, era uma tranquilidade tamanha que mal necessitava pensamento. Sim, essa vez havia compensado as outras. Sentiu

nos lábios ressecados o gosto das lágrimas de Nora. Dinheiro vivo, pago no balcão. As palavras nasciam uma atrás da outra, repelindo a ternura das mãos, o gosto salgado nos lábios. "Chora, sua boba", uma palavra, outra, precisas: a volta à razão. "Chora à vontade, bobinha, já era hora de aprender. Não ia me deixar esperando a noite toda." Nora se agitou, mexeu um braço. Lucio lhe acariciou os cabelos e a beijou no nariz. Atrás, bem atrás, as palavras corriam livres, com a desforra pela frente, com o chore à vontade quase desdenhoso, já alheio à mão que continuava, sozinha e por sua conta, acariciando como que descuidada os cabelos de Nora.

17

Claudia estava careca de saber que Jorge não dormiria sem alguma notícia ou alguma novidade fora do comum. Seu melhor sonífero era saber que havia uma centopeia na banheira ou que Robinson Crusoé *realmente* tinha existido. Na falta de outra invenção, ofereceu a ele uma bula de remédio que acabava de aparecer numa das malas.

— Isto está escrito numa língua misteriosa — ela disse. — Será que não são notícias do astro?

Jorge se instalou em sua cama e começou a ler aplicadamente a bula, que o deixou deslumbrado.

— Ouça essa parte, mamãe — disse. — Belorase "Roche" é o éster pirofosfórico da aneurina, coenzima que intervém na fosforilação dos glucídios e assegura no organismo a descarboxilação do ácido pirúvico, metabólito comum à degradação dos glucídios, lipídios e protídeos.

— Incrível — disse Claudia. — Basta um travesseiro ou você quer dois?

— Um já está bom. Mamãe, o que será metabólito? Temos que perguntar pro Persio. Isso só pode vir do astro. Acho que os lipídios e os protídeos devem ser os inimigos dos formigomens.

— Bem provável — disse Claudia, apagando a luz.

— Tchau, mamãe. Mamãe, que barco legal.

— É, não é? Durma bem.
A cabine era a última da série que dava para o corredor de bombordo. Além de gostar do número treze, Claudia ficou contente ao descobrir diante da porta a escada que levava ao bar e à sala de refeições. No bar encontrou Medrano, que reincidia no conhaque depois de uma última e vã tentativa de arrumar as roupas de suas malas. O barman cumprimentou Claudia num espanhol um tanto engomado e lhe ofereceu o cardápio com a insígnia da Magenta Star.

— Os sanduíches são bons — disse Medrano. — Na falta de jantar...

— O maître convida todos a consumir livremente tudo o que desejarem — disse o barman, que já havia anunciado isso com as mesmas palavras a Medrano. — Infelizmente embarcaram à última hora e não pudemos oferecer o jantar.

— Gozado — disse Claudia. — Em compensação tiveram tempo de preparar as cabines e nos acomodar adequadamente.

O barman fez um gesto e esperou as ordens. Pediram cerveja, conhaque e sanduíches.

— É gozado mesmo, mas tem mais — disse Medrano. — Por exemplo, o festivo pelotão que o rapaz ruivo parece comandar não deu as caras por aqui. A priori a gente pensaria que esse tipo de gente tem mais apetite que nós, os linfáticos, se me perdoa que a inclua no time.

— Devem estar enjoados, os coitados — disse Claudia.

— Seu filho já dorme?

— Sim, depois de comer meio quilo de bolachinhas Terrabusi. Achei melhor que se deitasse logo.

— Gosto do seu filho — disse Medrano. — É um belo garoto, com um rosto sensível.

— Sensível demais às vezes, mas se defende com grande senso de humor e ótimas condições para o futebol e os brinquedos de montar. Me diga, você acha realmente que tudo isso...?

Medrano olhou para ela.

— Melhor você me falar do seu filho — disse. — O que posso dizer? Há pouco descobri que não se pode passar para a popa. Não nos deram o jantar, mas em compensação as cabines são sensacionais.

— Pois é, como suspense não se pode pedir mais — disse Claudia.

Medrano lhe ofereceu cigarros, e ela sentiu que lhe agradava esse homem de rosto magro e olhos cinza, vestido com um desalinho cuidadoso que lhe caía muito bem. As poltronas eram confortáveis, o ronronar das máquinas ajudava a não pensar, a se entregar somente ao descanso, nada mais. Medrano tinha razão: para que perguntar? Se tudo acabasse de repente lamentaria não ter aproveitado mais essas horas absurdas e felizes. Outra vez a rua Juan Bautista Alberdi, a escola de Jorge, os romances em série ouvindo os ônibus roncar, a não vida de uma Buenos Aires sem futuro para ela, o tempo plácido e úmido, o noticiário da Rádio El Mundo.

Medrano lembrava com um sorriso os episódios no London. Claudia desejou saber mais dele, mas teve a impressão de que não era homem de confidências. O barman trouxe outro conhaque, ao longe se ouvia uma sirene.

— O medo é pai de coisas muito estranhas — disse Medrano. — A essa hora vários passageiros devem começar a ficar nervosos. Vamos nos divertir, você vai ver.

— Pode rir de mim — disse Claudia —, mas fazia horas que não me sentia tão contente e tão tranquila. Gosto muito mais de uma viagem no *Malcolm*, ou seja lá como se chama, que de uma viagem no *Augustus*.

— A novidade um tanto romântica? — disse Medrano, olhando-a de soslaio.

— A novidade apenas, que já é suficiente num mundo em que as pessoas quase sempre preferem a repetição, como as crianças. Não viu o último anúncio das Aerolíneas Argentinas?

— Talvez, não lembro.

— Recomendam seus aviões dizendo que neles nos sentiremos como em nossa própria casa. "Você estará em seu elemento", ou coisa parecida. Não imagino nada mais pavoroso que subir num avião e me sentir em casa de novo.

— Vão servir mate doce, suponho. Vai ter costela assada e espaguete ao ritmo rabugento dos acordeons.

— Tudo isso é perfeito em Buenos Aires, e desde que a gente se sinta capaz de substituir tudo isso por outras coisas na hora que quiser. Aí está a palavra exata: disponibilidade. Esta viagem pode ser uma espécie de teste.

— Desconfio que vai ser difícil para alguns. Mas falando de anúncios de linhas aéreas, lembro com particular aversão de um, não sei de que companhia norte-americana, que frisava que o passageiro seria tratado de maneira toda especial. "Você se sentirá um personagem importante" ou coisa parecida. Quando penso nos colegas que tenho por aí, que já tremem diante da possibilidade de que alguém os chame de "senhor" em vez de "doutor"... Sim, essa companhia deve ter uma baita clientela.

— Teoria do personagem — disse Claudia. — Ninguém escreveu sobre isso?

— Necessidades criadas demais, talvez. Mas você estava me explicando por que gosta dessa viagem.

— Bem, no fim das contas todos nós ou quase todos acabaremos sendo bons amigos, e não faz sentido manter o curriculum vitae em segredo — disse Claudia. — A verdade é que sou um completo fracasso que não se resigna a se manter fiel a seu rótulo.

— Coisa que desde já me leva a duvidar do fracasso.

— Ora, provavelmente porque é a única razão que ainda me mobiliza a fazer coisas como comprar um bilhete de loteria e ganhar. Vale a pena estar viva por Jorge. Por ele e por umas poucas coisas mais. Certas músicas a que se retorna, certos livros... Todo o resto está podre e enterrado.

Medrano olhou atentamente seu cigarro.

— Eu não sei grande coisa sobre vida conjugal — disse —, mas no seu caso não parece muito satisfatória.

— Me divorciei faz dois anos — disse Claudia. — Por razões tão numerosas como pouco fundamentais. Nem adultério, nem crueldade mental, nem alcoolismo. Meu ex-marido se chama León Lewbaum, talvez o nome lhe diga alguma coisa.

— Oncologista ou neurologista, não?

— Neurologista. Me divorciei antes de ter que entrar em sua lista de pacientes. É um homem extraordinário, posso dizer com mais convicção que nunca agora que penso nele de uma maneira que poderíamos chamar de póstuma. Me refiro a mim mesma, a isso que vai sobrando de mim e que não é muito.

— Apesar de tudo se divorciou dele.

— Sim, me divorciei dele, talvez para salvar o que ainda me restava de identidade. Sabe como é, um dia comecei a descobrir que gostava de sair na hora em que ele entrava, ler Eliot quando ele decidia ir a um concerto, brincar com Jorge em vez de...

— Ah — disse Medrano, olhando-a. — E você ficou com Jorge.

— Sim, tudo se resolveu sem dramas. León nos visita a cada tantos dias e Jorge gosta dele à sua maneira. Eu vivo como gosto, e aqui estou.

— Mas você falou em fracasso.

— Fracasso? Na verdade o fracasso foi me casar com León. Isso não se resolve se divorciando, nem mesmo tendo um filho como Jorge. É anterior a tudo, é o absurdo que me iniciou nesta vida.

— Por quê, se é que se pode perguntar?

— Ora, a pergunta não é nova, eu mesma a repito desde que comecei a me conhecer um pouco. Tenho uma série de respostas: para os dias de sol, para as noites de temporal... Uma coleção variada de máscaras, e atrás, acho, um buraco negro.

— Vamos pedir outro conhaque? — disse Medrano, chamando o barman. — Gozado, mas me parece que a instituição matrimonial não tem nenhum representante entre nós. López e eu solteiros, acho que Costa também, o dr. Restelli viúvo, há uma ou duas garotas casadouras... Ah, dom Galo! Mas vá saber qual é o estado civil de dom Galo. Você se chama Claudia, certo? Eu sou Gabriel Medrano, e minha biografia carece de qualquer interesse. À sua saúde e à de Jorge.

— Saúde, Medrano, e falemos de você.

— Por interesse, por educação? Me desculpe, a gente diz coisas que são meros reflexos condicionados. Mas vou decepcionar você, pra começo de conversa, porque sou dentista e depois porque levo a vida sem fazer nada de útil, cultivando uns poucos amigos, admirando umas poucas mulheres, e levantando com isso um castelo de cartas que desaba a três por quatro. Plaf, tudo no chão. Mas começo de novo. Sabe como é, começo de novo.

Olhou-a e começou a rir.
— Gosto de falar com você — disse. — Mãe de Jorge, o leãozinho.
— Nós dois dizemos grandes besteiras — disse Claudia e riu também. — Sempre as máscaras, claro.
— Ora, as máscaras. A gente sempre tende a pensar no rosto que se esconde, mas na verdade o que conta é a máscara, que seja essa e não outra. Diga-me que máscara usas e te direi que rosto tens.
— A última — disse Claudia — se chama *Malcolm*, que vários de nós compartilham, acho. Olha, quero que conheça Persio. Poderíamos mandar chamá-lo em seu camarote? Persio é uma pessoa admirável, um mago de verdade; às vezes quase me dá medo, mas é como um cordeiro, só que já sabemos quantos símbolos um cordeiro pode esconder.
— É o baixinho careca que estava com vocês no London? Me fez pensar numa foto de Max Jacob que tenho em casa. Por falar no diabo...

— Uma limonada deve bastar para restabelecer o nível dos humores — disse Persio. — E talvez um sanduíche de queijo.
— Que combinação horrorosa — disse Claudia.
A mão de Persio tinha deslizado como um peixe pela de Medrano. Persio estava vestido de branco e havia calçado tênis também brancos. "Tudo comprado de última hora e em qualquer lugar", pensou Medrano, olhando-o com simpatia.
— A viagem se anuncia com sinais desconcertantes — disse Persio, farejando o ar. — O rio ali fora parece doce de leite La Marmota. Meu camarote? Uma coisa sublime. Para que descrevê-lo? Reluzente e cheio de coisas enigmáticas, com botões e cartazes.
— Gosta de viajar? — perguntou Medrano.
— Bem, é o que faço o tempo todo.
— Se refere ao metrô Lacroze — disse Claudia.
— Não, não, eu viajo no infraespaço e no hiperespaço — disse Persio. — São duas palavras idiotas que não significam grande

coisa, mas eu viajo. Pelo menos meu corpo astral percorre itinerários vertiginosos. Enquanto isso, eu estou na Kraft, e tome correções de provas. Veja, esse cruzeiro vai me ser útil para as observações estelares, as sentenças astrais. Sabe o que Paracelso pensava? Que o firmamento é uma farmacopeia. Bonito, não? Agora vou ter as constelações ao alcance da mão. Jorge diz que vemos as estrelas melhor no mar que em terra, principalmente em Chacarita, onde moro.

— Passa de Paracelso para Jorge sem escala — riu Claudia.

— Jorge sabe coisas, quer dizer, é o porta-voz de um saber que depois vai esquecer. Quando fazemos brincadeiras mágicas, as grandes Provocações, ele sempre encontra mais que eu. A única diferença é que depois se distrai, como um macaco ou uma tulipa. Se pudesse mantê-lo focado um pouco mais no que vê... Mas a atividade é uma lei da infância, como provavelmente Fechner dizia. O problema, claro, é Argos. Sempre.

— Argos? — disse Claudia.

— Sim, o multifacetado, o dez-mil-olhos, o simultâneo. Isso, o simultâneo! — exclamou Persio, entusiasmado. — Quando pretendo incorporar a visão de Jorge, não revelo a mais terrível nostalgia da raça? Ver por outros olhos, ser meus olhos e os seus, Claudia, tão bonitos, e os deste senhor, tão expressivos. Todos os olhos, porque isso mata o tempo, acaba de todo com ele. Tchau, cai fora. Suma, já vai tarde.

Fez um gesto de quem espanta uma mosca.

— Vocês percebem? Se eu visse simultaneamente tudo o que veem os olhos da raça, os quatro mil milhões de olhos da raça, a realidade deixaria de ser sucessiva, iria se petrificar numa visão absoluta em que o eu desapareceria aniquilado. Mas essa aniquilação... que lampejo triunfal, que Resposta! Impossível conceber o espaço a partir desse instante, e muito menos o tempo, que é a mesma coisa de forma sucessiva.

— Mas se você sobrevivesse a uma olhada dessas — disse Medrano —, ia começar a sentir o tempo de novo. Vertiginosamente multiplicado pelo número de visões parciais, mas sempre o tempo.

— Oh, não seriam parciais — disse Persio levantando as sobrancelhas. — A ideia é abarcar o cósmico numa síntese total, possível apenas partindo de uma análise igualmente total. Você sabe, a história humana resulta do triste fato de que cada pessoa olha por conta própria. O tempo nasce nos olhos, é sabido.
Tirou do bolso um folheto e o consultou nervosamente. Medrano, que acendia um cigarro, viu surgir à porta o motorista de dom Galo, que observou a cena por um instante e se aproximou do barman.
— Com um pouco de imaginação a gente pode ter uma ideia remota de Argos — dizia Persio, virando as páginas do folheto. — Eu me exercito com coisas como esta, por exemplo. Não serve pra nada, porque só imagino, mas me desperta para o sentimento cósmico, me arranca do torpor sublunar.
A capa do folheto dizia *Guia oficial das estradas de ferro de Portugal*. Persio agitou o guia como um estandarte.
— Se quiserem, sugiro um exercício pra vocês — propôs. — Em outra ocasião vocês podem usar um álbum de fotos, um atlas, um guia telefônico, mas isso serve principalmente para se desdobrar na simultaneidade, fugir deste lugar e por um momento... Melhor eu ir falando. Hora oficial, vinte e duas e trinta. Já se sabe que não é a hora astronômica, já se sabe que estamos quatro horas atrasados em relação a Portugal. Mas não se trata de estabelecer um horóscopo, simplesmente vamos imaginar que lá, um minuto mais, um minuto menos, são dezoito e trinta. Bela hora em Portugal, imagino, com todos os azulejos brilhando.
Abriu resolutamente o guia e o estudou na página 30.
— A grande linha do norte, certo? Vejam bem: neste exato momento o trem 125 corre entre as estações de Mealhada e Aguim. O trem 324 vai partir da estação Torres Novas, falta exatamente um minuto, na realidade muito menos. O 326 está entrando em Sonzelas, e na linha de Vendas Novas, o 2721 acaba de sair de Quinta Grande. Vocês estão vendo, não? Aqui está o ramal de Lousã, onde o trem 629 está precisamente parado na estação desse nome antes de sair para Prilhão-Cascais... Mas já se passaram trinta segundos, quer dizer, só conseguimos imaginar cinco ou seis trens, e no entanto há muitos mais, na linha do

leste o 4111 corre de Monte Redondo a Guia, o 4373 está parado em Leiria, o 4121 vai entrar em Paúl. E a linha do oeste? O 4026 saiu de Martingança e cruza Pataias, o 4028 está parado em Coimbra, mas passam os segundos, e aqui na linha de Figueira, o 4735 chegou agora a Verride, o 1429 vai partir de Pampilhosa, já toca o apito, sai... e o 1432 entrou em Casal... Continuo? Hein, hein?

— Não, Persio — disse Claudia, enternecida. — Tome sua limonada.

— Mas vocês entenderam, não? O exercício...

— Sim, claro — disse Medrano. — Me senti meio como se pudesse ver bem de cima, ao mesmo tempo, todos os trens de Portugal. Não era esse o sentido do exercício?

— O negócio é imaginar que a gente vê — disse Persio, fechando os olhos. — Apagar as palavras e ver somente como neste instante, em apenas um pedacinho insignificante do globo, montões incalculáveis de trens cumprem exatamente seus horários. E depois, pouco a pouco, imaginar os trens da Espanha, da Itália, todos os trens que neste momento, às dezoito e trinta e dois, estão em algum lugar, chegam a algum lugar, partem de algum lugar.

— Fico tonta — disse Claudia. — Ah, não, Persio, não nessa primeira noite e com este conhaque magnífico.

— Bem, o exercício serve para outras coisas — concedeu Persio. — Finalidades mágicas principalmente. Já pensaram nos desenhos? Se neste mapa de Portugal marcamos todos os pontos onde há um trem às dezoito e trinta, pode ser interessante ver que desenho sai daí. Variar de quinze em quinze minutos, para ver por comparação ou superposição como o desenho se altera, se fracassa ou se aperfeiçoa. Obtive resultados curiosos em meus momentos livres na Kraft; não me parece absurdo pensar que um dia verei nascer um desenho que coincida exatamente com alguma obra famosa, um violão de Picasso, por exemplo, ou uma fruteira de Petorutti. Se isso acontecer, vou ter uma cifra, um módulo. Assim vou começar a abraçar a criação a partir de sua base analógica, vou romper o tempo-espaço que é um invento infestado de defeitos.

— O mundo é mágico, então? — perguntou Medrano.
— Olha, até a magia está contaminada por preconceitos ocidentais — disse Persio com amargura. — Antes de chegar a uma formulação da realidade cósmica seria necessário estar aposentado e ter mais tempo para estudar a farmacopeia sideral e tocar a matéria sutil. Que fazer com um expediente de sete horas?
— Tomara que a viagem sirva pra você estudar — disse Claudia, levantando-se. — Começo a sentir um cansaço delicioso de turista. Até amanhã.

Um pouco depois Medrano voltou mais contente à sua cabine e encontrou a energia necessária para abrir as malas. "Coimbra", pensava, fumando o último cigarro. "Lewbaum, o neurologista." Tudo se misturava tão facilmente; talvez também fosse possível extrair um desenho significativo desses encontros e dessas lembranças onde agora entrava Bettina, que o olhava entre surpresa e ofendida, como se o ato de acender a luz do banheiro fosse um insulto imperdoável. "Vamos, me deixe em paz", pensou Medrano, ligando o chuveiro.

18

Raúl acendeu a luz de cabeceira de sua cama e apagou o fósforo que o tinha guiado. Paula dormia, virada para ele. À luz fraca da lâmpada seu cabelo avermelhado parecia sangue no travesseiro.

"Como está bonita", pensou, despindo-se sem pressa. "Como seu rosto relaxa, somem essas rugas sofridas entre as sobrancelhas, sempre carregadas, até quando ri. E sua boca agora parece um anjo de Botticelli, algo tão jovem, tão virgem..." Sorriu, zombeteiro. *"Thou still unravish'd bride of quietness"*, recitou para si mesmo. *"Ravish'd* e *archiravish'd*, coitadinha." Coitadinha da Paula, castigada cedo demais por sua rebeldia insuficiente, numa Buenos Aires que lhe dera apenas sujeitos como Rubio, o primeiro (se era o primeiro, mas era, claro, Paula não mentia para ele), ou como Lucho Neira, o último, sem contar os X e Z e os garotos das praias, e as aventuras de fim de semana ou de banco traseiro de um Mercury ou um De Soto. Vestindo o pijama azul, se aproximou descalço da cama de Paula; vê-la dormir o comovia um tanto embora não fosse a primeira vez, mas agora Paula e ele entravam num ciclo íntimo e quase secreto que duraria semanas ou meses, se durasse, e essa primeira imagem dela adormecida despreocupadamente a seu lado o enternecia um pouco. A infelicidade cotidiana de Paula lhe fora insuportável nos últimos meses. Suas ligações às três da madrugada, as recaídas nas drogas e os passeios sem rumo, seu projeto latente de suicídio, suas tiranias repentinas ("venha já ou me atiro na rua"), seus acessos de alegria por um poema que saía como desejava, suas lágrimas desesperadas que arruinavam gravatas e paletós. As noites em que Paula chegava sem aviso em seu apartamento, irritando-o até o insulto porque estava farto de lhe pedir que telefonasse antes; sua maneira de olhar tudo, de perguntar: "Está sozinho?", como se temesse que houvesse alguém embaixo da cama ou do sofá, e em seguida o riso ou o choro, a confidência interminável entre uísque e cigarros. Sem que isso a impedisse de intercalar críticas ainda mais irritantes por serem justas: "Quem poderia pensar em pendurar aí essa porcaria?", "não viu que sobra um vaso nessa prateleira?", ou seus acessos repentinos de moralismo, sua catequese absurda, o ódio aos amigos, sua provável intromissão na história de Beto Lacierva que talvez explicasse o rompimento brusco e a fuga de Beto. Mas ao mesmo tempo a Paula maravilhosa, a fiel e querida Paula, companheira de tantas noites excitantes, de lutas políticas na universidade, de amores e ódios literários. Coitada da pequena Paula, filha de seu pai cacique político, filha de sua família pretensiosa e despótica, amarrada como um cachorrinho à primeira comunhão, ao colégio de freiras, a meu pároco e meu tio, ao *La Nación* e ao Colón (sua irmã Coca teria dito "a Colón"), e de repente a rua como um grito, o ato absurdo e irrevogável que a tinha segregado dos Lavalle para sempre e para nada, o ato inicial de sua derrocada minuciosa. Pobre Paulita, como pudera ser tão boba na hora das decisões? Além disso (Raúl a olhava balançando a cabeça) as decisões nunca tinham sido radicais. Paula ainda comia o pão dos Lavalle, família aristocrática capaz de abafar o escândalo e pagar um bom apartamento para a ovelha negra. Outra razão para a neurose, as crises de rebeldia, os planos de entrar para a Cruz Vermelha ou morar no estrangeiro, tudo isso debatido na comodidade de um living e um quarto, calefação central e incinerador de lixo. Pobre Paulita. Mas era tão bom vê-la dormir profundamente ("será Luminal, será Nembutal?", pensou Raúl) e saber que estaria ali toda a noite respirando perto dele, que voltava agora para sua cama, apagava a luz e acendia um cigarro ocultando o fósforo entre as mãos.

No camarote 5, a bombordo, o sr. Trejo dorme e ronca exatamente como na cama conjugal da rua Acoyte. Felipe ainda não se deitou embora não se aguente mais de cansaço; tomou um banho, olha no espelho o queixo onde brota uma barba incipiente, se penteia minuciosamente pelo prazer de se ver, de se sentir vivo em plena aventura. Entra na cabine, bota um pijama de linho e se instala na poltrona para fumar um Camel, depois de direcionar a luz ajustável que se projeta em cima do número de *El Gráfico* que folheia sem pressa. Se o velho não roncasse — mas seria pedir muito. Não se conforma com a ideia de não ter uma cabine própria; se por acaso surgisse um programa, ia ser uma encrenca. Seria tão fácil se o velho dormisse em outro lugar. Lembra-se vagamente de filmes e romances em que os passageiros vivem grandes dramas de amor em seus camarotes. "Por que convidei eles?", Felipe diz a si mesmo e pensa na Negrita, que deve estar se despindo no sótão, rodeada de revistas com artistas do rádio e fotos de James Dean e Ángel Magaña. Folheia *El Gráfico*, se demora nas fotos de uma luta de boxe, se imagina vencedor num ringue internacional, dando autógrafos, nocauteando o campeão. "Amanhã estaremos no mar", pensa de repente, e boceja. A poltrona é sensacional mas o Camel já lhe queima os dedos, tem cada vez mais sono. Apaga a luz, acende a da mesinha de cabeceira, deita saboreando cada centímetro do lençol, o colchão ao mesmo tempo firme e macio. Agora lhe ocorre que Raúl também deve estar se deitando depois de fumar um último cachimbo, mas em vez de um velho que ronca terá na cabine aquela ruiva gostosa. Já deve ter se ajeitado contra ela, na certa os dois estão nus e transando. Para Felipe a palavra transar está cheia de tudo o que as práticas solitárias, as leituras e as confidências dos amigos do colégio podem evocar e sugerir. Apagando a luz, se vira pouco a pouco até ficar de lado e espicha os braços na sombra para envolver o corpo da Negrita, da ruiva, um composto em que entram também a irmã mais nova de um amigo e sua prima Lolita, um caleidoscópio que acaricia suavemente até que suas mãos roçam o travesseiro, agarram-no e o arrancam de baixo de sua cabeça, estendem-no contra seu corpo que se cola, excitado, enquanto a boca morde o tecido insípido e morno. Transar, transar, sem saber como arrancou o pijama e está nu contra o travesseiro, se endireita e cai de bruços, empurrando com os quadris, se machucando, sem conseguir gozar, trespassado somente por uma crispação que o desespera e o irrita. Morde o travesseiro, aperta-o contra as pernas, aproximando-o e afastando-o, e por fim cede ao hábito, ao caminho mais fácil, se deixa cair de costas e sua mão inicia a corrida rítmica, a bainha cuja pressão gradua, retarda ou acelera sabiamente, outra vez é a Negrita, em cima dele como Ordóñez lhe mostrou numas fotos francesas, a Negrita que suspira abafadamente, sufocando seus gemidos para que o sr. Trejo não acorde.

 — Enfim — disse Carlos López, apagando a luz. — Contra tudo o que eu temia, esta barbaridade aquática se pôs em marcha.
 Seu cigarro fez desenhos na sombra, depois uma claridade leitosa recortou a escotilha. Estava ótimo na cama, o balanço levíssimo do barco convidava a dormir sem mais embromação. Mas antes López pensou em como tinha sido bom encontrar Medrano entre os companheiros de viagem, na história de dom Galo, na ruiva amiga de Costa, no comportamento desconcertante do inspetor. Depois pensou de novo em sua rápida visita à cabine de Raúl, na troca de farpas com a garota de olhos verdes. Puxa, que amiguinha Costa arrumara. Se não tivesse visto... Mas, claro, tinha visto e não havia nada de mais, um homem e uma mulher compartilhando a cabine número 10. Esquisito, se a tivesse en-

contrado com Medrano, por exemplo, teria parecido perfeitamente natural. Ao passo que com Costa. Não sabia bem por quê... Era absurdo, mas era. Lembrou que no começo o Costals de Montherlant havia se chamado Costa; lembrou de um tal Costa, antigo colega. Por que continuava dando tratos à bola? Alguma coisa não encaixava ali. A voz de Paula ao falar com ele havia sido uma voz à margem da suposta situação. Claro que há mulheres de temperamento incontrolável. E Costa na porta da cabine, sorrindo. Tão simpáticos os dois. Tão diferentes. Esse era o ponto, um casal nada semelhante. Não se sentia o nexo, aquele mimetismo do jogo amoroso ou amistoso em que mesmo as oposições mais abertas giram dentro de algo que as enlaça e as situa.

— Estou me iludindo — disse López em voz alta. — De qualquer forma vão ser ótimos companheiros de viagem. Mas quem sabe, quem sabe.

O cigarro voou como um vaga-lume e se perdeu no rio.

D

Furtivo, um pouco receoso mas excitado e incontrolável, exatamente à meia-noite e na escuridão da proa Persio se instala pronto para a vigília. O belo céu austral o atrai por uns instantes, levanta a cabeça calva e olha os cachos resplandecentes, mas Persio também quer estabelecer e aprofundar um contato com a nave que o leva, e para isso esperou o sono que iguala os homens, se impôs a vigília diligente que haverá de pô-lo em comunicação com a substância fluida da noite. De pé ao lado de um presumível rolo de cordas (em princípio não há cobras nos barcos), sentindo na testa o ar úmido do estuário, estuda em voz baixa os elementos de juízo reunidos a partir do London, estabelece minuciosas nomenclaturas nas quais o heterogêneo de incluir três bandoneones e um Cinzano com soda junto com a forma do anteparo da proa e o vaivém lubrificado do radar se resolve para ele numa paulatina geometria, uma lenta aproximação das razões dessa situação que compartilha com os demais passageiros. Nada em Persio tende à formulação taxativa, e no entanto uma ansiedade contínua o arrebata diante dos problemas banais de sua circunstância. Está certo de que uma ordem somente apreensível pela analogia rege o caos portátil onde um cantor se despede de seu irmão e uma cadeira de rodas acaba numa empunhadura cromada; como a certeza obscura de que existe um ponto central onde cada elemento discordante pode chegar a ser visto como um raio da roda. A ingenuidade de Persio não é tão grande para ignorar que a decomposição do fenomênico deveria preceder a toda tentativa arquitetônica, mas ao mesmo tempo ama o caleidoscópio incalculável da vida, saboreia com deleite a presença em seus pés de uns novíssimos tênis da marca Pirelli, escuta enternecido o rangido de uma roda da proa e o manso chapinhar do rio na quilha. Incapaz de renunciar ao concreto para finalmente se instalar na dimensão da qual as coisas passam a ser casos e o repertório sensorial cede a uma vertiginosa equivalência de vibrações e tensões de energia, opta por uma humilde tarefa astrológica, uma aproximação tradicional por meio da imagem hermética, dos tarôs e do favorecimento do acaso esclarecedor. Persio confia em alguma coisa como um gênio desengarrafado que o oriente no emaranhado dos fatos e, semelhante à proa do Malcolm que corta em dois o rio e a noite e o tempo, avança tranquilo em sua meditação que descarta o trivial — o inspetor, por exemplo, ou as estranhas proibições que reinam a bordo — para se concentrar nos elementos que tendem a uma maior coerência. Faz um tempo que seus olhos exploram a ponte de comando, se detêm na ampla escotilha vazia que deixa passar uma luz violeta. Quem quer que pilote o barco deve estar no fundo da cabine translúcida, longe dos vidros que fosforecem na leve bruma do rio. Persio sente como que um espanto que sobe degrau por degrau, visões de barcos fatais sem timoneiro correm por sua memória, leituras recentes o abastecem de visões onde a sinistra região do noroeste (e Tuculca com um caduceu verde na mão, ameaçador) se misturam com Arthur Gordon Pym e a barca de Erik no lago subterrâneo da Ópera, ora veja que mistureba. Mas ao mesmo tempo Persio teme, não sabe por quê, o momento previsível em que na escotilha se recortará a silhueta do piloto. Até agora as coisas aconteceram numa espécie de delírio benévolo, mensurável e inteligível pouco depois de encastrar os elementos soltos; mas alguma coisa lhe diz (e essa coisa poderia ser justamente a explicação inconsciente de tudo o que aconteceu) que no decorrer da noite vai se instaurar uma ordem, uma causalidade inquietante desencadeada e encadeada ao mesmo tempo pela pedra angular que de um momento para outro se assentará no coroamento do arco. E assim Persio treme e recua exatamente no momento em que uma silhueta se recorta na ponte de comando, um torso negro se inscreve imóvel, de pé e imóvel contra o vidro. Em cima os astros giram lentamente, bastou a chegada do capitão para que o barco altere sua rota, agora o mastro maior deixa de acariciar Sírio, oscila para a Ursa Menor, espeta-a e a fustiga até afastá-la. "Temos capitão", pensa Persio, trêmulo, "temos capitão." E é como se na desordem do pensamento rápido e flutuante de seu sangue coagulasse lentamente a lei, mãe do futuro, a lei, começo de uma rota inexorável.

Primeiro dia

> ... *le ciel et la mer s'ajustent ensemble pour former une espèce de guitare...*
>
> Audiberti, *Quoat-Quoat*

19

As atividades noturnas de Atilio Presutti culminaram numa mudança: teve que tirar uma cama de sua cabine, com a colaboração emburrada de um camareiro quase mudo, e transportá-la para a cabine ao lado, compartilhada por sua mãe, a mãe da Nelly e a própria Nelly. A instalação se complicou devido à forma e ao tamanho da cabine, e dona Rosita falou várias vezes em deixar as coisas como estavam antes e ir dormir com seu filho, mas o Pelusa se descabelou e disse que no fim das contas três mulheres juntas era uma coisa bem diferente que uma mãe com seu filho, e que no camarote não havia biombos nem outras separações. Por fim conseguiram meter a cama entre a porta do banheiro e a de entrada, e o Pelusa reapareceu com uma caixinha de pêssegos que o Rusito tinha lhe dado de presente. Embora todos tivessem fome não se animaram a tocar a sineta e perguntar se haveria jantar; comeram os pêssegos e a mãe da Nelly sacou uma garrafa de licor de ginja e um chocolate Dolca. Em paz, o Pelusa voltou à sua cabine e se pôs a dormir como uma pedra.

Quando acordou eram sete horas e um sol nebuloso se filtrava pela escotilha. Sentado na cama e se coçando por cima da camiseta, admirou com a luz natural o luxo e o tamanho de seu camarote. "Que sorte que a velha é uma senhora, assim tem que dormir com as outras", pensou satisfeito ao calcular a independência e a importância que o camarote exclusivo lhe dava. Camarote número 4, do sr. Atilio Presutti. Subimos pra cima pra ver o que acontece? Acho que o barco está parado, vai ver a gente já chegou a Montevidéu. Ai Jesus, que banheiro, que privada, *mamma mia*! Com papel rosa, é de matar! Esta tarde ou amanhã tenho que estrear o chuveiro, deve ser incrível. Mas olha só esta pia, parece a piscina do Sportivo Barracas, aqui você pode lavar o pescoço sem respingar nada, puxa, e que água mais morna sai...

O Pelusa ensaboou energicamente o rosto e as orelhas, cuidando para não molhar a camiseta. Depois botou o pijama novo listrado, os tênis de basquete e retocou o penteado antes de sair; na pressa esqueceu de escovar os dentes, e isso que dona Rosita havia comprado uma escova nova para ele.

Passou diante das portas dos camarotes de estibordo. Os caras deviam estar roncando ainda, na certa era o primeiro a chegar ao convés da proa. Mas ali deparou com o garotinho que viajava com a mãe e que o olhou amistosamente.

— Bom dia — disse Jorge. — Ganhei de todos, viu?

— E aí, garoto? — condescendeu o Pelusa, que se aproximou da amurada e se segurou com as duas mãos. — Credo! — disse. — Mas a gente está ancorado na frente de Quilmes!

— Isso é Quilmes, com esses tanques e esse ferros? — perguntou Jorge. — É aí que fabricam a cerveja?

— Que coisa! — repetia o Pelusa. — E eu que achava que a gente já estava em Montevidéu e quem sabe se podia descer e tudo, eu que não conheço...

— Quilmes deve estar bem perto de Buenos Aires, não?

— Perto? Você pega o bonde e chega em dois palitos! Periga

a turma do Japonês estar me espiando ali da beira, são todos dessas bandas... Mas que droga de viagem é essa, hein?

Jorge examinou o Pelusa com olhos sagazes.

— Faz uma hora que estamos ancorados — disse. — Eu subi às seis, não tinha mais sono. Sabe que aqui nunca se vê ninguém? Passaram dois marinheiros apressados por alguma coisa da manobra, mas acho que não me entenderam quando falei com eles. Na certa eram lipídios.

— Hein?

— Lipídios. São uns caras muito esquisitos, não falam nada. A menos que sejam protídeos, deve ser fácil confundi-los.

O Pelusa olhou Jorge de soslaio. Ia lhe perguntar alguma coisa quando a Nelly e sua mãe apareceram na escadinha, as duas de calças e sandálias espalhafatosas, óculos de sol e lenços na cabeça.

— Ai, Atilio, que barco maravilhoso! — disse a Nelly. — Tudo brilha que dá gosto, e o ar, que ar!

— Que ar! — disse dona Pepa. — E você, Atilio, que madrugador.

Atilio se aproximou e a Nelly lhe apresentou a bochecha, onde ele depositou um beijo. Imediatamente esticou o braço e apontou a costa.

— Mas eu conheço isso — disse a mãe da Nelly.

— Berisso! — disse a Nelly.

— Quilmes — disse o Pelusa, lúgubre. — Me digam que tipo de cruzeiro é este.

— Eu pensava que a gente já estava mar afora e que o barco não se mexia nada — disse a mãe da Nelly. — Vai saber se não têm algum troço quebrado e têm que consertar.

— Quem sabe vieram botar gasolina — disse a Nelly.

— Esses barcos usam óleo diesel — disse Jorge.

— Pois é, isso — disse a Nelly. — E este pequerrucho aqui sozinho? A mamãe está lá embaixo, querido?

— Sim — disse Jorge, olhando-a de soslaio. — Está contando as aranhas.

— Contando o quê, hein?

— A coleção de aranhas. Sempre trazemos quando viajamos. De noite escaparam cinco, mas acho que mamãe já encontrou três.

A mãe da Nelly e a Nelly abriram a boca. Jorge se abaixou para se esquivar da palmada amistosa mas pesada do Pelusa.

— Mas não está vendo que o garoto está zoando? — disse o Pelusa. — Vamos subir pra cima pra ver se dão o rango pra gente, estou com uma fome do cão.

— Diz que o café da manhã desses barcos costuma ser bem sortido — disse a mãe da Nelly com ar displicente. — Li que oferecem até suco de laranja. Você se lembra daquele filme, querida? Aquele onde trabalhava a moça... que o pai era sei lá o que de um jornal e não queria deixar ela sair com o Gary Cooper.

— Ora, mãe, não era esse.

— Era sim, não lembra que era colorido e que ela cantava de noite aquele bolero em inglês... Mas, espera aí, então não era com Gary Cooper. Aquele do acidente no trem, não lembra?

— Não, não, mãe — dizia a Nelly. — Que coisa, está sempre trocando as bolas.

— Serviam suco de frutas — insistiu dona Pepa.

A Nelly se pendurou no braço do noivo para subir até o bar, e no caminho perguntou pra ele em voz baixa se gostava de suas calças, ao que Atilio respondeu emitindo uma espécie de urro sufocado e apertando-lhe o braço até machucá-lo.

— E pensar — disse o Pelusa, falando no ouvido dela — que já podia ser minha esposa se não fosse por teu pai.

— Ai, Atilio — disse a Nelly.

— A gente ia ter o camarote só pra nós dois.

— Você acha que não penso de noite? Quero dizer, que a gente já podia ter casado.

— E agora vamos esperar até que teu velho entregue a casinha.

— Pois é. Você sabe como ele é.

— Uma mula — disse o Pelusa respeitosamente. — Pelo menos a gente pode ficar junto a viagem toda, jogar baralho e de noite dar uma volta no convés, viu lá?, tem uns rolos de corda... Beleza, ninguém vai nos ver. Estou com uma fome, mas uma fome...

— O ar do rio é muito estimulante — disse a Nelly. — Que acha da minha mãe de calças?

— Está muito bem — disse o Pelusa, que jamais tinha visto nada mais parecido com uma caixa de correio. — Minha velha não quer botar essas coisas, ela é toda antiquada, ainda mais que de repente o velho perde as estribeiras. Você sabe como é.

— Na tua casa são muito impulsivos — disse a Nelly. — Vai chamar tua mãe e subimos. Olha essas portas, que limpeza.

— Ouve só como matraqueiam no bar — disse o Pelusa. — Parece que na hora do rango todos dão as caras. Vamos juntos buscar a velha, não gosto que você suba sozinha.

— Ora, Atilio, não sou criança.

— Só tem gavião neste barco — disse o Pelusa. — Você vai comigo e fim de papo.

20

O bar estava preparado para o café da manhã. Havia seis mesas postas e o barman ajeitava no lugar o último guardanapo de papel florido quando López e o dr. Restelli entraram quase ao mesmo tempo. Escolheram uma mesa, e logo depois dom Galo, que parecia se dar por apresentado embora ainda não houvesse falado com ninguém, se juntou a eles e mandou embora o motorista com um estalo seco dos dedos. López, admirado que o motorista fosse capaz de subir a escada com dom Galo e a cadeira de rodas (transformada para a ocasião numa espécie de canastra que se sustentava no ar, e nisso estava a façanha), perguntou por sua saúde.

— Vou levando — disse dom Galo com um sotaque galego nada desgastado por cinquenta anos de comércio na Argentina. — Aqui é úmido demais, sem contar que ontem à noite não se jantou.

O dr. Restelli, vestido de branco e de boné, entendia que a organização era um tanto deficiente, se bem que as circunstâncias atenuassem a responsabilidade das autoridades.

— Que nada, homem — disse dom Galo. — Positivamente intolerável, como sempre a burocracia pretende desbancar a iniciativa privada. Se essa viagem tivesse sido organizada pela Exprinter, teríamos nos poupado de muitos contratempos, certeza. López se divertia. Hábil em provocar discussões, insinuou que as agências também costumavam vender gato por lebre, e que de qualquer forma a Loteria Turística era uma invenção oficial.

— Mas naturalmente, naturalmente — apoiou o dr. Restelli. — O sr. Porriño... Acho que é este o sobrenome dele. O sr. Porriño não deveria esquecer que o mérito inicial recai na inteligente visão de nossas autoridades, e que...

— Contradição — cortou dom Galo secamente. — Jamais conheci autoridades que tivessem visão de alguma coisa. Veja você, no ramo de casas comerciais não há um decreto do governo que não seja um disparate. Sem ir mais longe, as medidas sobre importação de tecidos. O que me dizem delas? Uma barbaridade, naturalmente. Na Associação dos Lojistas, da qual sou presidente honorário faz três lustros, minha opinião foi expressa na forma de duas cartas abertas e uma representação ao Ministério de Comércio. Resultados, senhores? Nenhum. Isso é o governo.

— Permita-me um aparte, senhor — o dr. Restelli adotava ares de galo que tanto divertiam López. — Longe de mim defender em sua totalidade a obra governamental, mas um professor de história tem, por assim dizer, certo senso comparativo, e posso lhe assegurar que o governo atual, e geralmente a maioria dos governos, representa a moderação e o equilíbrio frente a forças privadas muito respeitáveis, não discuto, mas que costumam pretender para si o que não pode se conceder a elas sem menosprezo da ordem nacional. Isso vale não só para as forças vivas, meu caro senhor, como também para os partidos políticos, a moral da população e a administração municipal. O que é necessário evitar a todo custo é a anarquia, mesmo em suas formas mais larvares.

O barman começou a servir café com leite. Enquanto o fazia, escutava com extremo interesse o diálogo e movia os lábios como se repetisse as palavras principais.

— Para mim um chá com muito limão — ordenou dom

Galo sem olhá-lo. — Sim, sim, na mesma hora todo mundo fala de anarquia, quando é evidente que a verdadeira anarquia é a oficial, dissimulada de leis e regulamentos. Logo os senhores verão que esta viagem vai ser um desastre, um verdadeiro desastre.

— Por que embarcou, então? — perguntou López como que distraído.

Dom Galo se sobressaltou visivelmente.

— Como assim?!, são duas coisas diferentes. Por que não havia de embarcar se ganhei na loteria? E depois, os defeitos vão se revelando em campo.

— Pelas suas ideias os defeitos deviam ser previsíveis, não acha?

— Claro, mas e se por acaso as coisas derem certo?

— Ou seja, o senhor reconhece que a iniciativa oficial pode ser eficiente em certas coisas — disse o dr. Restelli. — Pessoalmente trato de me mostrar compreensivo e me pôr no papel do governante. ("Isso é o que você queria, deputado fracassado", pensou López com mais simpatia que malícia.) O leme do Estado é coisa séria, meu estimado confrade, e felizmente está em boas mãos. Talvez não enérgicas o bastante, mas bem-intencionadas.

— Pronto, já apareceu o governo forte — disse dom Galo, besuntando uma torrada com vigor. — Não, senhor, precisamos é de um comércio intensivo, um movimento mais amplo de capitais, oportunidades pra todo mundo, dentro de certos limites, é claro.

— Não são coisas incompatíveis — disse o dr. Restelli. — Mas é necessário que haja uma autoridade atenta e com amplos poderes. Admito e sou paladino da democracia na Argentina, mas a confusão da liberdade com a libertinagem encontra em mim um adversário decidido.

— Quem fala em libertinagem? — disse dom Galo. — Em matéria de moral, eu sou tão rigoroso como qualquer um, porra.

— Não usava o termo nesse sentido, mas, posto que o toma em sua acepção corrente, aprecio que coincidamos nesse terreno.

— E na geleia de morango, que está muito boa — disse López, profundamente entediado. — Não sei se notaram que estamos ancorados faz um tempo.

— Alguma avaria — disse dom Galo, satisfeito. — Você! Um copo d'água!

Cumprimentaram educadamente a progressiva entrada de dona Pepa e o resto da família Presutti, que se instalou com comentários loquazes numa mesa onde a manteiga abundava. O Pelusa se aproximou deles como para lhes permitir uma visão mais completa de seu pijama.

— Oi, tudo bem? — disse. — Vocês viram? Estamos na frente de Quilmes, sim, senhor.

— De Quilmes! — exclamou o dr. Restelli. — De jeito nenhum, meu caro, deve ser a Banda Oriental.

— Eu conheço os gasômetros — afirmou o Pelusa. — Taí minha noiva que não me deixa mentir. Garanto que é Quilmes, dá pra ver as casas e as fábricas.

— E por que não? — disse López. — A gente presume que nossa primeira escala marítima deve ser Montevidéu, mas se nosso rumo for outro, o sul, por exemplo...

— O sul? — disse dom Galo. — E o que nós vamos fazer no sul?

— Ah, isso... Acho que agora vamos saber. Você conhece o itinerário? — perguntou López ao barman.

O barman teve que admitir que não o conhecia. Ou, melhor dizendo, até o dia anterior ele o conhecia, era uma viagem a Liverpool com oito ou nove escalas rotineiras. Mas depois haviam começado as negociações com terra e agora ele estava na maior ignorância. Cortou sua explanação para atender ao urgente pedido do Pelusa, de mais leite no café, e López se virou com ar perplexo para os outros.

— Temos que procurar um oficial — disse. — Já devem ter estabelecido um itinerário.

Jorge, que havia simpatizado com López, rapidamente se aproximou deles.

— Aí vêm os outros — anunciou. — Mas os de bordo... invisíveis. Posso me sentar com vocês? Café com leite e pão com geleia, por favor. Aí estão, não falei?

Medrano e Felipe apareceram com ar meio surpreso, meio sonolento. Atrás vieram Raúl e Paula. Enquanto trocavam bons-

-dias, entraram Claudia e o resto da família Trejo. Só faltavam Lucio e Nora, sem contar Persio porque Persio nunca dava a impressão de faltar em lugar nenhum. O bar se encheu de ruídos de cadeiras, comentários e fumaça de cigarro. A maioria dos passageiros começava a se ver de verdade pela primeira vez. Medrano, que havia convidado Claudia para compartilhar sua mesa, descobriu que ela era mais jovem do que tinha pensado na véspera. Paula era evidentemente mais nova, mas havia como que um peso em suas pálpebras, um repentino tique que lhe contraía um lado do rosto; nesse momento parecia da mesma idade que Claudia. A notícia de que estavam diante de Quilmes havia chegado a todas as mesas, provocando risos ou comentários irônicos. Medrano, com a sensação de um anticlímax particularmente ridículo, viu Raúl Costa que se aproximava de uma escotilha e falava com Felipe; acabaram se sentando à mesa em que já estava Paula, enquanto López saboreava malignamente o visível desagrado com que a família Trejo assistia à secessão. O motorista reapareceu para levar dom Galo, e o Pelusa logo correu para ajudar. "Uma boa pessoa", pensou López. "Como lhe explicar que precisa deixar o pijama na cabine?" Falou para Medrano, em voz baixa, de mesa a mesa.

— Esse é o problema de sempre — disse Medrano. — A gente não pode se ofender com a ignorância ou a grosseria dessas pessoas quando nem você, nem eu, jamais fizemos nada para ajudar a acabar com ela. Preferimos nos organizar de maneira a ter o menor contato com elas, mas quando as circunstâncias nos obrigam a conviver...

— Estamos perdidos — disse López. — Eu, pelo menos. Me sinto supercomplexado diante de tanto pijama, tanta revista *Maribel* e tanta inocência.

— Oportunidade que inconscientemente eles exploram para que nos sintamos deslocados, já que também os incomodamos. Cada vez que cospem no convés em vez de no mar é como se nos dessem um tiro entre os olhos.

— Ou quando botam o rádio a toda, depois falam aos berros para se entender, não conseguem ouvir bem o rádio e aumentam mais ainda o volume et cetera, ad infinitum.

— Principalmente — disse Medrano — quando exibem o tesouro tradicional dos lugares-comuns e das ideias feitas. A seu modo são extraordinários, como um boxeador no ringue ou um trapezista, mas a gente não se vê viajando o tempo todo com atletas e acrobatas.

— Não fiquem tristes — disse Claudia, oferecendo cigarros — e antes de mais nada não alardeiem tão cedo seus preconceitos burgueses. Que acham do elo intermediário, quer dizer, a família do estudante? Aí estão umas boas pessoas mais infelizes que nós, porque não se entendem nem com o grupo do ruivo nem com nossa mesa. Aspiram a ela, claro, mas nós recuamos apavorados.

Os aludidos debatiam em voz baixa, com repentinos agudos e interjeições, a conduta malcriada do filho e irmão. A sra. Trejo não estava disposta a permitir que esse pirralho se aproveitasse da situação para se emancipar aos dezesseis anos e meio, e se seu PAI não lhe falasse com energia... Mas o sr. Trejo não deixaria de fazê-lo, que ela não se preocupasse. Por sua vez a Beba era a própria imagem do desdém e da reprovação.

— Bom — disse Felipe. — Navegar tanto a noite toda... Esta manhã, mal olhei pela janela, zás, vejo umas chaminés. Quase me deito de novo.

— Isso vai ensinar você a não madrugar — disse Paula, bocejando. — E você, querido, nunca mais me acorde. Tenho uma honorável linhagem de dorminhocos tanto pelo lado dos Lavalle como dos Ojeda, e preciso manter os brasões bem polidos.

— Tudo bem — disse Raúl. — Fiz isso por sua saúde, mas, sabe como é, essas iniciativas são sempre mal recebidas.

Felipe ouviu perplexo. Um pouco tarde, já, para se pôr de acordo em matéria de sono. Se aplicou atentamente à tarefa de comer um ovo duro, olhando de soslaio para a mesa da família. Paula o observava entre duas nuvens de fumaça. Nem melhor nem pior que os outros; parecia que a idade os uniformizava, fazia-os indistintamente cabeçudos, cruéis e deliciosos. "Vai sofrer", disse a si mesma, mas não pensava nele.

* * *

— Sim, vai ser melhor — disse López. — Olha, Jorgito, se já acabou vai ver se encontra por aí alguém do pessoal de bordo, e peça pra subir um momento.
— Um oficial, ou um lipídio qualquer?
— Melhor um oficial. Quem são os lipídios?
— Sei lá — disse Jorge. — Mas na certa que são inimigos. Tchau.
Medrano fez um sinal ao barman, que se debruçara no balcão. O barman se aproximou meio chateado.
— Quem é o capitão?
Para surpresa de López, do dr. Restelli e de Medrano, o barman não sabia.
— Pois é — explicou como que abatido. — Até ontem era o capitão Lovatt, mas à noite ouvi dizer... Houve mudanças, sobretudo porque agora vocês vão viajar, e...
— Como assim, mudanças?
— Sim, uns arranjos. Acho que não vamos mais pra Liverpool. Ontem ouvi... — ele se interrompeu, olhando em volta. — É melhor falarem com o maître, vai ver ele sabe alguma coisa. Vai chegar a qualquer momento.
Medrano e López se consultaram com um olhar e o deixaram ir. Parecia que só restava admirar a costa de Quilmes e bater papo. Jorge voltou com a notícia de que não havia oficiais à vista e que os dois marinheiros que pintavam um cabrestante não entendiam espanhol.

21

— Vamos pendurar aqui — disse Lucio. — Com o ventilador vai secar num instante e depois botamos de volta.
Nora acabou de torcer a parte do lençol que havia lavado.
— Sabe que horas são? Nove e meia, e estamos ancorados em algum lugar.
— Sempre me levanto a essa hora — disse Nora. — Tenho fome.

— Eu também. Mas já devem ter servido o café da manhã. A bordo o horário é muito diferente.

Se olharam. Lucio se aproximou e abraçou Nora suavemente. Ela botou a cabeça em seu ombro e fechou os olhos.

— Tudo bem? — disse ele.
— Sim, Lucio.
— Verdade que gosta um pouquinho de mim?
— Um pouquinho.
— E que está contente?
— Humm.
— Não está contente?
— Humm.
— Humm — disse Lucio, e a beijou nos cabelos.

O barman os olhou com desaprovação, mas se apressou a arrumar a mesa que a família Trejo já havia abandonado. Lucio esperou que Nora estivesse sentada e se aproximou de Medrano, que o informou do que acontecia. Quando contou para Nora, ela não quis acreditar. Em geral as mulheres se mostravam mais escandalizadas, como se cada uma tivesse traçado um itinerário prévio, cruelmente desmentido logo no começo. No convés, Paula e Claudia olhavam desconcertadas o espetáculo fabril da costa.

— Pensar que dali a gente poderia voltar de ônibus pra casa — disse Paula.

— Começo a achar que não seria má ideia — riu Claudia.

— Mas isso tem um lado cômico que me diverte. Agora só falta encalharmos em Isla Maciel, por exemplo.

— E Raúl que nos imaginava nas ilhas Marquesas antes de um mês.

— E Jorge que se prepara para pisar as terras de seu amado capitão Hatteras.

— Que belo menino você tem — disse Paula. — Já somos grandes amigos.

— Que bom, porque Jorge não é fácil. Se não vai com a cara de alguém... Saiu a mim, receio. Está contente com a viagem?

— Bem, contente não é a palavra certa — disse Paula, pestanejando como se tivesse entrado um cisco no olho. — Esperançosa, quem sabe. Acho que preciso mudar um pouco de vida, assim como o Raúl, e por isso decidimos embarcar. Imagino que aconteça o mesmo com quase todos.

— Mas não é a primeira vez que você viaja.

— Não, estive na Europa há seis anos, e a verdade é que foi bastante ruim.

— Acontece — disse Claudia. — A Europa não é só os Uffizi e a Place de la Concorde. Pra mim é, por ora, talvez porque vivo num mundo de literatura. Mas talvez a cota de desencanto seja maior do que a gente imagina daqui.

— Não é isso, pelo menos no meu caso — disse Paula. — Para falar com franqueza, sou completamente incapaz de representar pra valer o personagem que me sortearam. Cresci numa contínua ilusão de realizações pessoais e fracassei sempre. Aqui, diante de Quilmes, com este rio cor de cocô de criança, pode-se inventar um bom capítulo de justificativas. Mas chega o dia em que a gente entra na escala dos arquétipos, se mede com as colunas gregas, por exemplo... e afunda mais ainda. Me espanta — acrescentou, pegando o maço de cigarros — que certas viagens não acabem com um tiro na cabeça.

Claudia aceitou um cigarro, viu a família Trejo se aproximar e Persio todo animado na proa, cumprimentando-a com gestos. O sol começava a incomodar.

— Agora compreendo — disse Claudia — por que Jorge simpatiza com você, fora que ele é fascinado por olhos verdes. Mesmo que não esteja mais na moda fazer citações, lembre-se da frase de um personagem de Malraux: a vida não vale nada, mas nada vale uma vida.

— Gostaria de saber como esse personagem acaba — disse Paula, e Claudia sentiu que sua voz havia se alterado. Apoiou a mão no braço dela.

— Não lembro — disse. — Talvez com um tiro na cabeça. Mas provavelmente disparado por outra pessoa.

Medrano olhou seu relógio.

— Na verdade isso está começando a ficar chato — disse. — Como ficamos mais ou menos sozinhos, que acha de escolhermos alguém para perfurar o muro do silêncio?

López e Felipe concordaram, mas Raúl propôs que fossem juntos atrás de um oficial. Na proa não havia mais que dois marinheiros loiros, que balançaram a cabeça e soltaram uma ou outra frase que podia ser em norueguês ou finlandês. Percorreram o corredor de estibordo sem encontrar ninguém. A porta da cabine de Medrano estava encostada, e um camareiro os cumprimentou num espanhol laborioso. Era melhor que vissem o maître, que devia estar preparando a sala de refeições para o almoço. Não, não se podia ir até a popa, não podia lhes dizer por quê. O capitão Lovatt, sim. Já não era mais o capitão Lovatt? Até ontem era o capitão Lovatt. Outra coisa: rogava aos senhores que fechassem com chave suas cabines. Se tinham objetos de valor...

— Vamos atrás do famoso maître — disse López, chateado.

Voltaram ao bar, meio desanimados, e toparam com Lucio e Atilio Presutti, que debatiam o problema do *Malcolm* estar fundeado. Do bar se passava a uma sala de leitura, onde se destacava agourento um piano escandinavo, e à sala de refeições, cujas proporções mereceram um assobio admirativo de Raúl. O maître (só podia ser o maître porque tinha um sorriso de maître e dava ordens a um garçom que o olhava com cara taciturna) distribuía flores e guardanapos. Lucio e López se adiantaram, e o maître levantou umas sobrancelhas grisalhas e os cumprimentou com certa indiferença que não excluía a amabilidade.

— Veja bem — disse López —, estes senhores e eu estamos um tanto surpresos. São dez da manhã e ainda não temos a menor notícia sobre a viagem que vamos fazer.

— Pois é, as notícias sobre a viagem — disse o maître. — Acho que vão entregar aos senhores um folheto ou um boletim. Eu mesmo não estou muito a par.

— Aqui ninguém está a par — disse Lucio com um tom mais alto que o necessário. — Acha bem-educado nos deixar... a ver navios? — terminou todo vermelho e procurando em vão um jeito de continuar.

— Senhor, apresento aos senhores minhas escusas. Não pensei que no decorrer da manhã... Estamos bastante atarefados — acrescentou. — O almoço será servido às onze em ponto e o jantar, às vinte. O chá no bar, às dezessete. Os senhores que desejarem comer em suas cabines...

— Falando em desejos — disse Raúl —, gostaria de saber por que não se pode passar para a popa.
— *Technical reasons* — disse rapidamente o maître, e em seguida traduziu a frase.
— O *Malcolm* está avariado?
— Oh, não.
— Por que estamos ancorados no rio a manhã toda?
— Zarparemos em seguida, senhor.
— Para onde?
— Não sei, senhor. Imagino que vão informar no boletim.
— Podemos falar com um oficial?
— Fui avisado de que um oficial virá à hora do almoço para cumprimentar os senhores.
— Não dá pra mandar um telegrama? — disse Lucio, para dizer algo prático.
— Para onde, senhor? — perguntou o maître.
— Como pra onde? Pra casa, cara — disse o Pelusa. — Pra ver como a família está passando. Eu tenho uma prima com apendicite.
— Coitada — se solidarizou Raúl. — Enfim, esperemos que o oráculo se apresente junto com os hors-d'oeuvre. Por mim vou admirar a praia quilmenha, pátria de Victorio Câmpolo e outros próceres.
— Gozado — disse Medrano a Raúl, enquanto saíam meio cabisbaixos. — O tempo todo tenho a sensação de que nos metemos numa encrenca daquelas. Divertida, claro, mas não sei até que ponto. Que é que você acha?
— *Not with a bang but a whimper* — disse Raúl.
— Sabe inglês? — perguntou Felipe, enquanto desciam para o convés.
— Sim, claro — olhou para ele e sorriu. — Bem, disse "claro" porque quase todas as pessoas com quem convivo sabem. Você deve estudar inglês no Nacional, imagino.
— Um pouco — disse Felipe, que invariavelmente não passava direto. Queria lembrar Raúl de sua oferta de um cachimbo, mas tinha vergonha. Não muita, era mais uma questão de esperar a oportunidade.

Raúl falava das vantagens do inglês, sem insistir demais e ouvindo-se com uma espécie de compaixão irônica. "A inevitável fase histriônica", pensou, "a busca sinuosa e sagaz, o primeiro round de estudo..."

— Começa a esquentar — disse mecanicamente. — A tradicional umidade do Plata.

— Pois é. Mas essa camisa que você tem deve ser sensacional — Felipe se animou a tocar o tecido com dois dedos. — Náilon, na certa.

— Não, apenas popelina de seda.

— Parecia náilon. Temos um professor que só usa camisa de náilon, traz de Nova York. Chamam ele de O Bacana.

— Por que você gosta do náilon?

— Porque... bem, todo mundo usa, e tem tanta propaganda nas revistas. Pena que é muito caro em Buenos Aires.

— Mas por que *você* gosta?

— Porque não amassa — disse Felipe. — A gente lava a camisa, pendura e pronto. O Bacana explicou.

Raúl olhou-o direto, enquanto pegava o maço de cigarros.

— Vejo que tem senso prático, Felipe. Até parece que é você que lava e passa sua roupa.

Felipe ficou visivelmente vermelho e aceitou precipitado o cigarro.

— Não pegue no meu pé — disse, desviando o olhar. — Mas o náilon, nas viagens...

Raúl concordou, ajudando-o a superar o embaraço. O náilon, claro.

22

Um bote tripulado por um homem e um garoto se aproximava do *Malcolm* a estibordo. Paula e Claudia cumprimentaram com a mão, e o bote se aproximou mais.

— Por que estão ancorados aqui? — perguntou o homem.

— Quebrou alguma coisa?

— Mistério — disse Paula. — Ou greve.

— Que greve, que nada, senhorita, com certeza quebrou alguma coisa.

Claudia abriu sua carteira e exibiu duas notas de dez pesos.

— Pode nos fazer um favor? — disse. — Vá até a popa e veja o que acontece por lá. Sim, a popa. Veja se há oficiais ou se estão consertando alguma coisa.

O bote se afastou sem que o homem, evidentemente desnorteado, chegasse a fazer algum comentário. O garoto, às voltas com uma linha de fundo, começou a recolhê-la a toda pressa.

— Que boa ideia — disse Paula. — Mas como parece maluco tudo isso, não? Mandar uma espécie de espião é absurdo.

— Talvez não seja mais absurdo que acertar cinco números dentro das combinações possíveis. Há uma certa proporção nesse absurdo, mas quem sabe Persio esteja me contagiando.

Enquanto explicava a Paula quem era Persio, não se surpreendeu muito ao comprovar que o bote se distanciava do *Malcolm* sem que o barqueiro olhasse para trás.

— Fracasso das *astuzie femminile* — disse Claudia. — Tomara que os cavalheiros consigam notícias. Vocês dois estão confortáveis na cabine?

— Sim, muito — disse Paula. — Para um barco pequeno as cabines são perfeitas. Coitado do Raúl, logo vai começar a lamentar ter me convidado, porque é a ordem em pessoa enquanto eu... Você não acha que deixar as coisas atiradas por aí é uma delícia?

— Não, mas no meu caso eu tenho de cuidar de uma casa e um filho. Às vezes... Mas não, acho que prefiro encontrar as anáguas na gaveta das anáguas et cetera.

— Raúl beijaria as suas mãos se a ouvisse — riu Paula. — Acho que comecei escovando os dentes com a escova dele esta manhã. E o coitado que precisa de descanso.

— Pra isso tem o barco, que é quase tranquilo demais.

— Não sei, já me parece preocupado, fica fulo com essa história da popa proibida. Sério, Claudia, o Raúl vai se dar muito mal comigo.

Claudia sentiu que por trás dessa insistência havia como que um desejo de acrescentar mais alguma coisa. Não lhe interessa-

va muito mas gostava de Paula, de sua maneira de fechar as pálpebras, de suas mudanças bruscas de posição.
— Imagino que já esteja bem acostumado a que você use sua escova de dentes.
— Não, a escova não. Os livros que perco, as xícaras de café que viro nos tapetes... mas a escova de dentes não, até esta manhã.
Claudia sorriu, sem dizer nada. Paula hesitou e fez um gesto como que para espantar um bicho.
— Talvez seja melhor que eu fale de uma vez. Raúl e eu somos apenas amigos. Grandes amigos.
— É um rapaz muito simpático — disse Claudia.
— Como ninguém a bordo ou quase ninguém vai acreditar, gostaria que pelo menos você soubesse.
— Obrigada, Paula.
— Sou eu que tenho que agradecer por encontrar alguém como você.
— Pois é, às vezes acontece que... Eu também já senti necessidade de agradecer por uma simples presença, um gesto, um silêncio. Ou saber que a gente pode começar a falar, dizer alguma coisa que não diria a ninguém, e que de repente é tão fácil.
— Como oferecer uma flor — disse Paula, e mal apoiou a mão no braço de Claudia. — Mas não sou de confiança — acrescentou retirando a mão. — Sou capaz de maldades infinitas, incorrigivelmente perversa comigo mesma e com os outros. O coitado do Raúl me aguenta a um ponto... Você não pode imaginar como é bom e compreensivo, talvez porque eu realmente não existo pra ele; quer dizer, só existo no plano dos sentimentos intelectuais, digamos. Se por um improvável acaso um dia fôssemos pra cama, acho que começaria a me detestar na manhã seguinte. E não seria o primeiro.
Claudia ficou de costas para a amurada para evitar o sol já forte demais.
— Não me diz nada? — perguntou Paula, áspera.
— Não, nada.
— Bem, talvez seja melhor mesmo. Por que tenho que lhe trazer meus problemas?
Claudia notou o tom despeitado, a irritação.

— Acho — disse — que se eu tivesse feito uma pergunta ou um comentário, você teria desconfiado de mim. Com a perfeita e feroz desconfiança de uma mulher por outra. Não tem medo de fazer confidências?
— Ora, as confidências... Isso não era nenhuma confidência — Paula esmagou o cigarro que tinha acabado de acender.
— Não fiz mais do que lhe mostrar o passaporte. Tenho horror a que me tomem pelo que não sou, que uma pessoa como você simpatize comigo devido a uma porcaria de um mal-entendido.
— E por isso Raúl, e sua perversidade, e os amores fracassados... — Claudia começou a rir e de repente se inclinou e beijou Paula na bochecha. — Sua boba, sua bobona.
Paula baixou a cabeça.
— Sou muito pior que isso — disse. — Tenha cuidado comigo, tenha cuidado.

Embora a Nelly achasse muito audaciosa aquela blusa laranja, dona Rosita era mais indulgente com a juventude de hoje em dia. A opinião da mãe da Nelly era intermediária: a blusa estava bem, mas a cor era berrante. Quando se tratou de saber a opinião de Atilio, ele disse sensatamente que a mesma blusa numa mulher que não fosse ruiva mal chamaria a atenção, mas que de qualquer maneira ele não permitiria jamais que sua noiva andasse com os ombros de fora daquele jeito.
Como o sol já lhes dava no cocuruto, foram se refugiar na área que dois marinheiros acabavam de cobrir com lonas. Instalados em espreguiçadeiras de várias cores, todos se sentiram muito contentes. Na verdade a única coisa que faltava era o chimarrão, culpa de dona Rosita que não quisera trazer a térmica e a cuia com virola de prata, um mimo do pai da Nelly a seu Curzio Presutti. No fundo lamentando sua decisão, dona Rosita observou que não é de bom-tom tomar chimarrão no convés de primeira classe, ao que dona Pepa respondeu que podiam ter se reunido no camarote. O Pelusa sugeriu que subissem até o bar para beber uma cerveja ou uma sangria, mas as damas louvaram o conforto das cadeiras e a vista do rio. Dom Galo, cuja descida

pela escadinha toda vez era acompanhada com olhar de terror pelas senhoras, reapareceu então para intervir na palestra e agradecer ao Pelusa pela ajuda que prestava ao motorista para tão delicadas operações. As senhoras e o Pelusa disseram em coro que era o mínimo, e dona Pepa perguntou a dom Galo se ele havia viajado muito. Sim, claro, alguma coisa do mundo ele conhecia, principalmente a região de Lugo e a província de Buenos Aires. Também tinha ido até o Paraguai num barco de Mihanovich, uma viagem tenebrosa no ano vinte e oito, um calorão, mas um calorão...
— E sempre...? — insinuou a Nelly, apontando vagamente a cadeira e o motorista.
— Que nada, minha filha, que nada. Naquele tempo eu era mais forte que Paulino Uzcudún. Uma vez em Pehuajó, houve um incêndio na loja...
O Pelusa fez um sinal para a Nelly, que se inclinou para que ele pudesse lhe falar ao ouvido.
— Vai ser engraçada a bronca que a velha vai me dar — informou. — Sem querer botei a cuia na mala e dois quilos de erva Salus. De tarde a gente sobe aqui e o pessoal vão ficar de boca aberta.
— Mas Atilio! — disse a Nelly, que continuava admirando à distância a blusa de Paula. — Você é fogo, você...
— O que eu posso fazer? — disse o Pelusa, satisfeito da vida.
A blusa laranja também atraiu López, que descia ao convés depois de arrumar suas coisas. Paula lia, sentada ao sol, e ele se escorou na amurada e esperou que ela levantasse os olhos.
— Oi — disse Paula. — E aí, professor?
— *Horresco referens* — murmurou López. — Não me chame de professor ou atiro você pela amurada com livro e tudo.
— O livro é de Françoise Sagan, e pelo menos ele não merece ser atirado. Noto que o ar fluvial lhe desperta reminiscências piráticas. Andar pela prancha ou coisa parecida, não?
— Você leu romances de piratas? Bom sinal, muito bom sinal. Sei por experiência que as mulheres mais interessantes são sempre as que incursionaram em leituras masculinas quando eram pequenas. Stevenson, por exemplo?

— Sim, mas minha erudição bucaneira vem de meu pai, que guardava como curiosidade uma coleção do *Tit-Bits*, que publicava em fascículos o grande romance intitulado *O tesouro da ilha da Lua Negra*.

— Puxa, eu também li esse. Os piratas tinham nomes deslumbrantes, como Senaquerib Éden e Maracaibo Smith.

— Duvido que lembre como se chamava o espadachim que morre lutando pela boa causa.

— Claro que lembro: Christopher Dawn.

— Almas gêmeas, nós dois — disse Paula, estendendo a mão para ele. — Viva a bandeira negra! A palavra professor fica banida para sempre.

López foi buscar uma cadeira, depois de se assegurar de que Paula preferia seguir conversando em vez de ler *Un certain sourire*. Ágil e desembaraçado (não era pequeno, mas às vezes dava a impressão de sê-lo, em parte porque usava paletós sem ombreiras e calças apertadas, e porque se movia com extrema rapidez), voltou com uma espreguiçadeira que esbanjava verdes e brancos. Instalou-se com manifesta voluptuosidade ao lado de Paula e a contemplou um momento sem dizer nada.

— *Soleil, soleil, faute éclatante* — disse ela, sustentando seu olhar. — Que divindade protetora, Max Factor ou Helena Rubinstein, poderiam me salvar deste crudelíssimo escrutínio?

— O escrutínio — observou López — apresenta os seguintes resultados: beleza extraordinária, levemente afetada por exposição excessiva aos dry Martinis e ao ar gelado das boates do Bairro Norte.

— *Right you are*.

— Tratamento: sol em quantidades moderadas e pirataria ad libitum. Essa última parte é minha experiência de taumaturgo que aconselha, pois sei de sobra que não poderia lhe tirar os vícios de uma hora pra outra. Quando se sentiu o gostinho das abordagens, quando se passou pelo fio do punhal uma centena de tripulações...

— Claro, ficam as cicatrizes, como no tango.

— Em seu caso se reduzem a uma excessiva fotofobia, causada sem dúvida pela vida de morcego que leva e pelo excesso de

leitura. Além disso me chegou o tenebroso boato de que escreve poemas e contos.
— Raúl, maldito delator — murmurou Paula. — Vou fazê--lo andar pela prancha, nu e lambuzado de alcatrão.
— Pobre Raúl — disse López. — Pobre, felizardo Raúl.
— A felicidade de Raúl é sempre precária — disse Paula. — Especulações muito arriscadas, venda o mercúrio, compre o petróleo, liquide pelo que derem, pânico às doze e caviar à meia--noite. E não está mal assim.
— Sim, é sempre melhor que um salário no Ministério da Educação. Eu não só não tenho ações como quase não as cometo. Vivo de inações, e isso...
— A fauna buenairense é bem parecida entre si, querido Jamaica John. Deve ser por isso que abordamos com tanto entusiasmo este *Malcolm*, e também é por isso que já o contagiamos de imobilismo e de não se meta onde não é chamado.
— A diferença é que eu estava brincando, enquanto você parece lançada a uma autocrítica digna de Moscou.
— Não, por favor. Já falei demais de mim com Claudia. Chega por hoje.
— Simpática, Claudia.
— Muito simpática. Na verdade há um grupo de pessoas interessantes.
— E outro bastante pitoresco. Vamos ver que alianças, que rachas e que deserções acontecem com o tempo. Ali está dom Galo de papo com a família Presutti. Dom Galo será o observador neutro, irá de mesa em mesa em seu esdrúxulo veículo. Não é gozado uma cadeira de rodas num barco, um meio de transporte em cima de outro?
— Há coisas mais esquisitas — disse Paula. — Uma vez, quando voltava da Europa, o capitão do *Charles Tellier* me fez uma confissão íntima: o maduro cavalheiro admirava as motonetas e tinha a sua a bordo. Em Buenos Aires, passeava entusiasticamente em sua Vespa. Mas estou interessada em sua visão estratégica e tática de todos nós. Continue.
— O problema são os Trejo — disse López. — O garoto vai se associar a nós, na certa. (*"Tu parles"*, pensou Paula.) O resto

será recebido educadamente mas não passará disso. Pelo menos no meu caso e no seu. Já ouvi a conversa deles, pra mim chega. São do tipo: "Gosta de um biscoitinho de nata? É feito em casa". Me pergunto se o dr. Restelli não vai se deixar levar pelo lado mais conservador de sua pessoa. Claro, é candidato a jogar sete e meio com eles. A garota, coitada, terá que se submeter à tenebrosa humilhação de brincar com Jorge. Sem dúvida esperava encontrar alguém de sua idade, mas, a não ser que a popa nos reserve alguma surpresa... Quanto a nós dois, prevejo uma aliança ofensiva e defensiva, coincidência absoluta na piscina, se existe piscina em algum lugar, e supercoincidência nos almoços, chás e jantares. A menos que Raúl...

— Não se preocupe com Raúl, ó reencarnação de Von Clausewitz.

— Bem, se eu fosse Raúl — disse López —, não ia ficar entusiasmado ao ouvir você dizer isso. Em minha condição de Carlos López considero a aliança cada vez mais indissolúvel.

— Começo a pensar — disse apaticamente — que teria sido melhor que Raúl tivesse pedido duas cabines.

López olhou um instante para ela. Contra sua vontade, se sentiu aturdido.

— Já sei que essas coisas não acontecem na Argentina, e talvez em lugar nenhum — disse Paula. — Por isso mesmo Raúl e eu agimos assim. Não espero que acredite.

— Mas é claro que acredito — disse López, que não acreditava em absoluto. — Não tem nada de mais.

Um gongo soou aveludadamente no corredor e repetiu seu chamado do alto da escadinha.

— Assim sendo — disse López com desenvoltura —, me aceita em sua mesa?

— De pirata a pirata, com muito prazer.

Pararam ao pé da escadinha de bombordo. Enérgico e eficiente, Atilio ajudava o motorista a subir dom Galo, que movia a cabeça afavelmente. Os outros o seguiram em silêncio. Já estavam em cima quando López se lembrou.

— Me diga: você viu alguém na ponte de comando?

Paula ficou olhando para ele.

— Pensando bem, não. Claro que estar ancorado diante de Quilmes não deve exigir o olho de águia de nenhum argonauta.
— Pois é — concordou López —, mas de qualquer jeito é estranho. Que teria pensado Senaquerib Éden?

23

Hors-d'oeuvres variés
Potage Impératrice
Poulet à l'estragon
Salade tricolore
Fromages
Coupe Melba
Gateaux, petits-fours
Fruits
Café, infusions
Liqueurs

Na mesa 1, Beba Trejo dá um jeito de ficar de frente para o resto dos comensais, que dessa forma poderão apreciar sua blusa nova e sua pulseira de topázios sintéticos,
a sra. Trejo considera que os copos facetados são tão elegantes,
o sr. Trejo consulta os bolsos do colete para se certificar de que trouxe o Promecol e o comprimido de Alka-Seltzer,
Felipe olha com cara de enterro as mesas contíguas, onde se sentiria muito mais feliz.
Na mesa 2, Raúl diz a Paula que os talheres de peixe lembram uns novos designs italianos que viu numa revista,
Paula escuta distraída e opta pelo atum no azeite e azeitonas,
Carlos López se sente misteriosamente excitado e seu apetite medíocre cresce com os camarões ao vinagrete e o aipo com maionese.
Na mesa 3, Jorge descreve um círculo com o dedo sobre a bandeja de hors-d'oeuvres, e sua ordem ecumênica merece a sorridente aprovação de Claudia,

Persio lê com atenção o rótulo do vinho, observa sua cor e o fareja um bom tempo antes de encher seu copo até a borda,

Medrano olha o maître, que olha o garçom servir, que olha sua bandeja,

Claudia passa manteiga num pão para seu filho e pensa na sesta que vai dormir, precedida de um romance de Bioy Casares.

Na mesa 4, a mãe da Nelly informa que a sopa de verdura a faz arrotar, de modo que prefere um caldo de espaguete bem fininho,

dona Pepa tem a impressão de estar um pouco enjoada e no entanto não se pode dizer que o barco se mexa,

a Nelly olha para Beba Trejo, Claudia e Paula, e pensa que as pessoas de certa posição sempre se vestem de um jeito tão diferente,

o Pelusa está encantado com o fato de que os pães sejam tão pequenos e individuais, mas quando parte um se decepciona porque são pura casca e nada de miolo.

Na mesa 5, o dr. Restelli enche o copo de seus companheiros e opina com elegância sobre os méritos do borgonha e do Côte du Rhône,

dom Galo estala os lábios e lembra ao garçom que seu motorista comerá na cabine e que é um homem de apetite retumbante,

Nora está nervosa por ter que se sentar com dois senhores mais velhos e se pergunta se Lucio não poderá dar um jeito com o maître para que os transfiram,

Lucio deixa que lhe encham o prato de sardinhas e atum e é o primeiro a perceber uma leve vibração na mesa, seguida do progressivo desparecimento da chaminé vermelha que cortava ao meio a circunferência da escotilha.

A alegria foi geral, Jorge pulou da cadeira para ir ver a manobra, e o otimismo do dr. Restelli se desenhou como um halo em volta de sua sorridente fisionomia, sem que por isso a careta de reservado ceticismo de dom Galo cedesse. Apenas Medrano e López, que haviam se consultado com um olhar, continuaram esperando a chegada do oficial. A uma pergunta em voz baixa de López, o maître levantou as mãos com um gesto de desalento e disse que trataria de enviar um garçom para que insistisse. Como trataria de enviar? Sim, porque até nova ordem as comunicações com a popa eram complicadas. E por quê? Pelo visto, por questões técnicas. Era a primeira vez que acontecia isso no *Malcolm*? De certo modo, sim. O que significava exatamente "de certo modo"? Era uma maneira de falar.

López aguentou com esforço seu desejo portenho de lhe dizer: "Olha, amigo, vai pra puta que te pariu", e em troca aceitou que lhe servissem uma fatia de um robiola fedorento e delicioso.

— Com este, nada feito — disse para Medrano. — Nós mesmos vamos ter que resolver isso.

— Não sem antes café e conhaque — disse Medrano. — Vamos nos reunir em minha cabine, e avise Costa. — Virou-se para Persio, que falava de um tudo com Claudia. — Como vê as coisas, companheiro?

— Ver, ver, não vejo — disse Persio. — Tomei tanto sol que me sinto brilhando por dentro. Estou mais para ser contemplado que para contemplar. A manhã toda pensei na editora e no meu escritório, mas apesar do meu esforço não consegui imaginá-los, materializá-los. Como é possível que dezesseis anos de trabalho diário se transformem numa miragem só porque o rio me rodeia e o sol requenta meu crânio? Precisava analisar muito cuidadosamente o lado metafísico dessa experiência.

— Isso — disse Claudia — se chama simplesmente férias pagas.

A voz de Atilio Presutti se elevou acima das demais para celebrar com entusiasmo a chegada de uma taça de pêssegos Melba. Nesse mesmo instante Beba Trejo recusava a sua com um trejeito de elegante desdém que só ela sabia quanto lhe custava. Vendo que Paula, a Nelly e Claudia saboreavam o sorvete, se sentiu martirizadamente superior; mas seu triunfo supremo era acachapar Jorge, esse merdinha de calça curta que a tratou todo íntimo de saída e que engolia o sorvete com um olho fixo na bandeja do garçom onde restavam outras duas taças cheias.

A sra. Trejo se sobressaltou.

— Como, filhinha?! Não gosta do sorvete?
— Não, obrigada — disse a Beba, resistindo ao olhar onisciente e divertido do irmão.
— Mas que menina mais boba — disse a sra. Trejo. — Já que você não quer...
Dispunha a taça diante de seu nada pequeno busto quando a mão ligeira do maître a arrebatou.
— Já está meio derretido, senhora. Sirva-se deste.
A senhora ruborizou violentamente, para a felicidade dos filhos e do marido.
Sentado na beira da cama, Medrano balançou um pé acompanhando a oscilação quase imperceptível do barco. Para ele o aroma do cachimbo de Raúl lembrava as noitadas no Clube de Residentes Estrangeiros e as conversas com mister Scott, seu professor de inglês. Por falar nisso, havia partido de Buenos Aires sem avisar os amigos do clube. Talvez Scott contasse a eles, talvez não, conforme o humor do momento. A essa altura Bettina já teria telefonado para o clube, com uma voz cuidadosamente distraída. "Vai ligar de novo amanhã, vai falar com Willie ou Márquez Cey", pensou. "Os coitados não vão saber o que dizer, realmente passei da conta." Enfim, a troco de que se mandar com tanto sigilo, omitindo a história do prêmio? Já havia pensado na noite anterior, antes de dormir, que em seu jogo havia gato e rato, que a crueldade estava metida nele. "Parece mais uma vingança que um abandono", disse a si mesmo. "Mas por quê, se é uma garota tão legal, a menos que seja justamente por isso?" Também havia pensado que nos últimos tempos não via mais que os defeitos de Bettina: era um sintoma conhecido demais, comum demais. O clube, por exemplo, Bettina não conseguia entender. "Mas você não é um residente estrangeiro" (com um tom quase patriótico). "Com tantos clubes que há em Buenos Aires, você se mete num de gringos..." Era triste pensar que por frases assim não voltaria a vê-la nunca mais. Enfim, enfim.

— Não vamos fazer disso uma questão de fidalguia ofendida — disse bruscamente López. — Seria uma pena estragar de saída um negócio divertido. Mas não podemos ficar de braços cruzados. Pra mim a situação começa a ficar chata, e só Deus sabe como estou surpreso.

— Concordo — disse Raúl. — A mão de ferro em luva de pelica. Proponho que a gente abra caminho amistosamente até o *sancta sanctorum*, utilizando na medida do possível essa maneira falsamente untuosa que os ianques atribuem aos japoneses.

— Vamos lá — disse López. — Obrigado pela canha, é da boa.

Medrano lhes ofereceu outro trago e saíram.

A cabine ficava quase ao lado da porta Stone que bloqueava o corredor de bombordo. Raúl se pôs a examinar a porta com olhar profissional e acionou uma alavanca pintada de verde.

— Nada feito. Isto funciona a pressão de vapor e é comandado de algum outro lugar. Usaram a alavanca de emergência.

Por sua vez a porta do corredor de estibordo resistiu a todos os esforços. Um assobio penetrante fez com que se virassem meio assustados. O Pelusa os cumprimentava entre entusiasmado e aturdido.

— Vocês também? Agora mesmo tentei a sorte, mas essas portas são o fim da picada. O que será que esses bestalhões estão tramando? Não é boa coisa, né?

— Com certeza — disse López. — E não encontrou outra porta?

— Está tudo trancado — disse solenemente Jorge, que havia surgido como um duende.

— Que porta, que nada — dizia o Pelusa. — No convés tem duas mas estão fechadas com chave. Será que não tem algum porão ou coisa parecida que a gente possa encontrar...

— Estão preparando uma expedição contra os lipídios? — perguntou Jorge.

— De certo modo, sim — disse López. — Viu algum?

— Só os dois finlandeses, mas os desse lado não são lipídios. Devem ser glucídios ou protídeos.

— Que coisas diz este pirralho — se maravilhou o Pelusa. — Desde cedo embestou com os lipeidos.

— Lipídios — corrigiu Jorge.

Sem saber por quê, Medrano se preocupava que Jorge continuasse explorando com eles.

— Olha, vamos confiar uma missão delicada a você — ele lhe disse. — Vai até o convés e fica vigiando as duas portas. Pode ser que os lipídios apareçam por ali. Se notar o menor sinal de alarme, assobie três vezes. Sabe assobiar forte?
— Um pouco — disse envergonhado Jorge. — Tenho os dentes separados.
— Não sabe assobiar? — disse o Pelusa, ansioso para se mostrar. — Ó, faz assim.

Juntou o polegar e o indicador, meteu-os na boca e emitiu um assobio que arrebentou os ouvidos de todos. Jorge juntou os dedos, mas pensou melhor, fez um gesto de assentimento dirigido a Medrano e saiu correndo.

— Bem, vamos em frente — disse López. — Talvez seja melhor a gente se separar, e quem encontrar uma passagem avisa os outros em seguida.
— Joia — disse o Pelusa. — Parece que vamos brincar de polícia e ladrão.

Medrano voltou à cabine para pegar um maço de cigarro. Raúl avistou Felipe no final do corredor. Estreava um jeans e uma camisa xadrez que o recortavam cinematograficamente contra a porta do fundo. Raúl lhe explicou a situação, e foram juntos até a passagem central que comunicava os dois corredores.

— Mas procuramos o quê? — perguntou Felipe, desconcertado.
— Sei lá — disse Raúl. — Chegar à popa, por exemplo.
— Deve ser mais ou menos como aqui.
— Talvez. Mas como não se pode ir lá... isso a deixa muito diferente.
— Sério? — disse Felipe. — Na certa é porque alguma coisa enguiçou. Vão abrir as portas de tarde.
— Então será igual à proa.
— Sim, claro — disse Felipe, que entendia cada vez menos.
— Bem, se é por diversão, tudo bem, quem sabe a gente encontra uma passagem e chega lá antes dos outros.

Raúl se perguntou por que López e Medrano eram os únicos que sentiam a mesma coisa que ele. Os outros só viam uma brincadeira. "Pra mim também é uma brincadeira, no final das

contas", pensou. "Qual é a diferença? Há uma diferença, isso é certo."
Já chegavam ao corredor de bombordo quando Raúl descobriu a porta. Era muito estreita, pintada de branco como as paredes da passagem, e a maçaneta embutida quase desaparecia na penumbra do lugar. Sem muita esperança, pressionou-a e sentiu que cedia. Pela porta entreaberta via-se uma escadinha que descia até se perder na sombra. Felipe respirou excitadamente. No corredor de estibordo se ouviam as vozes de López e Atilio.
— Avisamos? — perguntou Raúl, olhando Felipe de soslaio.
— Melhor não. Vamos sozinhos.
Raúl começou a descer e Felipe fechou a porta a suas costas. A escadinha dava para um passadiço mal iluminado por uma lâmpada violeta. Não havia portas em nenhum dos lados, e se ouvia bem alto o barulho das máquinas. Caminharam silenciosamente até chegar a uma porta Stone fechada. De ambos os lados havia portas semelhantes às que acabavam de descobrir na passagem.
— Esquerda ou direita? — disse Raúl. — Escolhe aí, colega.
Felipe estranhou a intimidade. Apontou a esquerda, sem se animar a devolver o tratamento a Raúl. Experimentou lentamente a maçaneta, e a porta se abriu para um compartimento na penumbra, que pelo cheiro devia estar fechado havia muito. Nos lados viam-se armários de metal e estantes pintados de branco. Havia ferramentas, caixas, uma bússola antiga, latas com pregos e parafusos, pedaços de cola de carpinteiro e retalhos de metal. Enquanto Felipe se aproximava da escotilha e a esfregava com um trapo, Raúl levantou a tampa de uma caixinha de lata e logo a baixou de novo. Agora entrava mais luz, e estavam se acostumando a essa claridade difusa de aquário.
— Depósito de equipamentos — disse sarcasticamente Raúl. — Até agora não nos demos muito bem.
— Falta a outra porta — Felipe havia sacado o maço de cigarro e ofereceu um a Raúl. — Não acha esse barco misterioso? Não sabemos nem mesmo pra onde nos leva. Me faz lembrar de um filme que vi há tempos. Com John Garfield. Embarcaram num navio que não tinha nem marinheiros, e no fim acabava que

era o barco da morte. Uma maluquice, mas a gente roía as unhas no cinema.

— Sim, é uma peça de Sutton Vane — disse Raúl, que sentou numa mesa de carpinteiro e soltou a fumaça pelo nariz. — Você deve adorar cinema, hein?

— Com certeza.

— Vai muito?

— Bastante. Tenho um amigo que mora perto de casa, sempre vamos juntos ao Roca e aos do centro. Nos sábados de noite é divertido.

— Mesmo? Ah, claro, o centro é mais animado, dá pra descolar um programa.

— Pois é — disse Felipe. — Você deve ter vida noturna agitada.

— Um pouco, sim. Agora nem tanto.

— Claro, quando a pessoa casa...

Raúl o olhava, sorrindo e fumando.

— Você se engana, não sou casado.

Saboreou o rubor que Felipe tratava de dissimular tossindo.

— Bem, eu quis dizer que...

— Eu sei o que você quis dizer. Na verdade é meio chato ter que vir com os pais e a irmã, não?

Felipe desviou o olhar, encabulado.

— Que remédio — disse. — Eles acham que sou muito jovem ainda, e como eu tinha o direito de trazer convidados, então...

— Eu também acho que você é muito jovem — disse Raúl. — Mas preferia que tivesse vindo sozinho. Ou como eu vim — acrescentou. — Isso teria sido melhor porque neste barco... Enfim, não sei o que você pensa.

Felipe também não sabia e olhou as mãos e depois os sapatos. "Se sente como se estivesse nu", pensou Raúl, "a cavalo entre dois tempos, dois estados, igualzinho à irmã." Estendeu o braço e deu umas palmadinhas na cabeça de Felipe. Viu que o outro recuava, surpreso e humilhado.

— Mas pelo menos já tem um amigo — disse Raúl. — Já é alguma coisa, não?

Saboreou como se fosse vinho o sorriso lento, tímido e fervoroso que nascia daquela boca apertada e petulante. Suspirando, desceu da mesa e tentou em vão abrir os armários.

— Bem, acho que a gente deveria ir em frente. Não ouve vozes?
Entreabriram a porta. As vozes vinham da peça da direita, onde falavam numa língua desconhecida.
— Os lipídios — disse Raúl, e Felipe o olhou espantado. — É um termo que Jorge aplica aos marinheiros do lado de cá. E então?
— Vamos, se você quiser.
Raúl abriu a porta de repente.

O vento, que no começo havia soprado de popa, virou até bater de frente no *Malcolm*, que saía para o mar aberto. As senhoras optaram por abandonar o convés, mas Lucio, Persio e Jorge se instalaram na extremidade da proa e ali, agarrados ao gurupés, como dizia imaginativamente Jorge, assistiram à substituição lenta das águas fluviais por ondas verdes e altas. Para Lucio aquilo não era uma novidade, conhecia bastante bem o delta e a água é a mesma em qualquer lugar. Gostava, claro, mas acompanhava distraído os comentários e as explicações de Persio, pensando inevitavelmente em Nora, que havia preferido (mas por que havia preferido?) ficar com Beba Trejo na sala de leitura, folheando revistas e anúncios de turismo. Em sua memória se repetiam as palavras confusas de Nora ao acordar, o banho que haviam tomado juntos apesar das reclamações dela, Nora nua sob a água e ele que gostaria de lhe ensaboar as costas e beijá-la, morna e arisca. Mas Nora ainda se negava a olhá-lo nu e de frente, esquivava o rosto e se virava em busca do sabonete ou do pente, até que ele havia sido obrigado a se enrolar precipitadamente numa toalha e meter o rosto embaixo de uma torneira de água fria.
— Acho que os embornais são como umas canaletas — dizia Persio.
Jorge bebia as explicações, perguntava e sorvia, admirava (à sua maneira e com petulância) o Persio mago, o Persio sabe-tudo. Também gostava de Lucio, porque, como Medrano e López, não o chamava de moleque ou pirralho, nem falava da "cria" como a gorda, a mãe da Beba, esta outra idiota que se achava uma

mulher de verdade. Mas naquela hora a única coisa importante era o oceano, porque era o oceano, essa era a água salgada, e lá no fundo estavam os acantopterígios e outros peixes marinhos, e também veriam medusas e algas como nos romances de Júlio Verne, e quem sabe um fogo de santelmo.
— Antes você morava em San Telmo, não é, Persio?
— Sim, mas me mudei porque tinha ratos na cozinha.
— Quantos nós você acha que estamos fazendo?
Persio calculava uns quinze. Pouco a pouco soltava palavras preciosas que havia aprendido nos livros e que agora encantavam Jorge: latitudes, rotas, timão, sextante, navegação de longo curso. Lamentava o desaparecimento dos barcos a vela, pois suas leituras lhe teriam permitido falar horas e horas de mastreações, gáveas e contrabujarronas. Ele se lembrava de frases inteiras, sem saber de onde provinham: "Era uma bitácula grande, com campânulas de vidro e duas lâmpadas de cobre aos lados para iluminar a rosa dos ventos à noite".

Cruzaram com alguns barcos, o *Haghios Nicolaus*, o *Pan*, o *Falcon*. Um hidroavião sobrevoou por um momento como se os observasse. Depois o horizonte se abriu, já tingido do amarelo e do azul do entardecer, e ficaram sós, se sentiram sós pela primeira vez. Não havia costa, nem boias, nem barcas, nem mesmo gaivotas ou ondas que agitassem os braços. Centro da imensa roda verde, o *Malcolm* avançava para o sul.

— Oi — disse Raúl. — Dá pra subir à popa por aqui?
Dos dois marinheiros, um manteve uma expressão indiferente, como se não houvesse compreendido. O outro, um homem de ombros largos e abdômen saliente, deu um passo atrás e abriu a boca.
— *Hasdala* — disse. — Não popa.
— Por que não popa?
— Não popa por aqui.
— Por onde então?
— Não popa.
— Grande papo esse cara — murmurou Felipe. — Que monstro, puxa vida. Olha a cobra que tem tatuada no braço.

— Quer o quê? — disse Raúl. — São lipídios, ora.
O marinheiro menor havia recuado até o fundo da peça onde havia outra porta. Apoiou as costas, sorrindo amavelmente.
— Oficial — disse Raúl. — Quero falar com um oficial.
O marinheiro dotado do uso da palavra levantou as mãos com as palmas para a frente. Olhava Felipe, que enterrou os punhos nos bolsos do jeans e adotou um ar combativo.
— Avisar oficial — disse o lipídio. — Orf avisar.
Orf concordou lá do fundo, mas Raúl não estava satisfeito. Olhou com atenção a câmara, mais ampla que a de bombordo. Havia duas mesas, cadeiras e bancos, um beliche com os lençóis revirados, dois mapas do fundo do mar presos com percevejos dourados. Num canto viu um banco com um gramofone a manivela. Em cima de um pedaço de tapete esfarrapado dormia um gato preto. Aquilo era uma mistura de depósito e camarote onde os dois marinheiros (de camiseta listrada e calças brancas imundas) não se encaixavam muito bem. Mas também não podia ser o aposento de um oficial, a menos que os maquinistas... "Mas que merda sei sobre como vivem os maquinistas?", disse Raúl a si mesmo. "Romances de Conrad e Stevenson, uma bibliografia e tanto para um barco de hoje em dia..."
— Bem, vá chamar o oficial.
— *Hasdala* — disse o marinheiro loquaz. — Voltar proa.
— Não. Oficial.
— Orf avisar oficial.
— Agora.
Tentando não ser ouvido pelos marinheiros, Felipe perguntou a Raúl se não seria melhor voltar para procurar os outros. Ficava meio nervoso com essa espécie de congelamento da cena, como se nenhum dos presentes estivesse muito a fim de tomar a iniciativa num sentido ou noutro. O marinheiro enorme da tatuagem continuava olhando para ele inexpressivamente, e Felipe tinha a desagradável consciência de ser olhado e não estar à altura desses olhos fixos, mas bastante cordiais e curiosos, apesar de tão intensos que não podia enfrentá-los. Raúl, obstinado, insistia com Orf, que escutava em silêncio, apoiado na porta, fazendo de tanto em tanto um gesto de ignorância.

— Bom — disse Raúl, encolhendo os ombros —, acho que você tem razão, é melhor a gente voltar.

Felipe saiu primeiro. Da porta, Raúl cravou os olhos no marinheiro tatuado.

— Oficial! — gritou e fechou a porta. Felipe já havia começado a voltar mas Raúl ficou um instante colado à porta. Na câmara se elevava a voz de Orf, uma voz estridente que parecia zombar. O outro explodiu em gargalhadas que faziam o ar vibrar. Apertando os lábios, Raúl abriu rapidamente a porta da esquerda e saiu de novo levando embaixo do braço a caixa de lata cuja tampa havia levantado um pouco antes. Correu pelo passadiço até se reunir com Felipe ao pé da escada.

— Rápido — disse, subindo de dois em dois degraus.

Felipe se virou surpreso, achando que os seguiam. Viu a caixa e arqueou as sobrancelhas. Mas Raúl lhe pôs uma das mãos nas costas e o forçou a continuar subindo. Felipe se lembrou vagamente que a gentileza de Raúl com ele havia começado exatamente naquela escada.

24

Uma hora depois o barman percorreu as cabines e o convés para avisar os passageiros que um oficial os esperava na sala de leitura. Parte das senhoras já estava sob os efeitos do enjoo; dom Galo, Persio e o dr. Restelli descansavam em suas cabines, e apenas Claudia e Paula acompanharam os homens, já informados da expedição de Raúl e Felipe. O oficial era magro e introvertido, com frequência levava a mão aos cabelos grisalhos cortados à escovinha, e se expressava num castelhano difícil mas poucas vezes errado. Sem nenhum motivo aparente, Medrano suspeitou que fosse dinamarquês ou holandês.

O oficial lhes deu boas-vindas em nome da Magenta Star e do capitão do *Malcolm*, por ora impossibilitado de fazê-lo em pessoa. Lamentou que uma sobrecarga inesperada de atividades houvesse impedido uma reunião mais cedo e se mostrou compreensivo com a ligeira preocupação que os senhores passageiros pudessem ter experimentado. Já haviam sido tomadas todas as medidas para que o cruzeiro fosse extremamente agradável; os viajantes disporiam de uma piscina, um solário, uma academia e uma sala de jogos, duas mesas de pingue-pongue, um jogo de argolas e música gravada. O maître se encarregaria de recolher as sugestões que se pudessem for-mu-lar, e os oficiais ficavam na-tu--ral-men-te à disposição dos viajantes.

— Algumas senhoras já estão bastante enjoadas — disse Claudia, rompendo o silêncio incômodo que se seguiu ao discurso. — Há um médico a bordo?

Segundo o oficial, o médico não ia demorar em apresentar seus respeitos a doentes e saudáveis. Medrano, que havia esperado o momento, se adiantou.

— Muito bem, muito obrigado — disse. — Restam duas coisas que gostaríamos de esclarecer. A primeira é se o senhor veio por vontade própria ou porque um desses senhores insistiu em reclamar a presença de um oficial. A segunda é muito simples: por que não se pode ir à popa?

— Isso! — gritou o Pelusa, que tinha o rosto ligeiramente verde mas se defendia do enjoo como um homem.

— Senhores — disse o oficial —, esta visita deveria ter sido feita antes, mas não foi possível pelas mesmas razões que obrigam a... a suspender momentaneamente a comunicação com a popa. Observem que não há quase nada para se ver ali — acrescentou com rapidez. — A tripulação, a carga... Estarão mais confortáveis aqui.

— E quais são essas razões? — perguntou Medrano.

— Lamento, mas tenho ordens...

— Ordens? Não estamos em guerra — disse López. — Não navegamos espionados por submarinos nem vocês transportam armas atômicas ou coisa parecida. Ou transportam?

— Não, claro. Que ideia — disse o oficial.

— O governo argentino sabe que embarcamos nessas condições? — prosseguiu López, rindo por dentro com a pergunta.

— Bem, as negociações foram feitas de última hora, e os aspectos técnicos ficaram exclusivamente sob nossa responsabilidade. A Magenta Star — acrescentou com orgulho discreto — é conhecida por tratar bem seus passageiros.

Medrano sabia que o diálogo começaria a andar em círculos, pisando a própria cauda.

— Como se chama o capitão? — perguntou.

— Smith — disse o oficial. — Capitão Smith.

— Como eu — disse López, e Raúl e Medrano riram. Mas o oficial entendeu que o desmentiam e franziu o cenho.

— Antes se chamava Lovatt — disse Raúl. — Ah, outra coisa: posso mandar um cabograma para Buenos Aires?

O oficial pensou antes de responder. Infelizmente a instalação de comunicação sem fio do *Malcolm* não admitia mensagens comuns. Quando fizessem escala em Punta Arenas, o correio... Mas pelo modo como terminou a frase dava a impressão de acreditar que então Raúl não precisaria mais telegrafar para ninguém.

— São circunstâncias momentâneas — acrescentou o oficial, convidando-os com sua expressão a simpatizar com as ditas circunstâncias.

— Veja — disse López, cada vez mais incomodado. — Nós somos um grupo de pessoas sem o menor interesse em prejudicar um bom cruzeiro. Mas pessoalmente acho intoleráveis os métodos que seu capitão ou seja lá quem for está empregando. A troco de que não nos dizem por que nos trancaram na proa do barco? Trancaram, sim, não faça essa cara de ofendido.

— E outra coisa — disse Lucio. — Pra onde nos levam depois de Punta Arenas? Aliás, Punta Arenas é uma escala muito esquisita.

— Oh, ao Japão. Um cruzeiro muito agradável pelo Pacífico.

— *Mamma mia*, Japão! — disse o Pelusa estupefato. — Então a gente não vai a Copacabana?

— Deixemos o itinerário para depois — disse Raúl. — Quero saber por que não podemos passar para a popa, por que tenho que andar como um rato procurando uma passagem e tropeçando em marinheiros que não me deixam continuar.

— Senhores, senhores... — olhando em volta, o oficial parecia procurar alguém que não tivesse aderido à crescente rebelião. — Compreendam que nosso ponto de vista...

— De uma vez por todas, qual é o motivo? — disse Medrano secamente.

Depois de um silêncio em que se ouviu perfeitamente que alguém deixava cair uma colherinha no bar, os ombros magros do oficial se levantaram com desânimo perceptível.

— Enfim, senhores, eu teria preferido me calar já que vocês começam uma viagem de prazer que tiveram a sorte de ganhar. Ainda estamos em tempo... Sim, já sei. Pois bem, é muito simples: há dois casos de tifo entre nossos homens.

O primeiro a reagir foi Medrano, e o fez com uma fria violência que surpreendeu todo mundo. Mas mal tinha começado a dizer ao oficial que já não estavam na época das sangrias e das fumigações, quando aquele levantou os braços com uma expressão de desalento cansado.

— O senhor me desculpe, me expressei mal. Devia ter dito que se trata do tifo 224. Sem dúvida vocês não devem estar bem informados, e justamente esse é o nosso problema. Pouco se sabe do 224. O médico conhece o tratamento mais moderno e o está aplicando, mas é de opinião de que se necessita de uma espécie de... barreira sanitária.

— Mas me diga uma coisa — irrompeu Paula —, como pudemos zarpar ontem de Buenos Aires? Ainda não sabiam do duzentos e pico?

— Claro que sabiam — disse López. — Vimos de saída que nos proibiam de ir à popa.

— E então? Como a inspeção sanitária do porto os deixou sair? E como os deixou entrar, por falar nisso?

O oficial olhou para o teto. Parecia cada vez mais cansado.

— Não me obriguem a dizer mais do que minhas ordens permitem, senhores. Esta situação é temporária, apenas, e não tenho dúvidas de que dentro de alguns dias os doentes terão passado da fase... contagiosa. Por ora...

— Por ora — disse López — temos todo o direito de supor que estamos nas mãos de um bando de aproveitadores... Sim, é isso mesmo que você ouviu. Aceitaram um bom negócio de última hora, fechando a boca sobre o que acontecia a bordo. Seu capitão Smith deve ser um perfeito negreiro, e pode lhe dizer isso de minha parte.

O oficial recuou um passo, engolindo com dificuldade.
— O capitão Smith — disse — é um dos dois doentes. O mais grave.

Saiu antes que alguém encontrasse a primeira palavra de uma réplica.

Agarrando-se nos corrimões com as duas mãos, Atilio voltou ao convés e se atirou na espreguiçadeira instalada ao lado das da Nelly, de sua mãe e de dona Rosita, que gemiam alternadamente. O enjoo as atingia com gravidade diferente, pois como dona Rosita já tinha explicado para a sra. Trejo, doente também, ela sofria de enjoo seco enquanto a Nelly e sua mãe não faziam mais nada que devolver.

— Eu disse pra elas que não bebessem tanta soda, agora estão com o estômago virado do avesso. Você se sente mal, não? Está na cara, coitado. Eu por sorte, com o enjoo seco, quase não devolvo, está mais pra uma indisposição. Coitada da Nelly, olha como sofre. No primeiro dia eu só como coisas secas, assim tudo fica dentro. Me lembro quando a gente foi de lancha no recreio La Dorita, eu era a única que quase não devolvia na volta. Os outros, coitados... Ai, olha a dona Pepa, como está mal, a pobre.

Armado de baldes e serragem, um dos marinheiros finlandeses cuidava da limpeza do convés maltratado. Com um gemido entre raivoso e desenganado, o Pelusa agarrava o rosto com as mãos.

— Não é que eu esteja enjoado — disse à Nelly, que o olhava com um resto de consciência. — Na certa me caiu mal o sorvete, ainda mais que mandei ver dois seguidos... E você, como se sente?

— Mal, Atilio, muito mal... Olha a mamãe, coitada. Não dá pra chamar o médico?

— Mas que médico, *mamma mia* — suspirou o Pelusa. — Se te conto as novidades... Melhor fechar o bico, capaz de você vomitar de novo.

— O que é que foi, Atilio? Pra mim pode falar. Por que este barco se mexe tanto?

— As marés — disse o Pelusa. — O careca explicou tudo do mar pra gente. Ai, ai, ai, como balança, olha, olha, parece que

essa onda vem pra cima da gente... Quer que te traga o perfume pro lenço?
— Não, não, mas me diga o que está acontecendo.
— Ora, o que pode acontecer? — disse o Pelusa, lutando com uma estranha bola de tênis que lhe subia pela garganta. — A gente está com a peste bubônica, ora essa.

25

Depois de um silêncio quebrado por uma gargalhada de Paula e frases desconexas ou furiosas que não se dirigiam a ninguém em particular, Raúl tratou de pedir a Medrano, López e Lucio que o acompanhassem por um momento a sua cabine. Felipe, que previa o conhaque e a conversa de homens, notou que Raúl não lhe fazia o menor sinal para que se juntasse a eles. Esperou um instante ainda, incrédulo, mas Raúl foi o primeiro a sair do salão. Incapaz de articular uma palavra, sentindo-se como se de repente suas calças tivessem caído diante de todo mundo, ficou sozinho com Paula, Claudia e Jorge, que falavam de ir para o convés. Antes que pudessem fazer o menor comentário, saiu a toda e correu para se meter em sua cabine, onde por sorte seu pai não estava. Eram tão grandes seu despeito e seu desconcerto que por um momento ficou escorado na porta, esfregando incertamente os olhos. "Mas quem ele acha que é?", mal conseguiu pensar. "Está pensando o quê, hein?" Não tinha dúvida de que a reunião era para discutir um plano de ação, e o deixavam de lado. Acendeu um cigarro e logo o atirou. Acendeu outro, sentiu náusea e o esmagou com o sapato. Tanto papo, tanta amizade, e agora... Mas quando tinham começado a descer a escada e Raúl havia perguntado se deviam avisar os outros, aceitou na hora sua negativa, como se gostasse de encarar com ele a aventura. E depois aquele papo todo na cabine vazia, mas porra, por que tanta gentileza se no fim o largava como um chinelo velho e ia se trancar com os outros? Por que tinha dito que agora contava com um amigo, por que tinha prometido um cachimbo...? Sentiu que sufocava, deixou de ver o pedaço de cama que estava olhando, e em seu lugar ficou um confuso rodopio de listras e linhas pegajosas que saíam de seus olhos e caíam pelo rosto. Enfurecido, passou as duas mãos pelas faces, entrou no banheiro e meteu a cabeça na pia cheia de água fria. Depois foi se sentar aos pés da cama, onde a sra. Trejo havia posto alguns lenços e um pijama limpo. Pegou um lenço e o olhou fixamente, murmurando uma mistura de insultos e queixas. Junto com seu rancor nascia pouco a pouco uma história de sacrifício em que ele salvaria a todos, não sabia do quê mas salvaria, e com uma faca no coração cairia aos pés de Paula e de Raúl, ouviria as palavras de dor e arrependimento deles, Raúl pegaria suas mãos e as apertaria desesperado, Paula o beijaria na testa... Os putos desgraçados o beijariam na testa pedindo perdão, mas ele se calaria como se calam os deuses e morreria como morrem os homens, frase lida em algum lugar e que o tinha impressionado muito na ocasião. Mas antes de morrer como morrem os homens ia dar o que falar a esse bando de convencidos. Pra começo de conversa, o mais absoluto desdém, uma indiferença glacial. Bom-dia, boa-noite, e ponto-final. Logo logo viriam atrás dele para contar suas preocupações e então seria a hora da desforra. Ah, vocês pensam isso? Não concordo. Eu tenho minha própria opinião, mas isso é assunto meu. Não, por que tenho que falar? Por acaso vocês confiaram em mim até agora, apesar de ter sido eu o primeiro a descobrir a passagem no andar de baixo? A gente faz o que pode pra ajudar, e veja no que dá. E se nos tivesse acontecido alguma coisa lá embaixo? Riam, podem rir à vontade, eu não vou mover um dedinho por ninguém. Claro que então continuariam investigando por conta própria, e isso era quase a única coisa divertida a bordo desse barco de merda. Porra, ele também podia investigar por sua conta. Pensou nos dois marinheiros da câmara da direita, na tatuagem. O chamado Orf parecia mais acessível, e se o encontrasse sozinho... Viu a si mesmo saindo para a popa, o primeiro a descobrir o convés e as escotilhas da popa. Mas e a tal da peste? Supercontagiosa, e ninguém estava vacinado a bordo. Uma faca no coração ou a peste duzentos e pico, no fim das contas... Semicerrou os olhos para sentir o toque da mão de Paula na testa. "Coitadinho, coitadinho", murmurava Paula, acariciando-o. Felipe deslizou até ficar estendido na cama, olhando para a parede. Coitadinho, tão valente. Sou eu, Felipe, o Raúl. Por que fez isso? Todo esse sangue, coitadinho. Não, não sofro nada. Não são as feridas que me doem, Raúl. E Paula diria: "Não fale, querido, espere que a gente tire sua camisa", e ele teria os olhos profundamente fechados como agora, mas mesmo assim veria Paula e Raúl chorando sobre ele, sentiria suas mãos como agora já sentia a própria mão que abria caminho deliciosamente entre as roupas.

— Porte-se como um anjo — disse Raúl — e vá dar uma de Florence Nightingale para as senhoras nauseadas, sem falar que você também está com a cara razoavelmente verde.
— Balela — disse Paula. — Não sei por que me tiram da minha cabine.
— Porque — explicou Raúl — temos que celebrar um conselho de guerra. Vai como uma boa samaritana e distribui Dramamine aos necessitados. Entrem, amigos, e sentem onde puderem, começando pelas camas.

López entrou por último, depois de ver como Paula se afastava com ar chateado, levando na mão um vidro de comprimidos que Raúl lhe dera como argumento todo-poderoso. A cabine já cheirava a Paula, ele sentiu mal fechou a porta: por cima da fumaça do cachimbo e da suave fragrância das madeiras vinha o cheiro de água-de-colônia, de cabelo molhado, talvez de maquiagem. Lembrou-se de quando tinha visto Paula recostada na cama do fundo e em vez de se sentar ali, ao lado de Lucio já acomodado, ficou de pé perto da porta e cruzou os braços.

Medrano e Raúl elogiaram as instalações elétricas das cabines, os acessórios de último tipo fornecidos pela Magenta Star. Mas logo que se fechou a porta e todos o olharam com alguma curiosidade, Raúl abandonou sua atitude despreocupada e abriu o armário para tirar a caixa de lata. Ele a botou em cima da mesa e se sentou numa das poltronas, tamborilando com os dedos sobre a tampa da caixa.

— Eu acho — disse — que a essa altura já se discutiu de sobra a situação em que estamos. Mas não conheço em detalhe o ponto de vista de vocês e acho que deveríamos aproveitar que estamos aqui e sozinhos. Posto que tenho o uso da palavra, como dizem nas assembleias, começarei por minha própria opinião. Vocês já sabem que o garoto Trejo e eu mantivemos um diálogo muito ilustrativo com dois dos habitantes das profundezas. Como resultado desse diálogo ou, antes, do ar que se respirava no decorrer do diálogo, assim como da instrutiva conferência que acabamos de padecer com o oficial, tenho a impressão de que além da gozação bastante evidente há alguma coisa mais séria. Numa palavra, não acho que haja nenhuma gozação mas sim que somos vítimas de uma espécie de fraude. Nada que se pareça com as fraudes comuns, naturalmente; algo mais... metafísico, se me permitem o palavrão.

— Por que palavrão? — disse Medrano. — Pronto, surgiu o intelectual portenho, com medo das grandes palavras.

— Espera aí — disse López. — Por que metafísico?

— Porque, se pesquei o rumo tomado pelo amigo Costa, as razões imediatas dessa quarentena, verdadeiras ou falsas, encobrem alguma outra coisa que nos escapa, justamente por ser de ordem mais... bem, a palavra em questão.

Lucio os olhava surpreso e por um instante se perguntou se não teriam combinado zombar dele. Era irritante não ter a menor ideia do que queriam dizer, e acabou por tossir e adotar um ar de atenção inteligente. López, que havia notado sua expressão, levantou cordialmente a mão.

— Vamos elaborar um pequeno plano de classe, como diríamos o dr. Restelli e eu em nossa ilustre sala de professores. Proponho trancar a sete chaves as imaginações extremas e encarar o assunto da maneira mais positiva possível. Nesse sentido assino embaixo a tese da gozação e provável fraude, porque duvido que o discurso do oficial tenha convencido alguém. Acho que o mistério, digamos, continua tão de pé como no começo.

— Enfim, há a questão do tifo — disse Lucio.

— Você acredita nisso?

— Por que não?

— Pra mim soa falso de cabo a rabo — disse López —, mesmo que eu não possa explicar por quê. Por mais irregular que tenha sido nosso embarque em Buenos Aires, o *Malcolm* estava ancorado na doca norte, e é difícil acreditar que um barco em que há dois casos dessa doença tão temível tenha conseguido burlar dessa forma as autoridades portuárias.

— Bem, isso é matéria de discussão — disse Medrano. — Acho que nossa saúde mental vai sair ganhando se deixarmos isso de lado por ora. Lamento ser tão cético, mas acho que as tais autoridades estavam metidas num aperto ontem às seis da tarde, e que se safaram da melhor maneira possível, ou seja, sem escrúpulos nem rodeios. Já sei que isso não explica a etapa anterior, a entrada do *Malcolm* no porto com semelhante peste a bordo. Mas nesse caso também dá pra pensar em algum negócio escuso.

— A doença pode ter se manifestado a bordo depois que o barco ancorou na doca — disse Lucio. — Essas coisas incubadas, sabem como é.

— Sim, é possível. E a Magenta Star não quis perder o negócio que se apresentava no último minuto. Por que não? Mas isso não nos leva a lugar nenhum. Vamos partir do básico: estamos a bordo e longe da costa. O que vamos fazer?

— Bem, antes temos que desdobrar a pergunta — disse López. — Devemos fazer alguma coisa? Nesse caso, vamos nos pôr de acordo.

— O oficial explicou o negócio do tifo — disse Lucio, um tanto confuso. — Quem sabe o melhor é ficarmos tranquilos, pelo menos por uns dias. A viagem vai ser tão longa... Não é ótimo que nos levem ao Japão?

— O oficial — disse Raúl — pode ter mentido.

— Como mentido?! Então... não há tifo?

— Meu caro, esse negócio de tifo me parece conversa fiada. Como López, não posso explicar por quê. *I feel it in my bones*, como dizemos nós, os ingleses.

— Concordo com vocês dois — disse Medrano. — Talvez haja alguém doente do outro lado, mas isso não explica a conduta do capitão (a menos que realmente seja um dos doentes) e dos oficiais. Parece que desde que subimos a bordo estavam se perguntando como deviam nos manipular, e que passaram esse tempo todo em discussões. Se tivessem começado sendo mais educados, quase não teríamos suspeitado.

— Sim, aqui entra agora o amor-próprio — disse López. — Estamos ressentidos contra essa falta de educação, e talvez a gente exagere. De qualquer forma não escondo que, fora a questão de birra pessoal, há alguma coisa nessa ideia das portas fechadas que me enche as medidas. É como se isto não fosse realmente uma viagem.

Lucio, cada vez mais surpreso com essas reações que apenas timidamente compartilhava, baixou a cabeça concordando. Se iam levar a coisa assim tão a sério, então iria tudo pro brejo. Uma viagem de prazer, francamente... Por que estavam tão melindrosos? Uma porta a mais, uma porta a menos... Quando botassem a piscina no convés e se organizassem brincadeiras e diversões, que importava a popa? Há barcos em que nunca se pode ir à popa (ou à proa) e nem por isso as pessoas ficam nervosas.

— Se realmente soubéssemos que é um mistério — disse López, sentando-se na beira da cama de Raúl —, mas também pode se tratar de teimosia, de falta de educação, ou simplesmente que o capitão nos considera uma carga rigorosamente acomodada num setor do barco. E aí é que a ideia começa a me encher vocês bem sabem o quê.

— E se chegássemos à conclusão de que se trata disso mesmo — disse Raúl —, o que devemos fazer?

— Abrir caminho — disse Medrano, secamente.

— Ah! Bem, já temos uma opinião, que apoio. Vejo que López também, e que você...

— Eu também, claro — disse precipitadamente Lucio. — Mas antes é preciso ter certeza de que não nos trancam deste lado por puro capricho.

— A melhor tática seria insistir em telegrafar para Buenos Aires. A explicação do oficial me pareceu absurda, porque qualquer equipamento radiotelegráfico de um barco serve justamente para isso. Vamos insistir, e pelo resultado se deduzirá a verdade sobre as intenções dos... dos lipídios.

López e Medrano começaram a rir.

— Vamos ajustar nosso vocabulário — disse Medrano. — Jorge acha que os lipídios são os marinheiros da popa. Os oficiais, conforme ouvi dele na mesa, são os glucídios. Senhores, são os glucídios que temos que enfrentar.

— Morte aos glucídios — disse López. — E eu que passei a manhã falando de romances de piratas... Enfim, vamos supor que se neguem a enviar nossa mensagem a Buenos Aires, o que é mais que certo se eles jogaram sujo e têm medo que arruinemos o negócio deles. Nesse caso não vejo qual pode ser o próximo movimento.

— Eu vejo — disse Medrano. — Pra mim está bem claro. Será questão de botar uma porta abaixo e dar uma volta pelo outro lado.

— Mas se as coisas ficarem feias... — disse Lucio. — Já se sabe que as leis a bordo são diferentes, há outra... disciplina. Não entendo nada disso, mas me parece que a gente não pode se exceder sem pensar bem.

— Em matéria de se exceder, a demonstração que os glucídios estão dando me parece bastante eloquente. Se amanhã dá na veneta do capitão Smith — disse Raúl, ao mesmo tempo que lhe ocorria um complicado jogo de palavras onde intervinha a princesa Pocahontas, e por isso o descaramento — que vamos passar a viagem dentro das cabines, ele estaria quase em seu direito.

— Isso é falar como Espártaco — disse López. — Se a gente dá um dedo, eles tomam o braço todo, como diria o amigo Presutti, cuja sensível ausência deploro nestas circunstâncias.

— Por pouco não o convidei também — disse Raúl —, mas a verdade é que é tão bronco que pensei melhor. Mais tarde podemos dar a ele um resumo do que concluímos e o engajar na causa redentora. É um ótimo rapaz, e pra ele os glucídios e os lipídios são como lhe pisar nos calos.

— Em resumo — disse Medrano —, acho que entendi que, *primo*, estamos bastante de acordo em que o negócio do tifo não é convincente, e que, *secundo*, devemos insistir em que caiam as muralhas opressoras e nos permitam olhar o barco onde quer que nos dê na telha.

— Exato. Método: telegrama à capital. Provável resultado: negativa. Ação subsequente: uma porta abaixo.

— Tudo parece muito fácil — disse López —, fora a porta. Eles não vão gostar nadinha do negócio da porta.

— Claro que não vão gostar — disse Lucio. — Podem nos levar de volta a Buenos Aires, e isso seria o fim da picada, me parece.

— É verdade — disse Medrano, que olhava Lucio com uma simpatia irritante. — Seria no mínimo ridículo a gente se encontrar de novo na esquina da Perú com a Avenida, depois de amanhã pela manhã. Mas acontece, meu amigo, que na esquina da Perú com a Avenida não há portas Stone.

Raúl fez um gesto, passou a mão pela testa como para afastar uma ideia que o incomodava, mas como os outros haviam se calado não pôde deixar de falar.

— Pois é, isso confirma cada vez mais a impressão que tive há pouco. Fora Lucio, cujo desejo de ver as gueixas e ouvir o som do *koto* me parece perfeitamente justificável, nós preferiríamos sacrificar alegremente o Império do Sol Nascente por um café portenho onde as portas estivessem bem abertas para a rua. Há equilíbrio entre essas duas coisas? Na verdade, não. Nem sombra de equilíbrio. Lucio está certo quando fala em ficarmos calmos, porque a recompensa a essa passividade será muito alta, com quimonos e Fujiyama. *And yet, and yet...*

— Sim, a palavrinha aquela dita há pouco — disse Medrano.

— Exato, a palavrinha. Não se trata de portas, meu caro Lucio, nem de glucídios. A popa deve ser um lugar imundo que fede a betume e a fardos de lã, provavelmente. O que veremos dali será a mesma coisa que vemos da proa: o mar, o mar, sempre recomeçando. *And yet...*

— Enfim — disse Medrano —, parece que a maioria está de acordo. Você também? Bem, então há unanimidade. Resta resolver se vamos falar disso com os outros. Por ora, exceto Restelli e Presutti, me parece melhor fazer as coisas por nossa conta. Como se diz em circunstâncias parecidas, não há por que alarmar as senhoras e as crianças.

— Provavelmente não vai haver motivo nenhum para alarme — disse López. — Mas gostaria de saber como vamos abrir caminho caso seja necessário.

— Ah, isso é muito simples — disse Raúl. — Já que você gosta de brincar de pirata, sirva-se.

Levantou a tampa da caixa. Dentro havia dois revólveres .38 e uma automática .32, além de cinco caixas de balas procedentes de Rotterdam.

26

— *Hasdala* — disse um dos marinheiros, levantando uma tábua enorme sem esforço aparente. O outro marinheiro concordou com um seco "*Sá!*" e botou um prego na extremidade da tábua. A armação para a piscina estava quase terminada e se erguia na metade do convés, tão simples como sólida. Enquanto um dos marinheiros pregava a última tábua de apoio, o outro desdobrou uma lona encerada na parte interna e começou a prendê-la nas bordas por meio de umas correias com fivelas.

— E chamam isso de piscina — se queixou o Pelusa. — Dá uma olhada nessa porcaria, não parece feita pra lavar porcos? Que acha, seu Persio?

— Detesto os banhos ao ar livre — disse Persio —, principalmente quando há a possibilidade de engolir caspa alheia.

— Sim, mas é incrível, ora bolas. O senhor nunca foi na piscina do Sportivo Barracas? Botam desinfetante e tem medidas olímpicas.

— Medidas olímpicas? O que é isso?

— E... as medidas pros jogos olímpicos, que mais podia ser? Está em todos os jornais, a medida olímpica. Agora olha essa coisa, um monte de tábuas com um toldo dentro. O Emilio, que foi pra Europa faz dois anos, contou que na terceira do barco dele tinha uma piscina toda verde de mármore. Se eu soubesse disso, não vinha, te juro.

Persio olhava o Atlântico. Tinham perdido a costa de vista e o *Malcolm* navegava num mar repentinamente calmo, de um azul metálico que parecia quase preto nas bordas das ondas. Apenas duas gaivotas seguiam o barco, planando teimosamente sobre o mastro.

— Que bicho comilão a gaivota — disse o Pelusa. — São capazes de engolir pregos. Gosto quando elas enxergam algum

peixe e se atiram a toda. Coitado do peixe, que bicada que metem nele... Acha que nessa viagem vamos ver algum bando de golfinhos?
— Golfinhos? Sim, provavelmente.
— O Emilio contou que no barco dele ele via o tempo todo bandos de golfinhos e esses peixes-voadores. Já nós...
— Não desanime — disse Persio, afetuosamente. — A viagem mal começou, e o primeiro dia, com o enjoo e a novidade... Mas depois você vai gostar.
— Bem, eu gosto. A gente aprende muito, não acha? Que nem no Exército... Também, com a vida de cachorro que te dão lá, a gororoba e a ginástica... Me lembro de uma vez, me deram um ensopado que o melhor que tinha era uma mosca... Mas com o tempo a gente sabe pregar um botão e não tem nojo de porcaria nenhuma que tenha na comida. Aqui vai ser a mesma coisa, não acha?
— Imagino que sim — concordou Persio, acompanhando com interesse a manobra dos finlandeses para conectar uma mangueira à piscina. Uma água admiravelmente verde começou a crescer no fundo da lona, ou pelo menos assim proclamava Jorge, encarapitado nas pranchas à espera de poder se atirar. Um pouco mais recuperadas do enjoo, as senhoras se aproximaram para inspecionar os trabalhos e ocupar posições estratégicas para quando os banhistas começassem a se reunir. Não tiveram que esperar muito por Paula, que desceu lentamente a escadinha para que todo mundo exaurisse em detalhe e definitivamente seu biquíni vermelho. Atrás vinha Felipe com uma sunga verde e uma toalha felpuda sobre os ombros. Precedidos por Jorge, que anunciava aos gritos a temperatura excelente da água, se meteram na piscina e chapinharam por um tempo dentro das modestas medidas que lhes eram oferecidas. Paula ensinou a Jorge a maneira de se sentar no fundo tapando o nariz, e Felipe, ainda emburrado mas incapaz de resistir ao prazer da água e dos gritos, se encarapitou sobre a armação para se atirar dali entre os sustos e as advertências das senhoras. Dali a pouco se juntaram a eles a Nelly e o Pelusa, que apesar de tudo persistia em seus comentários depreciativos. Minuciosamente entalada num maiô inteiriço onde

ocorriam estranhos losangos azuis e roxos, a Nelly perguntou a Felipe se a Beba não tomava banho, ao que Felipe respondeu que sua irmã ainda estava sob os efeitos de um de seus ataques, de modo que seria complicado vir.

— Tem ataques? — perguntou consternada a Nelly.

— Ataques de romantismo — disse Felipe, franzindo o nariz. — É louca, a coitada.

— Poxa, que susto! Tão simpática tua irmãzinha, coitada.

— Logo, logo você vai conhecer a Beba. Que está achando da viagem? — perguntou Felipe ao Pelusa. — Quem terá sido o gênio que organizou isso? Se encontro o cara, pode crer, ele vai ouvir poucas e boas.

— E você diz isso pra mim? — disse o Pelusa, procurando disfarçar o ato de se assoar com dois dedos. — Que piscina, *mamma mia*. Olha, estamos só em três ou quatro e já parece uma lata de sardinha. Venha, Nelly, que te ensino a nadar debaixo d'água. Não, não tenha medo, sua boba, deixa que te ensino, assim você fica que nem a Esther Williams.

Os finlandeses tinham instalado uma prancha horizontal numa das bordas da armação, e Paula se sentou ali para tomar sol. Felipe mergulhou uma vez mais, expirou ruidosamente como tinha visto nas competições e subiu para o lado dela.

— Seu... Raúl não vem?

— Meu... Sei lá — disse zombeteiramente Paula. — Ainda deve estar conspirando com seus novos amigos, que deixaram a cabine empestada de tabaco negro. Você não foi, acho.

Felipe a olhou de soslaio. Não, não tinha ido, depois de almoçar gostava de ir pra cama ler um pouco. Ah, e o que estava lendo? Bem, agora estava lendo um número de *Seleções*. Puxa, ótima leitura para um jovem estudante. Sim, era bem legal, trazia as obras mais famosas condensadas.

— Condensadas — disse Paula, olhando o mar. — Claro, é mais cômodo.

— Claro — disse Felipe, cada vez mais convencido de que alguma coisa não andava bem. — Com essa vida moderna a gente não tem tempo pra ler romances longos.

— Mas na verdade você não se interessa muito pelos livros — disse Paula, renunciando à brincadeira e olhando-o com simpatia. Tinha alguma coisa em Felipe que comovia, era adolescente demais, tudo demais: bonito, tonto, absurdo. Só de boca fechada adquiria certo equilíbrio, seu rosto aceitava sua idade, suas mãos de unhas roídas pendiam para qualquer lado com perfeita indiferença. Mas se falava, se queria mentir (e falar aos dezesseis anos era mentir), a graça vinha abaixo e sobrava apenas uma pretensão desajeitada de suficiência, igualmente comovedora mas irritante, um espelho embaçado onde Paula se revia em seus tempos de colégio, as primeiras tentativas de liberação, o final humilhante de tantas coisas que deveriam ter sido belas. Tinha pena de Felipe, gostaria de acariciar a cabeça dele e dizer qualquer coisa que lhe devolvesse a confiança. Ele explicava agora que, sim, gostava de ler, mas que os estudos... Como? Não se lê quando se estuda? Sim, claro que se lê, mas apenas os livros didáticos e as anotações. Não o que se chama um livro mesmo, como um romance de Somerset Maugham ou de Erico Verissimo. Mas veja bem, ele não era como alguns colegas do Nacional que já andavam de óculos por causa de tudo o que liam. Antes de mais nada, a vida. A vida? Que vida? Bem, a vida, ver as coisas, viajar como agora, conhecer pessoas... O professor Peralta sempre dizia para eles que a única coisa que importava era a experiência.

— Pois é, a experiência — disse Paula. — Claro que tem sua importância. E seu professor López também fala de experiência para os alunos?

— Não, de jeito nenhum. Mas se quisesse... Dá pra ver que o cara é fogo, mas não é dos que andam botando banca. A gente se diverte horrores com o López. Tem que estudar, claro, mas quando ele está contente com a turma é capaz de passar meia hora falando dos jogos de domingo.

— Jura? — disse Paula.

— Claro, o López é legal. Não se leva a sério como o Peralta.

— Quem diria — disse Paula.

— É a pura verdade. Você pensava que era como o Gato Preto?

— Gato Preto?

— Ou o Colarinho Duro.

— Ah, o outro professor.

— Sim, Sumelli.
— Não, não pensava — disse Paula.
— Ah, bom — disse Felipe. — Não dá pra comparar. O López é oquei, toda a turma concorda. Até eu às vezes estudo a matéria dele, palavra. Eu queria ser amigo dele, mas, claro...
— Vai ter chance aqui — disse Paula. — Há várias pessoas que vale a pena conhecer. Medrano, por exemplo.
— Sim, claro, mas é diferente do López. E também do seu... do Raúl, digo — baixou a cabeça, uma gota de água deslizou pelo nariz. — São todos simpáticos — disse confusamente —, mas, é claro, são muito mais velhos. Até o Raúl, ainda que seja bem novo.
— Não é tanto assim — disse Paula. — Às vezes se torna terrivelmente velho, porque sabe coisas demais e está cansado disso que seu professor Peralta chama de experiência. Outras vezes é quase jovem demais e faz as maiores besteiras.
Viu o desconcerto nos olhos de Felipe e se calou. "Mais um pouco e viro cafetina", pensou divertida. "Melhor deixar que se acertem sozinhos. Coitada da Nelly, parece uma atriz de cinema mudo, e o calção de banho do noivo sobra por todos os lados... Por que esses dois não depilam as axilas?"

Como se fosse a coisa mais natural do mundo, Medrano se inclinou sobre a caixa, escolheu um revólver e enfiou no bolso traseiro da calça depois de comprovar que estava carregado e que o tambor girava com facilidade. López ia fazer o mesmo, mas pensou em Lucio e se deteve a meio caminho. Lucio esticou a mão e a retirou, sacudindo a cabeça.
— Cada vez entendo menos — disse. — Pra que isso?
— Não precisa aceitar — disse López, liquidados seus escrúpulos. Pegou o segundo revólver e ofereceu a pistola a Raúl, que o olhava com um sorriso divertido.
— Fui forjado à moda antiga — disse López. — Nunca gostei das automáticas, elas têm alguma coisa de canalha. Provavelmente os filmes de caubói explicam meu carinho pelo revólver. Eu sou anterior aos filmes de gângster. Vocês se lembram de

William S. Hart?... Gozado, hoje é um dia de lembranças. Primeiro os piratas, agora os caubóis. Fico com a caixa de balas, se me permite.

Paula bateu três vezes e entrou, intimando-os amavelmente a se retirar porque queria botar a roupa de banho. Olhou com alguma surpresa a caixa de lata que Raúl acabava de fechar, mas não disse nada. Eles saíram para o corredor, e Medrano e López foram para suas cabines a fim de guardar as armas; os dois se sentiam vagamente ridículos com esses volumes no bolso da calça, sem contar a caixa de balas. Raúl propôs que se encontrassem quinze minutos depois no bar e voltou para a cabine. Paula, que cantava no banheiro, ouviu-o abrir uma gaveta do armário.

— Que significa esse arsenal?

— Ah, você se deu conta de que não eram marrons-glacês — disse Raúl.

— Você não subiu a bordo com essa lata, que eu saiba.

— Não, é despojo de guerra. De uma guerra mais ou menos fria por ora.

— Vocês têm intenção de brincar de mocinho e bandido?

— Não sem antes esgotar os recursos diplomáticos, caríssima. Mesmo que não seja necessário dizer, agradeço que não mencione os apetrechos bélicos diante das damas e das crianças. É provável que isso acabe em nada, e guardaremos as armas como suvenires do *Malcolm*. Por ora estamos bastante dispostos a conhecer a popa, por bem ou por mal.

— *Mon triste coeur bave à la poupe, mon coeur couvert de caporal* — salmodiou Paula, reaparecendo com seu biquíni.

Raúl assobiou admirativamente.

— Qualquer um pensaria que é a primeira vez que me vê vestida de ar — disse Paula, olhando-se no espelho do guarda-roupa. — Não vai se trocar?

— Mais tarde, agora temos que iniciar as hostilidades contra os glucídios. Que pernas tão esbeltas você trouxe nesta viagem.

— Ora, já me disseram isso. Se posso servir de modelo, está autorizado a me desenhar o quanto quiser. Mas imagino que já escolheu outros.

— Por favor, guarde as garras — disse Raúl. — O iodo do mar ainda não fez nenhum efeito em você? Me deixa em paz, Paula, pelo menos a mim.
— Tudo bem, *sweet prince*. Até logo — abriu a porta e se virou. — Não façam besteira — acrescentou. — Não estou nem aí, mas vocês três são a única coisa suportável a bordo. Se acabam com vocês... Me deixa ser sua madrinha de guerra?
— Claro, desde que me mande pacotes com chocolate e revistas. Já disse que você está maravilhosa com esse biquíni? Sim, disse. Vai fazer subir a pressão dos dois finlandeses, e pelo menos de um de meus amigos.
— Por falar em guardar as garras... — disse Paula. Entrou de novo na cabine. — Me diz uma coisa: você acreditou no negócio do tifo? Não, imagino. Mas se não acreditarmos nisso é pior ainda, porque daí não se entende nada mesmo.
— Isso me lembra de uma coisa que eu pensava nos tempos de criança, quando acontecia de me sentir ateu — disse Raúl. — As dificuldades começavam a partir desse momento. Imagino que essa conversa de tifo disfarce algum negócio sórdido. Vai ver levam porcos pra Punta Arenas ou bandoneones pra Tóquio, coisas muito desagradáveis de ver, como se sabe. Tenho uma série de hipóteses desse tipo, cada uma mais sinistra que a outra.
— E se não houver nada na popa? E se não passar de uma arbitrariedade do capitão Smith?
— Todos nós pensamos nisso, querida. Eu, por exemplo, quando roubei essa caixa. Repito, é muito pior se não estiver acontecendo nada na popa. Aposto toda a minha esperança em encontrar uma companhia de liliputianos, um carregamento de queijos tipo Limburger ou simplesmente um convés invadido pelos ratos.
— Deve ser o iodo — disse Paula, fechando a porta.
Sacrificando sem piedade as esperanças do sr. Trejo e do dr. Restelli, que confiavam nele para reanimar uma conversa moribunda, Medrano se aproximou de Claudia, que preferia o bar e o café às diversões do convés. Pediu cerveja e fez um resumo do que acabavam de decidir, sem mencionar a lata. Não era fácil falar a sério porque tinha constantemente a impressão de que con-

tava uma invenção, alguma coisa que roçava a realidade sem comprometer o narrador ou o ouvinte. Enquanto apontava as razões que os moviam a querer abrir caminho, quase se sentia solidário com os do outro lado, como se, trepado na parte mais alta de um mastro, pudesse observar o jogo em sua totalidade.

— É tão ridículo, se você pensa um pouco. Deveríamos deixar que Jorge nos chefiasse, para que as coisas ocorressem de acordo com suas ideias, provavelmente muito mais ajustadas à realidade que as nossas.

— É possível — disse Claudia. — Jorge também percebe que está acontecendo alguma coisa esquisita. Há pouco me disse algo mais ou menos assim: "Estamos no zoológico, mas os visitantes não somos nós". Eu entendi muito bem porque tenho a mesma impressão o tempo todo. Mas... estamos certos em nos rebelar? Não falo por medo, é mais receio de botar abaixo algum anteparo que talvez sustente o cenário da peça.

— Uma peça... Sim, pode ser. Eu vejo mais como um jogo muito especial com aqueles do outro lado. Ao meio-dia eles fizeram um movimento e agora esperam, com o relógio correndo, uma resposta nossa. Jogam as brancas e...

— Voltamos à noção de jogo. Imagino que faça parte da concepção atual da vida, sem ilusões e sem transcendência. A gente se conforma em ser um bom bispo ou uma boa torre, correr em diagonal ou fazer o roque para que o rei se salve. No fim das contas o *Malcolm* não me parece muito diferente de Buenos Aires, pelo menos da minha vida em Buenos Aires. Cada vez mais funcional e plastificada. Cada vez mais aparelhos elétricos na cozinha e mais livros na biblioteca.

— Para ser como o *Malcolm*, sua casa precisa ter uma pitada de mistério.

— Tem, se chama Jorge. Quer mais mistério que um presente sem nada de presente, futuro absoluto? Algo perdido de antemão e que eu conduzo, ajudo e incentivo como se fosse ser meu para sempre. Pensar que uma garotinha qualquer vai tirá-lo de mim daqui a alguns anos, uma garotinha que a essa hora lê uma aventura de Inosito ou aprende a bordar com ponto cruz...

— Me parece que você não fala com amargura.

— Não, a amargura é tangível demais, presente e real demais para se aplicar a isso. Olho para Jorge de dois pontos de vista, o de hoje, em que me faz muito feliz, e o outro, situado no futuro mais distante, onde há uma velha sentada num sofá, cercada por uma casa vazia.

Medrano concordou em silêncio. De dia se notavam as rugas finas que começavam a rodear os olhos de Claudia, mas o cansaço de seu rosto não era um cansaço artificial como o da garota de Raúl Costa. Levava a pensar num resumo, num preço bem pago, numa cinza leve. Gostava da voz de Claudia, sua maneira de dizer "eu" sem ênfase e ao mesmo tempo com uma ressonância que o fazia desejar a repetição da palavra, esperá-la com um prazer antecipado.

— Lúcida demais — ele lhe disse. — Isso custa muito caro. Quantas mulheres vivem o presente sem pensar que um dia perderão seus filhos. Seus filhos e tantas outras coisas, como eu e como todos. As bordas do tabuleiro vão se enchendo de peões e cavalos comidos, mas viver é ter os olhos cravados nas peças que continuam em jogo.

— Sim, e montar uma tranquilidade precária com materiais quase sempre pré-fabricados. A arte, por exemplo, ou as viagens... O bom é que mesmo com isso se pode alcançar uma felicidade extraordinária, uma espécie de falsa instalação definitiva na existência, que satisfaz e agrada muitas pessoas fora do comum. Mas eu... Não sei, é coisa desses últimos anos. Me sinto menos satisfeita quando estou satisfeita, a alegria começa a me doer um pouco, e Deus sabe se sou capaz de ser alegre.

— Na verdade isso não aconteceu comigo — disse Medrano, pensativo —, mas acho que sou capaz de entender. É um pouco aquilo da gota de fel no mel. Por ora, se às vezes suspeitei do sabor do fel, ele serviu para multiplicar a doçura.

— Persio seria capaz de insinuar que em algum outro plano o mel pode ser uma das formas mais amargas do fel. Mas sem saltar para o hiperespaço, como ele diz com tanto prazer, acho que o que me preocupa nesses tempos... Ora, não é uma preocupação interessante, nem metafísica, mas, digamos, um tipo de sinal muito fraco... Me senti ansiosa sem motivo, um pouco estranha a mim mesma, sem razões aparentes. Justamente a falta de razões me preocupa em vez de me acalmar, porque, você sabe, tenho uma espécie de fé em meu instinto.

— E esta viagem é uma defesa contra essa preocupação?

— Bem, defesa é uma palavra muito solene. Não estou ameaçada a esse ponto e por sorte acho que estou muito longe do destino habitual das argentinas depois que têm filhos. Não me resignei a organizar o que chamam um lar e provavelmente tenho boa parte de culpa na destruição do meu. Meu marido jamais compreendeu minha falta de interesse por um novo modelo de geladeira ou umas férias em Mar del Plata. Não devia ter me casado, essa é a verdade, mas havia outras razões para fazê-lo, entre elas meus pais, a cândida esperança deles em mim... Já morreram, estou livre para mostrar a cara que tenho realmente.

— Mas você não me dá a impressão de ser o que chamam uma emancipada — disse Medrano. — Nem mesmo uma rebelde, no sentido burguês do termo. Também não, graças a Deus, uma aristocrata de Mendonça ou uma sócia do Clube de Mães. Interessante, não consigo situá-la e acho inclusive que não lamento isso. A esposa e a mãe clássicas...

— Já sei, os homens recuam aterrorizados diante das mulheres clássicas demais — disse Claudia. — Mas isso sempre acontece antes de se casarem com elas.

— Se por clássicas se entende o almoço meio-dia e quinze, a cinza no cinzeiro e os sábados à noite no Gran Rex, acho que meu recuo seria igualmente violento antes e depois do conúbio, o que torna impossível o dito conúbio, diga-se de passagem. Não pense que cultivo o tipo boêmio ou coisa parecida. Eu também tenho um cabide especial para pendurar as gravatas. É outra coisa mais profunda, a suspeita de que uma mulher... clássica também está perdida como mulher. A mãe dos Graco é famosa por seus filhos, não por si mesma; a história seria ainda mais triste do que é se todas as suas heroínas fossem recrutadas entre as dessa espécie. Não, você me desconcerta porque tem uma serenidade e um equilíbrio que não estão de acordo com o que me disse. Felizmente, acredite, porque esses equilíbrios costumam se traduzir na mais perfeita monotonia, ainda mais num cruzeiro ao Japão.

— Ah, o Japão. Olha só o ceticismo com que você fala.
— Você tampouco me parece muito convencida de chegar lá. Vamos, diga a verdade, se é de bom-tom a essa hora: por que você embarcou no *Malcolm*?

Claudia olhou as mãos e pensou um momento.

— Agora há pouco conversei com uma pessoa — disse. — Uma pessoa muito desesperada, e que não vê em sua vida nada mais que um adiamento precário, cancelável a qualquer instante. Para essa pessoa eu dou uma impressão de força e saúde mental, tanto que confiou em mim e me confessou toda sua fraqueza. Não gostaria que essa pessoa soubesse o que vou dizer a você, porque a soma de duas fraquezas pode ser uma força atroz e desencadear desastres. Você sabe, me pareço muito com essa pessoa; acho que cheguei a um limite onde as coisas mais tangíveis começam a perder sentido, a se apagar, a ceder. Acho... acho que ainda estou apaixonada por León.

— Ah.

— E ao mesmo tempo sei que não posso tolerá-lo, que não suporto o simples som de sua voz cada vez que vem ver Jorge e brinca com ele. Dá pra compreender uma coisa assim? Dá para amar um homem cuja mera presença basta para transformar cada minuto em meia hora?

— Sei lá — disse bruscamente Medrano. — Minhas complicações pessoais são muito mais simples. Sei lá se se pode amar alguém assim.

Claudia o encarou e desviou o olhar. O tom ríspido com que havia falado lhe era familiar, era o tom dos homens irritados com as sutilezas que não podem compreender e, principalmente, aceitar. "Vai se limitar a me classificar como uma histérica", pensou sem condoer-se. "Provavelmente tem razão, sem falar que é ridículo dizer essas coisas a ele." Pediu um cigarro, esperou que ele lhe oferecesse fogo.

— Toda essa conversa é bastante inútil — ela disse. — Quando comecei a ler romances, e veja que foi em plena infância, tive desde o começo a sensação de que os diálogos entre as pessoas eram quase sempre ridículos. Por um motivo muito específico: é que a menor circunstância poderia impedi-los ou frustrá-los. Por exemplo, se eu estivesse na minha cabine ou você tivesse decidido ir para o convés em vez de vir tomar uma cerveja. Por que então dar importância a uma troca de palavras que acontece devido ao mais absurdo dos acasos?

— O ruim disso — disse Medrano — é que pode ser estendido facilmente a todos os atos da vida, e inclusive ao amor, que até agora continua me parecendo o mais sério e o mais fatal. Aceitar seu ponto de vista significa trivializar a existência, lançá-la ao puro jogo do absurdo.

— Por que não? — disse Claudia. — Persio diria que o que chamamos absurdo é nossa ignorância.

Medrano se levantou ao ver entrar López e Raúl, que acabavam de se encontrar na escada. Enquanto Claudia se punha a folhear uma revista, com algum trabalho os três se safaram da ânsia tagarela do sr. Trejo e do dr. Restelli e convocaram o barman a um canto do balcão. López se encarregou de comandar as operações, e o barman se mostrou mais acessível do que imaginavam. A popa? Bem, por ora o telefone estava incomunicável e o maître fazia pessoalmente o contato com os oficiais. Sim, o maître havia sido vacinado e provavelmente o submetiam a uma desinfecção especial antes de voltar de lá, a menos que ele realmente não fosse até a zona perigosa e a comunicação se fizesse oralmente mas a certa distância. Tudo isso ele apenas supunha.

— Além disso — acrescentou o barman, do nada —, a partir de amanhã teremos um salão de beleza e barbearia das nove ao meio-dia.

— Tudo bem, mas agora o que queremos é telegrafar a Buenos Aires.

— Mas o oficial disse... O oficial disse, senhores. Como querem que eu...? Faz pouco que estou a bordo aqui — acrescentou o barman, lamurioso. — Embarquei em Santos faz duas semanas.

— Deixe pra lá sua autobiografia — disse Raúl. — Apenas nos indique como chegar à popa, ou pelo menos nos leve a um oficial.

— Sinto muito, senhores, mas as ordens que recebi... Sou novo aqui — viu a cara de Medrano e López, engoliu a saliva rapidamente. — O máximo que posso fazer é mostrar a vocês o caminho, mas as portas estão fechadas e...
— Conheço um caminho que não leva a lugar nenhum — disse Raúl. — Vamos ver se é esse.
Esfregando as mãos (que estavam perfeitamente secas) num pano de prato com o logotipo da Magenta Star, o barman abandonou desanimado o balcão e os precedeu na escadinha. Parou diante de uma porta oposta à cabine do dr. Restelli e a abriu com uma chave Yale. Viram um camarote muito simples e limpo, em que se destacavam uma enorme fotografia de Victor Manuel III e um chapéu de carnaval pendurado num cabide. O barman os convidou a entrar, com uma cara de terra-nova, e fechou a porta imediatamente. Ao lado do beliche havia uma portinha que passava quase despercebida entre os painéis de cedro.
— Minha cabine — disse o barman, descrevendo um semicírculo com a mão mole. — O maître tem outra do lado de bombordo. Vocês realmente...? Sim, a chave é esta, mas eu insisto que não se deveria... O oficial disse...
— Abra de uma vez, meu amigo — mandou López —, e volte para servir cerveja aos anciãos sedentos. Não me parece necessário que fale disso com eles.
— Sim, claro, eu não digo nada.
A chave girou duas vezes e a portinha se abriu sobre uma escada. "Aqui se desce de muitas maneiras à geena", pensou Raúl. "Desde que isso também não acabe num gigante tatuado, Caronte com cobras nos braços..." Seguiu os outros por um corredor escuro. "Coitado do Felipe, deve estar fulo da vida. Mas é novo demais para isso..." Sabia que estava mentindo, que só uma perversidade deliciosa o levava a negar a Felipe o prazer da aventura. "Vamos lhe confiar alguma missão para compensar", pensou, um tanto arrependido.
Pararam ao chegar a um cotovelo do corredor. Havia três portas, uma delas encostada. Medrano a escancarou e viram um depósito de caixas vazias, madeiras e rolos de arame. O paiol não levava a lugar nenhum. De repente Raúl se deu conta de que Lucio não havia se reunido a eles no bar.

Das outras duas portas, uma estava fechada e a segunda dava para um novo corredor, mais iluminado. Três machados com os cabos pintados de vermelho estavam pendurados nas paredes, e o corredor terminava numa porta onde se lia: GED OTTAMA, e com letras menores: P. PICKFORD. Entraram numa peça bastante grande, cheia de armários metálicos e bancos de três pernas. Um homem se levantou surpreso ao vê-los e recuou um passo. López falou com ele em espanhol, sem resultado. Tentou francês. Raúl, suspirando, soltou uma pergunta em inglês.

— Ah, passageiros — disse o homem, que vestia uma calça azul-clara e uma camisa vermelha de mangas curtas. — Mas por aqui não se pode passar.

— Desculpe a intrusão — disse Raúl. — Procuramos a cabine do radiotelegrafista. É um caso urgente.

— Não se passa por aqui. Têm que... — olhou rapidamente a porta que tinha à esquerda. Medrano chegou um segundo antes dele. Com as duas mãos nos bolsos, sorriu amistosamente.

— *Sorry* — disse. — Como vê, temos que passar. Faça de conta que não nos viu.

Respirando agitadamente, o homem retrocedeu até quase se chocar com López. Atravessaram a porta e a fecharam rapidamente. Agora a coisa começava a ficar interessante.

O *Malcolm* parecia feito sobretudo de corredores, o que deixava López um tanto claustrofóbico. Chegaram a um primeiro cotovelo sem encontrar nenhuma porta, quando ouviram uma campainha que talvez fosse de alarme. Tocou durante cinco segundos, deixando-os meio surdos.

— Vai fechar o tempo — disse López, cada vez mais excitado. — Vamos ver se agora esses finlandeses de merda inundam os corredores.

Seguiram e encontraram uma porta encostada, e Raúl não pôde deixar de pensar que a disciplina devia ser mais que arbitrária a bordo. Quando López a abriu com um empurrão, ouviram um miado raivoso. Um gato branco se encolheu, ofendido, e começou a lamber uma pata. A peça estava vazia, mas dava-se ao luxo de ter três portas, duas trancadas e outra que foi aberta com dificuldade. Raúl, que havia ficado para trás para acariciar o gato, que era uma gata, percebeu o cheiro de latrina no ar viciado. "Mas isso não é muito profundo", pensou. "Deve estar à altura do convés de proa, ou pouco mais abaixo." Os olhos azuis da gata branca o seguiram com uma intensidade vazia, e Raúl se abaixou para acariciá-la outra vez antes de seguir os outros. À distância ouviu soar a campainha. Medrano e López o esperavam num depósito onde se acumulavam caixas de biscoitos com nomes ingleses e alemães.

— Gostaria de estar enganado — disse Raúl —, mas tenho a impressão de que voltamos quase ao ponto de partida. Atrás dessa porta... — viu que tinha um trinco de segurança e o girou. — Pois é, infelizmente.

Era uma das duas portas fechadas por fora que tinham visto no final do corredor de entrada. O ar viciado e a penumbra fustigaram-nos desagradavelmente. Nenhum dos três tinha ânimo de voltar para procurar o sujeito da camisa vermelha.

— Só falta a gente encontrar o Minotauro — disse Raúl.

Examinou a outra porta fechada, olhou a terceira que os levaria outra vez ao depósito de caixas vazias. Ao longe ouviram a gata branca miar. Encolhendo os ombros, retomaram o caminho em busca da porta marcada GED OTTAMA.

O homem não tinha saído dali, mas dava a impressão de ter tido tempo de sobra para se preparar para um novo encontro.

— *Sorry*, por aí não dá pra ir à ponte de comando. A cabine do radiotelegrafista fica lá em cima.

— Bela informação — disse Raúl, cujo inglês mais fluente lhe dava a liderança naquela etapa. — E por onde se vai à cabine do rádio?

— Em cima, indo pelo corredor até... Ah, é verdade, as portas estão fechadas.

— Você não pode nos levar por outro caminho? Queremos falar com algum oficial, já que o capitão está doente.

O homem olhou surpreso para Raúl. "Agora vai dizer que não sabia que o capitão estava doente", pensou Medrano, com vontade de voltar ao bar para engolir um conhaque. Mas o homem se limitou a franzir os lábios com uma expressão de desalento.

— Minhas ordens são cuidar desta área — disse. — Quando precisam de mim lá em cima, me avisam. Sinto muito, não posso acompanhar vocês.
— Não pode abrir as portas, mesmo que não venha com a gente?
— Mas, senhor, se nem tenho as chaves. Minha área é esta, já disse.

Raúl consultou seus amigos. Os três achavam que o teto parecia mais baixo e o ar viciado mais opressivo. Cumprimentaram com a cabeça o homem da camisa vermelha, voltaram em silêncio e não falaram até chegarem ao bar e pedirem bebidas. Um sol admirável entrava pelas escotilhas, refletindo no azul brilhante do oceano. Saboreando o primeiro trago, Medrano lamentou ter perdido todo esse tempo nas profundezas do barco. "Bancando o Jonas como um imbecil, para que no fim continuem me pegando no pé", pensou. Tinha vontade de falar com Claudia, de ir até o convés, de se atirar na cama para ler e fumar. "Realmente, por que levamos isso tão a sério?" López e Raúl olhavam para fora, e os dois tinham cara de quem volta à superfície depois de uma longa imersão num poço, num cinema, num livro que não se pode deixar até o final.

27

Ao entardecer o sol se pôs vermelho e soprou uma brisa fresca que afugentou os banhistas e provocou a debandada das senhoras, em geral bastante recuperadas do enjoo. O sr. Trejo e o dr. Restelli haviam discutido em detalhes a situação a bordo e chegaram à conclusão de que as coisas estavam bastante bem desde que o tifo não ultrapassasse a popa. Dom Galo era da mesma opinião, e talvez em seu otimismo influísse o fato de que os três amigos — pois já se sentiam bastante próximos — tivessem levado suas cadeiras até a parte mais avançada da proa, onde o ar que respiravam não podia estar contaminado. Num momento em que o sr. Trejo foi até sua cabine pegar os óculos de sol, encontrou Felipe tomando banho antes de reingressar em seu jeans. Suspeitando que podia saber alguma coisa sobre a conduta estranha dos mais jovens (pois não lhe passara despercebido o ar de conspiração que apresentavam no bar, e sua saída corporativa), interrogou-o amavelmente e soube quase em seguida de sua expedição às profundezas do barco. Astuto demais para incorrer em proibições e outros despotismos paternais, deixou o filho admirando-se no espelho e voltou à proa para informar seus amigos. Por isso López, quando se aproximou deles meia hora mais tarde com cara de tédio, foi recebido de maneira um tanto circunspecta, e fizeram-no notar que num barco, como em qualquer outro lugar, os princípios da consulta democrática devem prevalecer a qualquer hora, mesmo que o temperamento fogoso dos homens jovens possa se desculpar et cetera. Olhando a linha perfeita do horizonte, López escutou sem pestanejar a homilia agridoce do dr. Restelli, a quem apreciava demais para mandar ipso facto pra puta que o pariu. Respondeu que haviam se limitado a uns passeios de reconhecimento, porque a situação estava longe de ter se esclarecido com a visita e as explicações do oficial e que, embora não tenham tido o menor sucesso, o fracasso os estimulava a continuar considerando suspeita a truculenta história da epidemia.

Aqui dom Galo se arrepiou como um galo de rinha, a quem se parecia extraordinariamente em muitos momentos, e afirmou que apenas a fantasia mais descabelada podia fazer nascer dúvidas sobre a clara e correta explicação dada pelo oficial. Por sua vez, ele se apressava a frisar que, com López e seus amigos continuando a atrapalhar a labuta do comandante e semeando uma evidente indisciplina a bordo, as consequências não deixariam de ser desagradáveis para todos, razão pela qual se adiantava a expressar sua discordância. A opinião do sr. Trejo não era muito diferente, mas como não tinha a menor intimidade com López (e não podia dissimular a penosa sensação de ser de alguma maneira um intruso a bordo), se limitou a dizer que todos deviam se mostrar unidos como bons amigos e se consultar previamente antes de tomar uma atitude que pudesse afetar a situação dos demais.

— Vejam bem — disse López —, nós realmente não tiramos nada a limpo e além disso nos chateamos pra burro, perdendo entre outras coisas um banho de piscina. Se é que isso lhes serve de consolo — acrescentou rindo.

Achava absurdo iniciar uma discussão com os velhos, sem contar que o entardecer e o sol poente eram um convite ao silêncio. Foi até a proa e se debruçou na quilha, ficando suspenso sobre o talha-mar para ver o jogo da espuma que se tingia de vermelho e de violeta. A tarde era extraordinariamente calma e a brisa parecia flutuar em torno do *Malcolm*, mal o acariciando. Muito longe, a bombordo, via-se um penacho de fumaça. López se lembrou com indiferença de sua casa — que era a casa de sua irmã e seu cunhado, na qual tinha um quarto separado; a essa hora Ruth devia estar levando para o pátio coberto as cadeiras de palha que tiravam de tarde para o jardim, Gómara devia estar falando de política com seu colega Carpio, que defendia um vago comunismo recheado de poemas de autores chineses traduzidos para o inglês e daí para o espanhol pela editora Lautaro, e os filhos de Ruth obedeceriam melancólicos à ordem de ir tomar banho. Tudo isso era ontem, tudo isso estava acontecendo logo ali, depois desse horizonte prateado e purpúreo. "Já parece outro mundo", pensou, mas provavelmente uma semana mais tarde as lembranças ganhariam força quando o presente perdesse a novidade. Fazia quinze anos que vivia na casa de Ruth, dez anos que era professor. Quinze, dez anos, e agora um dia de mar, uma cabeça ruiva (mas na verdade a cabeça ruiva não tinha nada que ver com isso) bastavam para que esse pedaço já importante de sua vida, esse longo terço de sua vida se desfiasse e se tornasse uma imagem de sonho. Talvez Paula estivesse no bar, mas também podia ser que estivesse em sua cabine e com Raúl, nessa hora em que é tão bonito fazer amor enquanto lá fora a noite cai. Fazer amor num barco deslizando suavemente, numa cabine onde cada objeto, cada cheiro e cada luz são um sinal de distância, de liberdade perfeita. Porque estariam fazendo amor, não dava para acreditar naquelas palavras ambíguas, naquela espécie de declaração de independência. Ninguém embarca com uma mulher dessas para discutir o sexo dos anjos. Claro, podia se divertir amavelmente, deixá-la brincar um pouco, e depois... "Jamaica John", pensou com um pouco de raiva. "Comigo não, queridinha, não vou bancar o Christopher Dawn por você." Como seria meter a mão naquele cabelo vermelho, senti-lo deslizar como sangue?

"Penso demais em sangue", disse a si mesmo, olhando o horizonte cada vez mais vermelho. "Senaquerib Éden, claro. Mas se estivesse no bar?" E ele ali, perdendo tempo... Virou-se e saiu rapidamente para a escadinha. Beba Trejo, sentada no terceiro degrau, se lançou para um lado para deixá-lo passar.

— Lindo anoitecer — disse López, que ainda não sabia o que pensar dela. — Você não enjoa?

— Eu, enjoar? — protestou a Beba. — Nem tomei os comprimidos. Eu nunca enjoo.

— É isso aí — disse López, já sem assunto.

A Beba esperava outra coisa, e principalmente que López ficasse conversando com ela um pouco. Ela o viu se afastar, depois de um gesto de despedida, e botou a língua para fora quando teve a certeza de que ele já não podia ver. Era um idiota porém mais simpático que Medrano. Entre todos, seu preferido era Raúl, mas até agora Felipe e os outros o monopolizavam, era uma vergonha. Ele se parecia um pouco com William Holden, não, mais com Gérard Philipe. Não, com Gérard Philipe também não. Tão fino, com essas camisas tão chiques e o cachimbo. Aquela mulher não merecia um rapaz como ele.

Aquela mulher estava no bar, bebendo um *gin fizz* no balcão.

— E as expedições, hein? Já prepararam a bandeira negra e os machados de abordagem?

— Ora — disse López —, o que precisamos na verdade é de um maçarico de acetileno para arrombar as portas Stone e um dicionário em seis idiomas para nos entendermos com os glucídios. Raúl não falou pra você?

— Não, não nos vimos. Me conte.

López contou, aproveitando para tirar um sarro sutil de si mesmo e atingir os outros dois na mesma jogada. Também falou da conduta prudente dos anciãos, e ambos a louvaram com um sorriso. O barman preparava uns *gin fizz* deliciosos, e ali só se via Atilio Presutti, que tomava uma cerveja e lia *La Cancha*. O que Paula havia feito toda a tarde? Ora, tomar banho numa piscina inenarrável, olhar o horizonte e ler Françoise Sagan. López observou que tinha um caderno de capa verde. Sim, às vezes tomava notas ou escrevia alguma coisa. Que coisa? Bem, algum poema.

— Não confesse como se fosse uma coisa condenável — disse López, impaciente. — O que acontece com os poetas argentinos, que andam se escondendo? Tenho dois amigos poetas, um deles é muito bom, e os dois fazem como você: um caderno no bolso e um ar de personagem de Graham Greene perseguido pela Scotland Yard.
— Ora, ninguém mais se interessa por isso — disse Paula. — Escrevemos para nós mesmos e para um grupo tão insignificante que não tem o menor valor estatístico. Você sabe que agora a importância das coisas é medida estatisticamente. Tabulações e coisas assim.
— Não é verdade — disse López. — E se um poeta tem uma atitude dessas, a primeira a sofrer vai ser a poesia dele.
— Mas se ninguém lê, Jamaica John. Os amigos cumprem seu dever, claro, e às vezes um poema cai em algum leitor como um chamado ou uma vocação. Já é muito, e basta pra gente seguir em frente. Quanto a você, não se sinta obrigado a pedir pra ler minhas coisas. Quem sabe um dia eu mostre espontaneamente. Não acha melhor?
— Sim — disse López —, desde que esse dia chegue.
— Vai depender um pouco de nós dois. Por ora estou otimista, digamos, mas o que sabemos que nos trará o dia de amanhã, como diria a sra. Trejo? Você já reparou na cara da sra. Trejo?
— A coitada é comovente — disse López, que não tinha a menor vontade de falar da sra. Trejo. — Ela se parece muito com os desenhos de Medrano, não nosso amigo mas o dos grafodramas. Acabo de trocar umas palavras com a filha adolescente, que assiste à chegada da noite na escada da proa. Essa garota vai se chatear aqui.
— Aqui e em qualquer lugar. Não me faça lembrar dos quinze anos, das consultas ao espelho, de… de tantas curiosidades, falsas informações, monstros e delícias igualmente falsos. Gosta dos romances de Rosamond Lehmann?
— Sim, às vezes — disse López. — Gosto mais de você, de ouvi-la falar e de olhar esses seus olhos. Não ria, os olhos estão aí e você não pode devolvê-los. Toda a tarde pensei na cor dos seus

cabelos, até quando andávamos pelos malditos corredores. Como fica quando está molhado?
— Bem, parece quilaia ou fiapos de borshtch. Ou qualquer outra coisa bem repugnante. Gosta mesmo de mim, Jamaica John? Não confie à primeira vista. Pergunte a Raúl, que me conhece bem. Tenho má fama entre os que me conhecem, parece que sou um pouco *la belle dame sans merci*. Puro exagero, no fundo o que me prejudica é um excesso de piedade por mim mesma e pelos outros. Deixo uma moeda em cada mão estendida, e parece que a longo prazo isso não é bom. Não se aflija, não penso contar minha vida. Hoje já confidenciei demais à bela, à bela e boníssima Claudia. Gosto de Claudia, Jamaica John. Me diga que gosta de Claudia.
— Gosto de Claudia — disse Jamaica John. — Usa uma água-de-colônia maravilhosa e tem um filho encantador, e está tudo bem, e esse *gin fizz*... Vamos tomar outro — acrescentou, botando uma mão sobre a dela, que a deixou ficar.

— Você poderia pedir licença — disse a Beba. — Já meteu esse tênis sujo na minha saia.
Felipe assobiou dois compassos de um mambo e saltou para o convés. Tinha ficado muito tempo no sol, sentado na beira da piscina, e sentia febre nos ombros e nas costas, o rosto ardia. Mas tudo isso também era a viagem, e o ar fresco do anoitecer o encheu de satisfação. Fora os velhos na proa, o convés estava vazio. Refugiando-se em frente a um ventilador, acendeu um cigarro e olhou com deboche para a Beba, imóvel e lânguida na escadinha. Deu uns passos, se apoiou na amurada; o mar parecia... *O mar como um vasto cristal agitado*, e a bichona do Freilich recitando sob o sorriso aprovador da professora de literatura. O suprassumo do babaca, Freilich. O primeiro da turma, bichona de merda. "Eu, senhora, eu posso, senhora, sim senhora, trago o giz colorido, senhora?" E as professoras, claro, abobalhadas com o baba-ovo, dez pontos pra todo lado. Ainda bem que ele não engrupia tão facilmente os homens, vários o mantinham na linha, mas ele tirava dez do mesmo jeito, estudando a noite toda, com

umas olheiras... Mas as olheiras não deviam ser por causa do estudo, Durruty tinha contado que Freilich andava pelo centro com um cara mais velho que devia ser cheio da grana. Uma tarde tinha topado com ele numa confeitaria na Santa Fe, e Freilich ficou todo vermelho e se fez de desentendido... Na certa o outro era o macho, na certa. Estava por dentro de como rolavam esses lances desde a noite do festival do terceiro ano, quando apresentaram uma peça de teatro e ele fazia o papel do marido. Alfieri havia se aproximado no intervalo para lhe dizer: "Olha só a Viana, como está linda". Viana era um cara do terceiro C, mais bichona ainda que Freilich, desses que nos recreios se deixam agarrar, chutar, se retorcem encantados e fazem caretas, mas ao mesmo tempo são bons, isso tinha que reconhecer, são generosos e sempre andam com coisas nos bolsos, cigarros americanos e alfinetes de gravata. Daquela vez Viana fazia o papel de uma garota vestida de verde, e tinha sido maquiado de um jeito incrível. Imagina o prazer que teve quando o maquiavam, uma ou duas vezes se enchera de coragem e fora ao colégio com um resto de rímel nos cílios, e foi uma gozação federal, as vozes em falsete e os abraços misturados com beliscões e pontapés. Mas naquela noite Viana estava feliz e Alfieri o olhava e repetia: "Olha como está bonita, até parece a Sophia Loren". Outro cara da pesada, Alfieri, tão severo, tão inspetor do quinto ano, mas de repente se a gente se descuidasse já botava a mão em nossas costas, um sorriso dissimulado e uma maneira de dizer: "Gosta das fêmeas, garoto?", e esperar a resposta com os olhos meio fechados, um ar ausente. E quando Viana tinha olhado dos bastidores, procurando ansiosamente alguém, Alfieri havia dito: "Presta atenção, agora você vai ver por que está tão nervosa", e de repente havia aparecido um cara baixinho vestido com um traje cinza e uma gabardine toda bacana, lenço de seda e anéis de ouro, e Viana o esperava sorrindo, com uma das mãos na cintura, a Sophia Loren sem tirar nem pôr, enquanto Alfieri colado em Felipe murmurava: "É um fabricante de pianos, meu caro. Saca as mordomias que o cara dá pra ele? E então, você não gostaria de ter muita grana, que te levassem de carro ao Tigre e a Mar del Plata?". Felipe não tinha respondido, concentrado na cena; Viana e o fabricante de pianos falavam animadamente e ele parecia lhe censurar alguma coisa, então Viana levantou um pouco a saia e olhou os sapatos brancos, como se se admirasse. "Se você quiser, uma noite dessas a gente sai junto", havia dito Alfieri naquele momento. "A gente despiroca, te apresento umas mulheres, você já deve estar necessitado... a menos que goste de homens, sei lá", e a voz havia ficado suspensa entre o ruído das marteladas dos maquinistas e o rumor do público. Felipe havia se soltado como se não se desse conta do braço que segurava seus ombros com suavidade, dizendo que tinha que se preparar para o quadro seguinte. Ainda lembrava do cheiro de fumo do hálito de Alfieri, seu rosto indiferente de olhos entrecerrados, que não mudava nem mesmo na presença do reitor ou dos professores. Nunca soubera o que pensar de Alfieri, às vezes parecia todo machão, nos recreios falava com os caras do quinto ano e ele se aproximava disfarçadamente para escutar, Alfieri contava que havia transado com uma dona casada, a descrevia em detalhes, o hotelzinho aonde tinham ido, como de início ela estava assustada por medo do marido que era advogado, e depois de três horas fodendo, a palavra se repetia uma vez depois da outra, Alfieri se gabava de proezas intermináveis, de que não a tinha deixado dormir nem um minutinho, de que não queria fazer um filho nela e haviam tomado precauções mas que isso era sempre uma complicação, rápidas mudanças na escuridão e algo que voava pra qualquer lado e se arrebentava na porta ou na parede como um esguicho, imagina de noite o estado do quarto e a bronca do camareiro... Felipe não pescava o sentido de algumas coisas, mas isso não se pergunta, um dia se sabe e fim de papo. Por sorte Ordóñez não era dos que se calam, a toda hora estava dando detalhes ilustrativos pra eles, tinha livros que ele nunca teve coragem de comprar e menos ainda de esconder em casa, com a enxerida da Beba que se metia onde não era chamada e revistava as gavetas. O que o deixava encucado era que Alfieri não tinha sido o primeiro a se meter com ele. Será que achavam que tinha pinta de bicha, logo ele? Tinha muita coisa esquisita nesse negócio. Alfieri, por exemplo, também não levava jeito... Não se podia comparar com Freilich ou Viana, que eram uns veados de carteirinha, irremediáveis; nas duas ou três vezes que tinha visto o inspetor no recreio se aproximando de algum garoto do segundo ou terceiro ano e repetindo os mesmos gestos que havia tido com ele, eram sempre uns carinhas espada, machos como ele, e boa-pinta. Quer dizer que Alfieri gostava de garotos desse tipo, não das bibas como Viana ou Freilich. E também se lembrava espantado do dia em que pegaram juntos o ônibus, Alfieri pagou as passagens dos dois, apesar de ter fingido que não o tinha visto na fila, e quando se sentaram no banco do fundo, a caminho de Retiro, ele começou a falar da namorada com toda a naturalidade, que ia vê-la àquela tarde, que ela era professora, que casariam quando encontrassem um apartamento. Tudo isso em voz baixa, quase na orelha de Felipe que escutava entre interessado e receoso porque Alfieri era um inspetor, enfim, uma autoridade, e depois de uma pausa, quando o assunto da namorada parecia liquidado, Alfieri tinha acrescentado com um suspiro: "Sim, vou me casar daqui a pouco, mas você sabe, gosto tanto de garotos...", e mais uma vez ele tinha sentido o desejo de se afastar, de não ter nada que ver com Alfieri, mesmo que naquele momento Alfieri estivesse lhe fazendo uma confidência de igual para igual e ao falar de garotos não incluía os homens-feitos de cabelo no peito como Felipe. Só conseguira olhá-lo de soslaio, sorrindo com esforço, como se aquilo fosse muito natural e ele estivesse acostumado a falar de coisas desse tipo. Com Viana ou Freilich teria sido fácil, uma porrada nas costelas e deixa pra lá, mas Alfieri era um inspetor, um homem de mais de trinta anos, e além disso um boa-pinta que levava pra cama as mulheres dos advogados.

"Devem ter alguma coisa nas glândulas que não funciona bem", pensou jogando fora o cigarro. Ao espiar um segundo pela porta do bar tinha visto Paula conversando com López, e olhou os dois com inveja. Tudo bem, López, macaco velho, não perdia um minuto pra dar em cima da ruiva, agora só faltava ver como Raúl ia reagir. Tomara que López se saísse bem, que a levasse a seu camarote e a devolvesse toda assada como a mulher do advogado. Tudo se resolvia de modo muito simples: paquerar, tirar uma casquinha, ver se a conversa cola, levar a mulher pra cama, e o outro podia fazer o que bem entendesse, reagir como macho ou aguentar os chifres. Felipe se movia satisfeito dentro de um esquema onde cada coisa estava bem iluminada e em seu lugar. Não como Alfieri, essas palavras de duplo sentido, isso de nunca saber se o cara falava sério ou estava atrás de outra coisa... Viu Raúl e o dr. Restelli surgirem no convés, e lhes deu as costas. Que esse cara não viesse lhe foder a paciência com seu cachimbo inglês. Já não o tinha sacaneado o suficiente de tarde? Ah, mas não tinham se dado bem, já sabia pelo pai do fracasso da expedição. Três baitas marmanjos, e não tinham sido capazes de abrir caminho até a popa e ver o que acontecia.

Teve a ideia de repente, pensou só um segundo. Em dois saltos se escondeu atrás de um rolo de cordas para que Raúl e Restelli não o vissem. Além de evitar um encontro com Raúl, se salvava de uma possível conversa com o Gato Preto, que devia estar mais do que ressentido por sua falta de... como dizia em aula?... de civilidade (ou era urbanidade? Ora, uma merda dessas). Quando viu os dois inclinados sobre a amurada, correu para a escadinha. A Beba o olhou passar com uma pena tremenda. "Nem se tivesse três anos", murmurou. "Correndo como um garotinho. Assim vai pegar mal pra gente." Felipe se virou no alto da escada e a insultou seca e eficazmente. Meteu-se em sua cabine, que ficava quase ao lado da passagem de comunicação entre os corredores, e espiou por uma fresta da porta. Quando se sentiu seguro, saiu rapidamente e examinou a porta da passagem. Estava aberta como antes, a escada esperava. Era ali que Raúl tinha sido gentil com ele pela primeira vez, parecia mentira, realmente mentira. Ao fechar a porta foi envolvido por uma escuridão muito maior que a da tarde; era esquisito que o local lhe parecesse mais escuro agora, a lâmpada brilhava do mesmo jeito que antes. Hesitou um segundo na metade da escada, escutando os ruídos de baixo; as máquinas ressoavam monotonamente, chegava um cheiro de sebo, de betume. Por ali tinham falado do filme do barco da morte, e Raúl havia dito que era de um tal... E depois tinha concordado que era uma pena que Felipe tivesse que aguentar a família. Ele se lembrava muito bem das palavras dele: "Mas preferia que tivesse vindo sozinho". A troco de que se importava se tinha vindo só ou acompanhado? A porta da esquerda estava aberta; a outra continuava fechada como antes, mas se ouviam batidas lá dentro. Imóvel diante da porta, Felipe sentiu que alguma coisa lhe deslizava pelo rosto e secou o suor com a manga da camisa. Pegou um novo cigarro, que acendeu rapidamente. Agora aqueles três espertinhos iam ver o que era bom pra tosse.

28

— Acabou o quinto ano do conservatório no mês passado — disse a sra. Trejo. — Com louvor. Agora vai continuar como concertista.

Dona Rosita e dona Pepa acharam magnífico. Um tempo atrás dona Pepa havia desejado que a Nelly também fosse concertista, mas era uma luta com essa menina. Que levava jeito, levava, desde pequeninha cantava de memória todos os tangos e outras coisas, e passava horas escutando no rádio os programas de clássicos. Mas na hora do estudo, empacava.

— Acredite, não foi por falta de insistência... Era uma luta, acredite. Se eu fosse contar... Mas fazer o quê? Não gosta de estudar.

— Pois é, dona Pepa. Em compensação a Beba passa quatro horas por dia no piano e posso garantir que é um sacrifício pro meu marido e pra mim, porque a longo prazo tanto estudo cansa e a casa é pequena. Mas a gente se sente recompensada na época dos exames e a menina passa com louvor. Se vocês a ouvissem... Quem sabe a convidam pra tocar, parece que é costume que algum artista dê um concerto nas viagens. Claro, a Beba não trouxe as músicas, mas como sabe de cor "A polonesa" e a "Sonata ao luar", toca essas o tempo todo... Não é porque eu seja a mãe, mas ela toca com um sentimento!

— O clássico... é preciso saber tocar — disse dona Rosita. — Não é como essas músicas de agora, só barulho, essas coisas modernistas que tocam no rádio. Na mesma hora eu digo pro meu marido: "Ai, Enzo, desliga essa porcaria que me dá dor de cabeça". Deviam proibir, eu acho.

— A Nelly diz que a música de hoje já não é como a de antes, Beethoven e todos esses.

— A Beba diz a mesma coisa, e tem autoridade pra julgar — disse a sra. Trejo. — Hoje em dia tem modernismo demais. Meu marido escreveu duas vezes para a Rádio do Estado pedindo pra melhorarem a programação, mas, sabe como é, tem tanto favoritismo... Como está, querida? Me parece indisposta.

Nora estava bastante bem mas a observação da sra. Trejo a deixou sem jeito. Ao entrar na sala de leitura dera de cara com as senhoras e não sabia como dar meia-volta e retornar ao bar. Teve de se sentar com elas, sorrindo como se estivesse muito feliz. Pensou se daria para ler em seu rosto que... Mas não, como podiam notar?

— Esta tarde me senti meio enjoada — disse. — Não muito, passou logo que tomei um Dramamine. E as senhoras como estão?

Suspirando, as senhoras informaram que a calma do mar as ajudava a suportar o chá com leite, mas que se voltasse a se agitar como ao meio-dia... Ah, felizes os jovens como ela que só pensavam em se divertir porque ainda não sabiam o que era a vida. Claro, quando se viajava com um rapaz tão simpático como Lucio a vida era cor-de-rosa. Feliz dela, coitadinha. Bem, melhor assim. Nunca se sabe o que vai vir depois, e enquanto houver saúde...

— Porque vocês devem ter se casado faz muito pouco, não é mesmo? — disse a sra. Trejo, olhando-a atentamente.

— Sim, senhora — disse Nora. Sentia que ia ruborizar e não sabia como fazer para que não se notasse; as três a olhavam com seus sorrisos brancos como tapioca, as mãos fofas apoiadas nas barrigas protuberantes. "Sim, senhora." Optou por fingir um violento ataque de tosse, tapou o rosto com as mãos e as senhoras lhe perguntaram se estava encatarrada e dona Pepa aconselhou massagens com Vick Vaporub. Nora sentia a mentira na boca do estômago, mas sentia principalmente não ter tido coragem de aguentar cara a cara a pergunta. "Que importa o que pensem, se depois vamos nos casar?", Lucio havia dito tantas vezes. "É a melhor prova de que você tem toda confiança em mim, e além disso é contra os preconceitos burgueses e é preciso lutar contra isso..." Mas não podia, agora menos ainda. "Sim, senhora, faz pouco."

Dona Rosita explicava que a umidade lhe fazia muito mal e que se não fosse o trabalho do marido ela já teria pedido que se mudassem de Isla Maciel. "Me dá um troço pelo corpo todo, como um reumatismo", informava à sra. Trejo, que continuava olhando para Nora, "e não tem o que resolva. E olha que vi um monte de médicos, veio até o Pantaleón, que é famoso como curandeiro, mas nada. É a umidade, né? É ruim pros ossos, parece que dá uma borra por dentro e por mais que você evacue e tome água de cogumelo hepático não acontece nada..." Nora viu uma brecha na conversa e se levantou, olhando o relógio de pulso com ar de quem tem um compromisso. Dona Pepa e a sra. Trejo trocaram um olhar de entendimento e um sorriso. Compreendiam, claro, como não iam compreender... Vai, minha filha, que estão esperando você. A sra. Trejo lamentava um pouco que Nora tivesse ido, porque apesar de tudo via-se que era de sua classe, não como essas senhoras tão boazinhas, as coitadas, mas de nível tão baixo... A sra. Trejo começava a sentir a vaga suspeita de que não ia se dar com ninguém na viagem, e estava inquieta e preocupada. A mãe do garotinho só conversava com os homens, dava pra ver que devia ser alguma artista ou escritora porque não se interessava pelas coisas realmente femininas, e estava o tempo todo fumando e falando de coisas incompreensíveis com Medrano e López. A outra, a moça ruiva, era uma antipática e além disso jovem demais para entender da vida e poder falar de coisas sérias, sem contar que não pensava mais que em se exibir com aquele biquíni mais do que imoral, e paquerar até Felipe, nada menos. Teria de falar disso com o marido, e se Felipe caísse nas mãos dessa vampe. E ao mesmo tempo se lembrava dos olhos do sr. Trejo quando Paula havia se deitado no convés para tomar sol. Não, não era uma viagem como tinha sonhado.

Nora abriu a porta da cabine. Não esperava encontrar Lucio, tinha a vaga ideia de que tinha saído para o convés. Estava sentado na beira da cama, olhando o vazio.

— Está pensando no quê?

Lucio não pensava em absolutamente nada, mas franziu as sobrancelhas como se acabassem de arrancá-lo de uma grave reflexão. Depois sorriu e fez um gesto para que fosse se sentar a seu lado. Nora suspirou, triste. Não, não era nada. Sim, tinha ido ao bar, conversado com as senhoras. Claro, de tudo um pouco. Seus lábios não se abriram quando Lucio lhe pegou o rosto com as duas mãos e a beijou.

— Não se sente bem, princesa? Deve ser cansaço... — calou-se, temendo que ela o entendesse como uma alusão. Mas que merda, por que não? Claro que isso cansa, como qualquer outro exercício violento. Ele também se sentia meio moído, mas tinha certeza de que não se devia a... Antes de se perder numa distração total, sem pensamentos, estivera lembrando da cena no camarote de Raúl; havia ficado com um gosto ruim na boca, o desejo de que acontecesse alguma coisa que lhe permitisse intervir, meter-se de novo numa situação que de repente o tinha deixado de fora. Mas se saíra bem, era estúpido imaginar romances de mistério e andar distribuindo armas de fogo. Por que queimar a viagem na largada? A tarde toda havia andado com vontade de falar em particular com algum deles, principalmente Medrano, a quem já conhecia um pouco e que lhe parecia o mais sensato. Dizer que podiam contar com ele se as coisas ficassem feias (o que era inconcebível), mas que não achava correto andar procurando encrenca a troco de nada. Cambada de malucos, em vez de organizar um bom pôquer ou pelo menos um truco.

Suspirando, Nora se levantou e pegou uma escova em seu nécessaire.

— Não, não estou cansada, e me sinto muito bem — disse.

— Não sei, acho que o primeiro dia de viagem... Sei lá, afinal é uma mudança.

— Sim, precisa dormir bem esta noite.

— Claro.

Começou a escovar os cabelos lentamente. Lucio a olhava. Pensou: "Agora sempre vou ver Nora se pentear assim".

— De onde podemos mandar uma carta pra Buenos Aires?

— Não sei, imagino que de Punta Arenas. Acho que faremos uma escala lá. Pretende escrever para seus pais?

— Bem, sim. Imagina o nervosismo deles... Por mais que tenha dito que ia viajar... Sei lá, as mães imaginam cada coisa. Acho melhor escrever pra Mocha, ela que explique tudo pra mamãe.
— Vai dizer que está comigo?
— Sim — disse Nora. — Mas eles já sabem. Eu nunca poderia ter vindo sozinha.
— Sua mãe vai ter um troço.
— É, mas tem que saber, não? Eu penso mais no meu pai... É tão sensível, eu não gostaria que sofresse muito.
— Pronto, lá vem o sofrimento de novo — disse Lucio. — A troco de que tem de sofrer, poxa? Você veio comigo, vou me casar com você e pronto. Por que tem de falar em sofrimento a toda hora, como se fosse uma tragédia?
— Só falei, nada mais. Papai é tão bom...
— Me enche esse sentimentalismo — disse Lucio, amargo. — Sempre sobra pra mim; fui o destruidor da paz do lar e roubei o sonho de seus ilustres pais.
— Por favor, Lucio — disse Nora. — Não se trata de você, eu escolhi fazer o que fizemos.
— Sim, mas pra eles não importa essa parte da história. Serei sempre o dom-juan que estragou a sobremesa deles e o jogo de víspora.
Nora não disse nada. As luzes oscilaram por um segundo. Lucio foi abrir a escotilha e andou pela cabine com as mãos nas costas. Por fim se aproximou de Nora e a beijou no pescoço.
— Você sempre me faz dizer besteiras. Eu sei que tudo vai dar certo, mas não sei o que tenho hoje, vejo as coisas de um jeito... Na verdade a gente não tinha outra saída se queríamos nos casar. Ou a gente ia embora juntos ou sua mãe fazia o diabo. Assim foi melhor.
— Mas a gente podia ter se casado antes — disse Nora com um fio de voz.
— E pra quê? Casar antes? Ontem mesmo? Pra quê?
— Só falei, nada mais.
Lucio suspirou e se sentou outra vez na cama.
— É verdade, tinha esquecido que a senhorita é católica — disse. — Claro que podíamos ter nos casado ontem, mas teria si-

do idiota. Teríamos a certidão no bolso do meu casaco e daí? Você já sabe que não penso em me casar na igreja, nem agora nem nunca. No civil, tudo bem, mas não me venha com os urubus. Eu também penso no meu velho, mesmo que esteja morto. Quando o cara é socialista, é socialista e fim de papo.
— Tudo bem, Lucio. Nunca pedi pra me casar na igreja. Eu só dizia...
— Dizia o que todas dizem. Ficam loucas de medo de que a gente as deixe plantadas depois de ir pra cama com elas. Ora, não me olhe assim. Fomos pra cama, não? Não foi de pé, me parece — fechou os olhos, sentindo-se infeliz, sujo. — Não me faça dizer besteiras, princesa. Por favor, pense que eu também tenho confiança em você e não quero que de repente tudo vá pro diabo e eu descubra que você é como as outras... Já falei de María Esther, não? Não quero que você seja como ela, porque então...
    Nora devia entender que então ele a deixaria plantada como María Esther. Nora o entendeu muito bem mas não disse nada. Continuava vendo, como um ectoplasma sorridente, o rosto da sra. Trejo no bar. E Lucio que falava, falava, cada vez mais nervoso, mas ela começava a se dar conta de que esse nervosismo não nascia do que acabavam de dizer e sim que vinha de antes, de outra coisa. Botou a escova no nécessaire e foi se sentar perto dele, apoiou o rosto em seu ombro, se aconchegou suavemente. Lucio resmungou alguma coisa, mas era um resmungo de satisfação. Pouco a pouco seus rostos se aproximaram até juntar as bocas. Lucio acariciou longamente os quadris de Nora, que tinha as mãos apoiadas no colo e sorria. Então a atraiu com violência, deslizou o braço por sua cintura e a deitou suavemente para trás. Ela resistia, rindo. Viu o rosto de Lucio aparecer sobre o seu, tão perto que ela mal distinguia um olho e o nariz.
— Boba, bobinha. Bobona.
— Bobalhão.
    Sentia sua mão que andava por seu corpo, despertando-a. Pensou quase admirada que quase já não tinha medo de Lucio. Não era fácil ainda, mas já não tinha medo. Na igreja... Reclamou, envergonhada, escondendo o rosto, mas a carícia profunda levava a cura consigo, enchia-a de uma ansiedade em que todo

o recato se desfazia. Isso não, isso não era certo. Não, Lucio, não, assim não. Fechou os olhos, gemendo.

Nesse mesmo instante, Jorge jogava P4R e Persio, depois de longas reflexões, respondia C2R. Implacável, Jorge descarregou D1T, e Persio só pôde responder com R4C. As brancas se deslocaram então com D5C, as pretas tremeram e hesitaram ("Netuno está me deixando na mão", pensou Persio) até atinar com P6C, e houve uma pausa rápida marcada por uma série de sons guturais produzidos por Jorge, que acabou atacando com D4C e olhou zombeteiro para Persio. Quando ocorreu a resposta C4R, Jorge não teve mais que dar um empurrãozinho com D5B e xeque-mate em vinte e cinco jogadas.

— Coitado do Persio — disse Jorge, magnânimo. — Na verdade você fez uma burrada de saída e pronto, foi pro brejo.

— Incrível — disse o dr. Restelli, que havia assistido de pé à partida. — Uma defesa Nimzowich realmente incrível.

Jorge o olhou de soslaio, e Persio começou a guardar apressadamente as peças. Fora se ouvia o ressoar aveludado do gongo.

— Esse garoto é um jogador excepcional — disse o dr. Restelli. — Quanto a mim, dentro de minhas modestas possibilidades, terei muito prazer em jogar com você, sr. Persio, quando quiser.

— Tenha cuidado com Persio — preveniu Jorge. — Sempre perde, mas nunca se sabe.

Com o cigarro na boca, abriu a porta de repente. No primeiro momento pensou que os dois marinheiros estivessem ali, mas o vulto do fundo não passava de um capote impermeável pendurado num cabide. O marinheiro barrigudo batia numa correia com uma clava de madeira. A cobra azul do antebraço subia e descia ritmicamente.

Sem deixar de bater (porra, a troco de que aquele urso batia numa correia?) ele observou Felipe, que havia fechado a porta e por sua vez o olhava sem tirar o cigarro da boca e com as duas mãos nos bolsos do jeans. Ficaram assim por um tempo, se estudando. A cobra deu um último salto, ouviu-se a pancada surda da clava na correia (estava amaciando a correia, devia ser para fazer um cinturão largo para enfaixar a pança, na certa era isso), e depois desceu até ficar imóvel na beirada da mesa.

— Oi — disse Felipe. A fumaça do Camel lhe entrava nos olhos, e ele mal teve tempo de tirar o cigarro e espirrar. Por um segundo viu tudo turvo através das lágrimas. Cigarro de merda, quando ia aprender a fumar sem tirar da boca?

O marinheiro continuava olhando com um sorrisinho nos lábios grossos. Parecia achar divertido que Felipe chorasse por causa da fumaça nos olhos. Começou a enrolar devagar a correia; suas mãos se moviam como aranhas peludas. Continuou dobrando a correia, que segurava com uma delicadeza quase feminina.

— *Hasdala* — disse o marinheiro.

— Oi — repetiu Felipe, perdido o primeiro impulso e meio aéreo. Deu um passo adiante, olhou os instrumentos que havia sobre uma mesa de trabalho. — Você está sempre aqui... fazendo coisas?

— *Sa* — disse o marinheiro, atando a correia com outra mais fina. — Senta aí, se quiser.

— Obrigado — disse Felipe, dando-se conta de que o homem acabava de falar num espanhol muito mais inteligível que de tarde. — Vocês são finlandeses? — perguntou, procurando se orientar.

— Finlandeses? Ora, finlandeses, essa é boa. Aqui tem de tudo um pouco, mas não tem finlandeses.

A luz de duas lâmpadas fixas no forro do teto caía duramente sobre os rostos. Sentado na beira de um banco, Felipe se sentia desconfortável e não achava o que dizer, mas o marinheiro continuava amarrando a correia com todo o cuidado. Depois tratou de arrumar umas sovelas e dois alicates. A todo momento levantava os olhos e olhava para Felipe, que sentia o cigarro diminuir entre os dedos.

— Você sabe que não devia vir aqui — disse o marinheiro. — Fez mal em vir.

— Ora, não tem nada de mais — disse Felipe. — Se quero descer pra bater um papo... Sabe, é uma chatice por lá.

— Pode ser, mas não devia vir aqui. Bem, já que veio, fique. Orf vai demorar um pouco e ninguém vai saber de nada.

— Tudo bem — disse Felipe, sem entender muito bem qual era o risco de que os outros soubessem de alguma coisa. Mais confiante, empurrou o banco até que pôde apoiar as costas na parede; cruzou as pernas e deu uma longa tragada no Camel. Começava a gostar da coisa, e tinha de ir em frente.

— Na verdade vim pra falar com o senhor — disse. Por que é que o outro o tratava com familiaridade, mas ele, em compensação...? — Não gosto nem um pouco desse mistério que estão fazendo.

— Ora, não tem mistério nenhum — disse o marinheiro.

— Então por que não nos deixam ir à popa?

— Me deram a ordem, eu cumpro. Quer ir lá pra quê? Não tem nada lá.

— Quero ver — disse Felipe.

— Não tem nada pra ver, garoto. Fique aqui, já que veio. Não pode passar.

— Não posso passar daqui? E essa porta?

— Se tentar passar — disse sorrindo o marinheiro —, vou quebrar sua cabeça como um coco. E você tem uma linda cabeça, não quero quebrar ela como um coco.

Falava lentamente, escolhendo as palavras. Felipe soube desde o primeiro instante que não falava por falar e que era melhor ficar onde estava. Ao mesmo tempo gostava da atitude do homem, sua maneira de sorrir enquanto o ameaçava com uma fratura craniana. Pegou a carteira de cigarros e lhe ofereceu um. O marinheiro balançou a cabeça.

— Tabaco pra mulheres — disse. — Você vai fumar do meu, fumo pro mar, vai ver.

Parte da cobra desapareceu num bolso e voltou com um saco de pano preto e um pacotinho de seda para enrolar. Felipe fez um gesto negativo, mas o homem arrancou uma folha e a estendeu para ele, enquanto pegava outra para si mesmo.

— Sem problema, eu ensino você. Faz como eu, vai prestando atenção e faz como eu. Olha, é assim que se bota o fumo... — as aranhas peludas dançavam elegantemente em volta da folha de papel, e de repente o marinheiro passou uma das mãos pela boca como se tocasse uma harmônica, e em seus dedos surgiu um cigarro perfeito. — Viu como é fácil? Não, assim vai cair. Bem, você fuma este e eu faço outro pra mim.
  Quando pôs o cigarro na boca, Felipe sentiu a umidade da saliva e esteve a ponto de cuspir. O marinheiro olhava para ele, olhava sem parar e sorria. Começou a enrolar seu cigarro e depois pegou um isqueiro enorme, enegrecido. Uma fumaça espessa e penetrante sufocou Felipe, que fez um gesto apreciativo, agradecendo.
  — Melhor não tragar muito — disse o marinheiro. — É um pouco forte pra você. Agora vai ver como cai bem com rum.
  De uma caixa de lata que estava embaixo da mesa tirou uma garrafa e três copinhos de estanho. A cobra azul encheu dois copinhos e passou um a Felipe. O marinheiro se sentou a seu lado, no mesmo banco, e ergueu o copinho.
  — *Here's to you*, garoto. Não beba de um trago só.
  — Humm, é muito bom — disse Felipe. — Na certa é rum das Antilhas.
  — Claro que sim. Então gosta do meu rum e do meu fumo, hein? E como você chama, garoto?
  — Trejo.
  — Trejo, hein? Mas isso não é nome, é sobrenome.
  — Claro, é meu sobrenome. Eu me chamo Felipe.
  — Felipe. Muito bem. Quantos anos tem, garoto?
  — Dezoito — mentiu Felipe, escondendo a boca com o copinho. — E o senhor como chama?
  — Bob — disse o marinheiro. — Pode me chamar de Bob mesmo que na verdade meu nome seja outro. Mas não gosto dele.
  — Diga assim mesmo. Eu disse o meu nome verdadeiro.
  — Ora, você também vai achar muito feio. Já pensou se eu me chamasse Radcliffe ou coisa parecida? Você não ia gostar. Bob é melhor, garoto. *Here's to you*.
  — *Prosit* — disse Felipe e bebericou outra vez. — Humm, é legal aqui.

— Claro que é.
— Muito trabalho a bordo?
— Mais ou menos. Vai ser melhor você não beber mais, garoto.
— Por quê? — disse Felipe, se encrespando. — Essa é boa, logo agora que começo a gostar. Mas me diga, Bob... Sim, o fumo é sensacional, e o rum... Por que não posso beber mais?
O marinheiro pegou o copinho de Felipe e o deixou na mesa.
— Você é muito simpático, garoto, mas depois vai ter que voltar sozinho pra cima, e se beber demais o pessoal vai perceber.
— Mas se posso beber tudo o que me der na veneta lá no bar...
— Humm, com o barman que tem lá em cima, você não vai beber nada muito forte — zombou Bob. — E sua mãe deve andar por perto, além disso... — parecia se divertir vendo os olhos de Felipe, o rubor que de repente lhe invadia o rosto. — Vamos, garoto, somos amigos. Bob e Felipe são amigos.
— Tudo bem — disse Felipe, ríspido. — Vou dar o fora e fim de papo. E essa porta?
— Esquece ela — disse o marinheiro, suavemente —, e não se chateie, Felipe. Quando pode voltar?
— E vou voltar pra quê?
— Ora, pra fumar e beber rum comigo, e bater papo — disse Bob. — Na minha cabine, onde ninguém vai nos incomodar. Aqui Orf pode chegar de uma hora pra outra.
— Onde fica sua cabine? — disse Felipe, entrecerrando os olhos.
— Aí — disse Bob, apontando a porta proibida. — Tem um corredor que leva pra minha cabine, logo antes da escotilha da popa.

29

O chamado do gongo deslizou na metade de um parágrafo de Miguel Ángel Asturias, e Medrano fechou o livro e se esticou na cama, sem saber se tinha ou não vontade de jantar. A luz na cabeceira convidava a ficar lendo, e ele gostava de *Hombres de maíz*. De certo modo a leitura era uma maneira de se afastar um pouco da novidade que o rodeava, reingressar na ordem de seu apartamento de Buenos Aires, onde havia começado a ler o livro. Sim, como uma casa que se leva consigo, mas não gostava da ideia de se refugiar ex professo na literatura para esquecer o absurdo de ter ali, na gaveta da cômoda ao alcance da mão, um Smith & Wesson .38. O revólver era um pouco a materialização de tudo ao redor, do *Malcolm* e seus passageiros — das vagas baixezas do dia. O prazer do balanço do barco, o conforto masculino e exato do camarote eram outros tantos aliados do livro. Teria sido necessária alguma coisa realmente insólita, ouvir um cavalo galopar no corredor ou cheirar incenso, para levá-lo a saltar da cama e enfrentar o que acontecia. "Está bom demais pra gente se incomodar", pensou, se lembrando das caras de López e de Raúl quando voltaram da incômoda expedição vespertina. Vai ver Lucio tinha razão e era absurdo sair brincando de detetive. Mas as razões de Lucio eram suspeitas; por ora só se importava com sua mulher. Aos outros e a ele próprio irritavam de modo mais direto esse mistério barato e essa teia de mentiras. Mais irritante ainda era pensar, afastando-se com dificuldade da página aberta, que se não estivessem tão confortáveis a bordo teriam agido com mais energia, forçando a situação até dirimirem as dúvidas. As delícias de Cápua et cetera. Delícias mais severas, de tom nórdico, moduladas no matiz do cedro e do freixo. Era bem provável que López e Raúl fossem propor um novo plano, ou ele mesmo caso se entediasse no bar, mas tudo o que fizessem seria mais um jogo que uma reivindicação. Talvez a única coisa sensata fosse imitar Persio e Jorge, pedir os tabuleiros de xadrez e passar o tempo da melhor forma possível. Ora, a popa. Enfim, a popa. Até a palavra, como uma papa para bebês. A popa, que idiotice.

    Escolheu um terno escuro e uma gravata que Bettina lhe dera. Tinha pensado umas duas vezes em Bettina enquanto lia *Hombres de maíz*, porque ela não gostava do estilo poético de Asturias, as aliterações e o tom decididamente mágico. Mas até aquele momento ter abandonado Bettina não o havia preocupado. Ele se divertia demais com os episódios do embarque e as atribulações em pequena escala para aceitar com prazer qualquer volta ao passado imediato. Nada melhor que o *Malcolm* e suas pessoas, viva a popa trôpega (Asturias de estopa, caiu na risada em busca de mais rimas): sopa de garoupa. Buenos Aires podia esperar, logo teria tempo para se lembrar de Bettina — se a lembrança chegasse por conta própria, se se apresentasse como um problema. Mas claro, era um problema, teria que analisar como gostava, no escuro, na cama e com as mãos na nuca. De qualquer forma aquele desassossego (Asturias ou jantar; jantar, gravata dada por Bettina, *ergo* Bettina, *ergo* chateação) se insinuava como uma conclusão antecipada da análise. A menos que não fosse mais que o balanço do barco, o ar enfumaçado da cabine. Não era a primeira vez que deixava uma mulher na mão, tampouco que uma mulher o tinha deixado na mão (para ir se casar no Brasil). Absurdo que a popa e Bettina fossem naquele momento um pouco a mesma coisa. Perguntaria a Claudia o que pensava de sua atitude. Mas não, por que tinha de se impor essa espécie de arbitragem de Claudia em termos de dever. Obviamente não tinha obrigação alguma de falar de Bettina para Claudia. Conversa de viagem, ainda passa, mas é melhor parar por aí. A popa e Bettina, era realmente estúpido que tudo isso fosse um ponto doloroso na boca do estômago. Nada menos que Bettina, que já devia ter arrumado um programa para não perder uma noite no Embassy. Sim, mas teria chorado também.

 Medrano tirou a gravata com um puxão. O nó não ficava direito, essa gravata sempre tinha sido rebelde. Psicologia das gravatas. Lembrou de um romance em que um criado enlouquecido cortava a tesouradas a coleção de gravatas do patrão. O quarto cheio de pedaços de gravatas, um açougue de gravatas pelo chão. Escolheu outra, de um cinza modesto, que permitia um nó perfeito. Claro que teria chorado, todas as mulheres choram por muito menos que isso. Imaginou Bettina abrindo as gavetas da cômoda, pegando fotografias, se queixando por telefone às amigas. Estava tudo previsto, tudo tinha que acontecer. Claudia devia ter feito a mesma coisa depois de se separar de Lewbaum, todas as mulheres. Repetia: "Todas, todas", como se quisesse englobar na diversidade um mesmo episódio buenairense, jogar uma gota no mar. "Mas no fim das contas é uma covardia", ouviu-se pensar, e não soube se a covardia era a gota no mar ou o fato sem retoques de ter deixado Bettina. Uma lágrima a mais, uma lágrima a menos, nesse mundo... Sim, mas ser a causa, mesmo que nada disso tivesse importância e Bettina estivesse passeando por Santa Fe ou indo se pentear chez Marcela. Ora, Bettina, ele não se importava com Bettina, não era Bettina, não era a própria Bettina, tampouco que não se pudesse ir à popa, nem o tifo 224. Não era diferente essa dor na boca do estômago, e no entanto sorria quando abriu a porta e saiu para o corredor, passando a mão pelos cabelos sorria como quem está no meio de uma descoberta agradável, está a um passo, entrevê o que procurava e sente a alegria de todos os fins alcançados. Prometeu voltar sobre seus passos, dedicar o começo da noite a pensar com mais cuidado. Talvez não fosse Bettina mas Claudia ter falado demais de si mesma, com sua voz grave havia falado de si mesma, que ainda estava apaixonada por León Lewbaum. Mas que importância tinha isso, mesmo que Claudia também chorasse de noite pensando em León.

Deixando que o Pelusa acabasse de explicar ao dr. Restelli por que o Boca Juniors ia ganhar o campeonato de lavada, decidiu voltar a sua cabine para se vestir. Pensou com regozijo no desfile de trajes que veriam aquela noite no jantar; provavelmente o coitado do Atilio ia aparecer em mangas de camisa e o maître faria a típica cara dos criados quando assistem entre satisfeitos e escandalizados à degradação dos patrões. Um impulso o levou a voltar e entrar de novo na conversa. Mal conseguiu cortar as efusões esportivas do Pelusa (que havia encontrado no dr. Restelli um parcimonioso mas enérgico defensor dos méritos do Ferrocarril Oeste), Raúl notou como que de passagem que já era hora de se preparar para o jantar.

— Puxa, está quente demais pra gente ter que se vestir — disse —, mas vamos respeitar as tradições do mar.

— Como é que é? — disse o Pelusa, desorientado.

— Quero dizer, botar uma gravata incômoda e um paletó — disse Raúl. — Claro, a gente faz isso pelas senhoras.

Deixou o Pelusa entregue às suas reflexões e subiu a escadinha. Não tinha muita certeza de ter agido bem, mas nos últimos tempos tendia a duvidar da justificava de quase todas as suas ações. Se Atilio preferia aparecer no jantar com uma camisa listrada, problema dele; de qualquer forma o maître ou algum passageiro acabaria por fazê-lo entender que não ficava bem, e seria pior para o coitado, a menos que os mandasse pro inferno. "Ajo por razões exclusivamente estéticas", pensou Raúl, divertido de novo, "e pretendo justificá-las do ponto de vista social. Só sei que não suporto o que está fora de ritmo, desencaixado. Pra mim a camiseta desse pobre coitado botaria o *potage Hublet aux asperges* a perder. Já é suficientemente ruim a iluminação da sala de refeições..." Com a mão na maçaneta, olhou para a entrada da passagem que ligava os dois corredores. Felipe parou de modo brusco, perdendo um pouco o equilíbrio. Parecia muito aturdido, como se não o reconhecesse.

— Oi — disse Raúl. — Você sumiu a tarde toda.

— É que... Puxa, sou um idiota, errei de corredor. Meu camarote é do outro lado — disse Felipe, iniciando uma meia-volta. A luz pegou em cheio no rosto dele.

— Parece que você tomou sol demais — disse Raúl.

— Ora, não é nada — disse Felipe, forçando um tom ríspido que não lhe saía bem. — Passo as tardes inteiras na piscina do clube.

— Em seu clube não deve ter um ar tão forte como aqui. Está se sentindo bem?

Havia se aproximado e o olhava amigavelmente. "Por que não para de me encher o saco?", pensou Felipe, mas ao mesmo tempo gostava que Raúl lhe falasse de novo nesse tom depois da sacanagem que tinha feito. Respondeu com um movimento afirmativo e completou uma meia-volta em direção à passagem, mas Raúl não queria deixá-lo ir.

— Com certeza não trouxe nenhum creme para queimadura de sol, a menos que sua mãe... Venha cá, é só um instantinho, vou lhe dar uma coisa pra você passar ao se deitar.

— Não se incomode — disse Felipe, apoiando um ombro no anteparo. — Acho que a Beba tem um creme Sapolán ou alguma porcaria dessas.

— Leve assim mesmo — insistiu Raúl, recuando para abrir a porta de sua cabine. Viu que Paula não estava mas que havia deixado as luzes acesas. — Além disso tenho outra coisa pra você. Vem cá um momento.

Felipe parecia decidido a ficar na porta. Raúl, que vasculhava um nécessaire, fez um sinal para que ele entrasse. De repente se dava conta de que não sabia o que dizer para vencer essa hostilidade de filhote ofendido. "Eu mesmo me meti nessa, como um imbecil", pensou, remexendo numa gaveta cheia de meias e lenços. "Como levou a mal, santo Deus." Endireitando-se, repetiu o gesto. Felipe deu dois passos, e só então Raúl percebeu que cambaleava um pouco.

— Logo vi que você não estava bem — disse, aproximando uma poltrona dele. Empurrou a porta com o pé, fechando-a. Aspirou o ar duas vezes e caiu na risada. — Sol engarrafado, hein? E eu que achei que era insolação... Mas que tabaco é esse? Um cheiro pavoroso de álcool e tabaco.

— E daí? — murmurou Felipe, que lutava contra uma náusea crescente. — Se tomo um trago e fumo... não vejo o que...

— Claro, claro! — disse Raúl. — Não tinha a menor intenção de repreender você. Mas a mistura de sol com o resto é meio explosiva, sabe como é. Eu poderia contar pra você...

Mas não tinha vontade de contar nada, preferia ficar olhando para Felipe que havia empalidecido um pouco e olhava fixamente na direção da escotilha. Ficaram calados um instante, que a Raúl pareceu muito longo e perfeito, e a Felipe um redemoinho de pontos vermelhos e azuis bailando diante dos olhos.

— Pegue este creme — disse por fim Raúl, pondo um tubo na mão dele. — Seus ombros devem estar em carne viva.

Instintivamente Felipe abriu a camisa e se olhou. A náusea ia passando e em seu lugar crescia o prazer maligno de ficar calado, de não falar de Bob, do encontro com Bob e do copo de rum. Só a ele cabia o mérito de... Achou que a boca de Raúl tremia um pouco, olhou surpreso para ele. Raúl se endireitou sorrindo.

— Com isso você vai dormir sem problemas, espero. E agora, pegue; promessa é dívida.

Felipe pegou o cachimbo com dedos inseguros. Nunca tinha visto um cachimbo tão bonito. Raúl, de costas, tirava alguma coisa do bolso de um paletó pendurado no guarda-roupa.

— Fumo inglês — disse, dando a ele uma caixa de cores vivas. — Não sei se tenho por aí algum limpador de cachimbo, mas por enquanto peça o meu quando precisar. Gosta?

— Sim, claro — disse Felipe, olhando o cachimbo com respeito. — Você não devia me dar isto, é um cachimbo bom demais.

— Justamente porque é bom — disse Raúl. — E para que me perdoe.

— Você...

— Olha, não sei por que fiz aquilo. De repente me pareceu que você era muito jovem pra se meter numa possível encrenca. Depois pensei melhor e me arrependi, Felipe. Me desculpe, e vamos ser amigos, combinado?

A náusea voltou pouco a pouco, um suor gelado molhava a testa de Felipe. Conseguiu guardar o cachimbo e o fumo no bolso e se levantou com esforço, hesitando. Raúl se pôs ao lado dele e esticou um braço para ampará-lo.

— Eu... eu preciso ir ao banheiro um pouco — murmurou Felipe.

— Sim, claro — disse Raúl, abrindo a porta apressadamente para ele. Fechou-a outra vez, deu uns passos pela cabine. Ouvia-se a água da pia correr. Raúl foi até a porta do banheiro e apoiou a mão na maçaneta. "Coitadinho, pode cair", pensou, mas mentia e mordeu os lábios. Se ao abrir a porta o visse... Talvez Felipe não lhe perdoasse nunca a humilhação, a menos que... "Não, ainda não", e ele devia estar vomitando na pia, não, realmente era melhor deixá-lo sozinho, a menos que perdesse os sentidos e se machucasse. Mas não ia acontecer, era quase monótono mentir assim a si mesmo, procurar pretextos. "Gostou tanto do cachimbo", pensou, caminhando em círculo de novo. "Mas agora vai se envergonhar por ter se metido no banheiro... E como sempre a vergonha será feroz, ele vai me arranhar de cima a baixo, até que o cachimbo, talvez, talvez o cachimbo..."

* * *

Buenos Aires estava marcada com um ponto vermelho, e dali partia uma linha azul que descia quase paralelamente à curvatura da província, a uma boa distância da costa. Ao entrar na sala de refeições os viajantes puderam apreciar o esmero do mapa adornado com a insígnia da Magenta Star e o trajeto percorrido pelo *Malcolm* naquele dia. O barman admitiu com um sorriso de discreto orgulho que o registro progressivo do itinerário corria por sua conta.

— E quem lhe dá os dados? — perguntou dom Galo.

— O piloto me envia — explicou o barman. — Eu fui desenhista quando jovem. Gosto de manejar o esquadro e o compasso nas horas de folga.

Dom Galo fez sinais ao motorista para que fosse embora com a cadeira de rodas e observou o barman de soslaio.

— E o negócio do tifo, como anda? — perguntou à queima-roupa.

O barman pestanejou. A silhueta impecável do maître veio se postar a seu lado. Seu sorriso aperitivo se projetou sucessivamente em direção a todos os comensais.

— Parece que vai tudo bem, sr. Porriño — disse o maître. — Pelo menos não recebi nenhuma notícia alarmante. Vá atender o bar — disse a seu subordinado, que parecia inclinado a se demorar na sala de refeições. — Vejamos, sr. Porriño, gostaria de um *potage champenois* para começar? Está muito bom.

Naquele momento o sr. Trejo e sua esposa se acomodavam, seguidos da Beba, que estreava um vestido menos decotado do que teria desejado. Raúl entrou atrás deles e foi se sentar com Paula e López, que levantaram a cabeça ao mesmo tempo e sorriram para ele com ar ausente. Os Trejo negligenciaram a leitura do cardápio para discutir a recentíssima novidade da indisposição de Felipe. A sra. Trejo estava muito grata ao sr. Costa, que se dera ao trabalho de atender Felipe e acompanhá-lo até sua cabine, de passagem chamando a Beba para que avisasse o papai e a mamãe. Felipe dormia profundamente, mas a sra. Trejo ainda estava preocupada com a causa desse mal-estar repentino.

— Tomou sol demais, minha filha — garantiu o sr. Trejo.
— Passou a tarde no convés e agora parece um camarão. Você não viu, mas quando tiramos a camisa dele... Ainda bem que esse rapaz tinha um creme que pelo jeito é extraordinário.
— Está esquecendo que ele cheirava a uísque que era um horror — disse a Beba, lendo o cardápio. — Esse garoto faz o que quer a bordo.
— Uísque? Impossível — disse o sr. Trejo. — Deve ter tomado uma cerveja, no máximo.
— Você devia falar com o barman — disse a esposa. — Só devem dar limonada pra ele, uma coisa assim. É muito criança para saber se controlar.
— Se vocês acham que vão botar Felipe na linha, se enganam redondamente — disse a Beba. — É tarde demais. Comigo é só dureza, mas com ele...
— Não comece, mocinha.
— Viu? Eu não disse? Se eu aceitasse um presente caro que algum passageiro me desse, o que iam dizer? Ia ser um deus nos acuda. Mas ele pode fazer o que lhe dá na veneta, claro. É sempre assim. Por que não nasci homem?
— Presente? — disse o sr. Trejo. — Que negócio é esse de presente?
— Nada — disse a Beba.
— Vamos, filhinha, fale. Já que começou, desembucha. Na verdade, Osvaldo, eu queria falar de Felipe com você. A moça aquela... a do biquíni, sabe.
— Biquíni? — disse o sr. Trejo. — Ah, a garota ruiva. Sim, aquela garota.
— Essa moça passou a tarde paquerando o menino. Você pode não ter se dado conta, mas eu sou mãe e tenho um instinto aqui no peito pra essas coisas. Não se meta, Beba, você não tem idade pra saber do que estamos falando. Ai, esses filhos, que martírio.
— Paquerando Felipe? — disse a Beba. — Não me faça rir, mamãe. Você acha que essa mulher vai perder tempo com um pirralho? ("Se ele pudesse me ouvir", pensava a Beba. "Ah, ia ficar roxo de raiva.")

— Mas então que conversa é essa de presente? — disse o sr. Trejo, de repente interessado.
— Um cachimbo, uma lata de fumo e sei lá que mais — disse a Beba, com ar indiferente. — Na certa vale uma grana preta.
O casal Trejo se consultou com o olhar, e depois o sr. Trejo olhou na direção da mesa número 2. A Beba os estudava, dissimulada.
— Esse senhor é realmente muito gentil — disse a sra. Trejo. — Você deveria lhe agradecer, Osvaldo, e aproveitar para pedir que ele não mime tanto o menino. Dá pra ver que se preocupou ao vê-lo indisposto, coitado.
O sr. Trejo não disse nada mas pensava no instinto das mães. A Beba, despeitada, entendia que Felipe tinha a obrigação de devolver os presentes. A *langue jardinière* os surpreendeu nessa discussão.

Quando o grupo Presutti chegou entre tímido e decidido, com muitos cumprimentos para as diferentes mesas, olhares de soslaio para o espelho e comentários nervosos em voz baixa por parte de dona Rosita e dona Pepa, Paula teve muita vontade de rir e olhou para Raúl com certa expressão que o fez lembrar das noites nos foyers dos teatros portenhos, ou nos salões da periferia aonde iam se divertir maldosamente à custa de poetisas e senhores de bem. Esperava alguma das observações de Paula capazes de resumir admiravelmente uma situação, espetando-a como a uma borboleta. Mas Paula não disse nada porque acabava de sentir os olhos de López fixos nos seus, e de repente se evaporou sua vontade de fazer a piada que já lhe aflorava nos lábios. Não havia tristeza nem ansiedade no olhar de López, antes uma plácida contemplação diante da qual Paula se sentia pouco a pouco restituída a si mesma, à parte menos exterior e espetacular de si mesma. Pensou ironicamente que no final das contas a Paula epigramática também era ela e de quebra a Paula perversa ou simplesmente maldosa; mas os olhos de López a instalavam em sua forma menos complicada, onde o sofisma e a frivolidade se tornavam forçados. Passar de López a Raúl, ao rosto inteligente e sensível de Raúl, era saltar de hoje para ontem, da tentação de ser franca à de incorrer mais uma vez na brilhante mentira da aparência. Mas se não quebrasse essa espécie de censura amistosa que o olhar de López começava a representar para ela (e o coitado nem desconfiava que encarnava esse papel!), a viagem poderia se transformar num pesadelo miúdo e insignificante. Gostava de López, gostava que se chamasse Carlos, que sua mão não a tivesse desgostado quando pousou na sua; não se interessava demais por ele, provavelmente não passava de outro portenho como tantos rapazes amigos, mais cultivado que culto, mais fogoso que apaixonado. Havia nele algo limpo que chateava um pouco. Uma limpeza que destruía desde o começo as perfídias verbais, o desejo de descrever em detalhes a toalete da noiva de Atilio Presutti e se estender sobre a influência dos tijolos no paletó do Pelusa. Não que os comentários frívolos sobre o resto do desfile fossem desterrados pela presença de López, ele mesmo olhava agora com um sorriso o colar de plástico de dona Pepa e os esforços de Atilio para fazer uma colher coincidir com a boca. Era outra coisa, como que uma limpeza de intenções. As gozações valiam por si mesmas, não como armas de dois gumes. Sim, ia ser terrivelmente chato, a menos que Raúl se lançasse ao contra-ataque e restabelecesse o equilíbrio. Paula estava careca de saber que Raúl se daria conta na hora do que estava flutuando no ar, e provavelmente iria se irritar. Uma outra vez já a havia resgatado de um influxo em hipótese alguma negativo (um teósofo que ao mesmo tempo sabia ser muito bom amante). Armado de uma insolência despudorada, havia ajudado a desmontar em poucos meses o frágil arcabouço esotérico pelo qual Paula acreditava subir ao céu como um xamã. Pobre Raúl, começaria por sentir uns ciúmes que nada teriam a ver com os ciúmes, o simples ressentimento por não ser o amo de sua inteligência e de seu tempo, de não poder compartilhar cada momento da viagem com uma exigente coincidência de gostos. Mesmo que Raúl se deixasse arrastar por uma aventura qualquer, ainda se manteria a seu lado, reclamando reciprocidade. Seus ciúmes seriam mais desencanto que outra coisa e em algum momento passariam, até que Paula aparecesse outra vez (mas dessa vez haveria outra vez?) com a cara do regresso, uma história nostálgica, e depositasse o presente tedioso e sem esperança entre suas mãos para que ele voltasse a cuidar desse gato caprichoso e mimado. Foi assim que aconteceu depois que foi amante de Rubio, depois de acabar com Lucho Neira, com os outros. Uma perfeita simetria regulava suas relações com Raúl porque ele também passava por fases confessionais, trazia para ela seu gato preto depois de tristes episódios nos telhados e nos subúrbios para curar as feridas num renascimento da camaradagem dos tempos da universidade. Quanto necessitavam um do outro! — de que tecido amargo era feita essa amizade exposta a um vento duplo, a uma fuga alternada? O que Carlos López estava fazendo nesta mesa, neste barco, no hábito plácido de andarem juntos por todos os lugares? Paula o detestou violentamente enquanto ele, alegre por olhá-la, tão feliz olhando-a, parecia o inocente que se mete sorrindo na jaula dos tigres. Mas não era inocente, Paula sabia de sobra, e se era (mas não era), que se aguentasse. Tigre Raúl, tigre Paula. "Coitado do Jamaica John", pensou, "se você escapasse a tempo..."

— O que Jorge tem?
— Está com um pouco de febre — disse Claudia. — Acho que tomou sol demais à tarde, a menos que seja uma amigdalite. Eu o convenci a ficar na cama e lhe dei uma aspirina. Vamos ver como passa a noite.
— A aspirina é terrível — disse Persio. — Em toda a minha vida só tomei umas duas ou três vezes e me fez um efeito pavoroso. Escangalha completamente a ordem intelectual, a gente sua, enfim, uma coisa muito desagradável.
Medrano, que havia comido sem muita vontade, propôs um segundo café no bar, e Persio foi para o convés onde tinha que fazer observações estelares, prometendo passar antes pela cabine para ver se Jorge havia dormido. As luzes do bar eram mais agradáveis que as da sala de refeições, e o café estava mais quente. Uma ou duas vezes Medrano se perguntou se Claudia estaria disfarçando a preocupação que devia sentir com a febre de Jorge.

Gostaria de saber, para depois ajudar em alguma coisa se pudesse, mas Claudia não se referiu de novo a seu filho e falaram de outras coisas. Persio voltou.

— Está acordado e gostaria que você fosse lá — disse. — É a aspirina, com certeza.

— Não diga besteira e vá estudar as Plêiades e a Ursa Menor. Não quer vir, Medrano? Jorge vai gostar de ver você.

— Sim, claro — disse Medrano, sentindo-se contente pela primeira vez em muitas horas.

Jorge os recebeu sentado na cama e com um bloco de desenhos que Medrano teve que examinar e criticar um por um. Tinha os olhos brilhantes, mas o calor de sua pele se devia em grande parte ao sol do convés. Quis saber se Medrano era casado e se tinha filhos, onde morava, se também era professor como López ou arquiteto como Raúl. Disse que havia cochilado mas que tivera um pesadelo com os glucídios. Sim, tinha um pouco de sono e sede. Claudia lhe deu água e com uma folha de papel improvisou uma cúpula de abajur ao redor da luz de cabeceira.

— Ficamos sentados aqui até você dormir. Não vamos deixá-lo sozinho.

— Ora, não tenho medo — disse Jorge. — Mas quando durmo, claro, não tenho defesa.

— Dê uma surra nos glucídios — propôs Medrano, inclinando-se para beijá-lo na testa. — Amanhã vamos falar de um montão de coisas. Agora durma.

Três minutos depois Jorge se esticou, suspirando, e se virou para o lado da parede. Claudia apagou a luz de cabeceira; só ficou acesa a lâmpada perto da porta.

— Vai dormir a noite toda como uma pedra. Daqui a pouco vai começar a falar, a dizer todo tipo de coisas estranhas... Persio adora ouvi-lo falar enquanto sonha, imediatamente chega a conclusões extraordinárias.

— A pitonisa, claro — disse Medrano. — Não fica impressionada com a mudança da voz dos que falam dormindo? Daí a imaginar que não são eles que falam...

— São eles e não são.

— É provável. Há muitos anos eu dormia no mesmo quarto que meu irmão mais velho, uma das pessoas mais chatas que se possa imaginar. Mal ferrava no sono, ele começava a falar; às vezes, não sempre, dizia cada coisa, que eu anotava e lhe mostrava de manhã. Nunca acreditou em mim, o coitado. Era demais pra ele.
— Por que assustá-lo com esse espelho inesperado?
— É verdade. Seria preciso ser simples como um rabdomante, ou estar decididamente no polo oposto. Temos tanto medo das irrupções, de perder o precioso eu de todo dia...
Claudia escutava a respiração cada vez mais tranquila de Jorge. A voz de Medrano lhe devolvia a calma. Sentiu-se um pouco fraca, entrecerrou os olhos com alívio e cansaço. Não quisera admitir que a febre de Jorge a assustava e que havia disfarçado por força do hábito, talvez também por orgulho. Não, não havia nada com Jorge, a febre não tinha nada a ver com o que acontecia na popa. Parecia absurdo imaginar uma relação; estava tudo bem, o cheiro do cigarro de Medrano era como uma forma de ordem, de normalidade, e sua voz, sua maneira tranquila e um pouco triste de dizer as coisas.
— Sejamos caridosos ao falar do eu — disse Claudia, respirando profundamente como para afugentar os últimos fantasmas.
— É precário demais, se pensarmos com objetividade, frágil demais para não o envolver em algodão. Você não acha uma maravilha que seu coração continue batendo a cada minuto que passa? Me dou conta disso todos os dias e sempre me espanto. Já sei que o coração não é o eu, mas se ele parasse... Enfim, é melhor não entrar no assunto da transcendência; nunca tive uma conversa que prestasse sobre essas coisas. Vale mais a pena ficar do lado da simples vida, assombrosa demais por si só.
— Sim, sejamos metódicos — disse Medrano sorrindo. — Além disso não podemos nos colocar as grandes questões sem saber um pouco mais de nós mesmos. Honestamente, Claudia, por ora meu único interesse é a biografia, primeira etapa de uma boa amizade. Note-se que não peço detalhes de sua vida, mas gostaria de ouvir você falar de seus interesses, de Jorge, de Buenos Aires, essas coisas.

— Não, esta noite não — disse Claudia. — Já chateei você à tarde com detalhes sentimentais que talvez não viessem ao caso. Sou eu quem não sabe nada de você, fora que é dentista e que tenho a intenção de lhe pedir um dia desses que examine Jorge, que tem um molar que às vezes dói. Que bom que você ri, outro iria se indignar, pelo menos em segredo, com este parêntese profano. É verdade que se chama Gabriel?
— Sim.
— Sempre gostou de seu nome? Quando era pequeno, quero dizer.
— Não lembro. Provavelmente dei por certo que Gabriel era uma coisa tão fatal como o redemoinho no cocuruto. Mas você, onde passou a infância?
— Em Buenos Aires, numa casa de Palermo onde à noite as rãs cantavam e meu tio soltava maravilhosos fogos de artifício no Natal.
— E eu em Lomas de Zamora, num chalé perdido num grande jardim. Devo ser um imbecil, mas até hoje a infância me parece a parte mais profunda de minha vida. Acho que fui feliz demais quando pequeno; é um mau começo para a vida, logo a gente faz um rombo nas calças compridas. Quer meu curriculum vitae? Vamos deixar a adolescência pra lá, todas se parecem demais para serem divertidas. Me formei dentista sem saber por quê, o que me parece corriqueiro em nosso país. Jorge está falando alguma coisa. Não, foi só um suspiro. Talvez minha voz o incomode, deve estranhar.
— Ele gosta de sua voz — disse Claudia. — Jorge não demora pra me fazer esse tipo de confidência. Não gosta da voz de Raúl Costa e zomba da voz de Persio, que na verdade parece de caturrita. Mas gosta da voz de López e da sua, e diz que Paula tem mãos bonitas. Também presta muita atenção nisso, a descrição que fez das mãos de Presutti era de chorar de rir. Então você se formou dentista, coitado.
— Pois é. E pra completar, fazia pouco que tinha perdido a casa da infância, que ainda existe mas que eu nunca quis rever. Sofro dessa espécie de sentimentalismo, seria capaz de dar uma volta de dez quadras para não passar embaixo da sacada de um apartamento onde fui feliz. Não fujo das lembranças, mas tam-

bém não as cultivo; além disso minhas infelicidades, como minhas felicidades, estão sempre em surdina.
— Sim, às vezes você olha de um jeito... Não tenho grande faro, mas às vezes acerto em minhas suspeitas.
— E suspeita de quê?
— Nada de muito importante, Gabriel. Diria que você anda dando voltas como se procurasse alguma coisa que não aparece. Espero que não seja apenas um botão de camisa.
— Tampouco é o Tao, Claudia. Uma coisa muito modesta, em todo caso, e muito egoísta; uma felicidade que machuque o menos possível os outros, o que já é difícil, em que não me sinta vendido nem comprado e possa conservar minha liberdade. Como vê, não é nada fácil.
— Sim, pessoas como nós quase sempre concebem a felicidade nesses termos. O casamento sem escravidão, por exemplo, ou o amor livre sem aviltamento, ou um emprego que não impeça de ler Chestov, ou um filho que não nos transforme em seus criados. Provavelmente essa concepção é mesquinha e falsa desde o começo. Basta ler qualquer uma das Palavras... Mas combinamos que não íamos sair de nosso âmbito. Fair play, antes de mais nada.
— Talvez — disse Medrano — o erro esteja em não querer sair da nossa bolha. Talvez essa seja a maneira mais certa de fracassar, inclusive na dimensão cotidiana e social. Enfim, quanto a mim, optei por viver sozinho desde muito jovem, fui para o interior e lá não passei muito bem mas me salvei dessa dispersão que costuma inutilizar os portenhos, e um belo dia voltei para Buenos Aires e não me mexi mais, fora a viagem de praxe à Europa e as férias em Viña del Mar quando o peso chileno ainda era acessível. Meu pai deixou uma herança maior do que meu irmão e eu suspeitávamos; pude reduzir ao mínimo o exercício da broca e das pinças, e me transformei num aficionado. Não me pergunte de quê, porque não seria fácil responder. De futebol, por exemplo, de literatura italiana, de caleidoscópios, de mulheres de vida livre.
— Você bota as mulheres no final da lista, mas talvez seguisse uma ordem alfabética. Aproveitando que Jorge dorme, me explique melhor esse negócio de vida livre.

— Quero dizer que jamais tive o que se chama de namorada — disse Medrano. — Acho que não levo jeito para marido e tenho a relativa decência de não querer fazer o teste. Também não sou o que as senhoras chamam de um sedutor. Gosto das mulheres que não apresentam nenhum problema além delas próprias, o que já é suficiente.

— Não gosta de se sentir responsável?

— Acho que não, talvez tenha uma ideia alta demais da responsabilidade. Tão elevada que fujo dela. Uma namorada, uma garota seduzida... Tudo se transforma em puro futuro, de repente é preciso viver para e pelo futuro. Você acha que o futuro pode enriquecer o presente? Talvez no casamento, ou quando se tem senso de paternidade... É estranho, gosto tanto de crianças — murmurou Medrano, olhando a cabeça de Jorge afundada no travesseiro.

— Não pense que é uma exceção — disse Claudia. — Em todo caso você corre rapidamente para esse produto humano classificado como solteirão, que tem seus grandes méritos. Uma atriz dizia que os solteirões eram o melhor alimento das bilheterias, verdadeiros benfeitores da arte. Não, não é gozação. Mas você se acha mais covarde do que é.

— Quem falou em covardia?

— Bem, sua recusa a toda possibilidade de namoro ou sedução, a toda responsabilidade, a todo futuro... Essa pergunta que me fez há pouco... Acho que o único futuro que pode enriquecer o presente é o que nasce de um presente que se enfrenta cara a cara. Veja, não acho que seja preciso trabalhar trinta anos como um camelo para se aposentar e viver tranquilo, mas em compensação me parece que toda covardia presente não só não vai livrá-lo de um futuro desagradável como servirá para criá-lo, você querendo ou não. Mesmo que soe meio cínico partindo de mim, se você não seduz uma garota por medo das consequências futuras, sua decisão cria uma espécie de futuro oco, de futuro fantasma, em todo caso bastante eficaz para frustrar uma aventura.

— Você pensa em mim, mas não na garota.

— Claro, e não pretendo te convencer a se transformar num casanova. Imagino que é preciso firmeza para resistir ao impulso da sedução; de modo que a covardia moral seria uma fonte de valores positivos... É engraçado, de fato.

— O problema é falso, não há covardia nem coragem e sim uma decisão prévia que elimina a maioria das oportunidades. Um sedutor procura seduzir, e depois seduz; eliminando a procura... Olha, falando fracamente, basta renunciar às virgens; e há tão poucas no meio em que vivo...

— Se essas pobres moças soubessem os conflitos metafísicos que são capazes de criar apenas com sua inocência... — disse Claudia. — Bem, então me fale das outras.

— Não, assim não — disse Medrano. — Não gosto da maneira como pediu nem do tom de sua voz. Também não gosto do que estive dizendo e muito menos do que você disse. Melhor eu ir tomar um conhaque no bar.

— Não, fique um pouco. Já sei, às vezes falo umas besteiras. Mas, enfim, podemos falar de outra coisa.

— Me desculpe — disse Medrano. — Não são besteiras, pelo contrário. Meu mau humor é exatamente porque não são besteiras. Você disse que sou covarde no plano moral, e acertou em cheio. Começo a me perguntar se amor e responsabilidade não podem se tornar a mesma coisa em algum momento da vida, em algum ponto muito especial do caminho... Não vejo com clareza, mas nos últimos tempos... Sim, ando com um humor do cão e é sobretudo por isso. Nunca achei que um episódio bastante frequente em minha vida começasse a me preocupar, a me incomodar... Como essas aftas que saem nas gengivas, cada vez que a gente passa a língua, uma dor tão desagradável... E isto é como uma afta mental, vai e volta... — encolheu os ombros e pegou o maço de cigarros. — Vou falar, Claudia, acho que vai me fazer bem.

Falou de Bettina.

30

Durante o jantar a irritação dela foi passando, substituída pelo sarcasmo e pelo desejo de debochar dele. Não que tivesse uma razão precisa para debochar, mas continuava incomodada que ele a desarmasse assim, só com seu jeito de olhá-la. Por um momento estivera disposta a acreditar que López era inocente e que sua força nascia justamente dessa inocência. Depois achou graça de sua ingenuidade, não era difícil notar que em López estavam bem despertas as aptidões para a caça maior, mesmo que as manifestasse sem ênfase. Paula não se orgulhava do efeito imediato que havia provocado nele; pelo contrário (que merda, um dia antes não se conheciam, eram dois estranhos na imensa Buenos Aires), ficava irritada ao se ver reduzida tão depressa à condição de caça real. "E tudo porque sou a única realmente disponível e interessante a bordo", pensou. "Vai ver ele nem teria me notado se tivessem nos apresentado numa festa ou num teatro." Era o fim se sentir inserida obrigatoriamente no conjunto de diversões da viagem. Penduravam-na na parede como um cartaz de tiro ao alvo, para que o senhor caçador exercitasse a pontaria. Mas Jamaica John era tão simpático, não era possível se chatear de verdade com ele. Ela se perguntou se por acaso ele não estaria pensando algo parecido; sabia perfeitamente que poderia considerá-la uma conquistadora, primeiro porque era mesmo e segundo porque tinha uma maneira de ser e de se mostrar que facilmente causava mal-entendidos. Como bom portenho, o coitado poderia estar pensando que pegaria mal se ele não fizesse o possível para seduzi-la. Uma situação idiota mas com alguma coisa de inexorável, de fantoches num teatrinho obrigados a dar e a receber as cacetadas rituais. Teve um pouco de pena por López e por ela mesma, e ao mesmo tempo ficou alegre por não se enganar. Os dois podiam jogar o jogo com a máxima perfeição, e tomara que Punch fosse tão hábil como Judy.

No bar, em que Raúl os convidara para um gim, sobrevoaram aos Presutti aglutinados num canto, mas deram de cara com Nora e Lucio, que não tinham jantado e pareciam preocupados. A mera fatalidade das cadeiras e das mesas os deixou frente a frente, e falaram de tudo um pouco, a personalidade de cada um cedendo com alívio ao monstro confortável da conversa coletiva, sempre abaixo da soma dos que participam dela e por isso tão suportável e solicitada. Em seu íntimo Lucio agradecia a chegada dos outros, porque Nora ficara melancólica depois de escrever uma carta à irmã. Mesmo que dissesse que não era nada, logo recaía numa distração que o exasperava um pouco porque não sabia como evitá-la. Nunca havia conversado muito com Nora, era ela quem tagarelava; na verdade tinham gostos bem diferentes, mas isso, entre um homem e uma mulher... De qualquer forma era bem chato que Nora estivesse se agoniando por bobagens. Quem sabe lhe fizesse bem se distrair um pouco com os outros.

Paula quase não havia falado com Nora até aquele momento, e as duas, sorridentes, terçaram armas enquanto os homens pediam bebidas e compartilhavam cigarros. Refugiado num silêncio cortado apenas por uma que outra observação amável, Raúl as observava, trocando impressões com Lucio sobre o mapa e o itinerário do *Malcolm*. Via renascer em Nora a alegria e a confiança, o monstro social a acariciava com suas muitas línguas, arrancava-a do diálogo, esse monólogo disfarçado, mergulhava-a num pequeno mundo cortês e trivial, faiscante de frases engenhosas e risos nem sempre explicáveis, o sabor do chartreuse e o perfume do Philip Morris. "Um verdadeiro tratamento de beleza", pensou Raúl, observando como os traços de Nora recobravam uma animação que os deixava mais bonitos. Com Lucio era mais difícil, continuava um tanto ensimesmado, enquanto o pobre López, ah, o pobre — o pobre López, esse sim sonhava acordado. Raúl começava a ter pena dele. "*So soon*", pensava, "*so soon...*" Mas talvez não se desse conta de que López era feliz e que sonhava com elefantes cor-de-rosa, com enormes esferas de vidro cheias de água colorida.

— E assim aconteceu que os três mosqueteiros, que dessa vez não eram quatro, foram pela popa e voltaram tosquiados — disse Paula. — Quando você quiser, Nora, nós duas podemos dar uma volta por lá, e se for o caso convidamos a noiva de Presutti para compor um número sagrado. Com certeza só paramos nas hélices.

— Vamos pegar tifo — disse Nora, que tendia a levar Paula a sério.

— Ora, eu tenho Vick Vaporub — disse Paula. — Quem ia acreditar que esses galhardos hoplitas morderiam o pó como qualquer otário?

— Não exagere — disse Raúl. — O barco é muito limpo e por ora não há nada para morder.

Ele se perguntou se Paula iria faltar à palavra e poria na roda os revólveres e a pistola. Não, não faltaria. *Good girl.* Completamente louca mas muito direita. Um pouco surpresa, Nora pedia detalhes sobre a expedição. López olhou para Lucio de soslaio.

— Ora, não contei porque não valia a pena — disse Lucio.

— Você viu o que a senhorita disse. Pura perda de tempo.

— Olha, não acho que tenhamos perdido tempo — disse López. — Todo reconhecimento tem seu valor, como deve ter dito algum estrategista famoso. Pelo menos pra mim serviu para me convencer de que há algo de podre na Magenta Star. Nada truculento, com certeza, como levar um bando de gorilas na popa, mas, quem sabe, um contrabando visível demais ou alguma coisa assim.

— Pode ser, mas na verdade isso não é problema nosso — disse Lucio. — Do lado de cá está tudo bem.

— Pelo visto, sim.

— Como pelo visto? Está bem claro.

— López, muito sensatamente, duvida da clareza excessiva — disse Raúl. — Como um dia afirmou o poeta bengalês de Santiniketán, nada como a clareza excessiva para deixar a gente cega.

— Bem, isso é coisa de poetas.

— Por isso cito a frase, inclusive incorrendo na modéstia de atribuí-la a um poeta que jamais a disse. Mas voltando a López, compartilho as dúvidas dele, que são também as do amigo Medrano. Se alguma coisa não anda bem na popa, a proa vai se contaminar cedo ou tarde. Podemos chamar de tifo 224 ou de uma tonelada de maconha: daqui até o Japão há uma longa rota salgada, meus caros, e muitos peixes vorazes embaixo da quilha.

— Brr! Não me faça tremer! — disse Paula. — Olhem pra Nora, coitadinha, está se assustando de verdade.

— Eu não sei se vocês falam de brincadeira — disse Nora, lançando um olhar de surpresa para Lucio —, mas você tinha me dito...

— Mas queria que eu dissesse o quê? Que o Drácula anda

solto pelo barco? — protestou Lucio. — Há exagero demais aqui. Tudo bem, como passatempo pode ser ótimo, mas daí a levar as pessoas a acreditarem que se fala sério...
— Eu falo sério — disse López —, e não penso em ficar de braços cruzados.
Paula aplaudiu ironicamente.
— Jamaica John sozinho! Não esperava menos de você, mas esse heroísmo todo...
— Não seja boba — disse López, sério. — E me dê um cigarro, que os meus se acabaram.
Raúl disfarçou um gesto de admiração. Ah, garoto. A coisa ia esquentar, não? Aí se pôs a observar como Lucio tratava de recobrar o terreno perdido e como Nora, doce ovelhinha inocente, o privava do prazer de aceitar suas explicações. Para Lucio a coisa era simples: tifo. O capitão doente, a popa contaminada, *ergo* uma precaução elementar. "É tiro e queda", pensou Raúl, "os pacifistas têm que passar a vida em guerra, pobres almas. Lucio vai comprar uma metralhadora no primeiro porto."
Paula parecia mais compassiva e aceitava os argumentos de Lucio com uma cara muito atenta, que Raúl conhecia de sobra.
— Enfim encontro alguém de bom senso. Passei o dia cercada de conspiradores, dos últimos moicanos, dos dinamitadores de Petersburgo. Faz um tremendo bem topar com um homem de convicções sólidas, que não se deixa arrastar pelos demagogos.
Lucio, que não sabia se era um elogio, fincou pé em seus pontos de vista. Se cabia fazer alguma coisa, era enviar uma declaração assinada por todos (por todos que quisessem, bem entendido) a fim de que o primeiro piloto soubesse que os passageiros do *Malcolm* compreendiam e acatavam a situação insólita apresentada a bordo. Mas podia se insinuar que o contato entre oficiais e passageiros não havia sido franco de todo...
— Ora, por favor — murmurou Raúl, entediado. — Se os caras tinham o tifo a bordo já em Buenos Aires, eles se portaram como uns escrotos ao nos embarcar.
Nora, pouco acostumada às expressões fortes, pestanejou. Paula se esforçava para não rir, mas se aliou de novo a Lucio para

conjecturar que a epidemia devia ter estourado pra valer depois que saíram da enseada. Cheios de confusão e incertezas, os honestos oficiais haviam parado diante de Quilmes, cujas bem conhecidas emanações não deviam ter contribuído para melhorar o ambiente da popa.

— Sim, sim — disse Raúl. — Tudo em radiante tecnicolor.

López escutava Paula com um sorriso entre divertido e irônico; achava graça, mas uma graça agridoce, se tanto. Nora tentava entender, desconcertada, até que acabou por se concentrar na xícara de café e lá ficou por um bom tempo.

— Enfim, enfim — disse López. — O livre jogo das opiniões é um dos benefícios da democracia. Mas mesmo assim eu assino embaixo o robusto epíteto que Raúl empregou há pouco. Logo veremos o que acontece.

— Não vai acontecer nada, isso é que é ruim pra vocês — disse Paula. — Vão acabar sem seu brinquedo, e a viagem vai ser terrivelmente chata quando nos deixarem passar à popa dia desses. Por falar nisso, vou ver as estrelas, que devem estar pra lá de fosforescentes.

Levantou-se sem olhar para ninguém em particular. Começava a se cansar daquele jogo fácil demais e se chateava por López não ter ajudado a favor ou contra. Sabia que ele não via a hora de segui-la, mas não deixaria a mesa muito cedo. E sabia de mais uma coisa que ia acontecer e começava a se divertir de novo, principalmente porque Raúl se daria conta e tudo ficava mais divertido quando era compartilhado com Raúl.

— Você vem ou não vem? — disse Paula, olhando-o.

— Não, obrigado. As estrelas, essas bijuterias...

Pensou: "Agora ele vai se levantar e dizer...".

— Eu também vou pro convés — disse Lucio, levantando.

— Você vem, Nora?

— Não, prefiro ler um pouco na cabine. Até já.

Raúl ficou com López. López cruzou os braços com o ar dos verdugos nas ilustrações das *Mil e uma noites*. O barman começou a recolher as xícaras enquanto Raúl esperava a qualquer instante o assobio da cimitarra e a pancada de uma cabeça no assoalho.

* * *

Imóvel no ponto extremo da proa, Persio ouviu-os se aproximar precedidos por palavras soltas, quebradas no vento morno. Ergueu o braço e mostrou o céu.

— Vejam que esplendor — disse com entusiasmo. — Este não é o céu de Chacarita, podem crer. Lá sempre tem uma espécie de vapor mefítico, um repugnante tecido oleoso entre meus olhos e o esplendor. Estão vendo, não estão? É o deus supremo, estendido sobre o mundo, o deus cheio de olhos...

— Sim, muito bonito — disse Paula. — Um pouco repetitivo com o tempo, como tudo que é majestoso e solene. Apenas nas coisas pequenas há variedade verdadeira, não acha?

— Ah, você é porta-voz dos demônios — disse cortesmente Persio. — A variedade é a autêntica promessa do inferno.

— É incrível como esse cara é doido — murmurou Lucio quando seguiram em frente e se perderam na sombra.

Paula se sentou num rolo de corda e pediu um cigarro; levaram um bom tempo para acendê-lo.

— Está quente — disse Lucio. — Esquisito, está mais quente aqui que no bar.

Tirou o paletó e sua camisa branca o recortou claramente na penumbra. Não havia ninguém nessa área do convés, e a brisa zumbia por instantes nos cabos esticados. Paula fumava em silêncio, olhando para o horizonte invisível. Quando aspirava a fumaça, a brasa do cigarro fazia crescer na escuridão a mancha vermelha de seus cabelos. Lucio pensava no rosto de Nora. Mas que boboca, que boboca. Bem, que começasse a aprender desde já. Um homem é livre, e não tem nada de mais dar uma volta por aí com outra mulher. Malditas convenções burguesas, educação de colégio de freiras, oh, Maria, mãe de Deus, e outras bobagens com flores brancas e estampas coloridas. Uma coisa era o carinho e outra a liberdade, e se ela achava que o manteria preso a vida toda como nesses últimos tempos apenas porque não se decidia a se entregar a ele, pois então... Achou que os olhos de Paula estavam fixos nele, mesmo que fosse impossível vê-los. O bom Raúl não parecia se importar muito que sua amiga saísse sozinha com outro; pelo contrário, tinha olhado com um ar divertido para ela, como se conhecesse seus caprichos. Poucas vezes havia encontrado pessoas tão esquisitas como essas no *Malcolm*. E Nora, que mania de ficar de boca aberta ao escutar as coisas que Paula dizia, os palavrões que soltava às vezes, seu jeito inesperado de abordar os assuntos. Mas, por sorte, na questão da popa...

— Fiquei contente que pelo menos você tenha compreendido meu ponto de vista — disse. — Tudo bem se fazer de bacana, mas daí a comprometer o sucesso da viagem...

— Você acha que essa viagem vai ser um sucesso? — disse Paula, indiferente.

— Por que não? Depende um pouco da gente, não? Se nos desentendermos com os oficiais, eles podem nos tornar a vida impossível. Eu quero respeito como qualquer um — acrescentou, apoiando a voz na palavra respeito —, mas não acho que venha ao caso botar a perder o cruzeiro por um capricho bobo.

— Isto se chama cruzeiro, não é mesmo?

— Não brinque comigo, por favor.

— Falo sério, essas palavras elegantes sempre me pegam de surpresa. Olhe, olhe, uma estrela cadente.

— Deseje alguma coisa, rápido.

Paula desejou. Por uma fração de segundos o céu havia trincado em direção ao norte, uma fina rachadura que devia ter maravilhado o vigilante Persio. "Bem, filhinho", pensou Paula, "agora vamos acabar com essa besteira."

— Não me leve muito a sério — disse. — Provavelmente não fui sincera quando fiquei do seu lado agorinha. Era uma questão... digamos esportiva. Não gosto de ver ninguém na pior, sou das que correm em defesa do mais fraco ou do mais tolo.

— Ah — disse Lucio.

— Estava debochando um pouco de Raúl e dos outros porque acho muita graça quando eles se transformam em Buffalo Bill e sua turma, mas talvez tenham razão.

— Que razão, que nada — disse Lucio, incomodado. — Eu estava agradecido pelo que disse, mas se foi só porque me considera um tolo...

— Ora, não seja tão literal. Além disso você defende os princípios da ordem e as hierarquias estabelecidas, coisa que em al-

guns casos requer mais coragem do que supõem os iconoclastas. Para o dr. Restelli é fácil, por exemplo, mas você é muito jovem e sua atitude parece desagradável à primeira vista. Não sei por que sempre se imaginam os jovens com uma pedra em cada mão. Uma invenção dos velhos, provavelmente, um bom pretexto para não lhes entregar a pólis nem a tiros.
— A pólis?
— Isso, a pólis. Sua mulher é muito fofa, tem uma inocência que me agrada. Não diga isso a ela, as mulheres não perdoam esse tipo de elogio.
— Não pense que é tão inocente. É um pouco... tem uma palavra... Não é timorata, mas é parecida.
— Pacata.
— Isso. Culpa da educação que recebeu em casa, sem falar da merda das freiras. Você não é católica, imagino.
— Como não? — disse Paula. — Fervorosa, ainda por cima. Batismo, primeira comunhão, crisma. Ainda não cheguei a mulher adúltera nem a samaritana, mas se Deus me der saúde e tempo...
— Foi o que pensei — disse Lucio, que não tinha compreendido muito bem. — Eu tenho ideias muito liberais sobre essas coisas, é claro. Não que seja ateu, mas, com certeza, religioso não sou. Li muitas obras e acho que a Igreja é um mal para a humanidade. Você acha admissível que no século dos satélites artificiais haja um papa em Roma?
— Em todo caso não é artificial — disse Paula —, e isso já é alguma coisa.
— Me refiro a... Estou sempre discutindo com Nora sobre isso, e no fim vou convencê-la. Já aceitou algumas coisas... — se interrompeu, com a suspeita desagradável de que Paula estivesse lendo seus pensamentos. Mas de qualquer forma era melhor se abrir, nunca se sabe com uma garota tão liberal. — Se promete não contar pra ninguém, vou lhe fazer uma confidência muito íntima.
— Já sei — disse Paula, surpresa de sua própria segurança.
— Não tem certidão de casamento.
— Quem te contou? Ninguém...

— Ora, os jovens socialistas começam sempre por convencer as católicas e acabam convencidos por elas. Não se preocupe, vou ser discreta. E se case com essa garota.
— Sim, claro. Mas já sou grandinho para conselhos.
— Ora, grandinho — provocou Paula. — Você é um meninão simpático, só.
Lucio se aproximou, entre chateado e contente. Já que lhe dava a chance, já que o desafiava assim, por pura bravata, ia lhe ensinar a bancar a intelectual.
— Com essa escuridão — observou Paula —, às vezes a gente não sabe onde bota as mãos. Aconselho que transfira as suas para os bolsos.
— Vamos, bobinha — ele disse, apertando a cintura dela. — Me abrace, estou com frio.
— Ah, estilo romance americano. Foi assim que conquistou sua mulher?
— Não, assim não — disse Lucio, tentando beijá-la. — Assim, e assim. Vamos, não seja má, não compreende que...
Paula escapou do braço dele e saltou do rolo de cordas.
— Coitada da Nora — disse, saindo em direção à escadinha. — Coitada, começo a ter pena dela, pena mesmo.
Lucio a seguiu, furioso ao se dar conta de que dom Galo circulava por ali, estranho hipogrifo à luz das estrelas, forma múltipla e única em que o motorista, a cadeira e o próprio assumiam proporções inquietantes. Paula suspirou.
— Já sei o que vou fazer — disse. — Serei testemunha do casamento e até vou dar de presente pra vocês um centro de mesa. Vi um no bazar Dois Mundos...
— Ficou zangada comigo? — disse Lucio. — Paula... vamos ser amigos, hein?
— Ou seja, não devo dizer nada, não é?
— Não estou nem aí se você disser. Pensando bem, Raúl é que vai se importar.
— Raúl? Por que não tenta? Se eu não disser nada a Nora é porque não quero e não por medo. Vá tomar seu Toddy — acrescentou, repentinamente furiosa. — Saudações a Juan B. Justo.

E

Assim como é maravilhoso que o conteúdo de um tinteiro possa ter se transformado em O mundo como vontade e representação, ou que o atrito de uma papila cutânea contra uma corda de tripa seca e esticada urda no espaço o primeiro polígono de um movimento de fuga, assim a meditação, tinta secreta e unha sutil que percute o tenso pergaminho da noite, acaba por invadir e desentranhar a matéria opaca que rodeia seu vazio de bordas sedentas. A essa hora alta de uma proa marinha, os indícios desconexos deslizam na precária superfície da consciência, buscam encarnar-se e para isso subornam a palavra que os tornará concretos nessa consciência desconcertada, surgem como retalhos de frases, desinências e casos sucedendo-se contraditoriamente no meio de um turbilhão que cresce alimentado pela esperança, o terror e a alegria. Socorridos ou frustrados pelas radiações sentimentais que são mais da pele e das vísceras que das finas antenas esmagadas por tanta baixeza, os indícios de um além espacial, do que começa onde acaba a unha, a palavra unha e a coisa unha, se batem impiedosos com os canais configuradores e os moldes de plástico e vinil da consciência estupefata e furiosa, procuram o acesso direto que seja estampido, grito de alarme ou suicídio por gás de iluminação, perseguem quem os persegue, a Persio apoiado com as duas mãos na amurada, envolto em estrelas, enxaqueca e vinho nebbiolo. Farto de luz, de dia, de rostos parecidos com o seu, de diálogos pré-mastigados, semelhante a um pequeno sumério frente à sacralidade aterradora da noite e dos astros, a calva colada à abóbada que começa e se destrói a cada instante no pensamento, Persio luta com um vento de frente que não altera o vistoso anemômetro instalado sobre a ponte de comando. A boca entreaberta para recebê-lo e saboreá-lo, quem pode dizer que não é o sopro entrecortado de seus pulmões que engendra esse vento que corre por seu corpo como um estouro de cervos encurralados. Na solidão absoluta da proa que os inaudíveis roncos dos adormecidos em suas cabines transformam num mundo cimério, na região do noroeste onde é impossível sobreviver, Persio levanta sua precária estatura com o gesto do sacrifício pessoal, a carranca talhada na madeira dos dragões de Eric, *a libação de sangue de lêmures salpicado nas espumas*. Ouviu o débil ressoar do violão nos cabos do navio, a unha gigantesca do espaço impõe um primeiro som quase imediatamente sufocado pela vulgaridade das ondas e do vento. Um mar maldito à força de monotonia e pobreza, uma enorme vaca gelatinosa e verde cinge a nave que a estupra obstinada numa luta sem fim entre a verga de ferro e a viscosa vulva que estremece a cada ejaculação. Momentaneamente por cima dessa cópula vã e grosseira, o violão do espaço deixa cair em Persio seu chamado exasperante. Sem certeza de seu ouvido, os olhos fechados, Persio sabe que só o vocabulário balbuciado, o luxo incerto das grandes palavras carregadas como as águias com a presa real, replicarão por fim em seu mais íntimo, em seu mais peito e mais entendimento, a ressonância insuportável das cordas. Miúdo e incauto, movendo-se como uma mosca sobre superfícies impossíveis de abarcar, a mente e os lábios tateiam a boca da noite, a unha do espaço, dispõem com as mãos pálidas do mosaicista os fragmentos azuis, áureos e verdes de escaravelho nos contornos demasiado tênues desse desenho musical que nasce em volta. De repente uma palavra, um substantivo redondo e pesado, mas nem sempre o fragmento morde na argamassa, na metade da estrutura ele desaba com um chiado de caracol entre as chamas, Persio baixa a cabeça e deixa de entender, quase já não entende que não entendeu; mas seu fervor é como a música que no ar da memória se sustenta sem esforço, outra vez entrecerra os lábios, fecha os olhos e ousa proferir uma nova palavra, logo outra e outra, sustentando-as com um alento que os pulmões não explicariam. De tanta proeza fragmentária sobrevivem fulgores instantâneos que cegam Persio, bruscos arrimos de que sua ansiedade se afasta como se pretendessem lhe meter a cabeça numa cabaça cheia de lacraias; agarrado à amurada como se até seu corpo estivesse no limite de uma alegria horrenda ou de um horror jubiloso, porque nada do que é submetido a reflexos condicionados sobrevive nesse momento, persiste em suscitar e acolher as entrevisões que caem desfeitas e desfiguradas sobre ele, mexe desajeitadamente os ombros em meio a uma nuvem de morcegos, de trechos de ópera, de provas tipográficas de créditos em corpo oito, de fragmentos de ônibus com anúncios de comerciantes varejistas, de verbos aos quais *falta um contexto para fazer sentido. O trivial, o passado podre e inútil, o futuro conjecturado e ilusório se amalgamam num só pudim gorduroso e fedorento que lhe esmaga a língua e lhe enche as gengivas de um sarro amargo. Gostaria de abrir os braços num gesto patibular, desfazer com um só golpe e com um só grito essa proliferação lamentável que se destrói a si mesma num tortuoso e contraditório final de luta greco-romana. Sabe que a qualquer momento um suspiro escapará de sua cotidianidade, pulverizando-o inteiro com uma melosa admissão de impossível, e que o empregado em férias dirá: "Já é tarde, na cabine há luz, os lençóis são de linho, o bar está aberto", e acrescentará talvez a mais abominável das renúncias: "Amanhã será outro dia", e seus dedos se fundem no ferro da amurada, colam-no de tal modo à pele que a sobrevivência da derme e da epiderme já é mais do que providencial. Na borda — e essa palavra volta a toda hora, tudo é borda e deixará de ser borda a qualquer momento —, Persio na borda, barco na borda, presente na borda, borda na borda: resistir, continuar ainda, oferecer-se para receber, destruir-se como consciência para ser ao mesmo tempo a presa e o caçador, o encontro que anula toda oposição, a luz que ilumina a si mesma, o violão que é a orelha que se escuta. E como baixou a cabeça, perdidas as forças, e sente que a tristeza como uma sopa morna ou uma grande mancha sobe pela lapela de seu paletó novo, a fragorosa batalha do sim e do não parece abrandar, serena a gritaria que lhe rachava a cabeça, a contenda continua mas agora se organiza num ar gelado, num vidro, cavaleiros de Uccello congelam o golpe homicida da lança, uma neve de romance russo treme num peso de papéis de flocos aprisionados. Acima a música também se sacraliza, uma nota tensa e contínua pouco a pouco vai ganhando sentido, aceita uma segunda nota, cede sua notação rumo à melodia para ingressar, perdendo-se, num acorde cada vez mais rico, e dessa perda surge uma nova música, o violão se desprende como um cabelo sobre o travesseiro, todas as unhas das estrelas caem sobre a cabeça de Persio e o ferem numa dulcíssima tortura de consumação. Fechando a si mesmo, o barco e a noite, disponibilidade desesperada mas que é pura espera, pura admissão, Persio sente que está diminuindo ou que a noite cresce e se estende sobre ele, há um deslocamento que o abre como a romã madura, por fim lhe oferece seu próprio fruto, seu sangue último que é uno com as formas do mar e do céu, com as barreiras do tempo e do lugar. Por isso é ele quem canta acreditando ouvir o canto do violão imenso, e é ele que começa a ver além de seus olhos, do outro lado do anteparo, do anemômetro, da figura de pé na sombra violeta da ponte de comando. Por isso é ao mesmo tempo a atenção esperançosa em seu mais alto grau e também (sem que o espante) o relógio do bar que marca as vinte e três horas e quarenta e nove minutos, e também (sem que lhe doa) o comboio 8730 que entra na estação de Vila Azedo, e o 4121 que corre de Fontela a Figueira da Foz. Mas bastou um reflexo mínimo de sua memória, expressando-se no desejo involuntário de esclarecer o enigma diurno, e a descentração por fim alcançada e vivida se parte como um espelho sob um elefante, o peso de papel com neve cai de repente, as ondas do mar rangem encrespando-se, e por fim resta a popa, o desejo diurno, a visão da popa em Persio, que olha diante dele na extremidade da proa secando uma lágrima horrivelmente ardida que desliza por seu rosto. Vê a popa, somente a popa: não mais os trens, não mais a avenida Rio Branco, não mais a sombra do cavalo de um camponês húngaro, não mais — e tudo se acumulou nessa lágrima que lhe queima a face, cai sobre sua mão esquerda, desliza imperceptivelmente para o mar. Mal restam em sua memória sacudida por golpes espantosos três ou quatro imagens da totalidade que conseguiu ser: dois trens, a sombra de um cavalo. Está vendo a popa e ao mesmo tempo chora o todo, está entrando numa inimaginável contemplação por fim evocada, e chora como choramos, sem lágrimas, ao despertar de um sonho de que nos restam apenas uns fiapos entre os dedos, de ouro ou de prata ou de sangue ou de névoa, os fiapos salvos de um esquecimento fulminante que não é esquecimento mas retorno ao diurno, ao aqui e agora em que conseguimos persistir arranhando. A popa, então. Isso que está aí, a popa. Jogo de sombras com luzes vermelhas? A popa, é aí. Nada que lembre nada: nem cabrestantes, nem tombadilho, nem gávea, nem tripulantes, nem bandeira sanitária, nem gaivotas sobrevoando os estais. Mas a popa, isso aí, isso que é Persio olhando a popa, as jaulas de macacos a bombordo, jaulas de* macacos selvagens a bombordo, um parque de feras sobre o alçapão da estiva, os leões e a leoa girando lentamente no recinto isolado com arame farpado, refletindo a lua cheia na pele fosforescente do lombo, rugindo com recato, jamais doentes, jamais enjoados, indiferentes à tagarelice dos babuínos histéricos, do orangotango que coça o traseiro e olha as unhas. Entre eles, livres na ponte, as garças, os flamingos, os ouriços e as toupeiras, o porco-espinho, a marmota, os pinguins e o porco. Pouco a pouco vai se revelando a ordem das jaulas e dos cercados, a confusão se transforma de segundo em segundo em formas ao mesmo tempo elásticas e rigorosas, semelhantes às que dão solidez e elegância ao músico de Picasso que foi de Apollinaire, no preto e roxo e noturno se filtram fulgores verdes e azuis, círculos amarelos, áreas perfeitamente pretas (o tronco, talvez a cabeça do músico), mas toda persistência nessa analogia já é apenas uma lembrança e portanto um erro, porque de uma das bordas assoma uma figura fugidia, talvez Vanth, a de asas enormes, contrassenha do destino, ou talvez Tuculca, o do rosto de abutre e orelhas de burrinho tal como outra visão conseguiu figurá-lo na Tumba do Orco, a menos que no tombadilho aconteça nessa noite uma mascarada de contramestres e pilotos dados ao artifício do papier mâché, ou que a febre do tifo 242 impregne o ar com o delírio do capitão Smith estendido num beliche empapado de ácido fênico e declamando salmos em inglês com sotaque de Newcastle. Abrindo caminho em tanta passividade se encrava em Persio a noção de um possível circo onde tamanduás, palhaços e patos dancem no convés sob um toldo de estrelas, e apenas à sua imperfeita visão da popa possa atribuir-se essa momentânea intromissão de figuras escatológicas, de sombras de Volterra ou Cerveteri confundidas com um zoo monotonamente estabelecido em Hamburgo. Quando abre ainda mais os olhos, fixos no mar que a proa subdivide e recorta, o espetáculo acentua bruscamente a cor, começa a lhe queimar as pálpebras. Com um grito cobre o rosto, o que conseguiu ver se amontoa desordenadamente nos joelhos, obriga-o a se dobrar gemendo, desconsoladamente feliz, quase como se uma mão ensaboada acabasse de lhe atar ao pescoço um albatroz morto.

31

Primeiro pensou em subir para tomar umas duas doses de uísque porque tinha certeza de que lhe faziam falta, mas no corredor pressentiu a noite lá fora, sob o céu, e teve vontade de ver o mar e botar as ideias em ordem. Era mais de meia-noite quando se escorou na amurada de bombordo, contente por estar sozinho no convés (oculto por um dos ventiladores, Persio estava fora de sua visão). Muito longe soou uma campainha, provavelmente na popa ou na ponte de comando. Medrano olhou para cima; como sempre, a luz violeta que parecia emanar da própria matéria dos vidros lhe provocou uma sensação desagradável. Sem dar muita bola para o fato, se perguntou se os que haviam passado a tarde na proa, entrando na piscina ou tomando sol, haviam observado a ponte de comando; agora só lhe interessava a longa conversa com Claudia, que havia terminado num clima estranhamente calmo, recolhido, quase como se Claudia e ele tivessem cochilado pouco a pouco ao lado de Jorge. Não tinham dormido, mas o que acabavam de falar talvez tivesse feito bem a eles. Ou talvez não, porque pelo menos no caso dele as confidências pessoais não resolviam nada. Não era o passado que acabava de se tornar mais claro e sim o presente que de repente era mais agradável, mais pleno, como uma ilha de tempo assaltada pela noite, pela iminência do amanhecer e também pelas águas servidas, os ressaibos de anteontem e de ontem e dessa manhã e dessa tarde, mas uma ilha onde Claudia e Jorge estavam com ele. Habituado a não castrar seu pensamento, ele se perguntou se esse suave vocabulário insular não seria produto de um sentimento e se, como tantas vezes, as ideias não se irisavam já sob a luz do interesse ou da proteção. Claudia ainda era uma bela mulher; falar com ela presumia uma primeira e sutil aproximação a um ato de amor. Pensou que já não se incomodava que Claudia continuasse apaixonada por León Lewbaum; como se um tanto da realidade de Claudia ocorresse num plano diferente. Era estranho, quase bonito.

Já se conheciam bem mais que poucas horas antes. Medrano não lembrava de outro episódio de sua vida em que a relação pessoal tivesse se dado tão simplesmente, quase como uma necessidade. Sorriu ao determinar o ponto exato — sentia assim, tinha certeza absoluta — em que ambos haviam abandonado o degrau comum para descer, como de mãos dadas, a um nível diferente onde as palavras se tornavam objetos carregados de afeto ou censura, de ponderação ou reprimenda. Havia acontecido no momento exato em que ele — pouco antes, quase agora mesmo — havia dito a ela: "Mãe de Jorge, o leãozinho", e ela havia compreendido que não era um jogo bobo de palavras com o nome de seu marido e sim que Medrano punha em suas mãos abertas alguma coisa como um pão quente ou uma flor ou uma chave. A amizade começava sobre as bases mais seguras, as das diferenças e das discordâncias; porque Claudia acabava de lhe dizer palavras duras, quase negando o direito de que ele fizesse de sua vida o que uma escolha prematura havia decidido. E ao mesmo tempo com que remota vergonha havia acrescentado: "Quem sou eu pra lhe recriminar trivialidade, quando minha própria vida...". E os dois haviam se calado olhando para Jorge que agora dormia com o rosto virado para eles, belíssimo sob a suave luz da cabine, às vezes suspirando ou balbuciando alguma coisa de seus sonhos.

A silhueta miúda de Persio o pegou de surpresa, mas não se incomodou por encontrá-lo àquela hora e naquele lugar.

— Passageiros bastante interessantes — disse Persio, se escorando na amurada ao seu lado. — Dei uma olhada na lista e cheguei a conclusões surpreendentes.

— Gostaria que me contasse, meu caro.

— Não são muito claras, mas a principal se estriba (bela palavra, diga-se de passagem, com grande senso plástico) sobre Mercúrio, a cuja influência estamos quase todos submetidos. Sim, o cinza é a cor da lista, a uniformidade edificante dessa cor na qual a violência do branco e a aniquilação do preto se fundem no cinza-pérola, para não mencionar mais que um de seus maravilhosos matizes.

— Se entendi bem, você pensa que entre nós não há ninguém fora do comum, tipos insólitos.

— Mais ou menos isso.

— Mas, Persio, este barco é uma instância qualquer da vida. O insólito se dá em porcentagens baixíssimas, exceto nos entretenimentos literários, que por isso são literatura. Atravessei o mar duas vezes, sem contar muitas outras viagens. Acha que alguma vez topei com pessoas extraordinárias? Ah, sim, uma vez num trem que ia para Junín almocei diante de Luis Ángel Firpo, que já estava velho e gordo, mas sempre simpático.

— Luis Ángel Firpo, um típico caso de Capricórnio com influência de Marte. Sua cor é o vermelho, naturalmente, e ferro é o seu metal. É provável que Atilio Presutti também esteja nessa linha, ou a srta. Lavalle, que é uma natureza particularmente demoníaca. Mas as notas dominantes são monocórdicas... Não me queixo, não, seria muito pior um navio cheio de personagens saturninos ou plutonianos.

— Receio que os romances influenciem sua visão da vida — disse Medrano. — Todo mundo que sobe pela primeira vez num barco acha que vai encontrar uma humanidade diferente, que a bordo vai acontecer uma espécie de transfiguração. Eu sou menos otimista e concordo com você que aqui não há nenhum herói, ninguém atormentado em grande escala, nenhum caso interessante.

— Ora, as escalas. Claro, isso é muito importante. Até agora eu olhava a lista de um modo geral, mas vou ter de estudá-la em diferentes níveis. Vai ver você tem razão.

— Pode ser. Olha, hoje mesmo aconteceram algumas coisas pequenas mas que podem repercutir sabe-se lá onde. Não leve a sério os gestos trágicos, os grandes pronunciamentos; tudo isso é literatura, repito.

Pensou no que significava para ele o simples fato de que Claudia apoiasse a mão no braço da poltrona e movesse uma ou outra vez os dedos. Os grandes problemas não seriam uma invenção para o público? Os saltos para o absoluto, no estilo Karamázov ou Stavróguin... No pequeno, no quase insignificante estavam também os Julien Sorel, e no fim o salto era tão fabuloso como o de qualquer herói mítico. Talvez Persio estivesse tentando lhe dizer alguma coisa que lhe escapava. Pegou-o pelo braço e caminharam devagar pelo convés.

— Você também pensa na popa, não? — perguntou sem ênfase.

— Eu a vejo — disse Persio, com menos ênfase ainda. — É uma complicação inimaginável.

— Ah, você a vê.

— Sim, por instantes. Há pouco, para ser exato. Eu a vejo e deixo de ver, e tudo é tão confuso... Pensar, bem, penso nela quase o tempo todo.

— Imagino que você se surpreenda que a gente fique de braços cruzados. Não precisa me responder, acho que sim. Bem, eu também me surpreendo, mas no fundo isso coincide com a insignificância de que falávamos. Fizemos umas duas tentativas que nos expuseram ao ridículo, e aqui estamos, aqui entra em jogo a pequena escala. Detalhes, um fósforo que alguém acende para outro, uma mão que se apoia no braço da poltrona, uma gozação que atinge o rosto de alguém como uma luva... Isso tudo está acontecendo, Persio, mas você vive voltado para as estrelas e só vê o cósmico.

— A gente pode estar olhando as estrelas e ao mesmo tempo ver a ponta dos cílios — disse Persio com algum ressentimento. — Por que acha que lhe disse que a lista era interessante? Justamente por causa de Mercúrio, pelo cinza, pela abulia de quase todos. Se me interessasse por outras coisas, estaria na Kraft corrigindo as provas de um romance de Hemingway, onde sempre acontecem coisas de grande magnitude.

— Em todo caso — disse Medrano —, estou longe de justificar nossa inércia. Não acho que vamos chegar a algum lugar se insistirmos, a não ser cair justamente nos grandes gestos, mas isso talvez botasse tudo a perder e a coisa ia acabar num ridículo ainda pior, tipo parto das montanhas. Aí está, Persio: o ridículo. Temos medo disso, e nisso se estriba (devolvo sua bela palavra) a diferença entre o herói e um homem como eu. O ridículo é sempre em escala reduzida. A ideia de que possam nos gozar é demasiado insuportável, por isso a popa está aí e nós do lado de cá.

— Sim, acho que a bordo apenas o sr. Porriño e eu não teríamos medo do ridículo — disse Persio. — E não porque sejamos heróis. Mas o resto... Ah, o cinza, que cor tão difícil, tão pouco lavável...

Era um diálogo absurdo, e Medrano se perguntou se ainda haveria alguém no bar; precisava de um trago. Persio se mostrou disposto a segui-lo, mas a porta do bar estava fechada e se despediram com alguma melancolia. Enquanto pegava a chave, Medrano pensou na cor cinza e que tinha abreviado de propósito a conversa com Persio, como se necessitasse ficar sozinho de novo. A mão de Claudia no braço da poltrona... Mas outra vez aquele leve mal-estar na boca do estômago, aquela indisposição que horas atrás havia se chamado Bettina mas que já não era Bettina, nem Claudia, nem o fracasso da expedição, mesmo que fosse um pouco tudo isso junto e mais alguma coisa, alguma coisa que era impossível apreender e que estava ali, perto e dentro demais para se deixar reconhecer.

Após a passagem loquaz das senhoras, que vinham para nada em especial antes de ir dormir, seguiu-se a presença mais ponderada do dr. Restelli, que explanou para ilustração de Raúl e López um plano que dom Galo e ele haviam maquinado em horas vespertinas. A relação social a bordo deixava um tanto a desejar, dado que várias pessoas mal haviam tido oportunidade de se conhecer, sem contar que outras tendiam a se isolar, de modo que dom Galo e aquele que falava haviam chegado à conclusão de que um sarau recreativo seria a melhor maneira de quebrar o gelo et cetera. Se López e Raúl prestassem sua colaboração, como sem dúvida prestariam todos os passageiros em idade e condições de saúde para exibir alguma habilidade especial, o sarau seria um grande sucesso e a viagem prosseguiria numa confraternização mais estreita e mais de acordo com o caráter argentino, um tanto retraído no começo mas de uma expansividade sem limites uma vez dado o primeiro passo.

— Boa ideia — disse López, um tanto surpreso. — Sei uns truques com cartas.

— Ótimo, realmente ótimo, caro colega — disse o dr. Restelli. — Essas coisas, tão insignificantes na aparência, têm a máxima importância no âmbito social. Eu presidi durante anos diversos colóquios, associações e cooperativas, e posso lhes garantir que os números de ilusionismo são sempre recebidos com o beneplácito geral. Notem, além disso, que essa reunião de aproximação espiritual e artística permitirá dissipar as preocupações lógicas que a infausta notícia da epidemia haja podido provocar entre o elemento feminino. E o senhor, sr. Costa, o que pode nos oferecer?

— Não tenho a menor ideia — disse Raúl —, mas, se me der tempo de falar com Paula, logo pensaremos em alguma coisa.

— Ótimo, ótimo — disse o dr. Restelli. — Estou convencido de que tudo correrá muito bem.

López nem tanto. Quando ficou sozinho de novo com Raúl (o barman começava a apagar as luzes, era hora de ir dormir), resolveu falar.

— Apesar do risco de Paula gozar da nossa cara de novo, que acha de outra viagenzinha pelas regiões inferiores?

— A essa hora? — disse Raúl, surpreso.

— Bem, lá embaixo o tempo não parece ter maior importância. Evitaremos testemunhas e quem sabe topemos com o caminho certo. Seria o caso de experimentar outra vez o caminho que o garoto Trejo e você seguiram de tarde. Não sei muito bem por onde se desce, mas, enfim, você pode me mostrar a entrada e vou sozinho.

Raúl olhou para ele. Esse López, como digeria mal as estocadas. Como Paula teria adorado ouvi-lo.

— Acompanho você com muito prazer — disse. — Não tenho sono, e quem sabe a gente se diverte.

López achou que seria bom avisar Medrano, mas pensaram que ele já devia estar na cama. A porta da passagem continuava surpreendentemente aberta, e desceram sem encontrar ninguém.

— Encontrei as armas ali — explicou Raúl. — E aqui havia dois lipídios, um deles de proporções consideráveis. Veja, a luz continua acesa; deve ser uma espécie de posto de guarda, mesmo que mais pareça os fundos de uma tinturaria ou alguma coisa tão bizarra quanto. Aí está.

No começo não o viram, porque o chamado Orf estava agachado atrás de uma pilha de sacos vazios. Ele se levantou lentamente, com um gato preto nos braços, e olhou para eles sem surpresa mas meio aborrecido, como se aquela não fosse hora para interrompê-lo. Raúl se espantou de novo diante do aspecto do depósito, que tinha alguma coisa de camarote e alguma coisa de posto de guarda. López reparou nos mapas hipsométricos que lhe lembravam seus atlas de infância, sua paixão pelas cores e pelas linhas onde se refletia a diversidade do universo, tudo aquilo que não era Buenos Aires.

— Ele se chama Orf — disse Raúl, apontando o marinheiro. — Em geral não fala. *Hasdala* — acrescentou amavelmente, com um gesto da mão.

— *Hasdala* — disse Orf. — Aviso que não podem ficar aqui.

— Não é tão mudo — disse López, tentando adivinhar a nacionalidade de Orf pelo sotaque e sobrenome. Chegou à conclusão de que era mais fácil considerá-lo um simples lipídio.

— Já nos disseram isso de tarde — observou Raúl, sentando-se num banco e pegando o cachimbo. — Como está o capitão Smith?

— Não sei — disse Orf, deixando que o gato descesse pela perna da calça. — Seria melhor que fossem embora.

Não disse com muita ênfase e acabou por se sentar num tamborete. López havia se instalado na beira de uma mesa e estudava os mapas com toda a atenção. Tinha visto a porta do fundo e se perguntava se dando um pulo poderia chegar a abri-la antes que Orf lhe cortasse o caminho. Raúl ofereceu a tabaqueira, Orf aceitou. Fumava num velho cachimbo de madeira talhada que lembrava vagamente uma sereia sem incorrer no erro de representá-la em detalhes.

— Faz tempo que é marinheiro? — perguntou Raúl. — A bordo do *Malcolm*, quero dizer.

— Dois anos. Sou um dos mais novos.

Ele se levantou para acender o cachimbo com o fósforo que Raúl lhe oferecia. No momento em que López descia da mesa para chegar à porta, Orf levantou o banco e se aproximou dele. Raúl se ergueu, porque Orf segurava o banco por um dos pés, o que não é jeito de segurar um banco em circunstâncias normais, mas antes que López pudesse se dar conta da ameaça o marinheiro desceu o banco e o plantou diante da porta, sentando-se nele

de maneira que tudo foi como que um movimento só e quase pareceu uma figura de balé. López olhou a porta, meteu as mãos nos bolsos e se virou para Raúl.
— *Orders are orders* — disse Raúl, encolhendo os ombros.
— Acho que nosso amigo Orf é uma excelente pessoa, mas que a amizade acaba ali onde começam as portas, hein, Orf?
— Vocês insistem, insistem — disse queixosamente Orf. — Não se pode passar. Fariam muito melhor se...
Aspirou a fumaça com ar apreciativo.
— Muito bom este fumo, senhor. O senhor o compra este fumo na Argentina?
— Em Buenos Aires o compro este fumo — disse Raúl. — Em Florida e Lavalle. Custa os olhos da cara, mas penso que a fumaça deve ser agradável ao nariz de Zeus. O que era mesmo que ia nos aconselhar, Orf?
— Nada — disse Orf, carrancudo.
— Em nome de nossa amizade — disse Raúl. — Olha que temos a intenção de vir visitá-lo muitas vezes, tanto a você como a seu colega da cobra azul.
— Falando de Bob... Por que não voltam pro lado de vocês? Eu gosto que venham — acrescentou com algum desconsolo. — Não é por mim, mas se acontece alguma coisa...
— Não vai acontecer nada, Orf, isso é que é ruim. Visitas e mais visitas, e você com seu banquinho de três pernas na frente da porta. Mas pelo menos a gente fuma e você nos fala do *kraken* e do holandês voador.
Chateado com seu fracasso, López escutava o diálogo com indiferença. Deu outra olhada nos mapas, inspecionou o gramofone portátil (havia um disco de Ivor Novello) e olhou para Raúl, que parecia se divertir bastante e não dava sinais de impaciência. Com esforço voltou a se sentar na beira da mesa; talvez houvesse outra possibilidade de chegar por bem à porta. Orf parecia disposto a falar, mesmo que continuasse em sua atitude vigilante.
— Vocês são passageiros e não compreendem — disse Orf. — Por mim não teria nenhum problema em mostrar... Mas Bob e eu já nos arriscamos demais. Justamente, por culpa de Bob poderia acontecer que...

— Sim? — disse Raúl, incentivando-o.
"É um pesadelo", pensou López. "Não termina nenhuma frase, fala aos pedaços."
— Vocês são mais velhos e deveriam ficar de olho nele, porque...
— Em quem?
— No rapazinho — disse Orf. — Aquele que veio antes de vocês.
Raúl deixou de tamborilar sobre a borda do tamborete.
— Não entendo — disse. — O que houve com o rapazinho?
Orf assumiu de novo um ar preocupado e olhou para a porta do fundo, como se temesse que o espiassem.
— Na verdade não houve nada — disse. — Eu só digo que digam pra ele... Nenhum de vocês tem que vir aqui — concluiu, quase com raiva. — E agora eu tenho que ir dormir. Já é tarde.
— Por que não se pode passar por esta porta? — perguntou López. — Leva à popa?
— Não, por aí se vai a... Bem, começa um pouco depois. Aí tem um camarote. Não pode passar.
— Vamos — disse Raúl, guardando o cachimbo. — Já tive o suficiente por esta noite. Adeus, Orf, até logo.
— Melhor não voltarem — disse Orf. — Não é por mim, mas...
No corredor López se perguntou em voz alta que sentido podiam ter aquelas frases desconexas. Raúl, que o seguia assobiando baixo, resmungou impaciente.
— Começo a entender algumas coisas — disse. — Aquele porre, por exemplo. Me parecia estranho que o barman tivesse dado tanto álcool pra ele; pensei que tinha passado mal com um copo, mas na certa tomou bem mais. E o cheiro a fumo... Era fumo de lipídios, porra.
— O garoto deve ter pensado em fazer a mesma coisa que a gente — disse López, amargo. — Pois é, todos nós queremos brilhar desvendando o mistério.
— Sim, mas ele corre mais perigo.
— Você acha? É pequeno, mas nem tanto.
Raúl ficou em silêncio. A cara dele chamou a atenção de López, que já estava no alto da escadinha.

— Me diga uma coisa: por que a gente não faz a única coisa que resta a fazer com esses caras?
— Sim? — disse Raúl, distraído.
— Dar umas porradas neles. Agora mesmo podíamos ter chegado àquela porta.
— Talvez, mas duvido da eficácia do sistema, pelo menos a essa altura do campeonato. Orf parece um sujeito legal, e não me vejo segurando-o no chão enquanto você abre a porta. Sei lá, no fundo não temos nenhum motivo para agir assim.
— Pois é, esse é o problema. Até amanhã.
— Até amanhã — disse Raúl, como se não falasse com ele.
López o viu entrar em sua cabine e voltou pela passagem até o outro extremo. Parou para olhar o sistema de barras de aço e engrenagens, pensando que naquele mesmo instante Raúl estaria contando a Paula a expedição inútil. Podia imaginar muito bem a expressão zombeteira de Paula. "Ah, López estava com você, claro…" E algum comentário mordaz, alguma reflexão sobre a estupidez de todos. Ao mesmo tempo continuava vendo a cara de Raúl quando havia acabado de subir a escadinha, uma cara de medo, de preocupação que nada tinha a ver com a popa e com os lipídios. "Na verdade, eu não ficaria nada surpreso se…", pensou. "Então…" Mas não devia alimentar esperanças, mesmo que o que começava a suspeitar coincidisse com o que Paula havia dito. "Se eu pudesse acreditar", pensou, de repente se sentindo feliz, ansioso e feliz, esperançosamente idiota. "Vou ser o mesmo imbecil a vida toda", se disse, olhando-se com simpatia no espelho.

Paula não debochava deles; confortavelmente instalada na cama, lia um romance de Massimo Bontempelli e recebeu Raúl com alegria suficiente para que ele, depois de se servir de uma dose de uísque, se sentasse na beira da cama e lhe dissesse que o ar do mar começava a bronzeá-la a olhos vistos.

— Em três dias serei uma deusa escandinava — disse Paula. — Ainda bem que você chegou porque precisava falar de literatura. Desde que embarcamos não falo de literatura com você, e isso não é vida.

— Manda — Raúl se resignou, um tanto distraído. — Novas teorias?

— Não, novas impaciências. Está me acontecendo uma coisa bastante sinistra, Raulito: quanto melhor é o livro que leio, mais me repugna. Quero dizer que sua qualidade literária me desagrada, ou seja, que a literatura me repugna.
— Isso se resolve deixando de ler.
— Não. Porque às vezes topo com algum livro que não se pode classificar como grande literatura, mas que não me dá nojo. Começo a suspeitar por quê: porque o autor renunciou aos efeitos, à beleza formal, sem por isso cair no jornalismo ou na monografia embalsamada. É difícil explicar, eu mesma não vejo a coisa com clareza. Acho que temos que partir para um novo estilo, que podemos continuar chamando de literatura, se você quiser, mas seria mais justo trocar o nome por um outro qualquer. Esse novo estilo só poderia existir como consequência de uma nova visão de mundo. Agora, se um dia a gente chegar a ele, como vão nos parecer estúpidos esses romances que admiramos hoje, cheios de truques infames, de capítulos e subcapítulos com entradas e saídas bem calculadas...
— Você é poeta — disse Raúl —, e todo poeta é por definição inimigo da literatura. Mas nós, os seres sublunares, ainda achamos bonito um capítulo de Henry James ou de Juan Carlos Onetti, que para nossa sorte não têm nada de poetas. No fundo o que você critica nos romances é que eles a levam pela ponta do nariz, ou quem sabe que seu efeito sobre o leitor se cumpra de fora para dentro, e não ao contrário como na poesia. Mas por que a parte da fabricação, do truque, chateia você, se em troca acha tão boa em Picasso ou em Alban Berg?
— Não me parece tão boa, não; simplesmente não me dou conta. Se fosse pintora ou música, ia me rebelar com a mesma violência. Mas não é só isso, o que me desanima é a má qualidade dos recursos literários, sua repetição ao infinito. Sei, você vai dizer que nas artes não há progresso, mas é quase o caso de se lamentar. Quando você compara o tratamento dado a um assunto por um escritor antigo e um moderno, dá pra perceber que pelo menos na parte retórica mal há diferença. O máximo que podemos dizer é que somos mais depravados, temos mais informação e um repertório muito mais amplo; mas os clichês são os mes-

mos, as mulheres empalidecem ou se ruborizam, coisa que jamais acontece na realidade (eu às vezes fico meio verde, é verdade, e você, vermelho), e os homens agem e pensam e respondem como se seguissem uma espécie de manual universal de instruções que se aplica tanto a um romance indiano como a um best--seller ianque. Entende melhor agora? Falo de formas exteriores, mas se as denuncio é porque essa repetição prova a esterilidade central, o jogo de variações em torno de um pobre assunto, como essa porcaria de Hindemith sobre um tema de Weber, que ouvimos numa hora aziaga, pobrezinhos de nós.
Aliviada, se esticou na cama e botou uma das mãos no joelho de Raúl.
— Está com uma cara, filhinho. Conta pra mamãe Paula.
— Ora, está tudo bem comigo — disse Raúl. — Precisava ver era a cara do nosso amigo López depois que você o tratou tão mal.
— Ele, você e Medrano mereciam — disse Paula. — Vocês se comportam como estúpidos, e Lucio é o único sensato. Imagino que não preciso explicar que...
— Claro que não, mas acho que López realmente acreditou que você tomava o partido da causa da ordem e do laissez-faire. A coisa lhe caiu bastante mal, você é um arquétipo, sua Freia, sua Valquíria, e veja no que você acabou. Falando em acabar, na certa Lucio acabará na Prefeitura ou à frente de uma sociedade de doadores de sangue. Está escrito. Puxa vida, é um pobre coitado.
— Então Jamaica John anda tristinho? Meu pobre pirata na pior... Olha, gosto muito de Jamaica John. Não estranhe que o trate tão mal. Preciso...
— Por favor, não comece com o catálogo de suas exigências — disse Raúl, acabando o uísque. — Já vi você desandar muitas maioneses na vida por botar o sal ou o limão fora de hora. No mais, foda-se o que você acha de López e o que precisa descobrir nele.
— *Monsieur est faché?*
— Não, mas você é mais sensata falando de literatura que de sentimentos, coisa bastante frequente nas mulheres. Já sei, vai me dizer que isso prova que não as conheço. Me poupe.
— *Je ne te le fais pas dire, mon petit.* Mas vai ver você tem razão. Me dá um trago dessa porcaria.

— Amanhã vai ter a língua coberta de sarro. A essa hora o uísque te faz um mal terrível, e além disso custa muito caro e não tenho mais que quatro garrafas.
— Me dá um pouco, seu morcego infecto.
— Vá pegar você mesma.
— Estou pelada.
— E daí?
Paula o olhou e sorriu.
— Pois é — disse, encolhendo as pernas e tirando os pés de sob o lençol. Tateou até encontrar os chinelos, enquanto Raúl a olhava chateado. Erguendo-se de um salto, atirou o lençol na cara dele e caminhou até a prateleira onde estavam as garrafas. Suas costas se recortavam na penumbra da cabine.
— Você tem uma bela bunda — disse Raúl, livrando-se do lençol. — Até agora você se salvou da celulite. Vamos ver de frente?
— De frente você vai se interessar menos — disse Paula com a voz que o enfurecia. Serviu uísque num copo grande e foi ao banheiro para acrescentar água. Voltou caminhando lentamente. Raúl a olhou nos olhos e depois baixou a vista, que passeou pelos seios e pelo ventre. Sabia o que ia acontecer e estava preparado — a bofetada sacudiu o rosto dele, e quase ao mesmo tempo ouviu o soluço de Paula e o ruído abafado do copo caindo sem se quebrar no tapete.
— Não vai dar para respirar a noite toda — disse Raúl. — Teria sido melhor se tivesse bebido, afinal tenho Alka-Seltzer.
Inclinou-se sobre Paula, que chorava estendida de bruços na cama. Acariciou um ombro dela, depois a omoplata apenas visível, e seus dedos seguiram pela fina cavidade central e se detiveram antes da bunda. Fechou os olhos para ver melhor a imagem que queria ver.

"... que te ama, Nora." Ficou olhando sua própria assinatura, depois dobrou rapidamente a folha, sobrescritou o envelope em que enfiou a carta. Sentado na cama, Lucio tentava se interessar por um número do *Reader's Digest*.
— É muito tarde — disse Lucio. — Não vai se deitar?

Nora não respondeu. Deixando a carta em cima da mesa, pegou algumas roupas e entrou no banheiro. O ruído do chuveiro pareceu interminável para Lucio, que procurava se informar sobre os problemas de consciência de um aviador de Milwaukee convertido ao anabatismo em plena batalha. Resolveu desistir e se deitar, mas antes tinha de esperar sua vez para tomar banho, a menos que... Apertando os dentes, foi até a porta e baixou a maçaneta sem resultado.

— Não pode abrir? — perguntou com o tom mais natural possível.

— Não, não posso — respondeu a voz de Nora.

— Por quê?

— Porque não. Já estou saindo.

— Abra de uma vez.

Nora não respondeu. Lucio vestiu o pijama, pendurou a roupa, organizou os tênis e sapatos. Nora entrou com uma toalha transformada em turbante, o rosto um tanto afogueado.

Lucio notou que ela havia posto a camisola no banheiro. Sentando-se diante do espelho, começou a secar os cabelos, a escová-los com movimentos intermináveis.

— Francamente, Nora, eu gostaria de saber o que há com você — disse Lucio, engrossando a voz. — Está irritada porque fui dar uma volta com aquela garota? Você também podia ter vindo, se quisesse.

Para cima, para baixo, para cima, para baixo. Pouco a pouco os cabelos de Nora começavam a brilhar.

— Tem tão pouca confiança em mim, então? Ou pensa que eu queria paquerar? Está chateada por isso? Não tem razão nenhuma, que eu saiba. Mas fala, vamos, fala logo. Não gostou que fui dar uma volta com aquela garota?

Nora botou a escova em cima da cômoda. Lucio teve a impressão de que estava muito cansada, sem forças para falar.

— Vai ver você não se sente bem — disse, mudando de tom, procurando uma brecha. — Não está chateada comigo, não é? Você viu que voltei em seguida. Mas afinal tinha algum problema?

— Pelo visto tinha — disse Nora em voz baixa. — Você se defende de um jeito...

— Porque quero que compreenda que com aquela garota...
— Deixe em paz aquela garota, que além do mais me parece uma descarada.
— Então, por que está chateada comigo?
— Porque está mentindo pra mim — disse Nora bruscamente. — E porque hoje à noite disse coisas que me deram nojo.

Lucio largou o cigarro e se aproximou dela. No espelho seu rosto era quase cômico, um verdadeiro ator representando o homem indignado ou ofendido.

— Mas o que foi que eu disse? Então a babaquice deles também está contagiando você? Quer que a gente ponha tudo a perder?
— Não quero nada. Fiquei mal por você não ter me dito o que aconteceu de tarde.
— Ora, esqueci, só isso. Me pareceu idiota que bancassem os machões por uma coisa que está perfeitamente clara. Vão foder com a viagem, pode anotar. Vão botar tudo a perder com essas criancices.
— Podia evitar os palavrões.
— Ah, claro, esqueci que a senhora não pode ouvir essas coisas.
— O que não posso suportar é a vulgaridade e as mentiras.
— Eu menti pra você?
— Você não disse nada do negócio dessa tarde, dá na mesma. A menos que não me considere adulta o suficiente pra saber de suas incursões pelo barco.
— Mas se não tinha importância, princesa. Foi uma estupidez de López e dos outros, eles me meteram na dança, só que isso não me interessa e deixei isso bem claro.
— Não parece que foi tão claro assim. Eles é que falaram com clareza, e eu tenho medo. Como você, mas não fico disfarçando.
— Eu, com medo? Se fala do tifo duzentos e pouco... Justamente, o que defendo é que é preciso ficar do lado de cá e não arrumar encrenca.
— Eles não acreditam que seja o tifo — disse Nora —, mas estão preocupados do mesmo jeito e não disfarçam como você. Pelo menos botam as cartas na mesa, tentam fazer alguma coisa.

Lucio suspirou aliviado. Agora tudo se pulverizava, perdia peso e importância. Aproximou uma das mãos do ombro de Nora, se inclinou para beijá-la nos cabelos.

— Como você é boba, tão bonita e tão boba — disse. — Eu, que faço o possível pra não te preocupar...

— Não foi por isso que não disse nada sobre o negócio dessa tarde.

— Foi por isso, sim. Por que seria?

— Você tinha vergonha — disse Nora, levantando e indo até sua cama. — E agora também tem vergonha e no bar nem sabia onde se enfiar. Vergonha, sim, senhor.

Então não era tão fácil. Lucio lamentou a carícia e o beijo. Nora lhe dava as costas decididamente, seu corpo sob o lençol era uma pequena muralha hostil, cheia de irregularidades, encostas e montes, acabando numa mata de cabelos úmidos no travesseiro. Uma muralha entre ele e ela. Seu corpo, uma muralha silenciosa e imóvel.

Quando voltou do banheiro, cheirando a pasta de dente, Nora havia apagado a luz sem mudar de posição. Lucio se aproximou, apoiou um joelho na beira da cama e afastou o lençol. Nora se ergueu bruscamente.

— Não quero, vai pra sua cama. Me deixa dormir.

— Ora, vamos — ele disse, segurando-a pelo ombro.

— Me deixa, já disse. Quero dormir.

— Tudo bem, deixo você dormir, mas aqui com você.

— Não, tenho calor. Quero ficar sozinha, sozinha.

— Está tão braba assim? — ele disse com a voz com que se fala às crianças. — Essa menininha boba está tão braba assim?

— Sim — disse Nora, fechando os olhos como que para apagá-lo. — Me deixa dormir.

Lucio se ergueu.

— Está com ciúme, é isso — disse se afastando. — Ficou com raiva porque fui pro convés com Paula. É você que está mentindo o tempo todo.

Mas não lhe respondiam mais, talvez nem mesmo o ouvissem.

F

— Não, não acredito que minha frente de ataque seja mais clara que um número de cinquenta e oito algarismos ou um desses portulanos que levavam os navios a desastres aquáticos. Ela se complica por um irresistível caleidoscópio de vocabulário, palavras como mastros, com maiúsculas que são velas furiosas. Samsara, por exemplo: eu a digo e de repente todos os meus dedos dos pés tremem, e não é que tremam de repente todos os dedos dos pés nem o pobre barco, que me leva como uma carranca de proa mais inútil que bem talhada, que oscila e trepida sob os golpes do Tridente. Samsara, embaixo de mim o que é sólido submerge, Samsara, a fumaça e o vapor substituem os elementos, Samsara, obra da grande ilusão, filho e neto de Mahamaya...
Assim vão saindo, cadelas famintas e treinadas, com suas maiúsculas como colunas inchadas com a gravidez mais que esplêndida dos capitéis ataviados. Como me dirigir ao menino, à sua mãe, a esses homens de silêncio argentino, e dizer a eles, falar-lhes da frente que me lapida e me esparge como um diamante derretido no meio de uma fria batalha de flocos de neve? Eles me dariam as costas, iriam embora, e se eu optasse por lhes escrever, porque às vezes penso nas virtudes de um manuscrito prolixo e alambicado, resumo de longos equinócios de meditação, jogariam fora minhas enunciações com o mesmo desconcerto que os leva à prosa, à utilidade, ao explícito, ao jornalismo com seus muitos disfarces. Monólogo, tarefa solitária para uma alma imersa na multiplicidade! Que vida de cachorro!
(Pirueta petulante de Persio sob as estrelas.)

— Enfim, não se pode interromper a digestão deles de um prato de peixe com dialéticas, com antropologias, com a narração inconcebível de Cosmas Indicopleustes, com livros fulgurantes, com a mântica desesperada que me oferece lá em cima seus ideogramas ardentes. Se eu mesmo, como uma barata meio esmagada, corro com a metade de minhas patas de uma prancha a outra, me espatifo na vertiginosa altura de uma pequena lasca nascida do choque de um prego do sapato de Presutti contra um nó da madeira... E no entanto começo a entender, é algo que se parece demais com o tremor, começo a ver, é menos que um sabor de poeira, começo a começar, corro para trás, me viro! Virar-se, sim, aí as respostas dormem sua vida larval, sua primeira noite. Quantas vezes no carro de Lewbaum, desperdiçando um fim de semana nas planícies buenairenses, senti que devia mandar me prender num saco e me jogarem no acostamento, na altura de Bolívar ou de Pergamino, perto de Casbas ou de Mercedes, em qualquer lugar com corujas nas estacas das cercas de arame farpado, com cavalos lamentáveis procurando um capim furtado pelo outono. Em vez de aceitar a bala toffee que Jorge teimava em botar em meus bolsos, em vez de ser feliz junto à majestade simples e acolhedora de Claudia, deveria ter me abandonado à noite dos pampas, como aqui nesta noite num mar estranho e temeroso, me estender de barriga para cima para que o lençol inflamado do céu me tapasse até a boca e deixar que as essências de baixo e de cima me enchessem de vermes devagarinho, palhaço enfarinhado que é a verdade do toldo estendido sobre seus guizos, carniça de vaca que torna o ar maldito por trezentos metros ao redor, maldito de confiança, maldito de verdade, maldito somente para os malditos que tapam o nariz com o gesto da virtude e correm para se refugiar em seu Plymouth ou na lembrança de suas gravações de Sir Thomas Beecham, oh, imbecis inteligentes, oh, pobres amigos!

(A noite se quebra por um segundo à passagem de uma estrela cadente, e também por um segundo o Malcolm cresce em velas e gáveas, em instrumentos em desuso, ele treme também como se um vento diferente investisse de lado, e Persio ereto voltado para o horizonte esquece o radar e as telecomunicações, cai numa entrevisão de bergantins e fragatas, de caravelas turcas, saicas greco-romanas, polacas venezianas, urcas da Holanda, sandali tunisianos e galeotas toscanas, mais produto de Pío Baroja e longas horas de tédio na Kraft até as quatro da tarde, que um conhecimento verdadeiro do sentido desses nomes arborescentes.)

Por que tanta aglomeração confusa em que não sei distinguir a verdade da lembrança, os nomes das presenças? Horror da eco-

lalia, do trocadilho infame. Mas com a linguagem de todos os dias só se chega a uma mesa abarrotada de alimentos, a um encontro com o xampu ou com a navalha, à ruminação de um editorial sisudo, a um programa de ação e de reflexão que esta lixa incendiada sobre minha cabeça reduz a menos que cinzas. Coberto pelo capim do pampa eu deveria ficar longas horas prestando atenção nas andanças do tatu e na germinação laboriosa da sina-sina. Doces e bobas palavras folclóricas, prefácio inconsistente de toda sacralidade, como que me acariciam a língua com patas pegajosas, crescem à maneira da madressilva profunda, me abrem pouco a pouco o acesso à Noite verdadeira, longe daqui e contígua, abolindo o que vai do pampa ao mar austral, Argentina minha lá no fundo dessa grande tela fosforescente, ruas apagadas quando não sinistras de Chacarita, rodar de ônibus envenenados de cor e propagandas! Tudo me une porque tudo me dilacera, Túpac Amaru cósmico, ridículo, babando palavras que mesmo em meu ouvido irredutível parecem inspiradas por La Prensa *dos domingos ou por alguma dissertação do dr. Restelli, professor do ensino secundário. Mas crucificado no pampa de barriga para cima contra o silêncio de milhões de gatos lúcidos olhando do córrego lácteo que bebem impassíveis, talvez tivesse chegado ao que as leituras me furtavam, compreendesse de repente os segundos e terceiros sentidos de tanta lista telefônica e tanto guia de estradas de ferro que didaticamente esgrimi ontem para ilustração do compreensivo Medrano, e por que comigo o guarda-chuva sempre rasga no lado esquerdo, e essa delirante busca de meias exclusivamente cinza-pérola ou vinho. Do saber ao entender ou do entender ao saber, rota incerta que vislumbro titubeante a partir de vocabulários anacrônicos, meditações decadentes, vocações obsoletas, espanto de meus chefes e escárnio dos ascensoristas. Não importa, Persio continua, Persio é esse átomo desconsolado à beira da calçada, descontente com as leis de trânsito, essa pequena rebelião por onde começa a plataforma da bomba H, prelúdio ao cogumelo que deleita os habitués da rua Florida e das telas dos cinemas. Vi a terra americana em suas horas mais próximas da confidência última, subi a pé os cerros de Uspallata, dormi com uma toalha molhada no rosto, atravessan-*

do o Chaco, me atirei do trem em Pampa del Infierno para sentir a frescura da terra à meia-noite. Conheço os cheiros da rua Paraguay, e também de Godoy Cruz em Mendoza, onde a bússola do vinho corre entre gatos mortos e nacos de cimento armado. Deveria ter mascado folhas de coca em cada trajeto, exacerbado as esperanças solitárias que o hábito relega ao fundo dos sonhos, sentido crescer em meu corpo a terceira mão, aquela que espera para agarrar o tempo e virá-lo pelo avesso, porque em algum lugar deve estar essa terceira mão que às vezes se insinua fulminante num lance de poesia, num golpe de pincel, num suicídio, numa santidade, e que o prestígio e a fama mutilam imediatamente e substituem por razões vistosas, essa tarefa de quebrador de pedra leproso que chamam explicar e fundamentar. Ah, em algum bolso invisível sinto que se fecha e se abre a terceira mão, com ela gostaria de te acariciar, bela noite, esfolar docemente os nomes e as datas que estão tapando pouco a pouco o sol, o sol que uma vez adoeceu no Egito até ficar cego, e necessitou de um deus que o curasse... Mas como explicar isso a meus companheiros de viagem, a mim mesmo, se a cada minuto me olho num espelho de indolência e me convido a voltar para a cabine onde me espera um copo de água fresca e o travesseiro, o imenso campo branco onde galoparão os sonhos? Como entrever a terceira mão sem já ser indivisível com a poesia, essa traição de palavras à espreita, essa proxeneta da beleza, da eufonia, dos finais felizes, de tanta prostituição encadernada em couro e explicada nos cursos de estilística? Não, não quero poesia inteligível a bordo, tampouco vodu ou ritos iniciáticos. Outra coisa mais imediata, menos copulável pelas palavras, algo livre de tradição para que por fim o que toda tradição mascara surja como um alfanje de plutônio através de um biombo repleto de histórias pintadas. Deitado na alfafa pude entrar nessa ordem, aprender suas formas, porque não serão palavras e sim ritmos puros, desenhos no ponto mais sensível da palma da terceira mão, arquétipos radiantes, corpos sem peso onde se sustenta a gravidade e se agita docemente o germe da graça. Alguma coisa se aproxima de mim cada vez mais, mas eu recuo, não sei me reconciliar com minha sombra; talvez se encontrasse a maneira de dizer alguma coisa disso a Claudia, aos alegres jovens que correm para brincadeiras imprevisíveis, as palavras seriam tochas de passagem, e aqui mesmo, não mais na planície onde traí meu dever ao lhe recusar meu abraço em plena terra arável, aqui mesmo a terceira mão desfolharia na hora mais grave um primeiro relógio de eternidade, um encontro comparável ao golpe de um fogo de santelmo num lençol estendido para secar. Mas sou como eles, somos triviais, somos metafísicos muito antes de ser físicos, corremos na frente das perguntas para que seus caninos não nos rasguem as calças, e assim se inventa o futebol, assim se é radical ou subtenente ou revisor na Kraft, felonia incalculável! Talvez Medrano seja o único que sabe: somos triviais e pagamos isso com felicidade ou com desgraça, a felicidade da marmota envolta em gordura, a sigilosa infelicidade de Raúl Costa que aperta contra seu pijama preto um cisne de cinza, e até quando nascemos para perguntar e esquadrinhar as respostas, algo infinitamente desconcertante que há na levedura do pão argentino, na cor dos tíquetes ferroviários ou na quantidade de cálcio de suas águas, nos precipita como desenfreados no drama total, saltamos sobre a mesa para dançar a dança de Shiva com um enorme lingam em plena mão, ou corremos o amok do tiro na cabeça ou o gás de iluminação, empestado de metafísica sem rumo, de problemas inexistentes, de supostas invisibilidades que comodamente cobrem de fumaça o vazio central, a estátua sem cabeça, sem braço, sem lingam e sem yoni, a aparência, a cômoda pertinência, a suja apetência, a pura rima ao infinito onde também cabem a ciência e a consciência. Por que não defenestrar antes de mais nada o peso venenoso de uma história de papel-jornal, negar-se à comemoração, pesar o coração numa balança de lágrimas e jejum? Oh, Argentina, por que esse medo do medo, esse vazio para dissimular o vazio? Em vez do julgamento dos mortos, ilustre de papiros, por que não nosso julgamento dos vivos, a cabeça que se quebra contra a pirâmide de Mayo para que enfim a terceira mão nasça com um machado de diamante e de pão, sua flor de tempo novo, sua manhã de purificação e coalescência? Quem é esse filho da puta que fala de lauréis que soubemos conquistar? Nós, nós conseguimos os lauréis? Mas é possível que sejamos tão canalhas?

— Não, não acredito que minha frente de ataque seja mais clara que um número de cinquenta e oito algarismos ou um desses *portulanos* que levavam os navios a desastres aquáticos. Ela se complica por um irresistível caleidoscópio de vocabulário, palavras como mastros, com maiúsculas...

Segundo dia

32

Ainda bem que havia tido a precaução de trazer quatro ou cinco revistas, porque os livros da biblioteca eram em idiomas estranhos, e os dois ou três que encontrou em espanhol tratavam de guerras e questões dos judeus e outras coisas filosóficas demais. Enquanto esperava que dona Pepa acabasse de se pentear, a Nelly se entregou deleitosamente à contemplação de fotos de diversos coquetéis oferecidos nas grandes residências portenhas. Adorava a elegância do estilo de Jacobita Echániz quando falava a suas leitoras com toda familiaridade, realmente como se fosse uma delas, sem se exibir por conviver com a nata da sociedade e ao mesmo tempo mostrando (mas por que sua mãe se empenhava em fazer esse coque de lavadeira, santo Deus?) que pertencia a um mundo diferente onde tudo era cor-de-rosa, perfumado e enluvado. Minha vida é uma sucessão de desfiles de moda, confiava Jacobita a suas fiéis leitoras. Lucía Schleiffer, que é belíssima e além disso inteligente, faz uma conferência sobre a evolução da moda feminina (por causa da exposição de tecidos na Gath e Chaves), e as pessoas do povo ficam de boca aberta vendo as saias plissadas laváveis, até ontem parte da magia norte-americana...

No hotel Alvear a embaixada francesa convida um público seleto para ilustrá-lo sobre a moda de Paris (como dizia um costureiro: Christian Dior vai e nós todos vamos atrás). Perfumes franceses são oferecidos às convidadas e todas saem loucas de alegria, agarradas a seu pacotinho...

— Bem, já estou pronta — disse dona Pepa. — A senhora também, dona Rosita? Parece que a manhã está bonita.

— Sim, mas o barco está começando a chacoalhar de novo — disse dona Rosita, nada satisfeita. — Vamos, minha filha?

A Nelly fechou a revista, não sem antes se informar de que Jacobita acabava de visitar a exposição de horticultura no Parque Centenário, que lá havia encontrado Julia Bullrich de Saint, rodeada de cestas e amizades, com Stella Morro de Cárcamo e a infatigável sra. Udaondo. A Nelly se perguntou por que a sra. Udaondo seria infatigável. E tudo isso havia sido no Parque Centenário, perto de onde morava a Coca Chimento, sua colega de trabalho na loja? Bem que as duas podiam ter ido lá num sábado à tarde, ter pedido a Atilio que as levasse para ver um pouco como era a exposição de horticultura. Mas de fato o barco estava se mexendo bastante, na certa sua mãe e dona Rosita iam passar mal logo que acabassem de tomar o café, e mesmo ela... Era uma vergonha ter que se levantar tão cedo, numa viagem de férias o café da manhã não devia ser servido antes das nove e meia, horário habitual dos grã-finos. Quando Atilio apareceu, vigoroso e animado, perguntou a ele se não era possível ficar na cama até as nove e meia e tocar a sineta para que servissem o café da manhã no camarote.

— Mas claro — disse o Pelusa, que não estava muito certo.

— Aqui você faz o que bem entende. Eu me levanto cedo porque gosto de ver o mar quando sai o sol. Agora estou morrendo de fome. Que tal o tempo? Tem cada onda...! O que não se vê é o golfino, mas na certa que vamos ver de tarde. Bom dia, senhora, que tal? Como vai o guri?

— Dormindo ainda — disse a sra. Trejo, não muito segura de que a palavra garoto fosse muito apropriada a Felipe. — O coitado passou uma noite muito agitada, pelo que disse meu esposo.

— Se queimou demais — disse o Pelusa com ar entendido.
— Eu avisei ele umas duas ou três vezes, olha, garoto, que tenho experiência, eu sei do que estou falando, não abusa no primeiro dia... Mas que remédio? Bem, assim ele aprende. Veja, quando servi...
Dona Rosita cortou a iminente evocação da vida de quartel, proclamando a necessidade de subir ao bar porque no corredor se sentia mais o balanço. Bastou isso para a sra. Trejo se dar conta de que tinha um estômago. Ela não tomaria mais do que uma xícara de café preto, o dr. Viñas tinha dito que era o melhor em caso de mar encrespado. Já dona Pepa acreditava que umas boas fatias de pão com manteiga assentam o café com leite, mas, veja bem, sem doce, porque o doce contém açúcar e isso engrossa o sangue, que é a pior coisa para o enjoo. O sr. Trejo, se juntando ao grupo, achou que havia algum fundamento científico na teoria, mas dom Galo, que emergia da escadinha como um ludião projetado impetuosamente pelas mãos férreas do motorista, manifestou sensível tendência a mandar ver um prato de bacon com ovos fritos. Outros passageiros chegavam ao bar, López parou para ler um cartaz onde se confirmava o funcionamento do salão de beleza e da barbearia, e se especificavam os horários. A Beba fez uma de suas entradas em câmera lenta, com paradinha no último degrau e o exame lânguido do ambiente, depois entrou Persio vestido com camisa azul e calça creme grande demais para ele, e o bar se encheu de conversas e cheiros apetitosos. Já no segundo cigarro, Medrano apareceu um instante para ver se Claudia estava lá. Preocupado, desceu de novo e bateu na cabine.
— Sou o cúmulo da indiscrição, mas pensei que Jorge podia não ter melhorado e que vocês precisassem de alguma coisa.
Vestida com um roupão vermelho, Claudia parecia mais jovem. Estendeu a mão para ele sem que nenhum dos dois compreendesse muito bem a necessidade desse cumprimento formal.
— Obrigada por vir. Jorge está muito melhor e dormiu bem a noite toda. Esta manhã perguntou se você tinha ficado com ele muito tempo... Mas é melhor que ele mesmo se incumba do interrogatório.

— Até que enfim você chegou — disse Jorge, que o tratava com toda intimidade. — Não se esqueça, ontem à noite você prometeu me contar uma aventura de Davy Crockett.

Medrano prometeu que mais tarde lhe contaria alucinantes aventuras dos heróis das pradarias.

— Mas agora vou tomar o café da manhã. Sua mãe tem que se vestir e você também. A gente se encontra no convés, a manhã está maravilhosa.

— Tudo bem — disse Jorge. — Nossa, como vocês conversaram ontem!

— Ouviu a gente?

— Claro, mas também sonhei com coisas do astro. Você sabia que Persio e eu temos um astro?

— Copiado de leve de Saint-Exupéry — revelou Claudia.

— Mas encantador e cheio de descobertas sensacionais.

Enquanto voltava ao bar, Medrano pensou que o intervalo da noite havia mudado misteriosamente o rosto de Claudia. Tinha se despedido dele com uma expressão em que havia cansaço e amargura, como se tudo o que ele havia lhe confiado lhe tivesse feito mal. E as palavras com que havia comentado sua confidência — poucas, talvez desanimadas, quase todas duras e afiadas — haviam sido a contraparte de sua cara amarga, rendida por uma fadiga repentina que não era somente física. Ela o tinha maltratado sem aspereza mas sem pena, pagando-lhe sinceridade com sinceridade. Agora encontrava de novo a Claudia diurna, a mãe do leãozinho. "Não é das que arrastam a melancolia", pensou agradecido. "E eu também não, embora o coitado do López, em compensação..." Porque López disse que estava tudo bem, mas na verdade não tinha dormido direito.

— Você vai cortar o cabelo? — perguntou. — Nesse caso, vamos juntos e podemos conversar enquanto esperamos. Penso que as barbearias são uma instituição a ser cultivada.

— Pena que não haja um salão de engraxate — disse Medrano, divertido.

— Pena mesmo. Olha só, Restelli veio todo nos trinques.

Sob o colarinho aberto de sua camisa esporte, o lenço vermelho com bolinhas brancas ficava muito bem no dr. Restelli. A rápida e decidida amizade entre ele e dom Galo se cimentava com frequentes consultas a uma lista que eles aperfeiçoavam com a ajuda de um lápis emprestado pelo barman.

López começou a contar sua expedição da noite, já prevenindo que não tinha muito o que contar.

— O resultado é que a gente fica com um humor de cão e a fim de dar umas porradas em todos os lipídios, ou seja lá como se chamam esses caras.

— Me pergunto se não estamos perdendo tempo — disse Medrano. — Penso nisso como uma escada tipo tesoura, quer dizer, por um lado me enche perder tempo em investigações inúteis e, por outro, também me parece que ficar assim é desperdiçar os dias. É preciso admitir que até agora os partidários do statu quo levaram a melhor.

— Mas você não acha que tenham razão.

— Não, só analiso a situação. Pessoalmente gostaria de continuar procurando uma passagem, mas não vejo outra saída fora a violência e não gostaria de acabar com a viagem dos outros, ainda mais que parecem estar numa boa.

— Se a gente continuar tratando tudo como problema... — disse López com ar despeitado. — Na verdade levantei azedo, e a aporrinhação trata de dar as caras como pode. Agora, por que levantei assim? Mistério, coisas do fígado.

Mas não era o fígado, a menos que o fígado tivesse cabelos vermelhos. E no entanto havia se deitado contente, convencido de que alguma coisa ia se definir e que não lhe seria desfavorável. "Mas a gente fica triste do mesmo jeito", pensou, olhando lugubremente a xícara vazia.

— Esse rapaz, Lucio, casou há muito? — perguntou antes de ter tempo de pensar na pergunta.

Medrano ficou olhando para ele. López achou que Medrano hesitava.

— Olha, eu não gostaria de mentir pra você, mas também não quero que a notícia se espalhe. Suponho que oficialmente se apresentam como recém-casados, mas ainda não passaram pela pequena cerimônia que se oficia num escritório cheirando a tinteiro e couro velho. Lucio não viu problema em me falar em Buenos Aires, às vezes nos cruzamos no clube universitário. Coincidências da calistenia.

— Na verdade a coisa não me interessa muito — disse López. — Claro que vou manter o segredo... para martírio inconsciente das senhoras de bordo. Mas eu não me surpreenderia nada se o faro apurado delas... Olha, já tem uma que começa a enjoar.

Com um gesto em que a falta de jeito se aliava a uma força considerável, o Pelusa pegou sua mãe pelo braço e começou a rebocá-la para a escadinha de saída.

— Um pouco de ar fresco, mamãe, e logo a coisa passa. Nelly, bota a espreguiçadeira num lugar sem vento. Por que comeu tanto pão com geleia? Eu te avisei, não avisei?

Com um ar levemente conspirador, dom Galo e o dr. Restelli acenaram para Medrano e López. A lista que tinham em mãos já ocupava várias linhas.

— Vamos falar um minutinho de nosso sarau — propôs dom Galo, acendendo um charuto de qualidade suspeita. — Já é hora de se divertir um pouco, porra.

— Pois é — disse López. — E depois vamos cortar o cabelo. Um programa e tanto.

33

As coisas se ajeitam do modo que a gente menos espera, pensou Raúl ao acordar. A bofetada de Paula havia servido para que fosse para a cama muito mais disposto a dormir do que antes. Mas quando acordou, depois de um descanso perfeito, imaginou de novo Felipe descendo àquela Niebeland de araque e luzes violeta sem consultar ninguém, para se sentir independente e mais seguro de si. Pirralho de merda, não era fortuita a bebedeira complicada com a insolação. Imaginou-o (enquanto olhava pensativamente para Paula, que começava a se mexer na cama) entrando na cabine de Orf e do gorila com a tatuagem no braço, fazendo-se de simpático, aceitando uns tragos, transformado no galinho do barco e provavelmente falando mal do resto dos pas-

sageiros. "Uma surra, uma surra bem dada", pensou, mas sorria porque bater em Felipe teria sido como...
    Paula abriu um olho e olhou para ele.
    — Oi.
    — Oi — disse Raúl. — *Look, love, what envious streaks, Do lance the severing clouds in yonder east...*
    — Tem sol? Pra valer?
    — *Night's candles are burnt out, and jocund day...*
    — Venha me dar um beijo — disse Paula.
    — Nem pensar.
    — Venha. Não seja rancoroso.
    — Rancor é forte demais, minha cara. Rancor é preciso merecer. Ontem à noite você me pareceu simplesmente louca, mas essa é uma impressão que vem de longe.
    Paula saltou da cama e, para surpresa de Raúl, apareceu de pijama. Aproximou-se dele e o despenteou, depois lhe acariciou o rosto, beijou sua orelha, fez cócegas. Riam como crianças, e ele acabou abraçando-a e lhe devolvendo as cócegas até que caíram no tapete e rolaram para o centro da cabine. Paula se levantou de um pinote e girou sobre um pé.
    — Não está chateado, não está chateado — disse. Começou a rir, sempre dançando. — Olha, você foi um filho da mãe, deixar eu me levantar assim...
    — Deixar você se levantar? Sua vagabunda, levantou pelada simplesmente porque é uma exibicionista e porque sabe que sou incapaz de ir contar pro seu Jamaica John.
    Paula se sentou no chão e botou as duas mãos nos joelhos dele.
    — Por que pro Jamaica John, Raúl? Por que pra ele e não pra outro?
    — Porque você gosta dele — disse Raúl, sério. — E porque ele está louco por você. *Est-ce que je t'apprend des nouvelles?*
    — Não, na verdade não. Precisamos falar disso, Raúl.
    — De jeito nenhum. Ache outro confessor. Mas absolvo você, como não?
    — Mas você tem que me ouvir. Se você não me ouve, o que será de mim?

— López — disse Raúl — ocupa a cabine número 1, no corredor do outro lado. Aposto que ele vai ouvir você direitinho. Paula o olhou pensativa, suspirou e os dois saltaram ao mesmo tempo para chegar antes ao banheiro. Paula ganhou e Raúl voltou a se jogar na cama e se pôs a fumar. Uma boa surra... Havia vários que mereciam uma boa surra. Uma surra com flores, com toalhas molhadas, com um lento arranhar perfumado. Uma surra que durasse horas, interrompida por reconciliações e carícias, vocabulário perfeito das mãos, capaz de abolir e justificar as bandalheiras só para depois recomeçá-las entre queixas e o esquecimento final, como um diálogo de estátuas ou uma pele de leopardo.

Às dez e meia as pessoas começaram a chegar ao convés. Um horizonte perfeitamente idiota cercava o *Malcolm*, e o Pelusa se cansou de perscrutar por todos os lados os sinais dos prodígios profetizados por Persio e Jorge.

Mas quem estava olhando, ciente de tudo isso? Dessa vez não era Persio, atento à barba que fazia em sua cabine, ainda que naturalmente qualquer um pudesse apreciar o conjunto se tivesse um pouco de interesse em sair e se adiantar calmamente ao encontro da proa como uma imagem cada vez mais fixa (pessoas nas espreguiçadeiras, pessoas quietas na amurada, pessoas deitadas no chão ou sentadas na beira da piscina). E assim, partindo da primeira prancha à altura dos pés, o observador (fosse quem fosse, porque Persio se borrifava álcool em sua cabine) podia avançar lenta ou rapidamente, demorar-se numa estria de alcatrão parda ou preta, subir por um ventilador ou encarapitar-se na verga da gávea forrada espessamente de tinta branca, a menos que preferisse abarcar o conjunto, fixar num lance as posições parciais e os gestos instantâneos antes de dar as costas à cena e levar a mão ao bolso onde se aqueciam os Chesterfield ou os Particulares Livianos (que já escasseavam, cada vez mais particulares e leves, distantes das fontes portenhas de abastecimento).

Do alto — ponto de vista válido, mesmo que impraticável —, a abolição dos mastros reduzidos a dois discos insignificantes, assim como o campanário de Giotto visto por uma andorinha suspensa sobre seu centro exato se reduz a um quadrado irrisório, perde com a altura e o volume todo prestígio (e um homem na rua, observado de um quarto andar, é por um instante uma espécie de ovo peludo que flutua no ar por cima de um travessão cinza-pérola ou azul, sustentado por uma misteriosa levitação que bota abaixo as geometrias puras, mas logo explicada por duas pernas ativas e pelas súbitas costas). Acima, o ponto de vista mais ineficaz: os anjos veem um mundo Cézanne — esferas, cones, cilindros. Então uma imprevista tentação leva a se aproximar de onde Paula Lavalle contempla as ondas. Aproximação, isca do conhecimento, espelho para calhandras (mas isso tudo quem pensa é Persio, quem pensa é Carlos López, o que fabrica essas similitudes e busca, fotógrafo consciencioso, o enfoque favorável?), e agora ao lado de Paula, contra Paula, quase no meio de Paula, descoberta de um universo irisado que flutua e se altera a todo instante, seus cabelos onde o sol brinca como um gato com um novelo vermelho, cada cabelo uma sarça ardente, fio elétrico pelo qual corre o fluido que move o *Malcolm* e as máquinas do mundo, a ação dos homens e a trajetória das galáxias, o absolutamente indizível swing cósmico nesse primeiro cabelo (o observador não consegue se afastar dele, o resto é um fundo nebuloso como num close-up do olho esquerdo de Simone Signoret onde o resto não passa de uma fútil sopa de semolina que só mais tarde terá nome de galã ou de mãe ou de bistrô do sétimo distrito). E ao mesmo tempo tudo é como um violão (mas se Persio estivesse aqui proclamaria o violão negando-se ao termo de comparação — não existe *como*, cada coisa está petrificada em sua coisidade, o resto é maquinismo — sem permitir que fosse empregado como jogo metafórico, de onde cabe inferir que talvez Carlos López, que talvez Gabriel Medrano, mas principalmente Carlos López seja o agente e paciente dessas visões provocadas e sofridas sob o céu azul); então, resumindo, de cima tudo é um violão, com a boca na circunferência do mastro maior, as cordas nos cândidos cabos que vibram e tremem, com a mão do violonista pousada nos trastes sem que a sra. Trejo, refestelada numa cadeira de balanço verde, saiba que ela é essa mão cruzada e contraída nos trastes, e a outra mão é o mar ardente a bombordo, roçando o flanco do violão como os ciganos quando esperam ou fazem uma pausa no canto, o mar como o sentiu Picasso quando pintava o homem do violão que foi de Apollinaire. E isso Carlos López já não pode estar pensando, mas é Carlos López quem ao lado de Paula perde os olhos num só de seus cabelos e sente vibrar um instrumento na confusa instância de forças que é toda a cabeleira, o entrecruzamento potencial de milhares de milhares de cabelos, cada um a corda de um instrumento sigiloso que se estenderia sobre quilômetros de mar, uma harpa como a harpa-mulher de Hieronymus Bosch, em suma outro violão antepassado, em suma uma mesma música que enche a boca de Carlos López de um profundo gosto de morangos e de cansaço e de palavras.

— Puta merda, que ressaca — murmurou Felipe, erguendo-se na cama.

Suspirou aliviado ao ver que seu pai já tinha saído para o convés. Virando cautelosamente a cabeça, comprovou que a coisa não era para tanto. Logo que tomasse um banho (e depois de um bom mergulho na piscina) ia se sentir perfeitamente bem. Tirou o pijama e olhou os ombros avermelhados, mas agora quase não ardiam, lá de vez em quando uma alfinetada lhe corria pela pele e o obrigava a se coçar com cuidado. Um sol esplêndido entrava pela escotilha. "Hoje passo o dia na piscina", pensou Felipe, se espreguiçando. A língua o incomodava como um pedaço de trapo. "Que foda esse Bob, que rum que ele tem" — com uma satisfação masculina de ter feito algo do caralho, transgredido um princípio qualquer. Repentinamente se lembrou de Raúl, procurou o cachimbo e a lata de fumo. Quem o tinha trazido para a cabine e o tinha deitado? Lembrou da cabine de Raúl, de passar mal no banheiro — e Raúl ali fora, escutando tudo. Fechou os olhos, envergonhado. Vai ver tinha sido Raúl quem o trouxera para a cabine, mas o que os velhos e a Beba teriam dito ao vê-lo naquele estado? Agora se lembrava de uma mão passando alguma coisa refrescante em seus braços, e umas palavras distantes, o velho que lhe dava uma bronca. O creme de Raúl — Raúl havia falado de um creme ou tinha dado pra ele, mas deixa pra lá, de repente sentia fome, na certa todos já haviam tomado café com leite, devia ser bem tarde. Não, eram nove e meia. Mas onde estava o cachimbo?

Deu uns passos, testando. Se sentia bem. Encontrou o cachimbo numa gaveta da cômoda, entre os lenços, e a caixa de fumo perdida entre os pares de meias. Que cachimbo bonito, que forma mais inglesa. Foi se olhar no espelho com ele na boca, mas ficava esquisito assim com o tronco nu e esse cachimbo tão bacana. Não tinha vontade de fumar, ainda sentia o gosto do rum e do fumo de Bob. Tinha sido sensacional aquele papo com Bob, que cara incrível.

Se meteu no chuveiro, passando da água quase fervendo para a fria. O *Malcolm* balançava um pouco e era muito agradável manter o equilíbrio sem usar os suportes cromados. Se ensaboou devagar, olhando-se no grande espelho que ocupava quase completamente uma das paredes do banheiro. A fulana do puteiro tinha dito pra ele: "Você tem um corpo bonito, garoto", e isso lhe dera coragem aquela vez. Claro que tinha um corpo sensacional, tórax em triângulo como os caras do cinema e do boxe, pernas finas mas que marcavam um gol do meio do campo. Fechou o chuveiro e se olhou de novo, reluzente de água, os cabelos caídos na testa; jogou-os para trás, fez uma cara indiferente, se olhou meio de lado, de perfil. Tinha os músculos da barriga bem definidos; Ordóñez dizia que essa era uma das coisas que revelavam o atleta. Contraiu os músculos tentando se encher o máximo possível de nodosidades e saliências, levantou os braços como Charles Atlas e pensou que seria muito legal ter uma foto assim. Mas quem ia tirar uma foto assim, mesmo que ele tivesse visto fotos que parecia incrível que alguém pudesse ter estado ali fotografando, como por exemplo essas fotos que um cara havia tirado de si mesmo enquanto estava com uma mulher em diferentes posições, nas fotos se via o disparador de borracha que o cara segurava entre os dedos do pé para poder tirar a foto quando fosse o melhor momento, e se via tudo, tudo mesmo. Na verdade uma mulher com as pernas abertas era bastante nojento, mais que um homem, principalmente numa foto porque na vez do puteiro, como ela se mexia o tempo todo e além disso se estava interessado de outra forma, mas assim, olhando as fotos com frieza... Botou as mãos na barriga, que loucura, não podia nem pensar nisso. Se enrolou na toalha de banho e começou a se pentear, assobiando. Como havia ensaboado a cabeça, tinha o cabelo muito molhado e macio, não conseguia armar o topete. Levou um tempo até conseguir resultados satisfatórios. Depois se despiu de novo e começou a fazer flexões, olhando-se de vez em quando no espelho para ver se o topete não caía. Estava de costas para a porta, que havia deixado aberta, quando ouviu o guincho da Beba. Viu a cara dela no espelho.

— Indecente — disse a Beba, se afastando do campo de visão. — Acha certo andar pelado com a porta aberta?

— Ora, você não vai cair morta por ver minha bunda — disse Felipe. — Somos irmãos pra isso.

— Vou contar pro papai. Pensa que tem oito anos?

Felipe botou o roupão e entrou na cabine. Começou a encher o cachimbo, olhando a Beba, que havia se sentado na beira da cama.

— Parece que já está melhor — disse a Beba, displicente.

— Não era nada. Tomei sol demais.

— O sol não fede.

— Chega, não enche. Cai fora.

Tossiu, se engasgando com a primeira tragada. A Beba o olhava, divertida.

— Acha que pode fumar como um adulto — disse. — Quem te deu o cachimbo?

— Como se não soubesse, imbecil.

— O marido da ruiva, não? Você tem sorte, puxa. Primeiro dá em cima da mulher, depois ganha um cachimbo do marido.

— Pega tuas opiniões e mete no rabo.

A Beba continuava olhando Felipe e pelo visto apreciava o domínio progressivo dele sobre o cachimbo, que começava a puxar bem.

— Gozado, né? — disse. — Ontem à noite mamãe estava furiosa com a Paula. Isso mesmo, não me olhe assim; furiosa. Sabe o que disse? Jura que não vai se irritar.

— Não juro nada.
— Então não falo. Ela disse... "É essa *mulher* que se mete com meu bebê." Eu te defendi, juro, mas como sempre não me deram bola. Você vai ver, vai dar o maior rebu.
Felipe ficou vermelho de raiva, se engasgou de novo e acabou largando o cachimbo. Sua irmã acariciava discretamente a beirada da colcha.
— A velha é o cúmulo — disse Felipe por fim. — Mas o que ela pensa que eu sou? Já estou cheio desse papo de meu bebê, um dia desses mando todo mundo à... (A Beba enfiou os dedos nos ouvidos.) E você vai ser a primeira, sua mosca-morta; na certa foi você que foi me dedurar... Quer dizer então que agora não se pode falar com as mulheres? E quem trouxe vocês? Me diz. Quem pagou a viagem? Olha, cai fora, antes que eu te dê umas bolachas.
— Eu, se fosse você — disse a Beba —, teria mais cuidado ao dar em cima da Paula. Mamãe disse...
Já na porta, ela se virou um pouco. Felipe continuava no mesmo lugar, com as mãos nos bolsos do roupão e o ar do boxeador estreante que disfarça o medo.
— Imagina se a Paula fica sabendo que te chamam de bebê — disse a Beba, fechando a porta.

— Cortar o cabelo é uma operação metafísica — considerou Medrano. — Será que já existem uma psicanálise e uma sociologia do barbeiro e seus clientes? O ritual, antes de mais nada, que acatamos e promovemos ao longo de toda a vida.
— Quando eu era pequeno a barbearia me impressionava tanto quanto a igreja — disse López. — Havia alguma coisa misteriosa no fato de o barbeiro ter uma cadeira especial, e depois essa sensação da mão me apertando a cabeça como um coco e fazendo-a virar de um lado pra outro... Sim, um ritual, você tem razão.
Debruçaram-se na amurada em busca de qualquer coisa ao longe.
— Tudo conflui para que a barbearia tenha um quê de templo — disse Medrano. — Primeiro, a separação entre os sexos lhe

confere uma importância especial. A barbearia é como os salões de sinuca e os mictórios, o androceu que nos devolve uma certa e inexplicável liberdade. Entramos num território muito diferente da rua, das casas e dos bondes. Já perdemos as conversas só de homens durante a sobremesa, e os cafés agora com salão para famílias, mas ainda salvamos alguns redutos.

— E o cheiro, que a gente reconhece em qualquer lugar da terra.

— Sem falar que os androceus foram feitos talvez para que o homem, em plena ostentação de virilidade, possa ceder a um erotismo que ele mesmo considera feminino, quem sabe sem razão mas de fato, e a que se negaria indignado em outra circunstância. As massagens, as compressas, os perfumes, os cortes no capricho, os espelhos, o talco... Se você enumera essas coisas fora de contexto, não são de mulher?

— Claro — disse López —, o que prova que nem sozinho a gente fica livre delas, graças a Deus. Vamos olhar os tritões e as nereidas que pouco a pouco invadem a piscina. Puxa, nós também poderíamos dar um mergulho.

— Vá você, meu amigo, eu vou pegar um sol por aí.

Atilio e sua noiva acabavam de se atirar espalhafatosamente na água e proclamavam aos gritos que estava muito fria. Com cara bastante desolada, Jorge procurou Medrano e informou que Claudia não o autorizava a entrar na piscina.

— Bem, de tarde você entra. Ontem à noite você não estava muito bem, e já ouviu que a água está gelada.

— Só está fria — disse Jorge, que amava a precisão em certos casos. — Mamãe passa a vida me mandando tomar banho quando não tenho vontade, e... e...

— E vice-versa.

— É. E você, Persio lunático? Não vai entrar na água?

— Oh, não — disse Persio, que apertava calorosamente a mão de Medrano. — Sou sedentário demais e além disso uma vez engoli tanta água que não pude falar por mais de quarenta e oito horas.

— Está embromando — sentenciou Jorge, nada convencido. — Medrano, viu o glucídio ali em cima?

— Não. Na ponte de comando? Nunca tem ninguém lá.
— Pois eu vi. Quando cheguei no convés agora mesmo. Estava ali, olha, bem entre os dois vidros; na certa manejava o timão.
— Gozado — disse Claudia —, quando Jorge me avisou já era tarde, não vi ninguém. É de se perguntar: como pilotam este barco?
— Não é estritamente necessário que estejam colados nas vidraças — disse Medrano. — A ponte é muito grande, imagino, e eles devem se instalar no fundo ou diante da mesa de mapas... — desconfiou que ninguém prestava muita atenção. — Bem, você teve sorte, porque eu...
— Na primeira noite o capitão esteve aí de vigia até muito tarde — disse Persio.
— Como sabe que era o capitão, Persio lunático?
— A gente percebe, tem uma espécie de aura. Me diz: como era o glucídio que você viu?
— Baixinho e vestido de branco como todos, com um boné como todos e umas mãos com pelos pretos como todos.
— Não vai me dizer que você viu os pelos daqui.
— Não — admitiu Jorge —, mas como todo baixinho tem pelos nas mãos...
Persio pegou o queixo com dois dedos e apoiou o cotovelo em outros dois.
— Estranho, muito estranho — disse, olhando Claudia. — É de se perguntar se realmente viu um oficial, ou se o olho interior... Como quando se fala em sonhos, ou se bota as cartas. Catalisador, essa é a palavra, um verdadeiro para-raios. Sim, a gente se pergunta — acrescentou, perdendo-se em pensamentos.
— Eu vi — murmurou Jorge um pouco ofendido. — Em final, o que tem de estranho?
— Não se diz em final.
— Por final, então.
— Também não se diz por final — disse Claudia, rindo.
Mas Medrano não tinha vontade de rir.
— Esse negócio já deu — disse para Claudia quando Persio levou Jorge para lhe explicar o mistério das ondas. — Não é ridí-

culo que estejamos reduzidos a uma zona que chamamos de coberta quando na verdade está totalmente descoberta? Ou vai me dizer que essas pobres lonas que os finlandeses instalaram funcionam como proteção em caso de temporal? Veja, se começar a chover, ou quando fizer frio no estreito de Magalhães, teremos que passar o dia no bar ou nas cabines... Puxa, isto parece mais um navio de transporte de tropas ou um navio negreiro que qualquer outra coisa. É preciso ser como Lucio para não ver.

— Concordo — disse Claudia, aproximando-se da amurada. — Mas como há um sol tão bonito, mesmo que Persio diga que no fundo é preto, a gente não se preocupa.

— Sim, mas tudo parece com o que fazemos em tantas outras situações — disse Medrano em voz baixa. — Desde ontem à noite tenho a sensação de que o que me acontece de fora para dentro, digamos, não é essencialmente diferente do que eu sou de dentro para fora. Não me explico bem, temo cair numa analogia pura, essas analogias que o grande Persio maneja com tanto prazer. É um pouco...

— É um pouco você e um pouco eu, não é mesmo?

— Sim, e um pouco o resto, qualquer elemento ou parte do resto. Teria que abordar isso tudo com maior clareza, mas sinto como se pensar fosse a melhor maneira de perder o rastro... Tudo isso é tão vago e tão insignificante. Veja, agora mesmo eu estava perfeitamente bem (dentro da simplicidade do conjunto, como dizia um humorista do rádio). Bastou que Jorge contasse que tinha visto um glucídio na ponte de comando para que tudo fosse pros quintos. Que relação pode haver entre isso e...? Mas é uma pergunta retórica, Claudia; acho que sei a relação, e a relação é que não há nenhuma relação porque tudo é uma e a mesma coisa.

— Dentro da simplicidade do conjunto — disse Claudia, pegando-o pelo braço e o atraindo imperceptivelmente para ela. — Pobre Gabriel, desde ontem você está se atormentando sem descanso. Mas não foi pra isso que embarcamos no *Malcolm*.

— Não — disse Medrano, entrecerrando os olhos para sentir melhor a pressão suave da mão de Claudia. — Claro que não foi para isso.

* * *

— Jantzen? — perguntou Raúl.
— Não, El Coloso — disse López, e caíram na risada. Além do mais Raúl achava engraçado encontrar López no corredor de estibordo, porque a cabine dele ficava do outro lado. "Faz a ronda, o coitado; toda vez dá uma volta à espera de que aconteça um encontro casual et cetera. Oh, sentinela apaixonado, *pervigilium veneris*! Esse rapaz merecia uma sunga de melhor qualidade, realmente..."

— Espere um segundo — disse, sem saber se devia se congratular por sua compaixão. — O turbilhão atômico se dispunha a me seguir, mas naturalmente deve ter esquecido o batom ou as sandálias em algum canto.

— Ah, sim — disse López, fingindo indiferença.

Começaram a conversar, apoiados no anteparo do corredor. Lucio passou, também em traje de banho, cumprimentou-os e seguiu sem se deter.

— Está animado para a quebra de novas lanças e ofensivas dos comandos? — disse Raúl.

— Não muito; depois do fiasco de ontem à noite... Mas imagino que temos de ir em frente. A menos que o garoto Trejo nos passe a perna...

— Duvido — disse Raúl, olhando-o de lado. — Se a cada viagem tomar um porre como o de ontem... Não se pode descer ao Hades sem uma alma bem temperada; é o que ensinam as boas mitologias.

— Coitado do garoto, na certa queria desforra — disse López.

— Desforra?

— Bem, ontem a gente o deixou de escanteio e imagino que não tenha gostado. Eu conheço um pouco o Felipe, você sabe que dou aulas na escola dele; não me parece uma pessoa fácil. Nessa idade todos querem ser homens e têm razão, só que os meios e as oportunidades jogam sujo uma ou outra vez.

"Por que está me falando dele, porra?", disse a si mesmo Raúl, enquanto assentia com ar compreensivo. "Você tem muito faro, meu amigo, vê até embaixo d'água e ainda é um cara e tanto." Inclinou-se solenemente diante de Paula, que abria a porta da cabine, e olhou de novo para López, que não se sentia muito à vontade em traje de banho. Paula havia posto um maiô preto bastante austero, em total desacordo com o biquíni da véspera.

— Bom dia, López — disse jovialmente. — Você também vai cair na água, Raúl? Ora, não vamos caber lá dentro.

— Morreremos como heróis — disse Raúl, encabeçando a marcha. — Puxa vida, o pessoal da Boca já deu as caras, só falta dom Galo se atirar de cadeira e tudo.

Pela escada de bombordo surgia Felipe, seguido da Beba, que se escorou elegantemente no corrimão para dominar a piscina e o convés. Cumprimentaram Felipe com um aceno de mão, e ele devolveu o cumprimento com alguma timidez, se perguntando quais teriam sido os comentários a bordo sobre seu estranho mal-estar. Mas quando Paula e Raúl o receberam conversando e rindo, e se atiraram na água seguidos de López e Lucio, ele recobrou a segurança e começou a brincar com eles. A água da piscina levou consigo os últimos vestígios da ressaca.

— Parece que está melhor — Raúl lhe disse.

— Com certeza, já passou tudo.

— Cuidado com o sol, hoje vai estar forte de novo. Seus ombros estão muito queimados.

— Ora, não é nada.

— O creme ajudou?

— Sim, acho que sim — disse Felipe. — Que confusão, ontem. Me desculpe, passar mal no seu camarote... Tive uma vergonha daquelas, mas ia fazer o quê?

— Ora, não foi nada — disse Raúl. — Pode acontecer com qualquer um. Eu uma vez vomitei num tapete da minha tia Magda, que Deus a tenha; muita gente disse que o tapete tinha ficado melhor que antes, mas já vou avisando que a tia Magda não era muito popular na família.

Felipe sorriu, sem entender direito. Estava contente por serem amigos de novo, era o único com quem se podia falar no barco. Pena que Paula estivesse com ele e não com Medrano ou López. Tinha vontade de continuar conversando com Raúl, mas ao mesmo tempo via as pernas de Paula que pendiam na beira da piscina e estava louco para ir se sentar ao lado dela e descobrir o que pensava de sua indisposição.

— Hoje experimentei o cachimbo — disse desajeitado. — Bem legal, e o fumo...

— Melhor que aquele que fumou ontem à noite, espero — disse Raúl.

— Ontem? Ah, você quer dizer...

Ninguém podia ouvi-los, os Presutti serpenteavam entre grandes exclamações no outro extremo da piscina. Raúl se aproximou de Felipe, encurralado contra a lona encerada.

— Por que você foi sozinho? Olha, não é que não possa ir onde bem entender. Mas tenho a impressão de que lá embaixo não é muito seguro.

— E o que pode me acontecer?

— Provavelmente nada. Quem você encontrou?

— O... — ia dizer "Bob" mas engoliu a palavra. — Um dos caras.

— Qual? O menor? — perguntou Raúl, que sabia muito bem.

— Sim, esse.

Lucio se aproximou, salpicando-os com água. Raúl fez um gesto que Felipe não entendeu bem e se jogou de costas, nadando até o outro extremo onde Atilio e a Nelly emergiam entusiasmados. Disse alguma coisa amável à Nelly, que o admirava timidamente, e ele e o Pelusa trataram de ensiná-la a boiar. Felipe o olhou um instante, respondeu sem ânimo a algo que Lucio dizia e acabou se encarapitando ao lado de Paula, que tinha os olhos fechados contra o sol.

— Adivinha quem é.

— Pela voz, um rapaz muito bonito — disse Paula. — Espero que não se chame Alexandre, porque o sol está sensacional.

— Alexandre? — disse o aluno Trejo, zero em vários bimestres de história grega.

— Sim, Alexandre, Iskandar, Aleixandre, como quiser. Oi, Felipe. Mas claro, você é o pai de Alexandre. Raúl, precisa ouvir isso, é maravilhoso! Agora só falta aparecer um garçom e nos oferecer uma macedônia de frutas.

Felipe deixou passar a tirada incompreensível, ajeitando o topete com um pente de plástico que tirou do bolsinho do cal-

ção. Esticando-se, se entregou à primeira carícia de um sol ainda não muito forte.
— Já passou o pileque? — perguntou Paula, fechando os olhos outra vez.
— Que pileque? O sol me fez mal — disse Felipe, sobressaltado. — Aqui todo mundo pensa que tomei um litro de uísque. Olha, uma vez num jantar com a turma, quando terminamos o quarto ano... — a evocação incluía diversas descrições de jovens embaixo das mesas do restaurante Electra, mas Felipe chegando em casa invicto às três da madrugada, embora tivesse começado com dois Cinzanos e bitter, depois o nebbiolo e um licor doce que não sabia como se chamava.
— Que resistência! — disse Paula. — E por que dessa vez te fez mal?
— Mas não foi a birita, já disse. Acho que peguei sol demais de tarde. Você também está bastante queimada — acrescentou em busca de uma saída. — Está muito bem, você tem uns ombros belíssimos.
— Sério?
— Sim, sensacionais. Já deve ter escutado isso muitas vezes, imagino.
"Coitadinho", pensava Paula, sem abrir os olhos. "Coitadinho." E não dizia isso por Felipe. Avaliava o preço que alguém teria que pagar por um sonho, mais uma vez alguém morreria em Veneza e continuaria vivendo depois da morte, *a sadder but not a wiser man*... Pensar que até uma criança como Jorge já teria encontrado montes de coisas divertidas e até sutis para dizer. Mas não, o topete e a petulância e fim de papo... "Por isso parecem estátuas, bem, na verdade é o que são, por fora e por dentro." Adivinhava o que López devia estar pensando, sozinho e emburrado. Já era tempo de assinar um armistício com Jamaica John, o coitado devia estar convencido de que Felipe lhe dizia coisas excitantes e que ela escutava cada vez mais desvanecida os galanteios ("é mais uma galantina que um galanteio") do pequeno Trejo. "O que aconteceria se eu o levasse pra cama? Vermelho como um camarão sem saber onde se meter... Sim, com certeza saberia onde se meter, mas antes e depois, quer dizer, o

realmente importante... Coitadinho, teria que lhe ensinar tudo... mas que coisa fantástica, o garoto de *Le Blé en herbe* também se chamava Felipe... Ah, não, isso já passou dos limites. Preciso contar isso a Jamaica John logo que lhe passe a vontade de me torcer o pescoço..."

Jamaica John examinava os pelos das panturrilhas. Sem levantar muito a voz teria podido falar com Paula, agora que os Presutti saíam da água e fazia um silêncio cortado pelo riso distante de Jorge. Em vez disso pediu um cigarro a Medrano e se pôs a fumar com os olhos fixos na água, onde uma nuvem fazia esforços desesperados para não perder sua forma de pera Williams. Acabava de se lembrar de um fragmento de sonho que havia tido pela madrugada e que devia influir em seu estado de ânimo. De tanto em tanto acontecia de sonhar coisas parecidas; dessa vez entrava no jogo um amigo seu a quem nomeavam ministro, e ele assistia à cerimônia de posse. Estava tudo muito bem e seu amigo era um rapaz admirável, mas mesmo assim se sentia vagamente infeliz, como se qualquer um pudesse ser ministro menos ele. Outras vezes já tinha sonhado com o casamento desse mesmo amigo, um daqueles golpes do baú que embarcam a gente num iate, Orient Express e Superconstellations; de qualquer forma, ao acordar ficava mal, até que o chuveiro botava ordem na realidade. "Mas eu não tenho nenhum sentimento de inferioridade", pensou. "Agora, dormindo, sou um pobre-diabo." Procurava se interrogar honestamente: não estava satisfeito com sua vida, seu trabalho não lhe bastava, sua casa (que não era sua, na verdade, mas viver como pensionista de sua irmã era uma solução mais do que satisfatória), suas amantes atuais ou do semestre? "O problema é que nos meteram na cabeça que a verdade está nos sonhos, e vai ver é o contrário e estou me preocupando com uma besteira. Com este sol e esta viagenzinha, é preciso ser idiota pra se torturar assim."

Sozinho na água, Raúl olhou para Paula e Felipe. Então o cachimbo era sensacional, e o fumo... Mas havia mentido sobre a viagem ao Hades. A mentira não o incomodava, era quase uma homenagem que Felipe lhe rendia. Ele não teria achado inconveniente dizer a verdade para outro, no fim das contas o que importava? Mas mentia para ele porque mesmo sem saber sentia a força que os aproximava (mais forte quanto mais recuasse, como um bom arco), mentia para ele e sem saber estava lhe estendendo uma flor com sua mentira.

Erguendo-se, Felipe respirou satisfeito; seu torso e sua cabeça se inscreveram no fundo profundamente azul do céu. Raúl se escorou na lona encerada e recebeu em cheio o golpe, deixou de ver Paula e López, ouviu-se pensar em voz alta bem dentro de si, mas com reverberações de caverna ouviu gritar seu pensamento que nascia com as palavras de Krishnadasa, lembrança esquisita numa piscina, num tempo tão diferente, num corpo tão estranho, mas como se as palavras fossem suas por direito, e o eram, todas as palavras de amor eram as suas e as de Krishnadasa e as do bucolista e as do homem amarrado ao leito de flores da mais lenta e doce tortura. "Bem-amado, só tenho um desejo", ouviu cantar. "Ser os guizos que cingem tuas pernas para te seguir por onde andares e estar contigo... Se não me ato a teus pés, de que serve cantar um canto de amor? És a imagem de meus olhos e te vejo por toda parte. Se contemplo tua beleza sou capaz de amar o mundo. Krishnadasa diz: Olha, olha." E o céu parecia negro ao redor da estátua.

34

— Pobre homem — dizia dona Rosita. — Olhem só ele aí como um santo sem se aproximar de ninguém. Acho isso uma vergonha, sempre digo pro meu esposo que o governo tinha que fazer alguma coisa. Não é justo que tenha que passar o dia metido num canto porque é motorista.

— E parece simpático, coitado — disse a Nelly. — Puxa, como é grande, não viu, Atilio? Um urso!

— Ora, não é pra tanto — disse Atilio. — Quando ajudo ele a levantar a cadeira do velho não vai pensar que tem mais força que eu. Ele é gordo, isso sim, pura banha. Parece um cara do vale-

-tudo, mas se o Lausse pega ele, apaga em duas porradas. Que tal o Rusito? O que vai acontecer quando lutar com Estéfano?

— O Rusito é muito bom — disse a Nelly. — Deus queira que ganhe.

— Na última vez ele ganhou raspando, acho que não tem muita pegada, mas jogo de perna, isso sim... Parece Errol Flyn naquele filme de boxeador, você viu.

— Sim, a gente viu no Boedo. Ai, Atilio, eu não gosto dos filmes de boxeador, ficam com a cara toda ensanguentada e no fim a gente só vê luta o tempo todo. Não tem nada de sentimento, sabe?

— Ora, sentimento — disse o Pelusa. — As mulheres, se não têm um zé bonitinho que passa a vida aos beijos, não querem saber de nada. A vida é outra coisa, vai por mim. A realidade, entende?

— Você fala assim porque gosta de filme de caubói, mas quando a Esther Williams aparece você fica de boca aberta, não vai pensar que não percebo.

O Pelusa sorriu discretamente e disse que afinal de contas a Esther Williams era uma boazuda. Mas dona Rosita, repondo-se da letargia provocada pelo café da manhã e pelo balanço do barco, interveio para opinar que as atrizes de hoje em dia não podiam ser comparadas com as de seu tempo.

— É verdade — disse dona Pepa. — Quando a gente pensa na Norma Talmadge e na Lilian Gish, puxa vida, essas eram mulheres mesmo. Sem esquecer a Marlene Dietrich, que não era flor que se cheire, mas que sentimento! Naquele filme colorido que ele era um padre que havia escapado dos mouros, lembra?, e ela de noite saía pro terraço com uns véus brancos... Lembro que acabava mal, era o destino...

— Ah, já sei — disse dona Rosita. — Aquele que o vento levou, que sentimento, agora me lembro.

— Não, esse não era aquele que o vento levou — disse dona Pepa. — Era um que o padre chamava Pepe não sei o quê. Tudo na areia, me lembro, umas cores.

— Não, não, mamãe — disse a Nelly. — O do Pepe era outro filme, um de Charles Boyer. Atilio também viu, a gente foi com a Nela. Lembra, Atilio?

O Pelusa, que se lembrava pouco, começou a puxar as espreguiçadeiras com suas ocupantes em cima, para que não pegassem sol. As senhoras riram e gritaram um pouco, mas estavam encantadas porque assim podiam ver a piscina de frente.

— Aquela já está falando com o menino — disse dona Rosita. — Me dá uma gastura, como é descarada...

— Mas, mamãe, não é pra tanto — disse a Nelly, que estivera conversando com Paula e continuava deslumbrada com o bom humor e as piadas de Raúl. — A senhora não quer entender a juventude moderna, não lembra quando fomos ver o filme do James Dean? Juro, Atilio, ela ficou o tempo todo dizendo que queria ir embora e que eles eram uns sem-vergonhas, imagina.

— Os playboys não são flor que se cheire — disse o Pelusa, que havia discutido bem o assunto com os rapazes no café. — É a educação que dão pra eles, fazer o quê?

— Se eu fosse a mãe desse rapazinho, ela ia ouvir poucas e boas — disse dona Pepa. — Na certa está dizendo coisas que não são pra idade dele. Se é que é só isso...

As três concordaram, olhando-se significativamente.

— Aquele negócio ontem de noite foi o cúmulo — continuou dona Pepa. — Olha, sair pro escurinho com aquele rapaz casado, e a esposa ali, olhando... A cara dela, vi muito bem, pobre anjo. É preciso dizer a verdade, é falta de religião. A senhora viu no bonde? A gente pode cair morta, que ficam na boa sentados lendo essas revistas com crimes e a Sophia Loren.

— Ah, dona Pepa, se soubesse... — disse dona Rosita. — Veja, em nosso bairro, pra não ir muito longe... Olha, olha essa descarada: se fosse só com aquele rapaz ontem de noite, mas ainda por cima ela anda com o professor, e olha que ele parecia uma pessoa séria, um rapaz tão educado.

— O que é que tem uma coisa com a outra? — disse Atilio, alinhando-se como um só homem ao lado da facção sob ataque. — López é um cara joia, a gente pode falar de qualquer coisa que não bota banca, juro. Faz bem em dar em cima, caramba, afinal quem dá corda é ela.

— Mas e o marido, então? — disse a Nelly, que admirava Raúl e não entendia sua conduta. — Acho que precisava se dar conta. Primeiro com um, depois com outro, depois com outro...
— Olhem só, olhem só — disse dona Rosita. — Um se vai e, pronto, começa a falar com o professor. Eu não disse? Não entendo como o marido pode aguentar.
— É a juventude moderna — disse a Nelly, sem argumentos. — Em todos os romances é assim.
Envolta numa onda de autoridade moral e num vestido de verão azul e vermelho, a sra. Trejo cumprimentou os presentes e ocupou uma espreguiçadeira ao lado de dona Rosita. Ainda bem que o menino já havia se afastado da Lavalle, porque senão... Dona Rosita deu um tempo antes de buscar uma brecha, e enquanto isso se discutiu intensamente o balanço do barco, o café da manhã, o horror do tifo quando não é tratado a tempo e os quartos não são fumigados, e o mal-estar felizmente passageiro do simpático jovem Trejo, tão parecido com o pai no modo de mexer a cabeça. Chateado, Atilio propôs à Nelly que dessem uma caminhada para espantar o frio do banho de piscina, e as senhoras cerraram fileira e compararam os novelos de lã e o começo das respectivas mantas. Mais tarde (Jorge cantava aos gritos, acompanhado por Persio, cuja voz se parecia surpreendentemente com a de um gato) as senhoras concordaram que Paula era um fator de perturbação a bordo e que não se devia permitir uma coisa dessas, ainda mais quando faltava tanto tempo para chegar a Tóquio.

O aparecimento discreto de Nora foi recebido com um interesse dissimulado de amabilidade cristã. As senhoras logo se mostraram dispostas a elevar o moral de Nora, cujas olheiras confirmavam eloquentemente o grau de seu sofrimento. Não era pra menos, pobrezinha, recém-casada e com semelhante mulherengo que logo de cara ia dar umas voltas com outra no escuro e fazer sabe-se lá o quê. Pena que Nora não parecesse muito disposta a confidências; foi necessária toda a habilidade dialética das senhoras para fazê-la entrar pouco a pouco na conversa, iniciada com uma referência à boa qualidade da manteiga a bordo e seguida da análise das instalações das cabines, da destreza demonstrada pelos marinheiros ao armar a piscina em pleno convés, de como o jovem Costa era um bom moço, do ar um pouco triste que o professor López tinha essa manhã e de como o marido de Nora parecia jovem, mas não era estranho que ela não tivesse ido pra piscina com ele? Quem sabe estava meio enjoada, as senhoras também não se sentiam em condições de ir à piscina, sem falar que na idade delas...

— Pois é, hoje não tenho vontade de cair na água — disse Nora. — Não que me sinta mal, pelo contrário, mas não dormi muito e... — ruborizou-se violentamente porque dona Rosita havia olhado para a sra. Trejo, que havia olhado para dona Pepa, que havia olhado para dona Rosita. Todas compreendiam muito bem, já tinham sido jovens, mas de qualquer forma Lucio devia se portar como um cavalheiro galante e vir buscar sua jovem esposa para passear ao sol ou entrar na água. Ah, os rapazes, todos iguais, muito exigentes para algumas coisas, principalmente quando acabam de se casar, mas depois gostavam de andar sozinhos ou com os amigos para contar piadas sujas enquanto a esposa tricotava sentada numa cadeira. Mas dona Pepa achava (bem, era só uma opinião, e além disso expressa confusamente) que uma mulher recém-casada não devia permitir que o marido a deixasse sozinha, porque assim ela ia lhe dando corda e no fim ele começava a ir ao bar para jogar truco com os amigos, depois ia sozinho ao cinema, depois voltava tarde do trabalho, depois a gente não sabia do que era capaz.

— Lucio e eu somos muito independentes — alegou debilmente Nora. — Cada um tem o direito de viver sua própria vida, porque...

— A juventude de hoje em dia é assim — disse dona Pepa, firme na artilharia. — Cada um na sua e um belo dia descobrem que... Não digo por vocês, minha filha, é claro; vocês são tão simpáticos. Mas eu tenho experiência, eu criei a Nelly, se te contasse, que luta... Aqui mesmo, pra não ir mais longe, se você e o sr. Costa não abrirem os olhos, não me admira que... Mas não quero ser indiscreta.

— Isso não é ser indiscreta, dona Pepa — disse vivamente a sra. Trejo. — Compreendo muito bem o que quer dizer e estou completamente de acordo. Eu também vou tomar cuidado por meus filhos, não tenha dúvida.

Nora começava a se dar conta de que se referiam a Paula.

— Eu também não gosto do comportamento dessa moça — disse. — Não que me afete pessoalmente, mas tem um jeito de ficar provocando...

— Exatamente o que a gente dizia quando você chegou — disse dona Rosita. — As mesmas palavras. Uma sem-vergonha, é isso.

— Bem, eu não disse... Me parece que é liberal demais, e claro que a senhora...

— É isso aí, minha filha — disse a sra. Trejo. — E não vou consentir que essa garota, digamos, continue se metendo com meu bebê. Ele é a inocência em pessoa, aos dezesseis anos, imaginem só... Mas se fosse apenas isso... Além do mais não se conforma só com um flirt, como dizem os ingleses. Sem ir muito longe...

— Se se metesse só com o professor eu não ia achar tão ruim — disse dona Pepa. — Claro, isso também não está certo porque quando a gente se casa diante de Deus não deve olhar pra outro homem. Mas o sr. López parece tão educado, quem sabe eles só conversam.

— Uma vagabunda — disse dona Rosita. — O marido dela pode ser muito simpático e tal, mas se meu Enzo me visse de conversa com outro homem, não é que seja violento, mas na certa virava a mesa. Casamento é casamento, é o que sempre digo.

Nora havia baixado os olhos.

— Já sei o que estão pensando — disse. — Também quis se meter com meu... com Lucio. Mas vejam, nem ele nem eu damos a mínima pra uma coisa dessas.

— Claro, minha filha, mas é preciso tomar cuidado — disse dona Pepa com a desagradável sensação de que o peixe se soltava do anzol. — Tudo bem dizer que não dão a mínima, mas uma mulher é sempre uma mulher e um homem é sempre um homem, como diziam naquele filme do Montgomery não sei o quê.

— Ora, não precisa exagerar — disse Nora. — Por Lucio não tenho a menor preocupação, mas reconheço que o comportamento dessa moça...

— Uma vagabunda, sim, senhora — disse dona Rosita. — Sair pro convés à meia-noite e tanto, sozinha com um homem, quando a esposa, pobre anjo, desculpe a comparação, fica ali olhando...
— Vamos, vamos — disse a sra. Trejo. — Não precisa exagerar, dona Rosita. A senhora vê que a menina encara a coisa com filosofia, e a interessada é ela.
— E como vou encarar? — disse Nora, sentindo que uma pequena mão começava a lhe apertar a garganta. — Não vai se repetir, isso é tudo que posso dizer.
— Sim, entendo — disse a sra. Trejo. — Em compensação não vou permitir que ela continue incomodando meu bebê. Já disse o que penso a meu esposo, e se acontecer de novo, essa jovenzinha vai ter que me ouvir. O coitadinho tem de engolir o sapo porque ontem o sr. Costa atendeu ele quando passou mal e até lhe deu um presente. Imagina só, agora estamos em dívida. Mas olhem quem vem nos visitar...
— Faz um sol de rachar — declarou dom Galo, dispensando o motorista com um de seus movimentos de mão vagamente prestidigitadores. — Que calor, minhas senhoras! Pois aqui estou eu com minha lista completa, e pronto a submetê-la às senhoras para que me ajudem com sua gentileza e conhecimento...

35

— *Tiens, tiens,* o professor — disse Paula.
López se sentou a seu lado na beira da piscina.
— Tem um cigarro? Deixei os meus na cabine — disse quase sem olhar para ela.
— Claro, como não? Este isqueiro desgraçado vai acabar nas profundezas das fossas oceânicas. Então, como amanhecemos hoje?
— Mais ou menos — disse López, ainda pensando nos sonhos que tinham lhe deixado um gosto amargo na boca. — E você?
— Pingue-pongue — disse Paula.
— Pingue-pongue?

— Sim. Eu pergunto como está, você me responde e depois me pergunta como estou. Eu respondo: muito bem, Jamaica John, muito bem apesar de tudo. O pingue-pongue social, sempre deliciosamente idiota como o bis nos concertos, os cartões de felicitações e uns três milhões de coisas mais. A deliciosa vaselina que mantém tão bem lubrificada as rodas das máquinas do mundo, como dizia Espinosa.

— De tudo isso a única coisa de que gosto é que tenha me chamado pelo meu nome verdadeiro — disse López. — Lamento não poder acrescentar "muito obrigado" ao final de sua preleção.

— Seu nome verdadeiro? Bem, López é bastante horrível, convenhamos. Como Lavalle, embora Lavalle... Sim, o herói estava atrás de uma porta e lhe deram uma saraivada de balas; é sempre uma evocação histórica de grande efeito.

— Ora, se é por isso, López foi um tirano igualmente vistoso, minha cara.

— Quando se diz "minha cara" como você acaba de dizer, dá vontade de vomitar, Jamaica John.

— Minha cara — ele disse baixinho.

— Assim está melhor. Contudo, cavalheiro, permita-me lembrá-lo de que uma dama...

— Ah, chega, por favor — disse López. — Chega de teatro. Ou falamos de verdade ou vou embora. Por que temos que trocar farpas desde ontem? Esta manhã levantei decidido a não olhar de novo pra você, ou a lhe jogar na cara que sua conduta... — caiu na risada. — Sua conduta — repetiu. — Muito bom que eu comece a falar de condutas. Vá se vestir, espero você no bar, aqui não podemos conversar.

— Vai me dar um sermão? — disse Paula, com ar de menininha.

— Sim. Vá se vestir.

— Está chateado, mas muito, muito chateado com a coitadinha da Paula?

López riu de novo. Olharam-se por um instante, como se se vissem pela primeira vez. Paula respirou profundamente. Fazia muito tempo que não tinha vontade de obedecer e achou estranho, novo, quase agradável. López esperava.

— Tudo bem — disse Paula. — Vou me vestir, professor. Toda vez que der uma de mandão vou chamá-lo de professor. Mas a gente também podia ficar aqui, o jovem Lucio acaba de sair da água, ninguém nos ouve, e se você tem que me fazer revelações importantes... Por que vamos perder esse sol tão bom? Por que tinha de obedecer, afinal?
— O bar era um pretexto — disse López, sempre em voz baixa. — Há coisas que não podem ser ditas, Paula. Ontem, quando toquei sua mão... É uma coisa assim, de que adianta falar?
— Mas você fala muito bem, Jamaica John. Gosto de ouvir você dizer essas coisas. Gosto quando se irrita como um urso, mas também quando ri. Não fique chateado comigo, Jamaica John.
— Ontem à noite — ele disse, olhando a boca de Paula —, eu odiei você. Por sua causa tive uns sonhos horríveis, um gosto ruim na boca, uma manhã quase perdida. Não havia nenhuma necessidade de ir à barbearia, fui porque precisava passar o tempo.
— Ontem à noite — disse Paula — você fez papel de bobo.
— Era tão necessário ir ao convés com Lucio?
— Por que não com ele, ou com qualquer outro?
— Eu gostaria que você adivinhasse isso por conta própria.
— Lucio é muito simpático — disse Paula, esmagando o cigarro. — Mas, enfim, o que eu queria ver eram as estrelas e as vi. Ele também, garanto.
López não disse nada mas a olhou de um jeito que a obrigou a baixar os olhos por um instante. Estava pensando (mas era mais uma sensação que um pensamento) em como o faria pagar por aquele olhar, quando ouviu os gritos de Jorge e depois de Persio. Olharam para trás. Jorge saltava no convés, apontando a ponte de comando.
— Um glucídio, um glucídio! Eu não disse que tinha um?
Medrano e Raúl, que conversavam perto do toldo, se aproximaram às pressas. López saltou para o chão e olhou. Mesmo que o sol o cegasse, reconheceu na ponte de comando a silhueta do oficial magro, de cabelos grisalhos cortados à escovinha, que havia falado com eles na véspera. López juntou as mãos em concha ao lado da boca e gritou com tal força que o oficial não pôde deixar de olhar. Fez um gesto ameaçador para que ele des-

cesse ao convés. O oficial continuava olhando para ele, e López repetiu o gesto com tal violência que deu a impressão de que estivesse transmitindo uma mensagem com bandeiras. O oficial desapareceu.

— O que deu em você, Jamaica John? — disse Paula, também descendo. — Por que chamou o homem?

— Ora — disse López secamente —, porque me deu na telha. Foi até Medrano e Raúl, que pareciam aprovar sua atitude, e apontou para cima. Estava tão excitado que Raúl olhou para ele com uma surpresa divertida.

— Você acha que vai descer?

— Não sei — disse López. — Pode ser que não desça, mas já vou avisando. Se ele não descer em dez minutos, vou atirar essa arruela aqui contra os vidros.

— Perfeito — disse Medrano. — É o mínimo que se pode fazer.

Mas o oficial apareceu pouco depois, com seu jeito asseado e ligeiramente ausente, como se já soubesse de cor o papel e o repertório das respostas possíveis. Desceu pela escadinha de estibordo, desculpando-se ao passar ao lado de Paula, que fez uma saudação zombeteira. Só então López se deu conta de que estava quase nu para falar com um oficial; sem que soubesse a troco de quê, esse particular o enfureceu mais ainda.

— Bom dia, senhores — disse o oficial, com respectivas inclinações de cabeça a Medrano, Raúl e López.

Afastados, Claudia e Persio assistiam à cena sem querer intervir. Lucio e Nora tinham sumido, e as senhoras continuavam conversando com Atilio e dom Galo, entre risos e cacarejos.

— Bom dia — disse López. — Ontem, se não me engano, o senhor disse que o médico de bordo viria nos ver. Não veio.

— Sinto muito — o oficial parecia querer tirar um fiapo do casaco de linho branco, olhava atentamente o tecido das mangas. — Espero que a saúde dos senhores esteja ótima.

— Vamos deixar a saúde de lado. Por que o médico não veio?

— Imagino que esteja ocupado com nossos doentes. Os senhores notaram algum... algum detalhe que possa preocupá-los?

— Sim — disse calmamente Raúl. — Há uma atmosfera geral de peste que evoca um romance existencialista. O senhor não deveria prometer o que não vai cumprir, entre outras coisas.

— O médico virá, não se preocupem. Não me agrada dizer, mas por razões de segurança que certamente vão compreender é conveniente que entre os senhores e... nós, digamos, haja o menor contato possível... pelo menos nesses primeiros dias.

— Ah, o tifo — disse Medrano. — Mas se um de nós estivesse disposto a se arriscar, eu, por exemplo, por que não poderia acompanhar o senhor até a popa e ver o médico?

— Mas é que depois o senhor teria que voltar, e nesse caso...

— Começa tudo de novo — disse López, maldizendo Medrano e Raúl porque não deixavam a coisa por sua conta. — Olha, já estou de saco cheio, entende? O que se chama de saco cheio. Não gosto dessa viagem, não gosto do senhor, sim, do senhor, e de todos os demais glucídios, a começar pelo capitão Smith. Agora ouça: pode ser que haja alguma encrenca ali atrás, não sei qual, o tifo ou os ratos, mas quero avisar que se as portas continuarem fechadas estou disposto a qualquer coisa para abrir caminho. E quando digo qualquer coisa, gostaria que entendesse ao pé da letra.

Os lábios de López tremiam de raiva, e Raúl teve um pouco de pena dele, mas Medrano parecia concordar e o oficial se deu conta de que López não falava apenas em seu nome. Recuou um passo, inclinando-se com fria amabilidade.

— Não quero discutir suas ameaças, senhor — disse —, mas informarei meu superior. De minha parte, lamento profundamente que...

— Não, não, chega de lamentações — disse Medrano, metendo-se entre ele e López quando viu que o professor cerrava os punhos. — Melhor ir embora e, como disse tão bem, informe seu superior. E o mais rápido possível.

O oficial cravou os olhos em Medrano, e Raúl teve a impressão de que empalidecia. Não era fácil saber sob aquela luz quase zenital e a pele bronzeada do homem. Ele se despediu rigidamente e deu meia-volta. Paula o deixou passar sem ceder mais que um pedacinho de degrau onde mal cabia o sapato e em seguida se aproximou dos homens que se entreolhavam meio desconcertados.

— Motim a bordo — disse Paula. — Muito bem, López. Estamos cem por cento com você, a loucura é mais contagiosa que o tifo 224.

López olhou para ela como se acordasse de um sonho ruim. Claudia havia se aproximado de Medrano; mal lhe roçou o braço.

— Vocês são a alegria de meu filho. Veja a cara maravilhada dele.

— Vou me trocar — disse de repente Raúl, para quem a situação parecia ter perdido todo interesse. Mas Paula continuava sorrindo.

— Sou muito obediente, Jamaica John. Vamos nos ver no bar.

Subiram quase juntos a escadinha, passando ao lado da Beba Trejo, que fingia ler uma revista. López sentiu a penumbra do corredor como uma noite de verdade, sem sonhos onde alguém que não merecia tomava posse de um cargo de chefia. Sentiu-se exaltado e cansadíssimo ao mesmo tempo. "Por que não quebrei a cara dele ali mesmo?", pensou, mas dava quase na mesma.

Quando chegou ao bar, Paula já tinha pedido duas cervejas e estava na metade de um cigarro.

— Fantástico — disse López. — Pela primeira vez uma mulher se veste mais rápido que eu.

— Você deve ter uma ideia romana de banho, a julgar pela demora.

— Pode ser, não me lembro bem. Acho que fiquei um bom tempo; a água fria estava tão boa. Me sinto melhor agora.

O sr. Trejo interrompeu a leitura de um *Omnibook* para cumprimentá-los com uma cortesia ligeiramente glacial, coisa que, segundo Paula, casava muito bem com aquele calor todo. Sentados na banqueta do canto mais afastado da porta, viam apenas o sr. Trejo e o barman, ocupado em versar o conteúdo de umas garrafas de gim e vermute. Quando López acendeu seu cigarro com o de Paula, aproximando o rosto, algo que devia ser a felicidade se misturou com a fumaça e o balanço do barco. Exatamente em meio a essa felicidade sentiu cair uma gota amarga e se afastou, desconcertado.

Paula continuava esperando, leve e tranquila. A espera durou muito.

— Ainda tem vontade de matar o pobre glucídio?

— Ora, não ligo a mínima pra ele.
— Claro que não liga. O glucídio ia pagar por mim. É a mim que você tem vontade de matar. Num sentido metafórico, naturalmente.
López olhou sua cerveja.
— Quer dizer que você entra em sua cabine em traje de banho, se despe como se nada, toma uma ducha, e ele entra e sai, se despe também, e tudo bem?
— Jamaica John — disse Paula, com um tom cômico de recriminação. — *Manners, my dear.*
— Não entendo — disse López. — Realmente não entendo nada. Nem o barco, nem você, nem eu: tudo isso é de um ridículo absoluto.
— Meu caro, em Buenos Aires a gente não sabe de tudo que se passa dentro das casas. Quantas garotas que você admirava *illo tempore* se despiriam em companhia de pessoas surpreendentes... Não acha que de vez em quando você parece uma velha solteirona?
— Não diga asneiras.
— Como não, Jamaica John? Você está pensando exatamente a mesma coisa que pensariam essas pobres gordas metidas ali embaixo das lonas se soubessem que Raúl e eu não somos casados nem temos nada a ver.
— Não aceito a ideia porque não acredito que seja verdadeira — disse López, outra vez furioso. — Não posso acreditar que Costa... Mas o que acontece então?
— Dê tratos à bola, como dizem nas traduções de romances policiais.
— Paula, a gente pode ser liberal, isso dá pra compreender de sobra, mas que você e Costa...
— Por que não? Desde que os corpos não contaminem as almas... Aí está o que preocupa você, as almas. As almas que por sua vez contaminam os corpos e, como consequência, um dos corpos vai pra cama com o outro.
— Você vai pra cama com Costa?
— Não, senhor professor, nem me recosto com Costa nem me acosto na costa ou encosta. Agora eu respondo por você: "Não

acredito". Viu, economizei duas palavras pra você. Ah, Jamaica John, que cansaço, que vontade de dizer um palavrão que já está praticamente na altura dos dentes do siso. E pensar que você aceitaria uma situação dessas na literatura... Raúl insiste que tendo a medir o mundo pela literatura. Não seria muito mais inteligente se você fizesse o mesmo? Por que é tão espanhol, López arquilópez de superlópez? Por que se deixa manipular pelos atavismos? Estou lendo em seu pensamento como as ciganas do Parque Retiro. Agora baralha a hipótese de que Raúl... bem, digamos que uma fatalidade natural o prive de apreciar em mim o que exaltaria outros homens. Está enganado, não é isso em absoluto.

— Não pensei nisso — disse López, um tanto envergonhado.
— Mas reconheça que mesmo pra você parece esquisito que...
— Não, porque sou amiga de Raúl faz dez anos. Não há por que me parecer esquisito.

López pediu mais duas cervejas. O barman os avisou que a hora do almoço se aproximava e que a cerveja ia lhes tirar o apetite, mas pediram assim mesmo. Suavemente, a mão de López pousou na de Paula. Se olharam.

— Admito que não tenho nenhum direito de bancar o censor. Olha, Paulita... Posso ser menos formal? Posso, não?
— Claro. Assim você escapa por pouco que a iniciativa seja minha, coisa que também deixaria você deprimido porque hoje está com a macaca, como diz o filho da minha empregada.
— Paula — disse López. — Paulita.

Paula o olhou por um momento, em dúvida.
— É fácil passar da dúvida à ternura, é um movimento quase fatal. Notei isso muitas vezes. Mas o pêndulo oscila de novo, Jamaica John, e agora você vai ter muito mais dúvidas que antes porque se sente mais perto de mim. Faz mal em ter esperanças, eu estou longe de tudo. Tão longe que me dá nojo.
— Não, não está longe de mim.
— A física é ilusória, meu caro, uma coisa é você estar perto de mim e outra... As fitas métricas se arrebentam quando a gente pretende medir coisas desse tipo. Mas há pouco... Olha, é melhor eu falar logo: é muito raro que eu tenha um momento de sinceridade ou seja honesta... Por que essa cara escandalizada? Não vai querer me conhecer melhor em dois dias do que eu em

vinte e cinco anos bem vividos. Há pouco compreendi que você é uma pessoa muito legal, mas principalmente que é mais honrado do que pensei.

— Como mais honrado?

— Mais sincero, digamos. Confesse, até agora estava fazendo o teatro de sempre. O cara embarca, estuda a situação reinante, escolhe as candidatas... Como na literatura, embora Raúl se divirta. Você fez exatamente isso, e se houvesse a bordo umas cinco ou seis Paulas, em vez do que há (vamos deixar Claudia de lado porque não é pra você, e não faça essa cara de macho ofendido), a essa hora eu não teria a honra de beber uma cerveja bem gelada com o senhor professor.

— Paula, tudo isso que está dizendo eu chamo de destino, ponto. Você também poderia ter encontrado um montão de caras a bordo, e aí talvez tocasse a mim ficar olhando você de longe.

— Jamaica John, cada vez que ouço pronunciar a palavra destino tenho vontade de sacar a pasta de dentes. Você notou que agora Jamaica John não soa tão bem? Os piratas exigem um tratamento mais solene, me parece. Claro que se te chamo de Carlos vou me lembrar de um cachorrinho da tia Carmen Rosa. Charles... Não, é de um esnobismo horroroso. Enfim, logo vamos dar um jeito; por ora você continua sendo meu pirata preferido. Não, não vou.

— O que foi que eu disse? — murmurou López, sobressaltado.

— *Tes yeux, mon chéri*. Têm desenhado nitidamente o corredor de baixo, uma porta e o número um nessa porta. Admito que tomei nota do número de sua cabine.

— Paula, por favor.

— Me dê outro cigarro. E não pense que leva grande vantagem porque estou disposta a admitir que você é mais honrado do que pensava. Simplesmente gosto de você, coisa que antes não acontecia. Acho que é gente boa, e-que-o-céu-me-julgue se eu já disse isso a muitos. Em geral tenho uma ideia perfeitamente teratológica dos homens. Imprescindíveis mas lamentáveis, como os absorventes femininos ou as pastilhas Valda.

Falava fazendo caras e bocas, como se quisesse tirar mais peso de suas palavras.

— Acho que está enganada — disse López, ríspido. — Não sou uma boa pessoa como diz, mas também não gosto de tratar uma mulher como se fosse um programa.
— Mas eu sou um programa, Jamaica John.
— Não.
— Sim, senhor, pode crer. Você sabe com os olhos, embora sua boa educação cristã pretenda enganá-lo. No fundo, ninguém se engana comigo: é uma vantagem, acredite.
— Por que essa amargura?
— Por que esse convite?
— Mas se não convidei você pra nada — teimou López furioso.
— Oh, sim, oh, sim, oh, sim.
— Tenho vontade de puxá-la pelos cabelos — ele disse com ternura. — Tenho vontade de mandá-la pro inferno.
— Você é muito bom — disse Paula, convencida. — Nós dois, na verdade, somos sensacionais.
López começou a rir, era mais forte que ele.
— Gosto de ouvir você falar — disse. — Gosto que seja tão valente. Sim, você é valente, se expõe o tempo todo a que te entendam mal, e isso é o cúmulo da valentia. Começando por essa história de Raúl. Não insisto: acredito em você. Já disse antes e repito agora. Agora, uma coisa é certa: não entendo nada, a menos que... Ontem à noite me ocorreu...

Falou da cara de Raúl quando voltavam da expedição, e Paula o escutou em silêncio, reclinada na banqueta, olhando como a cinza crescia pouco a pouco entre seus dedos. A alternativa era tão simples: confiar nele ou se calar. No fundo Raúl não daria a mínima, mas se tratava dela e não de Raúl. Confiar em Jamaica John ou se calar. Decidiu confiar. Não havia escapatória, era a manhã das confidências.

36

A notícia da desagradável discussão entre o professor e o oficial correu-como-um-rastilho-de-pólvora entre as senhoras. O que deu em López, tão amável e bem-educado? Realmente estava se criando a bordo uma atmosfera muito antipática, e a Nelly, que voltava de uma conversa amena com seu noivo ao abrigo de uns rolos de corda, achou por bem clamar que os homens só sabiam botar a perder as coisas boas. Atilio se esforçou virilmente na defesa da conduta de López, mas dona Pepa e dona Rosita o atropelaram indignadas, a sra. Trejo ficou roxa de raiva e Nora aproveitou a excitação geral para voltar quase correndo para a cabine, onde Lucio seguia penosamente uma condensação das experiências de um missionário na Indonésia. Não levantou o olhar, mas ela se aproximou da poltrona e esperou. Lucio acabou por fechar a revista com ar resignado.

— Teve uma discussão muito desagradável lá fora — disse Nora.

— E daí?

— Um oficial desceu e o professor López o tratou muito mal. Ameaçou quebrar os vidros a pedradas se não dessem um jeito no negócio da popa.

— Vai ser difícil que encontre pedras — disse Lucio.

— Disse que ia atirar um troço de ferro.

— Vai ser preso como louco. Pra mim tanto faz.

— Claro, pra mim também — disse Nora.

Começou a escovar os cabelos e de tanto em tanto olhava Lucio pelo espelho. Lucio jogou a revista em cima da cama.

— Já me enchi. Merda de dia em que ganhei a porcaria desse prêmio. Pensar que outros ganham um Chevrolet ou uma casa em Mar de Ajó.

— Pois é, o ambiente não é dos melhores — disse Nora.

— Claro, você tem motivos de sobra.

— Me refiro a esse negócio da popa e tudo mais.

— Eu me refiro a muito mais que isso — disse Lucio.

— Melhor a gente deixar esse assunto pra lá.

— Claro. Concordo totalmente. É tão estúpido que não vale a pena mencionar.

— Não sei se é tão estúpido, mas é melhor deixar pra lá.

— Vamos deixar pra lá, mas é perfeitamente estúpido.

— Como queira — disse Nora.

— Se há uma coisa que me tira do sério é a falta de confiança entre marido e mulher — disse Lucio, virtuoso.

— Você sabe muito bem que não somos marido e mulher.
— E você sabe muito bem que minha intenção é que sejamos. Falo pra sua tranquilidade de pequeno-burguesa, porque por mim já somos. E isso você não vai negar, vai?
— Não seja grosso — disse Nora. — Você acha que não tenho sentimentos.

Afora mínimas exceções, os viajantes aceitaram colaborar com dom Galo e o dr. Restelli para que o sarau apagasse toda sombra de preocupação que, como disse o dr. Restelli, não fazia mais que nublar o magnífico sol que justificava o prestígio secular das costas patagônicas. Profundamente ressentido com o episódio da manhã, o dr. Restelli havia ido atrás de López logo que soube do acontecido por meio das senhoras e dom Galo. Como López conversava com Paula no bar, ele se limitou a tomar uma água tônica com limão no balcão, esperando a oportunidade de entrar num diálogo que mais de uma vez o obrigou a virar o rosto e se fazer de desentendido. Mais de uma vez também o sr. Trejo, cujo número de *Omnibook* parecia se eternizar entre os dedos, lançou-lhe uns olhares de entendimento, mas o dr. Restelli apreciava demais seu colega para ser cúmplice do outro. Quando Raúl Costa apareceu com ar de banho recém-tomado, uma camisa à qual Steinberg havia proporcionado numerosos desenhos, e a mais perfeita desenvoltura para se sentar com Paula e López e entrar na conversa como se aquilo lhe parecesse a coisa mais natural, o dr. Restelli se considerou autorizado a tossir e enfim se aproximar. Nervoso e aperreado ao mesmo tempo, procurou fazer com que López lhe prometesse não atirar a arruela contra os vidros da ponte de comando, mas o colega, que parecia muito alegre e nada belicoso, de repente ficou sério e disse que seu ultimato era formal e que não estava disposto a aceitar que continuassem fazendo todo mundo de trouxa. Como Raúl e Paula mantivessem um silêncio marcado por baforadas de Chesterfield, o dr. Restelli invocou razões de ordem estética e López condescendeu quase em seguida a considerar o sarau uma espécie de trégua sagrada que expiaria às dez da manhã do dia seguinte. O

dr. Restelli declarou que o colega, embora lamentavelmente excitado por uma questão que não justificava semelhante atitude, procedia nessa circunstância como o cavalheiro que era, e depois de aceitar outra água tônica saiu em busca de dom Galo, que recrutava participantes no convés.
　　Rindo com prazer, López sacudiu a cabeça como um cachorro molhado.
　　— Pobre Gato Preto, é um sujeito excelente. Precisam ver quando sobe para fazer o discurso de 25 de Maio. A voz sai do fundo dos sapatos, vira os olhos e, enquanto a garotada rola de rir ou dorme de olhos abertos, as glórias da luta pela independência e os próceres de gravata branca passam como perfeitos bonecos de cera, a uma distância sideral da pobre Argentina de 1950. Sabem o que um dos meus alunos me disse um dia? "Senhor, se há um século todos eram tão nobres e tão valentes, que porra acontece hoje?" Devo observar que trato alguns alunos com muita familiaridade e que a pergunta foi feita num dos cafés Paulista ao meio-dia.
　　— Eu também me lembro dos discursos patrioteiros da escola — disse Raúl. — Logo aprendi a ter uma baita repugnância deles. O lábaro, a pátria imarcescível, os lauréis eternos, o pelotão morre mas não se rende... Espera aí, troquei as bolas, mas dá na mesma. Será verdade que esse vocabulário serve de rédeas, de antolhos? O fato é que, ultrapassado certo nível mental, o ridículo do contraste entre essas palavras e os que as empregam acaba com qualquer ilusão.
　　— Sim, mas a gente precisa de fé quando é jovem — disse Paula. — Me lembro de um ou outro professor decente e respeitado; quando diziam essas coisas em aula ou nos discursos, eu me prometia uma carreira brilhante, um martírio, a entrega total à pátria. É uma coisa doce, a pátria, Raulito. Não existe, mas é doce.
　　— Existe, mas não é doce — disse López.
　　— Não existe, nós a existimos — disse Raúl. — Não fiquem na mera fenomenologia, seus ignorantes.
　　Segundo Paula, isso não era absolutamente exato, e o diálogo adquiriu um brilho técnico que exigia o discreto silêncio admirativo de López. Ouvindo-os, ele chegava mais uma vez àquela

carência que se tivesse um nome só poderia ser incomunicação ou simplesmente individualidade. Separados por suas diferenças e suas vidas, Paula e Raúl se entrecruzavam como os fios de uma malha, se reconheciam continuamente nas alusões, nas lembranças de episódios vividos em comum, enquanto ele estava de fora, assistindo tristemente — mas ao mesmo tempo podia ser feliz, tão feliz olhando o nariz de Paula, ouvindo a risada de Paula — a essa aliança selada por um tempo e um espaço que eram como cortar um dedo e misturar o sangue e ser um só para todo o sempre... Agora ele ia entrar no tempo e no espaço de Paula, assimilando constantemente durante vá saber quantos meses ou anos as coisas imponderáveis que Raúl já conhecia como se fossem parte dele, as preferências e as aversões de Paula, o sentido exato de um gesto ou de um vestido ou de uma raiva, seu sistema de ideias ou simplesmente a desordem geral de seus valores e seus sentimentos, suas saudades e suas esperanças. "Mas vai ser minha e isso muda tudo", pensou, apertando os lábios. "Vai nascer de novo, o que ele sabe dela é o que todo mundo que a conheça um pouco pode compartilhar. Eu..." Mas mesmo assim chegava tarde, mesmo assim Raúl e ela trocariam um olhar a qualquer momento, e esse olhar seria um concerto na Associação Wagneriana, um entardecer em Mar del Plata, um capítulo de William Faulkner, uma visita à tia Matilde, uma greve universitária, qualquer coisa sem Carlos López, qualquer coisa que aconteceu quando Carlos López dava uma aula no 4º B ou passeava pela Florida, ou fazia amor com Rosalía, uma coisa alheia e lacrada como os motores dos carros de corrida, os envelopes que guardam testamentos, alguma coisa fora de seu ambiente e alcance mas também Paula, igualmente e tão Paula como a que dormiria em seus braços e o faria feliz. Então os ciúmes do passado, que nos personagens de Pirandello ou de Proust tinham lhe parecido uma mistura de convenção e impotência para realizar de verdade o presente, podiam começar a morder a maçã. Suas mãos conheceriam cada momento do corpo de Paula, e a vida o enganaria com a ilusão mínima do presente, das poucas horas ou dias ou meses que iriam passando, até que entrasse Raúl ou qualquer outro, até que aparecesse uma mãe ou um irmão ou uma ex-

-colega, ou simplesmente uma folha num livro, uma anotação numa caderneta, e pior ainda, até que Paula fizesse um gesto antigo, carregado de um sentido inapreensível, ou aludisse a qualquer coisa de outro tempo ao passar diante de uma casa ou vendo um rosto ou um quadro. Se um dia realmente se apaixonasse por Paula, porque agora não estava apaixonado ("agora não estou apaixonado", pensou, "agora simplesmente quero ir pra cama com ela e viver com ela e estar com ela"), então o tempo lhe mostraria sua verdadeira face cega, proclamaria o espaço intransponível do passado onde não entram as mãos e as palavras, onde é inútil jogar uma arruela contra uma ponte de comando porque não chega lá e não fere, onde cada passo se vê detido por uma parede de ar e cada beijo encontra como resposta o deboche insuportável do espelho. Sentados ao redor da mesma mesa, Paula e Raúl estavam ao mesmo tempo do outro lado do espelho; quando sua voz às vezes se misturava às deles, era como se um elemento excêntrico penetrasse na esfera plena de suas vozes que dançavam, levemente entrelaçadas, pegando-se e soltando-se no ar, alternadamente. Poder se tornar Raúl, ser Raúl sem deixar de ser ele mesmo, correr tão cega e desesperadamente que a parede invisível se desfizesse em pedaços e o deixasse entrar, recolher todo o passado de Paula num só abraço que o pusesse para sempre a seu lado, possuí-la virgem, adolescente, experimentar com ela os primeiros jogos da vida, aproximar-se assim da juventude, do presente, do ar sem espelhos que os rodeava, entrar com ela no bar, sentar-se com ela à mesa, cumprimentar Raúl como a um amigo, falar o que estavam falando, olhar o que estavam olhando, sentir às costas o outro espaço, o futuro inconcebível, mas que todo o resto fosse deles, que o ar de tempo que os envolvia agora não fosse a bolha irrisória rodeada de nada, de um ontem onde Paula era de outro mundo, de um amanhã onde a vida em comum não teria forças para atraí-la por inteiro contra ele, fazê-la realmente sua e para sempre.

— Sim, era admirável — disse Paula e botou a mão no ombro de López. — Ah, Jamaica John, acorda, seu corpo astral andava por regiões distantes.

— Quem vocês chamam de *walsungo*? — disse López.
— Gieseking. Não sei por que o chamamos assim; Raúl está triste porque ele morreu. A gente sempre ia ouvi-lo, tocava um Beethoven tão bonito.
— Sim, eu também ouvi algumas vezes — disse López. (Mas não era a mesma coisa, não era a mesma coisa. Cada um do seu lado, o espelho...) Com raiva, fez um movimento com a cabeça e pediu um cigarro a Paula. Ela se encostou nele, não muito porque o sr. Trejo os olhava de quando em quando, e lhe sorriu.
— Como você andava longe, puxa, longe mesmo. Está triste? Chateado?
— Não seja boba — disse López. — Não vê que é muito boba?

37

— Não sei, está sem febre, mas tem alguma coisa que não me agrada — disse Claudia, que olhava Jorge correr atrás de Persio. — Quando meu filho não faz questão de repetir a sobremesa, é sinal de que não está bem.
Medrano escutava como se as palavras fossem uma queixa. Encolheu os ombros, com raiva.
— Seria melhor que o médico viesse, mas se continuamos assim... Não, de fato é uma barbaridade. López tem toda a razão, é preciso acabar com esse absurdo de qualquer jeito.
"Me pergunto pra que merda temos aquelas armas na cabine", pensou, percebendo perfeitamente por que Claudia calava com um ar entre desconcertado e cético.
— Provavelmente não vão conseguir nada — disse Claudia depois de um instante. — Não se abre uma porta de ferro na base de empurrões. Mas não se preocupe com Jorge, talvez seja um resto do mal-estar de ontem. Me traga uma espreguiçadeira, e vamos procurar um pouco de sombra.
Ficaram a uma distância suficiente da sra. Trejo para não ferir sua suscetibilidade social e poder falar sem que fossem ouvidos. A sombra era fresca às quatro da tarde, soprava uma brisa que

às vezes ressoava nos cabos e remexia os cabelos de Jorge, entregue a um rodopio violento com o paciente Persio. Claudia sentia que sob o diálogo Medrano ruminava sua ideia fixa, que enquanto comentava os exercícios de Presutti e Felipe ele continuava pensando no oficial e no médico. Sorriu, divertida com tanta obsessão masculina.

— Gozado, até agora não falamos da viagem pelo Pacífico — disse. — Percebi que ninguém menciona o Japão. Nem o modesto estreito de Magalhães ou as possíveis escalas.

— Futuro remoto — disse Medrano, voltando com um sorriso de seu mau humor de instantes atrás. — Remoto demais para a imaginação de alguns e improvável demais para você e para mim.

— Nada indica que não vamos chegar.

— Nada. Mas é um pouco como a morte. Nada indica que não vamos morrer, e no entanto...

— Detesto as alegorias — disse Claudia —, a não ser as que foram escritas em sua época, e mesmo assim, nem todas.

Felipe e o Pelusa ensaiavam no convés a série de exercícios que exibiriam no sarau. Não se via ninguém na ponte de comando. A sra. Trejo enterrou cruelmente as agulhas amarelas no novelo de lã, enrolou o tricô e se somou amavelmente aos ausentes, depois de um cumprimento educado. Medrano deixou que seu olhar oscilasse um instante pelo espaço, preso ao bico de um albatroz-real.

— Com Japão ou sem Japão, nunca vou lamentar ter embarcado neste *Malcolm* desgraçado. Devo a ele ter conhecido você, lhe devo essa ave, essas ondas espumosas, e acho que alguns maus bocados mais necessários do que teria admitido em Buenos Aires.

— E dom Galo, e a sra. Trejo, além de outros passageiros igualmente sensacionais.

— Falo sério, Claudia. Não sou feliz a bordo, coisa que poderia me surpreender porque não entrava de jeito nenhum em meus planos. Estava tudo preparado para essa viagem ser como que o intervalo entre a conclusão de um livro e o momento em que abrimos as páginas de um novo. Uma terra de ninguém em que curamos as feridas, se possível, e juntamos hidratos de carbono, gordura e reservas morais para o novo mergulho no calendário. Mas aconteceu o contrário, a terra de ninguém era a Buenos Aires dos últimos tempos.

— Qualquer lugar é bom para passar as coisas a limpo — disse Claudia. — Puxa, se eu sentisse a mesma coisa, tudo o que me disse ontem à noite, o que ainda pode acontecer com você... Não me preocupa muito a vida que levo, lá ou aqui. Sei que é como uma hibernação, uma vida na ponta dos pés, e que vivo para ser a sombra de Jorge, a mão que está ali quando de noite ele estende a sua na escuridão e tem medo.

— Sim, mas isso é muito.

— Visto de fora, ou avaliando em termos de abnegação materna. O problema é que eu sou mais do que a mãe de Jorge. Já lhe disse, meu casamento foi um erro, mas também é um erro ficar tempo demais atirada ao sol na praia. Enganar-se por excesso de beleza ou felicidade... o que conta são os resultados. De qualquer modo meu passado estava cheio de coisas belas, e tê-las sacrificado por outras coisas igualmente belas ou necessárias não vai me consolar nunca. Se tiver de escolher entre um Braque e um Picasso, sei que vou ficar com o Braque (se for o quadro em que penso agora), mas que tristeza não ter aquele Picasso incrível pendurado na minha sala...

Começou a rir sem alegria, e Medrano estendeu a mão e a apoiou em seu braço.

— Nada a impede de ser muito mais que a mãe de Jorge — disse. — Por que quase sempre as mulheres que ficam sozinhas perdem o pique, se deixam estar? Corriam segurando nossa mão, enquanto pensávamos correr porque elas nos mostravam um caminho? Você não parece aceitar que a maternidade seja sua única obrigação, como tantas outras mulheres. Tenho certeza de que poderia fazer tudo o que se propusesse, satisfazer todos os desejos.

— Ora, meus desejos — disse Claudia. — Preferia não tê-los, acabar com muitos deles. Talvez assim...

— Então, continuar amando seu marido basta para você se dar mal?

— Não sei se o amo — disse Claudia. — Às vezes penso que nunca o amei. Foi fácil demais me libertar. Como você de Bettina, por exemplo; penso que você não estava apaixonado por ela.
— E ele? Nunca tentou se reconciliar, deixou você partir sem mais?
— Ora, ele ia a três congressos de neurologia por ano — disse Claudia, sem ressentimento. — Antes que o divórcio tivesse sido assinado ele já tinha um caso em Montevidéu. Me contou para me livrar de qualquer escrúpulo, porque devia desconfiar desse meu... sentimento de culpa, digamos.

Viram Felipe subir pela escadinha de estibordo, se juntar a Raúl e os dois se afastarem pelo corredor. A Beba desceu e foi se sentar na espreguiçadeira da mãe. Sorriram para ela. A Beba sorriu para eles. Pobre garota, sempre tão sozinha.

— Está bom aqui — disse Medrano.

— Bom mesmo — disse a Beba. — Já não aguentava mais o sol. Mas também gosto de me bronzear.

Medrano ia perguntar por que não entrava na água, mas se conteve prudentemente. "Vai ver, dou um fora", pensou, ao mesmo tempo chateado pela interrupção do diálogo. Claudia perguntava alguma coisa sobre uma fivela que Jorge havia encontrado na sala de jantar. Acendendo um cigarro, Medrano se ajeitou melhor na espreguiçadeira. Sentimento de culpa, palavras e mais palavras. Sentimento de culpa. Como se uma mulher como Claudia pudesse... Olhou-a abertamente, viu-a sorrir. A Beba se animava, aproximou um pouco sua espreguiçadeira, mais confiante. Enfim começava a falar sério com as pessoas mais velhas. "Não", pensou Medrano, "isso não pode ser sentimento de culpa. Um homem que perde alguém como ela é o verdadeiro culpado. Claro, podia não estar apaixonado, por que tenho que julgá-lo do meu ponto de vista? Acho que de fato a admiro, que quanto mais confia e me fala de sua fraqueza, mais forte e mais esplêndida me parece. E não acho que seja o ar iodado..." Bastava evocar por um segundo (mas não era uma evocação, não, estava muito antes de toda imagem e toda palavra, fazia parte de seu modo de ser, do bloco total e definitivo de sua vida) as mulheres que havia conhecido intimamente, as fortes e as fracas, as que vão adiante e as que seguem os passos do homem. Tinha provas de sobra para admirar Claudia, para lhe estender a mão sabendo que era ela quem a pegava para guiá-lo. Mas o rumo da marcha era incerto, as coisas pulsavam por fora e por dentro como o mar e o sol e a brisa nos cabos. Um deslumbramento secreto, um grito de encontro, uma segurança obscura. Como se depois viesse alguma coisa terrível e bela ao mesmo tempo, alguma coisa definitiva, um salto enorme ou uma decisão irrevogável. Entre esse caos, que no entanto era como uma música, e o gosto cotidiano de seu cigarro, já havia uma ruptura incalculável. Medrano mediu essa ruptura como se fosse a distância pavorosa que ainda lhe restava vencer.

— Segure bem meu pulso — ordenou o Pelusa. — Não está vendo que se você escorrega agora a gente arrebenta as fuças?

Sentado na escadinha, Raúl acompanhava atentamente as diferentes fases do treinamento. "Ficaram bons amigos", pensou, admirando como o Pelusa levantava Felipe fazendo-o descrever um semicírculo. Admirou a força e a agilidade de Atilio, um tanto prejudicadas em sua plástica pela roupa de banho absurda. Deliberadamente fixou os olhos em sua cintura, seus antebraços cobertos de sardas e pelos avermelhados, negando-se a olhar em cheio para Felipe que, com os lábios contraídos (devia ter um pouco de medo), se mantinha de cabeça para baixo enquanto o Pelusa o sustentava solidamente plantado e com as pernas abertas para compensar o balanço do barco. "Hop!", girou o Pelusa, como tinha ouvido os equilibristas do circo Boedo dizer, e Felipe se viu em pé, respirando agitadamente e admirado da força do companheiro.

— Veja bem, nunca fique tenso — aconselhou o Pelusa, respirando fundo. — Quanto mais relaxado o corpo, melhor. Agora a gente faz a pirâmide, presta atenção quando eu digo hop. Hop! Não, guri, não vê que assim pode abrir o pulso? Que coisa, já te disse trocentas vezes. Se o Rusito tivesse aqui, você ia ver o que é uma prova, ah, se ia.

— Qual é? A gente não pode aprender tudo de uma hora pra outra — disse Felipe, ressentido.

— Está bem, está bem, não digo mais nada, mas você teima em ficar mais duro que um cabo de vassoura. Eu é que faço força, você tem que dar o salto. Cuidado quando me pisa no cangote, estou com a pele esfolada.

Fizeram a pirâmide, fracassaram na tesoura dupla australiana, deram o troco com uma série de saltos de carpa combinados que Raúl, bastante entediado, aplaudiu com ênfase. O Pelusa sorriu modestamente, e Felipe achou que já tivessem treinado o suficiente para a noite.

— Tem razão, guri — disse o Pelusa. — Se treinar demais depois dói o corpo todo. E aí, encara uma cerveja?

— Não, quem sabe mais tarde. Agora vou tomar banho, estou todo suado.

— Isso é bom — disse o Pelusa. — O suor mata os micróbios. Eu vou tomar uma Quilmes Cristal.

"Gozado, para eles uma cerveja é quase sempre uma Quilmes Cristal", se disse Raúl, mas pensava isso para descartar a esperança de que talvez Felipe tivesse recusado deliberadamente o convite. "Quem sabe? Talvez ainda continue chateado." O Pelusa passou a seu lado com um sonoro "Licença, jovem", e um halo quase visível de cheiro de cebola. Raúl ficou sentado até que Felipe também subiu, a toalha de listras vermelhas e verdes jogada sobre os ombros.

— Um verdadeiro atleta — disse Raúl. — Vão brilhar esta noite.

— Ora, não é nada. Eu ainda não me sinto muito bem, às vezes a cabeça ainda roda, mas as coisas mais difíceis é Atilio quem vai fazer. Que calor!

— Com um banho vai ficar novo em folha.

— Com certeza, é o melhor. E você, o que vai fazer esta noite?

— Olha, ainda não sei. Tenho que falar com Paula e combinar alguma coisa mais ou menos divertida. A gente costuma improvisar no último instante. Sempre sai mal, mas as pessoas não notam muito. Você está ensopado.

— Também, com tanto exercício... Não sabem mesmo o que vão fazer?
Raúl havia se levantado, e andaram juntos pelo corredor de estibordo. Felipe deveria ter subido pela outra escadinha para ir diretamente a sua cabine. Claro que dava na mesma, bastava atravessar o passadiço intermediário; mas o mais lógico teria sido pela escadinha de bombordo. Quer dizer que, se havia subido pela de estibordo, era possível supor que quisesse falar com Raúl. Não era certo mas era provável, sim. E não estava chateado, embora evitasse olhá-lo nos olhos. Seguindo-o pelo corredor na penumbra, via as listras vivas da toalha cobrindo parte das costas dele; pensou num grande vento que a fizesse flutuar como a capa de um auriga. Os pés nus iam deixando uma ligeira marca úmida no linóleo. Ao chegar ao passadiço Felipe se virou, apoiando uma das mãos no anteparo. Na outra vez já tinha feito a mesma coisa, igualmente inseguro sobre o que ia dizer e como tinha que dizer.
— Bom, vou tomar um banho. O que vai fazer?
— Oh, vou dar uma cochilada, desde que Paula não ronque muito.
— Não me diga que ronca, ela é tão jovem.
Ficou vermelho num segundo, dando-se conta de que a lembrança de Paula o perturbava na frente de Raúl, que Raúl estava zoando dele, que no fim das contas as mulheres deviam roncar como tanta gente e que se surpreender diante de Raúl era admitir que não tinha a menor ideia de como era uma mulher dormindo, uma mulher numa cama. Mas Raúl o olhava sem sinal de zombaria.
— Claro que ronca — disse. — Nem sempre, mas às vezes, durante a sesta. Não dá pra ler com alguém roncando por perto.
— Com certeza — disse Felipe. — Bom, se quiser dar um pulo no camarote pra bater um papo, enfim, eu tomo banho num instante. Não tem ninguém, o velho fica lendo no bar.
— *Ya está* — disse Raúl, a expressão que ele havia aprendido no Chile e que lhe lembrava alguns dias de montanha e de felicidade. — Mas vai me emprestar fumo pra encher meu cachimbo, deixei minha lata na cabine.

A porta de sua cabine estava a quatro metros do passadiço, mas Felipe pareceu aceitar o pedido como uma coisa quase necessária, o gesto que arredonda uma situação, aquilo que garante que se pode seguir adiante com toda a tranquilidade.

— O camareiro é mágico — disse Felipe. — Você viu ele entrar e sair de seu camarote? Eu nunca, mas assim que a gente volta está tudo arrumado, a cama feita... Espera que vou pegar o fumo.

Jogou a toalha num canto e ligou o ventilador. Enquanto procurava o tabaco explicou que achava muito legais os aparelhos elétricos que havia na cabine, que o banheiro era uma maravilha e as luzes também, tudo tinha sido muito bem bolado. De costas para Raúl, se inclinava sobre a gaveta da cômoda, procurando o fumo. Enfim o encontrou e o estendeu, mas Raúl ignorava seu gesto.

— O que foi? — disse Felipe, com o braço estendido.

— Nada — disse Raúl sem pegar o fumo. — Estava olhando pra você.

— Eu? Por favor...

— Com um corpo assim já deve ter conquistado muitas garotas.

— Por favor — repetiu Felipe, sem saber o que fazer com a lata na mão. Raúl a pegou e ao mesmo tempo segurou a mão dele, atraindo-o. Felipe se soltou na hora mas não recuou. Parecia mais desconcertado do que com medo, e quando Raúl avançou um passo, ficou imóvel, com os olhos baixos. Raúl apoiou a mão no ombro dele e a deixou deslizar lentamente pelo braço.

— Você está ensopado — disse. — Vamos, tome logo o banho.

— Sim, é melhor — disse Felipe. — É rapidinho.

— Deixe a porta aberta, assim podemos conversar.

— Mas... Pra mim dá na mesma, mas se o velho entra...

— O que acha que ele vai pensar?

— Sei lá.

— Se não sabe, então dá na mesma.

— Não é isso, mas...

— Tem vergonha?

— Eu? Vou ter vergonha do quê?
— Pois é, né? Se tem medo do que ele vai pensar, podemos trancar a porta.
Felipe não sabia o que dizer. Hesitante, foi até a porta da cabine e a trancou. Raúl esperava, enchendo lentamente o cachimbo. Viu Felipe olhar o armário, a cama, como se procurasse alguma coisa, um pretexto para ganhar tempo e se decidir. Tirou da cômoda um par de meias brancas, uma cueca, e pôs tudo sobre a cama, mas depois pegou tudo de novo e levou para o banheiro para deixar ao lado do chuveiro, sobre um banquinho niquelado. Raúl havia acendido o cachimbo e o olhava. Felipe abriu o chuveiro, experimentou a temperatura da água. Depois, com um movimento rápido, de frente para Raúl, tirou o calção e num instante estava embaixo do chuveiro, como se procurasse a proteção da água. Começou a se ensaboar energicamente, sem olhar para a porta, e assobiou — um assobio entrecortado pela água que se metia na boca e pela respiração agitada.

— Você realmente tem um corpo sensacional — disse Raúl, se posicionando contra o espelho. — Na sua idade há muitos garotos que ainda não se sabe bem o que são, mas você... Não vi muitos rapazes como você em Buenos Aires.

— No clube? — disse Felipe, incapaz de pensar outra coisa. Continuava de frente para ele, negando-se por pudor a lhe dar as costas. Alguma coisa zumbia ensurdecedoramente em sua cabeça; era a água que lhe golpeava os ouvidos e lhe entrava nos olhos ou alguma coisa mais para dentro, um turbilhão que o privava de vontade e de todo o domínio sobre sua voz. Continuava se ensaboando automaticamente mas embaixo d'água, que levava a espuma. Se a Beba ficasse sabendo... Por trás disso, como a uma distância infinita, pensava em Alfieri, que Alfieri poderia ter sido esse que estava aí fumando, olhando-o como os sargentos olham os recrutas nus, ou os médicos como aquele da rua Charcas que o fazia caminhar com os olhos fechados e esticando os braços. Chegou a pensar que Alfieri (mas não, não era Alfieri) devia estar se divertindo com sua falta de jeito, de repente sentiu raiva por ser tão idiota, de repente fechou o chuveiro e começou a se ensaboar de verdade, com movimentos furiosos que iam deixando montes de espuma branca no ventre, nas axilas, no pescoço. Quase não se importava mais que Raúl estivesse olhando, enfim, entre homens... Mas mentia, e ao se ensaboar evitava certos movimentos, se mantinha o mais ereto possível, sempre de frente, tendo especial cuidado em lavar os braços e o peito, o pescoço e as orelhas. Apoiou um pé na beira da banheira de azulejos verdes, se abaixou um pouco e começou a ensaboar os tornozelos e a panturrilha. Tinha a impressão de que fazia horas que estava tomando banho. A água não lhe dava nenhum prazer mas lhe custava desligá-la e sair, começar a se secar. Quando por fim se endireitou, com o cabelo escorrendo nos olhos, Raúl havia pegado a toalha de um gancho e a oferecia de longe, evitando pisar o chão salpicado de sabonete.

— E agora, se sente melhor?
— Claro. Faz bem tomar um banho depois do exercício.
— Sim, sobretudo depois de certos exercícios. Antes você não me entendeu quando disse que tinha um belo corpo. O que eu queria perguntar era se você gosta que as mulheres digam isso.
— Bom, claro que a gente gosta — disse Felipe, empregando o "a gente" depois de hesitar imperceptivelmente.
— Já pegou muitas, ou apenas uma?
— E você? — disse Felipe, botando a cueca.
— Não tenha vergonha, me responda.
— Sou novo ainda — disse Felipe. — Pra que vou botar banca?
— É assim que se fala. Quer dizer que ainda não pegou nenhuma?
— Não chega a tanto. Nos bordéis... Claro que não é a mesma coisa.
— Então você foi a bordéis. Eu pensava que não havia mais nenhum nos arredores.
— Ainda tem uns dois ou três — disse Felipe, penteando-se diante do espelho. — Tenho um amigo do quinto ano que me deu a dica. O Ordóñez, sabe.
— E deixaram você entrar?

— Claro que me deixaram. Eu fui com o Ordóñez, entende? Ele já tem o certificado de reservista. Fomos duas vezes.
— Gostou?
— Mas claro.
Apagou a luz do banheiro e passou perto de Raúl, que não havia saído do lugar. Raúl ouviu que ele abria uma gaveta, procurando uma camisa ou uns tênis. Ficou mais um pouco na sombra úmida, perguntando-se por que... Mas não valia mais a pena fazer a pergunta. Entrou na cabine e se sentou numa poltrona. Felipe havia vestido uma calça branca; ainda tinha o tronco nu.
— Se não gosta de falar de mulheres, é só me dizer e pronto — disse Raúl. — Eu pensei que você já tinha idade de se interessar por essas coisas.
— Quem disse que não me interesso? Gozado, às vezes você me faz lembrar um cara que conheço...
— Também fala de mulheres?
— Às vezes. Mas é gozado... Tem uns caras esquisitos, não? Não quero dizer que...
— Por mim não precisa se preocupar, imagino que às vezes devo mesmo parecer esquisito pra você. Quer dizer que esse conhecido seu... Me fale dele, enquanto isso podemos fumar um cachimbo juntos. Se você quiser.
— Claro — disse Felipe, muito mais seguro dentro de sua roupa. Botou uma camisa azul, deixando-a pra fora da calça, e pegou o cachimbo. Sentou na outra poltrona e esperou que Raúl lhe passasse o fumo. Tinha a sensação de ter escapado de alguma coisa, como se tudo o que acabava de acontecer pudesse ter sido muito diferente. Agora se dava conta de que todo o tempo havia estado nervoso, contraído, quase esperando que Raúl fizesse alguma coisa que não tinha feito, ou dissesse alguma coisa que não havia dito. Quase tinha vontade de rir; encheu desajeitadamente o cachimbo e o acendeu usando dois fósforos. Começou a contar coisas de Alfieri, como Alfieri era malandro e como tinha transado com a mulher do advogado. Escolhia as lembranças, afinal de contas Raúl havia falado de mulheres, não tinha por que lhe contar as histórias de Viana e de Freilich. Com Alfieri e Ordóñez tinha assunto de sobra.

— Mas pra isso precisa muita grana, claro. As mulheres querem que a gente leve elas pra dançar e dá-lhe táxi, e ainda por cima é preciso pagar o motel...
— Olha, se estivéssemos em Buenos Aires eu poderia dar um jeito nisso tudo pra você. Na volta você vai ver. Prometo.
— Você deve ter uma garçonnière bacana, na certa.
— Sim. Empresto pra você quando precisar.
— Sério? — disse Felipe, quase assustado. — Seria sensacional, assim a gente pode levar uma mulher mesmo sem muita grana... — ficou vermelho, tossiu. — Bom, acho que algum dia a gente podia dividir os gastos. Não é o caso de abusar...
Raúl se levantou e se aproximou. Começou a lhe acariciar os cabelos, que estavam empapados e quase pegajosos. Felipe fez um movimento para afastar a cabeça.
— Ei — disse. — Vai me despentear. Se o velho entra...
— Você fechou a porta, acho.
— Sim, mas tanto faz. Me largue.
O rosto dele ardia. Tentou se levantar da poltrona mas Raúl apoiou uma das mãos em seu ombro e o manteve quieto. Fez outra carícia leve em seus cabelos.
— O que acha de mim? Diga a verdade, não tem problema.
Felipe se safou e ficou de pé. Raúl deixou os braços caírem, como se oferecendo para que o golpeasse. "Se me bate, é meu", chegou a pensar. Mas Felipe recuou um ou dois passos, mexendo a cabeça como que decepcionado.
— Saia — disse com um fio de voz. — Vocês... vocês são todos iguais.
— Vocês? — disse Raúl, sorrindo levemente.
— Sim, vocês. Alfieri é igual, todos são iguais.
Raúl continuava sorrindo. Encolheu os ombros, fez um movimento em direção à porta.
— Você está nervoso demais, garoto. Qual o problema que um amigo faça um carinho? Entre apertar a mão ou passá-la pelos cabelos, qual a diferença?
— Diferença... Você sabe que tem uma diferença.
— Não, Felipe, é você que desconfia de mim porque acha

estranho que eu queira ser seu amigo. Desconfia, mente pra mim. Se comporta como uma mulher, se quer saber o que penso.

— Então agora a culpa é minha? — disse Felipe, aproximando-se um pouco. — Eu minto pra você?

— Sim. Senti um pouco de pena, você mente muito mal, isso se aprende aos poucos e você ainda não sabe. Eu também voltei lá embaixo e fiquei sabendo por um dos lipídios. Por que me disse que esteve com o menor dos dois?

Felipe fez um gesto como para minimizar a questão.

— Posso aceitar de você uma ou outra coisa lamentável — disse Raúl, em voz baixa. — Posso compreender que não goste de mim, ou que ache inadmissível a ideia de ser meu amigo, ou que tenha medo de que os outros interpretem mal... Mas não minta pra mim, Felipe, nem mesmo por uma bobagem como essa.

— Mas se não tem nada a ver — disse Felipe. Contra sua vontade, era atraído pela voz de Raúl, por seus olhos que o olhavam como esperando outra coisa dele. — O que aconteceu foi que fiquei com raiva porque vocês não me levaram ontem e quis... Bom, fui por minha conta e o que fiz lá embaixo é problema meu. Por isso não disse a verdade.

Repentinamente deu as costas a Raúl e se aproximou da escotilha. A mão com o cachimbo pendia, frouxa. Passou a outra pelos cabelos, curvou um pouco os ombros. Por um instante havia temido que Raúl lhe recriminasse alguma outra coisa que não conseguia imaginar, qualquer coisa, que estivesse dando em cima de Paula, algo assim. Não queria olhá-lo porque os olhos de Raúl o deixavam mal, davam vontade de chorar, de se jogar de bruços na cama e chorar, sentindo-se tão criancinha e desarmado diante desse homem que lhe mostrava uns olhos tão nus. De costas para ele, sentiu-o se aproximar lentamente, sabendo que de um momento para outro os braços de Raúl iam apertá-lo com toda força, sentiu que a tristeza se transformava em medo e que atrás do medo havia uma espécie de tentação de continuar esperando e saber como seria esse abraço em que Raúl renunciaria a toda superioridade para não ser mais que uma voz suplicante e uns olhos mansos como os de um cão, vencido por ele, vencido apesar de seu abraço. Repentinamente compreendia que os papéis se invertiam, que era ele quem podia ditar a lei. Virou-se de súbito, viu Raúl no exato instante em que suas mãos o procuravam e riu na cara dele, histérico, misturando riso e choro, rindo entre soluços agudos e entrecortados, com o rosto cheio de contrações e lágrimas e desdém.

Raúl roçou seu rosto com os dedos e esperou mais uma vez que Felipe lhe batesse. Viu o punho se levantar, esperou por ele sem se mexer. Felipe cobriu o rosto com as duas mãos, se abaixou e num salto ficou fora de alcance. Era quase inevitável que fosse até a porta, a abrisse e ficasse esperando. Raúl passou a seu lado sem olhá-lo. A porta soou como um tiro às suas costas.

G

Talvez seja necessário o repouso, talvez em algum momento o violonista azul deixa cair o braço e a boca sexual cala e se esvazia e entra em si mesma como horrivelmente se esvazia e entra em si mesma uma luva abandonada numa cama. Nessa hora de desapego e de cansaço (porque o repouso é eufemismo de derrota, e o sono, máscara de um nada metido em cada poro da vida), a imagem apenas antropomórfica, desdenhosamente pintada por Picasso num quadro que foi de Apollinaire, representa mais que nunca a comédia em seu ponto de fusão, quando tudo se imobiliza antes de explodir no acorde que resolverá a tensão insuportável. Mas pensamos em termos fixos e postos aí em frente, o violão, o músico, o barco que corre para o sul, as mulheres e os homens que entretecem seus passos como os ratos-brancos na gaiola. Que guinada imprevista da trama pode nascer de uma última suspeita que ultrapasse o que está acontecendo e o que não está acontecendo, que se situa nesse ponto onde talvez consiga se realizar a conjunção do olho e da quimera, onde a fábula arranca aos pedaços a pele do carneiro, onde a terceira mão mal entrevista por Persio num instante de dádiva astral empunha por sua conta o violão sem caixa e sem cordas, inscreve num espaço duro como mármore uma música para outros ouvidos. Não é fácil entender o antiviolão como não é fácil entender a antimatéria, mas a antimatéria já é coisa de jornais e comunicações em congressos, o antiurânio, o antissilício faíscam na noite, uma terceira mão sideral se propõe com a mais atrevida das provocações para arrancar o vigia de sua contemplação. Não é fácil imaginar uma antileitura, um antisser, uma antiformiga, a terceira mão esbofeteia binóculos e classificações, arranca os livros das estantes, descobre a razão da imagem no espelho, sua revelação simétrica e demoníaca. Esse antieu e esse antivocê estão aí, e o que é então de nós e da existência satisfatória onde a preocupação não passava de uma diminuta metafísica alemã ou francesa, agora que no couro cabeludo pousa a sombra da antiestrela, agora que no abraço do amor sentimos uma vertigem de antiamor, e não porque esse palíndromo do cosmos seja a negação (por que o antiuniverso teria que ser a negação?) mas a verdade que mostra a terceira mão, a verdade que espera o nascimento do homem para entrar na alegria!

 De alguma maneira, deitado em pleno pampa, metido num saco sujo ou simplesmente derrubado por um cavalo manhoso, de cara para as estrelas Persio sente a conclusão informe se aproximar. Nessa hora nada o distingue do palhaço que levanta um rosto de farinha para o buraco negro da lona, contato com o céu. O palhaço não sabe, Persio não sabe o que é esse granizo amarelo que repica em seus olhos enormemente abertos. E porque não sabe, sente tudo com mais veemência, a abóbada reluzente da noite austral gira paulatina com suas cruzes e compassos, e nos ouvidos penetram pouco a pouco a voz da planície, o ranger do capim que germina, a ondulação temerosa da cobra que sai para o sereno, o leve tamborilar do coelho incitado por um desejo de lua. Já cheira a seca crepitação secreta do pampa, toca com pupilas molhadas uma terra nova que apenas convive com o homem e o rejeita como o rejeitam seus potros, seus ciclones e suas distâncias. Os sentidos deixam pouco a pouco de ser parte dele para esvaziá-lo e atirá-lo na planície negra; agora já não vê nem ouve nem cheira nem toca, está fora, partido, desatado, erguendo-se como uma árvore abarca a pluralidade numa só e enorme dor que é o caos resolvendo-se, o cristal que se solidifica e se ordena, a noite primordial no tempo americano. O que podem lhe fazer agora o desfile sigiloso de sombras, a criação renovada e desfeita que se alça em volta, a sucessão espantosa de monstros e tatus e cavalos lanudos e tigres de caninos como chifres, e tocaias de pedra e barro. Poial imutável, testemunha indiferente da revolução de corpos e éones, olho pousado como um condor de asas de montanha na corrida de miríades e galáxias e ondulações, espectador de monstros e dilúvios, de cenas pastorais ou incêndios seculares, metamorfose do magma, do sial, da flutuação indecisa de continentes-baleias, de ilhas-antas, catástrofes austrais de pedra, parto insuportável dos Andes que laceram uma serra estremecida, e não poder descansar um segundo nem saber com certeza se essa sensação da mão esquerda é uma idade glacial com todos os seus estrépitos ou nada mais que uma lesma que passeia de noite em busca de calor.

 Se renunciar fosse difícil, talvez renunciasse a essa osmose de cataclismos que o submerge numa densidade insuportável, mas se nega obstinado à facilidade de abrir ou fechar os olhos, levantar-se e sair para a beira do caminho, reinventar de repente seu corpo, a rota, uma noite de mil novecentos e cinquenta e tantos, o socorro que chegará com faróis e exclamações e um rastro de pó. Aperta os dentes (mas talvez seja uma cordilheira que nasce, uma trituração de basaltos e argilas) e se oferece à vertigem, ao andar da lesma ou da cascata por seu corpo submerso e confuso. Toda criação é um fracasso, voam as rochas pelo espaço, animais inominados tombam e esperneiam com as patas para cima, as coihues arrebentam em lascas, a alegria da desordem esmaga e exalta e aniquila entre uivos e mutações. O que devia ficar de tudo isso, somente uma tapera no pampa, um bodegueiro velhaco, um gaúcho perseguido e pobre-diabo, um generalzinho no poder? Operação diabólica em que cifras colossais acabam num campeonato de futebol, num poeta suicida, num amor amargo pelas esquinas e nas madressilvas. Noite de sábado, resumo da glória, é isso o sul-americano? Em cada gesto de cada dia, repetimos o caos irresoluto? Num tempo de presente indefinidamente adiado, de culto necrofílico, de tendência ao fastio e ao sono sem sonhos, ao mero pesa-

delo que segue à ingestão da abóbora e da linguiça em grandes porções, buscamos a coexistência do destino, pretendemos ser ao mesmo tempo a corrida livre do ranquel e o último progresso do automobilismo profissional? De frente para as estrelas, deitados na planície impermeável e estúpida, executamos secretamente uma renúncia ao tempo histórico, nos metemos em roupas alheias e em discursos vazios que enluvam as mãos do cumprimento do caudilho e da celebração das efemérides, e de tanta realidade inexplorada escolhemos o fantasma antagônico, a antimatéria do antiespírito, da antiargentinidade, por uma negativa decidida a padecer como se deve um destino no tempo, uma corrida com seus vencedores e vencidos? Menos que maniqueístas, menos que hedônicos boas-vidas, representamos na terra o lado espectral do devir, sua larva sardônica agachada à beira do caminho, o antitempo da alma e do corpo, a facilidade barata, o não se meta se não é para levar a melhor? Destino de não querer um destino, não cuspimos a cada palavra presunçosa, a cada ensaio filosófico, a cada campeonato clamoroso, a antimatéria vital elevada a tapetinho de macramê, aos jogos florais, à insígnia na lapela, ao clube social e esportivo de cada bairro portenho ou rosarino ou tucumano?

38

Além do mais os jogos florais sempre divertiam Medrano, espectador irônico. Teve a ideia enquanto descia ao convés depois de acompanhar Claudia e Jorge, que de repente queria fazer a sesta. Pensando bem, o dr. Restelli devia ter proposto a celebração de jogos florais a bordo; era mais espiritual e educativo que um simples sarau artístico e teria permitido a várias pessoas a perpetração de diversões tremendas. "Mas não se imaginam jogos florais a bordo", pensou, estirando-se cansado em sua espreguiçadeira e escolhendo devagar um cigarro. Retardava de propósito o momento em que deixaria de se interessar pelo que via ao redor para ceder deliciosamente à imagem de Claudia, à reconstrução minuciosa de sua voz, da forma de suas mãos, de sua maneira tão simples e quase necessária de ficar em silêncio ou falar. Carlos

López surgia agora pela escadinha de bombordo e olhava deslumbrado o horizonte das quatro da tarde. Os demais passageiros haviam ido embora fazia pouco; a ponte de comando continuava vazia. Medrano fechou os olhos e se perguntou o que ia acontecer. O prazo se encerrava — quando o último número do sarau desse lugar aos aplausos corteses e à dispersão geral dos espectadores, o relógio começaria a corrida do terceiro dia. "Os símbolos de sempre, a chatice de uma analogia não muito sutil", pensou. O terceiro dia, o desfecho. Os fatos mais crus eram previsíveis: a popa se abriria por si só à vista dos homens, ou López cumpriria a ameaça com o apoio de Raúl e dele próprio. O partido da paz se faria presente, furioso, chefiado por dom Galo; mas a partir daí o futuro se nublava, os caminhos se bifurcavam, trifurcavam... "Vai ser bom", pensou, satisfeito sem saber por quê. Tudo ocorria numa escala ridícula, tão absolutamente antidramática que sua própria satisfação acabava por impacientá-lo. Preferiu voltar a Claudia, recompor seu rosto que agora, quando se despedia dele na porta da cabine, tinha lhe parecido veladamente preocupado. Mas não dissera nada e ele havia preferido se fazer de desentendido, mesmo que tivesse preferido continuar com ela, velando juntos o sono de Jorge, falando em voz baixa sobre qualquer coisa. Outra vez era tomado por um sentimento obscuro de vazio, de desordem, uma necessidade de conectar alguma coisa — mas não sabia o quê —, de montar um quebra-cabeça espalhado em mil pedaços sobre a mesa. Outra analogia fácil, pensar a vida como um quebra-cabeça, todo dia um pedacinho de madeira com uma mancha verde, um pouco de vermelho, um nada de cinza, mas tudo mal baralhado e amorfo, os dias remexidos, parte do passado metida como um espinho no futuro, o presente talvez livre do precedente e do subsequente, mas empobrecido por uma divisão voluntária demais, uma seca rejeição de fantasmas e projetos. O presente não podia ser isso, mas só agora, quando muito desse agora já era perda irreversível, começava a desconfiar sem grande convicção de que a maior de suas culpas podia ter sido uma liberdade fundada numa falsa higiene de vida, um desejo egoísta de dispor de si mesmo em cada instante de um dia reiteradamente único, sem lastros de ontem e de amanhã. Visto dessa perspectiva tudo o que havia vivido de repente se apresentava como um fracasso absoluto. "Que fracasso?", pensou, preocupado. Nunca tinha se colocado a existência em termos de triunfo; então a noção de fracasso carecia de sentido. "Sim, logicamente", pensou. "Logicamente." Repetia a palavra, fazendo-a saltar na língua. Logicamente. Então Claudia, então o *Malcolm*. Logicamente. Mas o estômago, o sono inquieto, a suspeita de que alguma coisa se aproximava e o surpreenderia desprevenido e desarmado, que tinha que se preparar. "Que merda", pensou, "não é tão fácil jogar ao mar os hábitos, isso se parece demais com uma estafa. Como naquela vez que pensei estar louco e no fim era um começo de septicemia..." Não, não era fácil. Claudia parecia compreendê-lo, não lhe fizera nenhuma recriminação a propósito de Bettina, mas era curioso que agora Medrano pensasse que Claudia devia tê-lo recriminado pelo que Bettina representava em sua vida. Sem nenhum direito, claro, e muito menos como uma possível sucessora de Bettina. A simples ideia de sucessão era um insulto quando se pensava numa mulher como Claudia. Por isso mesmo, talvez, ela pudesse ter dito que ele era um canalha, pudesse ter dito calmamente, olhando-o com olhos em que sua própria inquietação brilhava como um direito conquistado, o direito do cúmplice, a recriminação do recriminável, muito mais amargo e mais justo e mais profundo que o do juiz ou o do santo. Mas por que tinha que ser Claudia quem ia lhe abrir de repente as portas do tempo, expulsá-lo nu no tempo que começava a açoitá-lo obrigando-o a fumar um cigarro depois do outro, a morder os lábios e desejar que de uma maneira ou de outra o quebra-cabeça acabasse por se recompor, que suas mãos incertas, novatas nesses jogos, procurassem tateando os pedaços vermelhos, azuis e cinza, que extraíssem da desordem um perfil de mulher, um gato aconchegado perto do fogo, um fundo de velhas árvores de fábula. E que tudo isso fosse mais forte que o sol das quatro e meia, o horizonte cobalto que entrevia com os olhos semicerrados, oscilando para cima e para baixo a cada vaivém do *Malcolm*, barco misto da Magenta Star. Bruscamente se viu na rua Avellaneda, as árvores com a ferrugem do outono; as mãos metidas nos bolsos da gabardine, caminhava fugindo de alguma coisa vagamente ameaçadora. Agora era um saguão, parecido com o da casa de Lola Romarino mas mais estreito; saiu para um pátio — depressa, depressa, não dava para perder tempo — e subiu umas escadas como as do hotel Saint-Michel de Paris, onde havia morado algumas semanas com Leonora (não se lembrava do sobrenome). O quarto era amplo, cheio de cortinados que deviam esconder irregularidades nas paredes, ou janelas que dariam para sórdidos pátios negros. Quando fechou a porta, um alívio acompanhou seu gesto. Tirou a gabardine, as luvas; com muito cuidado as dispôs sobre uma mesa de bambu. Sabia que o perigo não havia passado, que a porta era uma defesa precária; era antes um adiamento que lhe permitia pensar em outro recurso mais seguro. Mas não queria pensar, não tinha em que pensar; a ameaça era demasiado incerta, flutuava subindo, distanciando-se e voltando como um ar manchado de fumaça. Deu uns passos até ficar no centro do quarto. Somente então viu a cama, escondida por um biombo cor-de-rosa, uma armação precária prestes a se desmontar. Uma cama de ferro, desarrumada, uma bacia e um jarro; sim, podia ser o hotel Saint-Michel mesmo que não fosse, o quarto parecia o de outro hotel, no Rio. Sem saber por que não queria se aproximar da cama desarrumada e suja, permaneceu imóvel com as mãos nos bolsos do casaco, esperando. Era quase natural, quase necessário que Bettina afastasse um dos cortinados puídos e avançasse até ele como deslizando sobre o tapete seboso, parasse a menos de um metro e levantasse pouco a pouco o rosto completamente tapado pelo cabelo loiro. A sensação de ameaça se dissolvia, virava outra coisa sem que se soubesse ainda o que era essa outra coisa pior ainda que ia acontecer, e Bettina levantava pouco a pouco o rosto invisível com o cabelo que tremia e oscilava deixando ver a ponta do nariz, a boca que voltava a desaparecer, outra vez o nariz, o brilho dos olhos entre os cabelos loiros. Medrano gostaria de recuar, sentir pelo menos as costas coladas à porta, mas flutuava num ar pastoso que a cada inspiração exigia um esforço do peito, do corpo todo. Ouvia Bettina falar, porque desde o começo Bettina estava falando, mas o que dizia era um som contínuo e agudo, ininterrupto, como um papagaio que repetisse incansavelmente uma série de sílabas e assobios. Quando sacudiu a cabeça e o cabelo todo saltou para trás, derramando-se sobre as orelhas e os ombros, o rosto dela estava tão perto do seu que bastava se inclinar para molhar os lábios nas lágrimas que o empapavam. As faces e o queixo brilhantes de lágrimas, a boca entreaberta de onde continuava saindo o discurso incompreensível, o rosto de Bettina apagava de repente o quarto, as cortinas, o corpo que continuava mais embaixo, as mãos que no começo ele havia visto grudadas nas coxas, não restava mais que seu rosto flutuando na fumaça do quarto, banhado em lágrimas, os olhos desorbitados que interrogavam Medrano, e cada cílio, cada fio de cabelo das sobrancelhas pareciam se isolar, deixar-se ver por si mesmos e isoladamente, o rosto de Bettina era um mundo infinito, fixo e ao mesmo tempo convulsivo diante de seus olhos que não podiam evitá-lo, e a voz continuava saindo como uma fita espessa, uma matéria pegajosa cujo sentido era claríssimo embora não fosse possível entender nada, claríssimo e definitivo, uma explosão de clareza e aniquilamento, a ameaça por fim concretizada e resoluta, o fim de tudo, a presença absoluta do horror nessa hora e nesse lugar. Ofegante, Medrano via o rosto de Bettina que sem se aproximar parecia cada vez mais colado ao seu, reconhecia os traços que havia aprendido a ler com todos os sentidos, a curva do queixo, a fuga das sobrancelhas, o espaço delicioso entre o nariz e a boca cuja fina penugem seus lábios conheciam tão bem; e ao mesmo tempo sabia que estava vendo outra coisa, que esse rosto era o avesso de Bettina, uma máscara onde um sofrimento inumano, uma concentração de todo o sofrimento do mundo substituía e pisoteava a trivialidade de um rosto que ele tinha beijado havia tempos. Mas também sabia que não era correto, que somente o que estava vendo agora era a verdade, que esta era Bettina, uma Bettina monstruosa diante da qual a mulher que havia sido sua amante se desfazia como ele mesmo se sentia desfazer enquanto pouco a pouco retrocedia até a porta sem conseguir se distanciar do rosto flutuando à altura de seus olhos. Não era medo, o horror ia além do medo; talvez como o privilégio de sentir o momento mais atroz de uma tortura mas sem dor física, a essência da tortura sem a torção das carnes e dos nervos. Estava vendo o outro lado das coisas, via-se a si mesmo pela primeira vez como era, o rosto de Bettina lhe oferecia um espelho escorrendo lágrimas, uma boca convulsa que havia sido a frivolidade, um olhar sem fundo que havia sido o capricho pousando nas coisas da vida. Não sabia disso tudo porque o horror anulava todo saber, era a própria matéria da entrada num outro lado antes inconcebível, e por isso quando despertou com um grito e todo o oceano azul se meteu em seus olhos e viu outra vez as escadinhas e a silhueta de Raúl Costa sentado no alto, apenas então, tapando o rosto como se temesse que algum outro pudesse ver nele o que ele acabara de ver na máscara de Bettina, compreendeu que estava alcançando uma resposta, que o quebra-cabeça começava a se armar. Ofegando como no sonho, olhou suas mãos, a espreguiçadeira em que estava sentado, os pranchões do convés, os ferros da amurada, olhou-os com espanto, alheio a tudo que o rodeava, fora de si. Quando foi capaz de pensar (com dor, porque tudo nele gritava que pensar seria outra vez falsificar), soube que não havia sonhado com Bettina mas consigo mesmo; o verdadeiro horror havia sido esse, mas agora, sob o sol e o vento salgado, o horror cedia ao esquecimento, a estar outra vez do outro lado, e lhe deixava apenas uma sensação de que cada elemento de sua vida, de seu corpo, de seu passado e seu presente era falso, e que a falsidade estava aí ao alcance da mão, esperando para pegá-lo pela mão e levá-lo outra vez ao bar, ao dia seguinte, ao amor de Claudia, ao rosto sorridente e caprichoso de Bettina sempre lá na sempre Buenos Aires. O falso era o dia que estava vendo porque era ele quem o via; o falso estava fora porque estava dentro, porque havia sido inventado peça por peça ao longo de toda a vida. Acabava de ver a verdadeira face da frivolidade, mas por sorte, ah, por sorte não era mais que um pesadelo. Voltava à razão, a máquina começava a pensar, bem lubrificada, as bielas e os rolamentos oscilavam, recebiam e davam a força, preparavam as conclusões satisfatórias. "Que sonho pavoroso", classificou Gabriel Medrano, procurando os cigarros, esses cilindros de papel cheios de fumo de Misiones, a cinco pesos o maço de vinte.

* * *

Quando não deu mais para tolerar o sol, Raúl voltou à cabine onde Paula dormia de barriga para cima. Tratando de não fazer barulho, serviu-se de um pouco de uísque e se instalou numa poltrona. Paula abriu os olhos e sorriu para ele.

— Estava sonhando com você, mas você era mais alto e tinha um terno azul que lhe caía bem.

Ergueu-se, dobrando o travesseiro para se escorar. Raúl pensou nos sarcófagos etruscos, talvez porque Paula o olhasse com um leve sorriso que ainda parecia participar do sonho.

— Em compensação estava com melhor cara — disse Paula. — Na verdade, eu diria que você está a ponto de cometer um soneto ou um poema em oitavas heroicas. Eu sei porque conheci vates que ficavam desse jeito antes da inspiração.

Raúl suspirou entre chateado e divertido.

— Que viagem insensata — disse. — Tenho a impressão de que todos andamos aos tropeções, inclusive o barco. Mas você não, na verdade. Me parece que você vai muito bem com seu pirata de pele bronzeada.

— Depende — disse Paula, espichando-se. — Se me esqueço um pouco mais de mim mesma pode ser que tudo corra bem, mas você vai estar sempre por perto, de testemunha.

— Ora, eu não sou um estorvo. Você me faz um sinal combinado, por exemplo cruza os dedos ou bate o calcanhar esquerdo, e eu sumo. Inclusive da cabine, se preciso, mas suponho que não. Aqui há cabines de sobra.

— O que é ter má fama — disse Paula. — Segundo você eu não preciso de mais de quarenta e oito horas pra ir pra cama com um cara.

— É um bom prazo. Dá tempo para os exames de consciência, para escovar os dentes...

— Ressentido, isso é o que você é. Nada a ver com a história, mas mesmo assim ressentido.

— De jeito nenhum. Não confunda ciúme com inveja, e no meu caso é pura inveja.

— Me conte — disse Paula, largando-se para trás. — Me conte por que tem inveja de mim.
Raúl contou. Não era fácil falar, embora molhasse cada palavra num cuidadoso banho de ironia, evitando toda autopiedade.
— É muito menino — disse Paula. — Uma criança, não?
— Quando não são muito jovens são velhos demais. Mas não procure explicações. Na verdade, me portei como um imbecil, perdi a calma como se fosse a primeira vez. Mas vai acontecer sempre a mesma coisa, vou imaginar o que pode acontecer antes que aconteça. As consequências estão na cara.
— Pois é, não é um bom método. Não imagine e você acerta et cetera.
— Vamos, ponha-se no meu lugar — disse Raúl, sem pensar que podia fazer Paula rir. — Aqui estou desarmado, não tenho a chance que teria em Buenos Aires. E ao mesmo tempo estou mais perto, horrivelmente mais perto que lá, porque o encontro em todo lugar e sei que um barco pode ser o melhor lugar do mundo... depois. É a história de Tântalo entre corredores e duchas e exercícios de acrobacia.
— Você não é grande coisa como corruptor — disse Paula.
— Sempre desconfiei e fico contente por comprovar.
— Vá à merda.
— Mas fico contente, de verdade. Acho que agora você merece um pouco mais que antes, e que de repente vai dar sorte.
— Preferia merecer menos e...
— E o quê? Não vou nem pensar em pormenores, mas imagino que não seja tão fácil. Se fosse fácil haveria menos caras em cana e menos garotos mortos nos milharais.
— Agora você me vem com essa — disse Raúl. — É incrível como uma mulher pode imaginar certas coisas.
— Não é imaginação, Raulito. E como não acho que você seja um sádico, pelo menos na medida em que se torna um perigo público, não te vejo fazendo desse garoto objeto de maus-tratos, como diria virtuosamente *La Prensa* se soubesse. Em troca não me custa te imaginar em tarefas mais lentas de sedução, se me permite a palavra, e chegando aos maus-tratos pelo caminho dos bons. Mas parece que dessa vez o ar marítimo deixou você impetuoso demais, coitadinho.

— Não tenho nem vontade de mandar você à merda de novo.
— Mas enfim — disse Paula, botando um dedo na boca —, mas enfim há uma coisa a seu favor, e acho que você não está tão deprimido a ponto de não ter se dado conta. Primeiro, a viagem se anuncia longa e você não tem rivais a bordo. Quero dizer que não há mulheres que possam deixar o garoto animadinho. Na idade dele, se tem sorte na paquera mais inocente, o cara faz uma ideia muito especial de si mesmo, e tem toda razão. Pensando bem, talvez eu tenha um pouco de culpa. Deixei que ele tivesse esperanças, que me falasse como um homem.
— E daí? Isso não tem importância — disse Raúl.
— Pode não ter, mas, como disse, você ainda tem muitas chances. Preciso desenhar?
— Se não for incômodo demais.
— Você tinha que ter se dado conta, sua besta quadrada. É tão simples, tão simples. Olhe bem e vai ver o que ele mesmo não é capaz de ver, porque não sabe.
— É bonito demais pra ser visto como realmente é — disse Raúl. — Eu não sei o que vejo quando olho pra ele. Um horror, um vazio, algo cheio de mel et cetera.
— Sim, nessas condições... O que você devia ter visto é que o pequeno Trejo está cheio de dúvidas, que treme e hesita e que no fundo, bem no fundo... Não percebe que ele tem uma espécie de aura? O que o torna tão atraente (porque eu também o acho atraente, mas com a diferença de que me sinto a avó dele) é que está a ponto de cair, não pode continuar sendo o que é nesse minuto de sua vida. Você se comportou como um idiota, mas talvez, ainda... Enfim, não fica bem que eu, sabe como é...
— Acha mesmo, Paula?
— É Dionísio adolescente, imbecil. Não tem a menor firmeza, ataca porque está morto de medo, e ao mesmo tempo está ansioso, sente o amor como alguma coisa que voa sobre ele, é um homem e uma mulher e os dois juntos, e muito mais que isso. Não há a menor definição nele, sabe que chegou a hora mas não sabe do quê e então bota essas camisas horríveis, vem me dizer que sou tão bonita, olha minhas pernas e se borra de medo de mim... E você não vê nada disso e age como um sonâmbulo

carregando uma bandeja de merengues... Me dê um cigarro, acho que depois vou tomar um banho.
Raúl olhou Paula fumar, trocaram um sorriso de vez em quando. Nada do que ela havia dito o pegava de surpresa, mas agora, com a coisa apresentada por alguém de fora, ele se inteirava de tudo objetivamente. O triângulo se fechava, a avaliação se estabelecia sobre bases seguras. "Pobre intelectual, que precisa de provas", pensou sem amargura. O uísque começava a perder o gosto amargo do começo.
— E você? — disse Raúl. — Agora quero saber de você. Vamos nos degradar fraternalmente de uma vez, o chuveiro está aí ao lado. Fale, confesse, o padre Costa é todo ouvidos.

— Adoramos a ideia que o senhor doutor e o senhor enfermo tiveram — disse o maître. — Peguem um adereço de cabeça, a menos que prefiram uma máscara.
A sra. Trejo se decidiu por um chapeuzinho violeta, e o maître elogiou a escolha dela. A Beba achou que o menos brega era um diadema de papelão prateado com uma ou outra lantejoula vermelha. O maître ia de mesa em mesa distribuindo os adereços, comentando a progressiva (e tão natural) queda da temperatura e tomando nota das variações em matéria de cafés e infusões. Na mesa número 5, acompanhados de Nora e Lucio, que tinham cara de sono, dom Galo e o dr. Restelli faziam os últimos acertos na ordem do programa. De acordo com o maître, haviam decidido realizar o sarau no bar; embora menor que a sala de refeições, era mais apropriado para esse tipo de festa (a exemplo de viagens anteriores, e até de um álbum com frases e assinaturas de passageiros de nomes nórdicos). À hora do café, o sr. Trejo abandonou sua mesa e completou solenemente o triunvirato dos organizadores. Charuto entre os dedos, dom Galo revisou a lista de participantes e a submeteu a seus companheiros.
— Ah, vejo aqui que o amigo López vai nos deslumbrar com suas habilidades de ilusionista — disse o sr. Trejo. — Ótimo, ótimo.
— López é um jovem de grande talento — disse o dr. Restelli. — Excelente professor e uma simpatia de colega.

— Ainda bem que esta noite tenha preferido a diversão social às atitudes exageradas que observamos nele ultimamente — disse o sr. Trejo, aflautando a voz de maneira que López não pudesse ouvir. — Realmente esses jovens se deixam levar por um espírito de violência nada louvável, senhores, nada louvável.

— O homem está abespinhado — disse dom Galo —, entende-se que o sangue dele ferva. Mas logo os senhores vão ver que depois de nossa festinha os ânimos se aplacam. É isso o que faz falta, que haja um pouco de diversão. Inocente, claro.

— Isso mesmo — apoiou o dr. Restelli. — Somos todos da opinião de que o amigo López foi muito apressado ao proferir ameaças que não levam a nada.

Lucio de quando em quando olhava para Nora, que olhava a toalha ou as mãos. Tossiu, constrangido, e perguntou se não seria hora de irem até o bar. Mas o dr. Restelli sabia de fonte segura que o garçom e o maître davam os últimos retoques na arrumação, pendurando guirlandas e serpentinas, enfim, criando uma atmosfera propícia às efusões do espírito e da civilidade.

— Exato, exato — disse dom Galo. — Efusões do espírito, é o que eu digo. Os folguedos. E quanto aos garnisés, porque, reparem bem, não se trata apenas do jovem López, logo daremos um jeito de botá-los em seu lugar para que a viagem transcorra sem tropeços. Isso me lembra uma ocasião em Pergamino, quando o subgerente de minha sucursal...

Ouviram-se umas palmas amáveis, e o maître anunciou que os senhores passageiros podiam passar à sala de festas.

— Parece o próprio Luna Park no carnaval — decretou o Pelusa, admirado com as lâmpadas coloridas e os balões.

— Ai, Atilio, com essa máscara você me mete medo — se queixou a Nelly. — Tinha que escolher logo a de gorila.

— Pegue uma boa cadeira e guarde uma pra mim, que vou ver quando a gente tem que se preparar pro número. E seu maninho, senhorita?

— Por aí — disse a Beba.

— Mas não veio jantar, né?

— Não, disse que estava com dor de cabeça. Sempre gosta de ser diferente.

— Ora, dor de cabeça — disse o Pelusa, autoritário. — Na certa teve uma cãibra depois do treino.

— Não sei — disse a Beba, desdenhosa. — Mamãe mima tanto ele que na certa está se fazendo de difícil pra aparecer.

Felipe não se fazia de difícil nem tinha dor de cabeça. Havia deixado a noite chegar sem sair da cabine. Seu pai entrou, satisfeito por ter ganhado uma partida de truco em disputa acirrada, tomou banho e saiu de novo, e depois a Beba fez uma curta aparição destinada presumivelmente a procurar umas partituras de piano desaparecidas de sua bagagem. Estendido na cama, fumando sem prazer, Felipe sentia a noite cair no azul da escotilha. Tudo era como uma descida, pensamentos desfiados, o gosto cada vez mais áspero e pegajoso do cigarro, o barco que a cada cabeceio lhe dava a impressão de afundar um pouco mais na água. De um primeiro repertório de injúrias repetidas até que as palavras haviam perdido todo sentido passava a um mal-estar interrompido por baforadas de satisfação maligna, de orgulho pessoal que o faziam saltar da cama, olhar-se no espelho, pensar em vestir a camisa xadrez amarela e vermelha e sair para o convés com cara de desafio ou indiferença. Quase em seguida voltava à humilhada contemplação de sua conduta, de suas mãos estendidas sobre a cama e que não haviam sido capazes de quebrar a cara dele aos murros. Não se perguntou uma única vez se realmente havia sentido o desejo ou a necessidade de quebrar a cara dele aos murros; preferia recomeçar os insultos ou se deixar absorver por fantasias em que os atos de audácia e as explicações à beira das lágrimas acabavam numa voluptuosidade que lhe exigia se espreguiçar, acender outro cigarro e dar uma volta incerta pela cabine, perguntando-se por que ficava trancado ali em vez de se reunir aos outros que já deviam estar jantando. Claro, de repente sua mãe ia aparecer metralhando perguntas, impaciente e assustada ao mesmo tempo. Estirando-se de novo na cama, admitiu de má vontade que apesar de tudo ele tinha levado vantagem. "Deve estar desesperado", pensou, começando a encontrar palavras para seu pensamento. A ideia de Raúl desesperado era quase inconcebível, mas com certeza ele devia estar assim, saíra da cabine como se o fossem matar ali mesmo, branco como papel.

"Branco como papel", pensou satisfeito. E agora estaria sozinho, se mordendo de raiva. Não era fácil imaginar Raúl se mordendo; cada vez que se esforçava para submetê-lo à pior das humilhações morais, via-o com seu rosto tranquilo e um pouco zombeteiro, lembrava o gesto com que lhe havia oferecido o cachimbo ou como havia se aproximado para lhe acariciar os cabelos. Vai ver estava numa boa, deitado na cama, fumando como se nada tivesse acontecido.

"Nem tanto", pensou, vingativo. "Na certa é a primeira vez que leva um pé na bunda assim." Isso ia ensiná-lo a se meter com um homem, bichona desgraçada. E pensar que até ali estivera enganado, tinha achado que era o único amigo com quem poderia contar a bordo, nessa viagem sem mulheres pra paquerar, nem farra, nem pelo menos outros caras de sua idade para se divertir no convés. Agora estava pronto, talvez fosse melhor nem sair da cabine, afinal... Fazia um tempo que a imagem de Paula lhe aparecia como uma surpresa que se somava à outra, se é que a outra tinha sido uma surpresa. Mas Paula — qual era a dela nesse negócio? Baralhava duas ou três hipóteses instantâneas, igualmente cruas e insatisfatórias, e se preocupava de novo — mas bem aí lhe nascia algo como eflúvios de satisfação, momentos de glória que lhe enchiam o peito de ar e de fumaça de cigarro, não mais de cachimbo porque o cachimbo estava caído perto da porta, e exatamente acima dele, na parede, estava a marca da pancada raivosa —, outra vez o preocupava por que tinha que ter sido ele e não qualquer outro, por que Raúl o havia procurado em seguida, quase na própria noite do embarque, em vez de ir desmunhecar com outro. Quase não se importava de admitir que não havia outro possível, que o repertório era limitado e como que inevitável; que Raúl o tivesse escolhido lhe dava ao mesmo tempo a força para arrebentar um cachimbo contra a parede e respirar profundamente, com os olhos semicerrados, como que saboreando um privilégio muito especial. Ele ia pagar por essa, ora se ia, disso podia ter certeza, ia pagar cada milímetro até que aprendesse para sempre a não se enganar. "Porra, eu não dei bola pra ele", disse a si mesmo, se erguendo. "Não sou o Viana! Não sou o Freilich, que merda!" Ia lhe mostrar, a cada minuto, o que era um homem de verdade, mesmo que ele pretendesse esnobá-lo com sua cancha de playboy cheio da nota, sua ruiva de faz de conta. Tinha sido complacente demais, aceitado que lhe desse conselhos, que prometesse ajudá-lo. Tinha se deixado esnobar, e o cara havia trocado as bolas. Ouviu um ruído na porta e estremeceu. Puta merda, como estava nervoso. Também... Olhou de soslaio para a Beba, que farejava o ar da cabine franzindo o nariz.

— Continue fumando assim e vai ver só — disse a Beba, com seu ar virtuoso. — Vou contar pra mamãe pra ela esconder teus cigarros.

— Vá à merda e não volte tão cedo — disse Felipe quase amavelmente.

— Não ouviu que chamaram pra comer? Por culpa do senhor tenho que me levantar da mesa e fazer o papelão de vir buscar o bebê.

— Claro, como todo mundo depende de você...
— Papai disse pra subir agora mesmo pro jantar.
Felipe levou um segundo para responder.
— Diga pra ele que estou com dor de cabeça. Mas vou depois, pra festa.

— Dor de cabeça? — disse a Beba. — Podia inventar outra coisa.

— Como é que é? — perguntou Felipe, se levantando. Havia sentido de novo como se lhe apertassem o estômago. Ouviu a batida da porta e se sentou na beira da cama. Quando entrasse na sala de refeições teria de passar obrigatoriamente pela mesa número 2, cumprimentar Paula, López e Raúl. Começou a se vestir devagar, botando uma camisa azul e uma calça cinza. Ao acender a luz central, viu o cachimbo no chão e o recolheu. Estava intacto. Pensou que o melhor seria dá-lo a Paula, junto com a lata de fumo, para que ela... E ao entrar na sala de refeições teria que passar pela mesa, cumprimentando. E se levasse o cachimbo e o deixasse na mesa, sem dizer nada? Que besteira, estava nervoso demais. O negócio era levar o cachimbo no bolso e aproveitar depois, no convés, se o visse sair para se refrescar, se aproximar e dizer secamente: "Isto é seu", ou coisa parecida. Então Raúl o olharia daquele jeito que olhava e começaria a sorrir bem devagarinho. Não, vai ver não ia sorrir, vai ver ia tentar pegá-lo pelo braço, e então... Penteou-se lentamente, se olhando de todos os ângulos. Não iria jantar, melhor deixá-lo ansioso pra vê-lo chegar e ficar todo vermelho quando passasse por sua mesa. "Se eu não ficasse vermelho", pensou com raiva, mas contra isso não podia lutar. Melhor ficar no convés, ou no bar, tomando uma cerveja. Pensou na escadinha do passadiço, em Bob.

Dona Rosita e dona Pepa foram instaladas respeitosamente na primeira fila de cadeiras, e a sra. Trejo se juntou a elas com um ar afogueado que indicava a iminente atuação artística de sua filha. Atrás se sentavam os que chegavam da sala de refeições. Jorge, muito solene, se acomodou entre sua mãe e Persio, mas Raúl não parecia disposto a se sentar e se escorou no balcão esperando que o resto se sentasse como bem entendesse. A cadeira de dom Galo foi disposta em posição presidencial, e o motorista se apressou a se ocultar na última fila onde Medrano também havia se instalado e fumava um cigarro depois do outro com cara não muito satisfeita. O Pelusa perguntou de novo por seu companheiro de provas ginásticas e depois de confiar sua máscara a dona Rosita anunciou que iria ver como Felipe andava. Atrás de uma máscara vagamente polinésia, Paula imitava para López a voz da sra. Trejo.

O maître deu uma ordem ao garçom e as luzes se apagaram, acendendo-se ao mesmo tempo um refletor no fundo e outro no chão, perto do piano laboriosamente metido entre o balcão e uma das paredes. Solene, o maître levantou a cauda do piano. Soaram alguns aplausos e o dr. Restelli, piscando violentamente, se encaminhou para a área iluminada. Não deveria ser ele, decerto, a pessoa indicada para abrir aquela simples e espontânea manifestação artística, porquanto a ideia original pertencia de todo ao distinto cavalheiro e amigo dom Galo Porriño, ali presente.

— Vai em frente, homem, vai em frente — disse dom Galo, levantando a voz sobre os aplausos amáveis. — Todos já devem ter percebido que não levo jeito pra mestre de cerimônias, então vamos em frente e manda brasa!

No silêncio um tanto incômodo que se seguiu, a volta de Atilio acabou mais visível e sonora do que ele gostaria. Ajeitando-se em sua cadeira, depois de desenhar uma sombra gigantesca na parede e no teto, informou em voz baixa à Nelly que seu companheiro de apresentação tinha se metido não se sabia onde. Dona Rosita lhe devolveu a máscara, pedindo silêncio entre súplice e irritada, mas o Pelusa estava desconcertado e continuou se queixando e fazendo a cadeira ranger. Embora as palavras não chegassem a ele, Raúl desconfiou do que acontecia. Cedendo a um velho automatismo, olhou na direção de Paula, que havia tirado a máscara e observava a concorrência estatisticamente. Quando ela olhou em sua direção, levantando as sobrancelhas com ar interrogativo, Raúl encolheu os ombros como resposta. Paula sorriu antes de botar de novo a máscara e reatar a conversa com López, e a Raúl esse sorriso pareceu algo como um passaporte, um carimbo impresso contra o papel, o tiro para cima da largada da corrida. Mas dava na mesma, ele teria saído ainda que Paula não o tivesse olhado.

— Como falam, Deus meu, como falam — disse Paula. — Você acha mesmo que no começo era o verbo, Jamaica John?

— Eu te amo — disse Jamaica John, para quem dizer isso era uma resposta conclusiva. — É incrível o quanto te amo e que esteja aqui, falando sem que ninguém nos ouça, de máscara para máscara, de pirata a *vahiné*.

— Eu posso ser uma *vahiné* — disse Paula, olhando sua máscara e pondo-a de novo —, mas você tem um jeitão entre Rocambole e deputado de San Juan que cai muito mal. Devia ter escolhido a máscara de Presutti, embora o melhor seja não botar máscara nenhuma e continuar sendo Jamaica John.

Agora o dr. Restelli elogiava as notáveis qualidades musicais da srta. Trejo, que a seguir ia deleitá-los com sua versão de um trecho de Clementi e outro de Czerny, compositores célebres. López olhou para Paula, que teve que morder um dedo. "Compositores célebres", pensou. "Este sarau vai ser um estouro." Tinha visto Raúl sair, e López também o tinha visto e a tinha olhado com um ar entre zombeteiro e interrogativo que ela havia fingido ignorar. "Boa sorte, Raulito", pensou. "Tomara que ele quebre seu nariz, Raulito. Ah, serei a mesma até o fim, não poderei arrancar o Lavalle soldado no sangue, no fundo jamais vou perdoar que ele seja meu melhor amigo. O irrepreensível amigo de uma Lavalle. Isso, o amigo irrepreensível. E aí vai, esgueirando-se por um corredor vazio, trêmulo, mais um na legião dos que tremem deliciosamente, derrotados de antemão... Não o perdoarei jamais, ele sabe disso, e no dia em que encontrar algum que o siga (mas não vai encontrar, Paulita vela para não encontrar, e nesse caso não vale a pena se preocupar) me deixará para sempre, nesse mesmo dia adeus concertos, sanduíches de patê às quatro da manhã, vadiagens por San Telmo ou pela avenida Costanera, adeus Raúl, coitadinho do Raúl, adeus, que tenha sorte, que pelo menos dessa vez corra tudo bem."

Do piano saíam sons diversos. López pôs um lenço branco na mão de Paula. Pensou que chorava de tanto rir, mas não tinha certeza. Viu que aproximava rapidamente o lenço do rosto, e mal lhe acariciou o ombro, foi mais um toque que uma carícia. Paula lhe sorriu, sem lhe devolver o lenço, e quando explodiram os aplausos abriu-o completamente e se assoou com energia.

— Porca — disse López. — Não foi pra isso que emprestei.

— E daí? — disse Paula. — É tão vagabundo que vai me assar o nariz.

— Eu toco melhor que essa aí — disse Jorge. — Não é, Persio?

— Não entendo nada de música — disse Persio. — Pra mim, fora o pasodoble, dá tudo na mesma.

— Diz aí, mamãe, se não toco melhor que essa garota. E com todos os dedos, não deixo metade no ar.

Claudia suspirou, repondo-se do massacre. Passou a mão pela testa de Jorge.

— Se sente bem mesmo?

— Claro — disse Jorge, que esperava o momento de seu número. — Persio, olha só quem vem agora.

A um sinal meio amável, meio imperioso de dom Galo, a Nelly avançou até ficar encurralada entre a cauda do piano e a parede do fundo. Como não havia contado com o refletor em pleno rosto ("Está emocionada, pobrezinha", dizia dona Pepa para que todos ouvissem), piscava violentamente e acabou por levantar um braço e tapar os olhos. O maître correu obsequioso e afastou uns dois metros o refletor. Todos aplaudiram para animar a artista.

— Vou declamar "Rir chorando", de Juan de Dios Peza — anunciou a Nelly, botando as mãos como se estivesse para tocar umas castanholas. — *Vendo Garrick, ator da Inglaterra, o povo ao aplaudi-lo dizia...*

— Eu também conheço essa poesia — disse Jorge. — Lembra que recitei no café naquela noite? Agora vem a parte do médico.

— *Vítimas da melancolia, os altos lordes, em suas noites mais negras e pesadas* — declamava a Nelly —, *iam ver o rei dos atores e trocavam sua melancolia por gargalhadas.*

— A Nelly nasceu artista — confiava dona Pepa a dona Rosita. — Acredite, desde pequenininha já declamava a batatinha quando nasce esparrama pelo chão, menininha quando dorme...

— O Atilio não — disse dona Rosita, suspirando. — Gostava mesmo era de esmagar barata na cozinha e jogar bola o dia todo no pátio. Imagina o estrago nos meus gerânios. É uma luta com os meninos para manter a casa um brinco.

Escorados no balcão, atentos a qualquer desejo do público ou dos artistas, o maître e o barman assistiam ao espetáculo. O barman esticou a mão até o termostato da calefação e girou de 2 para 4. O maître olhou para ele, os dois sorriram; não entendiam grande coisa do que a artista declamava. O barman pegou duas garrafas de cerveja e dois copos. Sem fazer o menor barulho abriu as garrafas, encheu os copos. Medrano, cochilando no fundo do bar, teve inveja deles, mas era complicado abrir caminho entre as cadeiras. Se deu conta de que a guimba em sua boca havia apagado, desprendeu-a com cuidado dos lábios. Estava quase contente por não ter se sentado perto de Claudia, de poder olhá-la da sombra, secretamente. "Como é bonita", pensou. Sentia uma fraqueza, uma leve ansiedade como a um passo de um umbral que por alguma razão não se vai transpor, e a ansiedade e a fraqueza nasciam de não poder transpô-lo e que estivesse tudo bem assim. "Nunca vai saber o bem que me fez", se disse. Machucado, confuso, com todos os seus papéis em desordem, o pente quebrado e as camisas sem botões, sacudido por um vento que lhe arrancava pedaços de tempo, de rosto, de vida morta, chegava outra vez, mais profundamente, à porta encostada e intransponível a partir de onde talvez alguma coisa seria possível com mais direito, alguma coisa nasceria dele e seria sua obra e sua razão de ser, quando deixasse para trás tanta coisa que havia acreditado aceitável e até necessária. Mas ainda estava longe.

39

Na metade do corredor se deu conta de que tinha o cachimbo na mão e ficou furioso de novo. Depois pensou que se também levasse o fumo poderia convidar Bob e mostrar que sabia o que era fumar. Meteu a lata no bolso e saiu de novo, certo de que àquela hora não havia ninguém nos corredores. Tampouco no passadiço central, tampouco na longa passagem onde a lamparina violeta parecia mais fraca do que nunca. Se tivesse sorte dessa vez e Bob o deixasse passar para a popa... A esperança de se vingar o fazia correr, ajudava-o a lutar contra o medo. "Vejam só, justamente o mais mocinho foi o mais valente, ele sozinho descobriu um jeito de chegar..." A Beba, por exemplo, e até o velho, coitado, ficariam com cara de rato afogado no mijo quando todo mundo o elogiasse. Mas isso não era nada perto de Raúl. "Como, Raúl, você não sabia? Mas sim, Felipe teve peito de se meter na boca do lobo..." Os anteparos do passadiço eram mais estreitos que na vez anterior; parou a uns dois metros da porta, olhou para trás. Puxa, o passadiço parecia mesmo mais estreito, sufocava a gente. Abrir a porta da direita foi quase um alívio. A luz das lâmpadas penduradas nuas o deixou meio cego. Não havia ninguém na câmara, desarrumada como sempre, cheia de restos de correias, lonas, ferramentas sobre o banco de trabalho. Talvez por isso a porta do fundo fosse mais visível, como se o esperasse. Felipe fechou a porta de entrada de novo, devagar, e avançou na ponta dos pés. À altura do banco de trabalho ficou imóvel. "Faz um calor desgraçado aqui embaixo", pensou. Ouvia com força as máquinas, os ruídos vinham de todas as direções ao mesmo tempo, se juntavam ao calor e à luz ofuscante. Venceu os dois metros que o separavam da porta e experimentou devagar a maçaneta. Alguém vinha pelo corredor. Felipe se colou à parede para ficar encoberto pela porta se a abrissem. "Não era um barulho de passos", pensou, angustiado. Um barulho, apenas. Agora também era um alívio entreabrir a porta e olhar. Mas antes, como havia lido num romance policial, se abaixou para que sua cabeça não ficasse à altura de um balaço. Adivinhou um corredor estreito e escuro; quando seus olhos se acostumaram, começou a distinguir a uns seis metros os degraus de uma escada. Só então se lembrou das palavras de Bob. Quer dizer que... Se voltasse agora mesmo ao bar e procurasse López ou Medrano, quem sabe os dois pudessem chegar sem perigo. Mas que perigo? Bob havia ameaçado para assustá-lo, só isso. Que perigo podia haver na popa? O tifo não contava, sem falar que ele nunca pegava doença nenhuma, nem caxumba.

Fechou devagar a porta às suas costas e avançou. Respirava com dificuldade no ar espesso que cheirava a alcatrão e coisas rançosas. Viu uma porta à esquerda e se adiantou para a escadinha. Sua própria sombra surgiu diante dele, desenhando-o por um instante no chão, imóvel e com um braço levantado sobre a cabeça num gesto de defesa. Quando pensou em se virar, Bob o olhava da porta aberta de par em par. Uma luz esverdeada saía da cabine.

— *Hasdala*, garoto.

— Oi — disse Felipe, recuando um pouco. Tirou o cachimbo do bolso e o estendeu para a área iluminada. Não achava as palavras, o cachimbo tremia entre seus dedos. — Olha, me lembrei de você... A gente ia bater um papo de novo, então...

— *Sa* — disse Bob. — Entra, garoto, entra.

Quando chegou a vez dele, Medrano apagou o cigarro e se sentou ao piano com ar um tanto sonolento. Acompanhando-se bastante bem, se pôs a cantar *bagualas* e *zambas*, imitando descaradamente o estilo de Atahualpa Yupanqui. Aplaudiram-no por um bom tempo e o obrigaram a interpretar outras canções. Persio, que o seguiu, foi recebido com o respeito desconfiado que os videntes provocam. Apresentado pelo dr. Restelli como um pesquisador de mistérios remotos, começou a ler a mão dos voluntários, dizendo-lhes o repertório corrente de banalidades entre as quais, de tanto em tanto, deslizava alguma frase só compreendida pelo interessado e que bastava para deixá-lo espantado. Chateando-se visivelmente, Persio acabou sua rodada quiromântica e se aproximou do balcão para trocar o futuro por um refresco. O dr. Restelli selecionava seu vocabulário mais caprichado para apresentar o benjamim da tertúlia, o promissor tanto quanto inteligente Jorge Lewbaum, cujos poucos anos não eram óbice para os muitos méritos. Esse menino, notável expoente da infância argentina, faria as delícias do sarau graças a sua personalíssima interpretação de alguns monólogos dos quais era autor, e o primeiro deles se intitulava "Narrativa do octopato".

— Eu escrevi mas Persio me ajudou — disse o leal Jorge, avançando entre aplausos cerrados. Cumprimentou, muito teso, coincidindo por um instante com a descrição do dr. Restelli. — "Narrativa do octopato", por Persio e Jorge Lewbaum — disse e estendeu uma das mãos para se apoiar na cauda do piano. Com um salto, o Pelusa chegou a tempo de segurá-lo pelo braço antes que batesse de boca contra o chão.

Copo d'água, ar, recomendações, três cadeiras para estender o desmaiado, botões que de repente embirram e não cedem. Medrano olhou para Claudia, inclinada sobre o filho, e se aproximou do balcão.

— Telefone pro médico agora mesmo.

O maître se empenhava em umedecer um guardanapo. Medrano o ergueu, agarrando-o pelo braço.

— Eu disse agora mesmo.

O maître entregou a toalha ao barman e foi até o telefone preso na parede. Discou um número de dois algarismos. Disse algumas palavras, repetiu-as em voz alta. Medrano esperava sem

tirar os olhos de cima dele. O maître desligou e fez um gesto de aquiescência.
— Virá imediatamente, senhor. Acho que... talvez fosse melhor levar o menino para a cama.
Medrano se perguntou por onde o médico ia vir, por onde o oficial de cabelos grisalhos tinha vindo. Atrás dele o clamor das senhoras era de torrar a paciência. Abriu caminho até Claudia, que tinha entre as suas uma das mãos de Jorge.
— Ah, parece que já melhorou — disse se ajoelhando a seu lado.
Jorge sorriu para ele. Tinha um ar envergonhado e olhava os rostos flutuando sobre ele como se fossem nuvens. Na verdade só olhava para Claudia e Persio, talvez para Medrano também, que sem cerimônia lhe passou os braços pelo pescoço e pelas pernas e o levantou. As senhoras abriram caminho e o Pelusa fez menção de ajudar, mas Medrano já saía levando Jorge. Claudia o seguiu; a máscara de Jorge pendia de sua mão. Os demais se consultavam com o olhar, indecisos. Não era grave, claro, uma tontura provocada pelo calor da sala, mas de qualquer modo já não restava muito ânimo para continuar a festa.
— Pois a gente deveria continuar — afirmava dom Galo, movendo-se de um lado para outro com manobras bruscas da cadeira. — Não se ganha nada em ficar deprimido com um incidente sem importância.
— Logo verão que o menino se recupera em dez minutos — dizia o dr. Restelli. — Não devemos nos deixar impressionar pelos sinais exteriores de um simples desfalecimento.
— Mas que coisa! Mas que coisa! — se condoía lugubremente o Pelusa. — Primeiro o guri dá no pé bem na hora da nossa prova, e agora o outro moleque tem um troço. Este barco é o mau-olhado em pessoa.
— Pelo menos vamos nos sentar e tomar um trago — propôs o sr. Trejo. — Não se deve pensar o tempo todo em doença, ainda mais a bordo... Quero dizer que não se ganha nada se deixando levar por boatos alarmistas. Hoje meu filho também estava com dor de cabeça, e podem ver que nem minha esposa nem

eu nos preocupamos. Claro que nos disseram que tomaram todas as precauções necessárias a bordo.

Prevenida pela Beba, a sra. Trejo informou nesse instante que Felipe não estava na cabine. O Pelusa bateu na cabeça e disse que isso ele já sabia, e onde o guri podia estar metido.

— No convés, com certeza — disse o sr. Trejo. — Coisa de rapaz.

— Que coisa que nada — disse o Pelusa. — Não vê que a gente estava na ponta dos cascos pras provas?

Paula suspirou, observando López de soslaio — ele havia assistido ao desmaio de Jorge com uma expressão em que a raiva começava a ganhar terreno.

— Olha — disse López —, é bem possível que você encontre fechada a porta de sua cabine.

— Não sei se fico alegre ou boto a porta abaixo a pontapés — disse Paula. — Afinal de contas, é *minha* cabine.

— E se estiver fechada, o que vai fazer?

— Não sei — disse Paula. — Posso passar a noite no convés. Tanto faz.

— Venha, vamos — disse López.

— Não, ainda vou ficar mais um pouco.

— Por favor.

— Não. Provavelmente a porta está aberta e Raúl dorme como uma vaca. Você não imagina o horror que ele tem de eventos culturais e de entretenimento saudável.

— Raúl, Raúl — disse López. — Você morre de vontade de ir lá se despir a dois metros dele.

— São mais de três metros, Jamaica John.

— Venha — ele disse mais uma vez, mas Paula o olhou firme, negando-se, pensando que Raúl merecia que ela se negasse agora e que esperasse até saber se ele também tirava do baralho a carta da sorte. Era perfeitamente inútil, era cruel para Jamaica John e para ela: era o que menos desejava no mundo e numa hora dessas. Por isso agia assim, para pagar uma dívida vaga e obscura que não constava em nenhum livro-caixa; como uma absolvição, uma esperança de voltar atrás e encontrar as origens, quando ainda não era essa mulher que agora se negava envolvida por uma onda de desejo e de ternura. Agia assim por Raúl mas também por Jamaica John, para um dia poder lhe dar alguma coisa que não fosse uma derrota antecipada. Pensou que com gestos tão incrivelmente estúpidos se abriam talvez as portas que toda a malignidade da inteligência não era capaz de vencer. E o pior era que ia ter que lhe pedir de novo o lenço e que ele ia negá-lo, furioso e ressentido, antes de ir dormir sozinho, amargo de tabaco sem vontade.

— Ainda bem que te reconheci. Por pouco não te racho a cabeça. Agora lembro que tinha te prevenido.

Felipe se remexeu desconfortável no banquinho onde havia acabado de se sentar.

— Já falei que vim te procurar. Não estava no outro camarote, vi a porta aberta e quis saber se...

— Ora, não tem problema, garoto. *Here's to you.*

— *Prosit* — disse Felipe, engolindo o rum como um homem. — É bem bom seu camarote. Eu achava que os marinheiros dormiam todos juntos.

— Às vezes vem Orf, quando se enche dos chineses que tem no camarote dele. Olha, não é ruim, não, o teu fumo. Um pouco fraco ainda, mas muito melhor que aquela porcaria que fumava ontem. Vamos encher outro cachimbo, que acha?

— Vamos — disse Felipe, meio sem vontade. Olhava a cabine de paredes sujas, com fotografias de homens e mulheres presas com tachinhas, um calendário no qual três passarinhos levavam pelo ar um fiapo dourado, os dois colchões atirados no chão num canto, um sobre o outro, a mesa de ferro, com demãos sucessivas de tinta que havia acabado por se acumular em algumas partes das pernas, dando a impressão de que ainda estava fresca e escorrendo. Um armário aberto de par em par deixava ver um relógio pendurado num prego, camisetas esfarrapadas, um chicote curto, garrafas cheias e vazias, copos sujos, uma almofadinha violeta para alfinetes. Encheu de novo o cachimbo com mão insegura; o rum era diabolicamente forte e Bob já tinha enchido o copo de novo. Tentava não olhar as mãos de Bob, que o faziam pensar em aranhas peludas; mas em compensação gostava da cobra azul do antebraço. Perguntou se as tatuagens eram dolorosas. Não, de jeito nenhum, mas tinha que ter paciência. Também dependia da parte do corpo que se tatuasse. Conhecia um marinheiro de Bremen que havia tido a coragem de... Felipe escutava, espantado, ao mesmo tempo se perguntando se na cabine haveria alguma ventilação, porque a fumaça e o cheiro do rum saturavam cada vez mais o ar, já começava a ver Bob como se houvesse uma cortina de gaze entre ambos. Bob explicava, olhando-o afetuosamente, que o melhor sistema de tatuagem era o dos japoneses. A mulher que tinha no ombro direito havia sido tatuada por Kiro, um amigo seu que também se ocupava com tráfico de ópio. Tirando a camiseta com um gesto lento e quase elegante, deixou que Felipe visse a mulher sobre o ombro direito, as duas flechas e o violão, a águia que abria umas asas enormes e lhe cobria o tórax quase por completo. Para a águia havia tido que tomar um porre, porque a pele era muito delicada em algumas partes do peito, e as espetadas doíam. Felipe tinha pele sensível? Sim, enfim, um pouco, como todo mundo. Não, como todo mundo, não, porque isso variava conforme as raças e os ofícios. Esse fumo inglês era muito bom, realmente, valia a pena continuar fumando e bebendo. Não importava que não tivesse muita vontade, sempre acontecia isso no meio da coisa, bastava insistir um pouco pra se encontrar o prazer de novo. E o rum era suave, um rum branco muito suave e perfumado. Outro copinho e ia lhe mostrar um álbum com fotos de viagem. A bordo quem tirava as fotos era quase sempre Orf, mas também tinha muitas que as mulheres dos portos de escala haviam dado pra ele, as mulheres gostam de dar fotos, algumas bastante... Mas antes iam brindar por aquela amizade. *Sa.* Um bom rum, muito suave e perfumado, que caía perfeitamente com o fumo inglês. Fazia calor, claro, estavam muito perto da casa de máquinas. Não precisava imitá-lo e tirar a camisa, a questão era ficar à vontade e continuar falando como velhos amigos. Não, a troco de que falava em abrir a porta, afinal a fumaça não ia sair da cabine, mas em troca se alguém o encontrasse nessa parte do barco... Estavam muito bem assim, sem nada que fazer, batendo papo e bebendo. Por que tinha que se preocupar, ainda era muito cedo, a menos que sua mãe o andasse procurando... Ora, não precisava ficar chateado, era uma brincadeira, sabia muito bem que fazia a bordo o que lhe dava na telha, como tinha que ser. A fumaça? Sim, talvez houvesse um pouco de fumaça, mas quando a gente está fumando um fumo fenomenal como esse valia a pena respirá-lo mais e mais. E outro copinho de rum pra misturar os sabores que iam tão bem juntos. Mas é claro, fazia um pouco de calor, já tinha dito antes que tirasse a camisa. Assim, garoto, sem chororô. Sem correr pra porta, assim, bem quietinho, porque sem querer a gente pode se machucar, não é mesmo? E com uma pele realmente tão suave, quem poderia ter imaginado que um garoto tão bom não compreendesse que era melhor ficar quieto e não lutar pra escapar, correr pra porta quando se podia estar tão bem na cabine, aí nesse canto com os colchões tão macios, principalmente se a gente não fazia força pra se soltar, pra evitar que as mãos encontrassem os botões e os fossem soltando um por um, interminavelmente.

— Não deve ser nada — disse Medrano. — Não deve ser nada, Claudia.
Claudia agasalhava Jorge, que de repente havia ficado muito corado e tremia de febre. A sra. Trejo acabava de sair da cabine, depois de garantir que essas indisposições das crianças não eram nada e que Jorge estaria bem pela manhã. Quase sem lhe responder, Claudia havia sacudido um termômetro enquanto Medrano fechava a escotilha e ajeitava as luzes para que não incidissem no rosto de Jorge. Persio andava pelo corredor com cara de enterro, sem coragem de entrar. O médico chegou em cinco minutos e Medrano fez menção de sair da cabine, mas Claudia o reteve com um olhar. O médico era um homem gordo, com ar entre exausto e aborrecido. Mal arranhava o francês, e examinou Jorge sem levantar a vista de seu corpo, pedindo de repente uma colher, tomando o pulso e flexionando as pernas como se ao mesmo

tempo estivesse muito longe dali. Cobriu Jorge, que resmungava entre dentes, e perguntou a Medrano se era o pai do menino. Quando viu seu gesto negativo se virou surpreso para Claudia, como se na realidade a visse pela primeira vez.

— *Eh bien, madame, il faudra attendre* — disse, encolhendo os ombros. — *Pour l'instant je ne peux pas me prononcer. C'est bizarre, quand même...*

— O tifo? — perguntou Claudia.

— *Mais non, allons, c'est pas du tout ça!*

— Mas afinal de contas há tifo a bordo, ou não? — perguntou Medrano. — *Vous avez eu des cas de typhus chez vous, n'est-ce pas?*

— *C'est à dire...* — começou o médico. Não havia certeza absoluta de que se tratasse do tifo 224, no máximo uma manifestação benigna que não inspirava maiores preocupações. Se a senhora permitisse, ia se retirar e lhe enviaria pelo maître os medicamentos para o menino. Na sua opinião, parecia se tratar de uma congestão pulmonar. Se a temperatura passasse de trinta e nove e meio deveriam avisar o maître, que por sua vez...

Medrano sentia as unhas cravarem na palma das mãos. Quando o médico saiu, depois de tranquilizar Claudia mais uma vez, esteve a ponto de ir atrás dele e agarrá-lo no corredor, mas Claudia pareceu se dar conta e lhe fez um gesto. Medrano parou na porta, indeciso e furioso.

— Fique, Gabriel, me faça companhia um pouco. Por favor.

— Sim, claro — disse Medrano, confuso. Compreendia que não era hora de forçar a barra, mas lhe custava se afastar da porta, admitir mais uma vez a derrota e talvez a zombaria. Claudia esperava sentada na beira da cama de Jorge, que se agitava delirando e queria tirar as cobertas. Bateram discretamente à porta; o maître trazia duas caixas e um tubo. Na cabine havia uma bolsa para gelo, o médico dissera que em caso de necessidade podiam usá-la. Ele ficaria mais uma hora no bar e estava às ordens para qualquer coisa. Poderia lhes mandar café bem quente pelo garçom, se quisessem.

Medrano ajudou Claudia a dar os primeiros remédios a Jorge, que resistia debilmente, sem reconhecê-los. Bateram na por-

ta; era López, amargo e preocupado, que vinha pedir notícias. Medrano lhe contou em voz baixa o diálogo com o médico.
— Merda, se soubesse eu o tinha agarrado no corredor — disse López. — Acabo de vir do bar e não soube de nada até que Presutti me disse que o médico tinha aparecido por aqui.
— Vai voltar, se for preciso — disse Medrano. — E então, se você achar...
— Claro — disse López. — Me avise antes, se puder. Bom, vou ficar por aí, não vou poder dormir esta noite. Se o cara pensa que o caso de Jorge é sério, então não se deve esperar nem um minuto a mais — baixou a voz para que Claudia não ouvisse. — Duvido que o médico seja mais decente que o resto do bando. São capazes de deixar o garoto piorar desde que não se saiba em terra. Olha, vai ser melhor chamá-lo mesmo que não seja necessário, digamos daqui a uma hora. A gente espera ele ali fora, e dessa vez ninguém vai nos parar até a popa.
— Tudo bem, mas vamos pensar um pouco em Jorge — disse Medrano. — Vai que na tentativa de ajudar a gente acabe causando algum mal. Se erramos o bote e o médico fica do lado de lá, a coisa pode ficar feia.
— Perdemos dois dias — disse López. — É o que se ganha com boa educação e indo na conversa dos velhos pacifistas. Mas você acha que o menino...?
— Não, mas é mais um desejo que outra coisa. Os dentistas não sabem nada de tifo, meu caro. Me preocupa a violência da crise, a febre. Pode não ser nada, chocolate demais, um pouco de insolação. Pode ser a congestão pulmonar de que o médico falou. Enfim, vamos fumar um cigarrinho e aproveitamos pra falar com Presutti e Costa, se estiverem por aí.
Ele se aproximou de Claudia e sorriu. López também sorria para ela. Claudia sentiu a amizade deles e agradeceu, simplesmente olhando-os.
— Volto daqui a pouco — disse Medrano. — Deite-se, Claudia, trate de descansar.
Tudo soava um pouco a algo já discutido, inútil e tranquilizador. Os sorrisos, os passos na ponta dos pés, a promessa de voltar, a confiança de saber que os amigos estavam próximos. Olhou

Jorge, que dormia mais tranquilo. A cabine parecia ter crescido subitamente, e restara um vago perfume de cigarro, como se Gabriel não tivesse saído de todo. Claudia apoiou o rosto numa das mãos e fechou os olhos; mais uma vez velaria o sono de Jorge. Persio devia andar por perto como um gato silencioso, a noite se moveria interminavelmente lenta até a chegada da manhã. Um barco, a rua Juan Bautista Alberdi, o mundo; Jorge estava ali, doente, entre milhões de Jorges doentes em todos os pontos da terra, mas agora o mundo era apenas um menino doente. Se León estivesse com eles, eficaz e seguro, descobriria o mal aos primeiros sinais, freando-o sem perder um minuto. Coitado do Gabriel, inclinando-se sobre Jorge com a cara dos que não compreendem nada; mas ajudava-a saber que Gabriel estava aí, fumando no corredor, esperando com ela. A porta se entreabriu. Agachando-se, Paula tirou os sapatos e esperou. Claudia fez um sinal para que se aproximasse, mas ela avançou apenas até uma poltrona.

— Ele não ouve nada — disse Claudia. — Venha, sente-se aqui.

— É só um instantinho, já veio gente demais incomodar você. Todo mundo gosta muito do seu filhote.

— Meu filhote com trinta e nove de febre.

— Medrano me falou do médico, estão aí fora montando guarda. Posso ficar com você? Por que não se deita um pouco? Eu não tenho sono, e se Jorge acordar prometo chamá-la em seguida.

— Fique, claro, mas eu também não tenho sono. Podemos conversar.

— Sobre as coisas sensacionais que acontecem a bordo? Trago o último boletim.

"Cadela, cadela desgraçada", pensou enquanto falava, "se espojando no que vai dizer, saboreando o que ela vai perguntar..." Claudia olhava as mãos de Paula, que as escondeu de repente, começou a rir baixinho, então deixou outra vez as mãos nos braços da poltrona. Se tivesse tido uma mãe como Claudia, mas, é claro, teria odiado Claudia como odiava a sua. Tarde demais para pensar numa mãe ou mesmo numa amiga.

— Conte — disse Claudia. — Ajuda a passar o tempo.
— Ora, não é nada sério. Os Trejo estão à beira da histeria porque o garoto sumiu. Disfarçam, mas...
— Não estava no bar, agora me lembro. Acho que Presutti andou procurando por ele.
— Primeiro Presutti e depois Raúl. Cadela.
— Ora, não deve andar longe — disse Claudia, indiferente.
— Às vezes os rapazes aprontam alguma... Vai ver resolveu passar a noite no convés.
— Talvez — disse Paula. — Ainda bem que não sou tão histérica como eles e posso observar que Raúl também sumiu do mapa.

Claudia olhou para ela. Paula havia esperado seu olhar e o recebeu com cara de pau, inexpressiva. Alguém ia e vinha pelo corredor, no silêncio os passos abafados pelo linóleo se destacavam um depois do outro, mais perto, mais longe. Medrano, ou Persio, ou López, ou o nervoso Presutti, realmente preocupado com Jorge.

Claudia baixou os olhos, repentinamente fatigada. A alegria que havia sentido ao ver Paula se perdia num segundo, substituída por um desejo de não saber mais nada, de não aceitar essa nova contaminação ainda não formulada, pendente de uma pergunta ou de um silêncio capaz de explicar tudo. Paula havia fechado os olhos e parecia indiferente ao que pudesse acontecer, mas sem mais nem menos mexia os dedos, tamborilando sem ruído nos braços da poltrona.

— Ora, vamos, não pode ser ciúme — disse como para si mesma. — Tenho tanta pena deles.
— Vá, Paula.
— Sim, claro. Agora mesmo — disse Paula, levantando-se bruscamente. — Me perdoe. Vim para outra coisa, queria acompanhar você. Por puro egoísmo, porque você me faz bem. Em compensação...
— Em compensação nada — disse Claudia. — Outro dia podemos falar, claro. Agora vá dormir. Não se esqueça dos sapatos.

Obedeceu, saiu sem se virar uma só vez.

* * *

    Pensou que era interessante como uma certa ideia do método pode levar a agir de determinada maneira, mesmo sabendo perfeitamente que se perde tempo. Não ia encontrar Felipe no convés, no entanto o percorreu lentamente, primeiro por bombordo e depois por estibordo, parando na parte com o toldo para acostumar os olhos à escuridão, explorando a área vaga e confusa dos ventiladores, dos rolos de corda e dos cabrestantes. Quando subiu de novo, ouvindo ao passar os aplausos que vinham do bar, estava decidido a bater na porta da cabine número 5. Uma negligência quase desdenhosa, como de quem tem todo o tempo pela frente, se misturava simultaneamente a um inconfessado nervosismo por encontrar Felipe e por adiar o momento. Negava-se a acreditar (mas o sentia, e era mais profundo, como sempre) que a ausência de Felipe fosse um sinal de perdão ou de guerra. Tinha certeza de que não ia encontrá-lo na cabine, mas chamou duas vezes e acabou por abrir a porta. As luzes acesas, ninguém dentro. A porta do banheiro estava aberta de par em par. Saiu de novo rapidamente, tinha medo de que a irmã ou o pai viessem procurá-lo e o apavorava a ideia do escândalo barato, o por-que-você-está-numa-cabine-que-não-é-a-sua, todo o repertório insuportável. De repente era o despeito (já então, por baixo de tudo, enquanto andava displicente pelo convés, adiando o baque), porque mais uma vez Felipe o tinha enganado indo por conta própria explorar o barco, reivindicando seus direitos ofendidos. Não havia nenhum sinal, não havia nenhuma trégua. A guerra declarada, talvez o desprezo. "Dessa vez vou bater nele", pensou Raúl. "Que vá à merda, mas pelo menos vai ter uma boa lembrança." Percorreu quase correndo o trecho que o separava da escadinha do passadiço central e se atirou pra baixo de dois em dois degraus. E no entanto era tão criança, tão bobo; quem sabe se no fim desses desaforos todos não esperaria a reconciliação envergonhada, talvez com condições, com limites precisos, amigos sim, mas nada mais, você se enganou comigo... Porque era estúpido pensar que tudo estava perdido, no fundo Paula tinha razão. Não se podia chegar a eles com a verdade na boca e nas mãos, era preciso lábia, corromper (mas a palavra não tinha o sentido que o uso lhe dava); talvez assim, um dia, muito antes do fim da viagem, talvez assim... Paula estava certa, sabia disso desde o primeiro instante e no entanto tinha errado na tática. Como não se aproveitar dessa fatalidade que havia em Felipe, inimigo de si mesmo, pronto a ceder acreditando que resistia. Ele todo era desejo e interrogação, bastava expurgá-lo suavemente da educação doméstica, dos slogans da turma, da convicção de que umas coisas estavam certas e outras erradas, deixá-lo correr e depois puxar suavemente a rédea, dar razão a ele e ao mesmo tempo inspirar a dúvida, abrir uma nova visão das coisas, mais flexível e ardente. Destruir e construir nele, matéria plástica maravilhosa, dar tempo ao tempo, suportar a delícia do tempo, da espera, e colher na hora certa, exatamente na hora marcada e decidida.

Não havia ninguém na câmara. Raúl olhou a porta do fundo e hesitou. Não, não podia ser, era muita audácia se... Mas, sim, podia ser. Experimentou a porta, entrou no corredor. Viu a escada. "Chegou à popa", pensou atônito. "Chegou à popa antes de nós todos." Seu coração batia como um morcego solto. Sentiu o cheiro do fumo e o reconheceu. Pelas juntas da porta da esquerda se filtrava uma luz fosca. Abriu-a lentamente, olhou. O morcego se arrebentou em mil pedaços, numa explosão que esteve a ponto de cegá-lo. Os roncos de Bob começaram a marcar o silêncio. Deitada entre Felipe e a parede, a águia azul levantava e baixava ofegantemente as asas a cada ronco. Uma perna peluda, cruzada sobre as de Felipe, mantinha-o preso num laço ridículo. Sentia-se o cheiro de vômito, de fumo e de suor. Os olhos de Felipe, desmesuradamente abertos, olhavam sem ver Raúl parado na porta. Bob roncava cada vez mais forte, fez um movimento como se fosse acordar. Raúl deu dois passos e apoiou uma das mãos na mesa. Somente então Felipe o reconheceu. Levou as mãos ao ventre, estupidamente, e tentou se livrar pouco a pouco do peso da perna que acabou escorregando enquanto Bob se agitava balbuciando alguma coisa e todo o seu corpo seboso tremia como num pesadelo. Sentando-se na beira dos dois colchões, Felipe estendeu a mão em busca da roupa, tateando num assoalho encharcado por seu vômito. Raúl contornou a mesa e com o pé empurrou a roupa espalhada. Sentiu que ele também ia vomitar e recuou até o corredor. Escorado na parede, esperou. A escadinha que levava à popa não estava a mais de três metros, mas não a olhou nem uma só vez. Esperava. Nem conseguia chorar. Deixou que Felipe passasse primeiro e o seguiu. Percorreram a primeira câmara e o passadiço violeta. Quando chegavam à escadinha, Felipe se agarrou no corrimão, se virou para trás e se deixou cair pouco a pouco num degrau.

— Me deixe passar — disse Raúl, imóvel diante dele.

Felipe tapou o rosto com as mãos e começou a soluçar. Parecia muito menor, uma criança crescida que se machucou e não pode disfarçar. Raúl pegou no corrimão e com uma flexão saltou para os degraus superiores. Pensava vagamente na águia azul para ainda segurar a náusea, chegar à cabine sem vomitar nos corredores. A águia azul, um símbolo. Exatamente a águia, um símbolo. Não se lembrava da escada da popa. A águia azul, mas claro, a pura mitologia deliciosamente condensada num *digest* digno desses tempos, águia e Zeus, mas claro, claríssimo, um símbolo, a águia azul.

H

Mais uma vez, quem sabe a última, mas quem poderá dizer; nada é claro aqui, Persio pressente que a hora da conjunção fechou a casa certa, vestiu os bonecos com as roupas certas. Com os olhos libertos, respirando penosamente, sozinho em sua cabine ou na ponte, vê se desenharem os bonecos contra a noite, ajeitarem as perucas, continuarem o sarau interrompido. Consumação, alcance: as palavras mais obscuras caem como gotas de seus olhos, tremem um momento à borda de seus lábios. Pensa: "Jorge", e é uma lágrima verde, enorme, que desliza milímetro a milímetro enroscando-se nos pelos da barba, e por fim se transmuta em sal amargo que não se poderia cuspir em toda a eternidade. Não importava mais prever a popa, o que mais adiante se abre a outra noite, a outros rostos, a uma vontade de portas Stone. Num momento de cálida

vaidade acreditou ser onímodo, vidente, convocado às revelações, e o tomou a certeza obscura de que existia um ponto central de onde cada elemento discordante podia chegar a ser visto como um raio da roda...
   Estranhamente o grande violão se calou na altura, o Malcolm se move sobre um mar de borracha, sob um ar de giz. E como já não prevê nada da popa, e sua vontade manietada pela respiração ofegante de Jorge, pela desolação que arrasa o rosto de sua mãe, cede a um presente quase cego que mal vale por uns metros de ponte ou de amurada contra um mar sem estrelas, talvez então e por isso Persio se concentra na consciência de que a popa é realmente (embora não pareça assim a ninguém) sua visão amarga, seu crispado avanço imóvel, sua tarefa mais necessária e miserável. As jaulas dos macacos, os leões rondando as pontes, o pampa deitado de barriga pra cima, o crescimento vertiginoso dos coihué, irrompem e cristalizam agora nos bonecos que já ajustaram suas máscaras e suas perucas, as figuras da dança que repetem num barco qualquer as linhas e os círculos do homem do violão de Picasso (que foi de Apollinaire), e também são os trens que saem e chegam às estações portuguesas, entre tantos outros milhões de coisas simultâneas, entre uma infinidade tão pavorosa de simultaneidades e coincidências e entrecruzamentos e rupturas que tudo, se não for submetido à inteligência, desmorona numa morte cósmica; e tudo, se não for submetido à inteligência, se chama absurdo, se chama conceito, se chama ilusão, se chama ver a árvore ao preço da mata, a gota de costas para o mar, a mulher em troca da fuga do absoluto. Mas os bonecos já estão compostos e dançam diante de Persio; endomingados, almofadinhas, alguns são funcionários que no passado despachavam papeladas consideráveis, outros se chamam com nomes de bordo e o próprio Persio está entre eles, rigorosamente calvo e sumério, servidor do zigurate, revisor de provas na Kraft, amigo de um menino doente. Como não vai se lembrar na hora em que tudo parece querer se resolver violentamente, quando as mãos já procuram um revólver numa gaveta, quando alguém de bruços chora numa cabine, como Persio, o erudito, não vai se lembrar dos homens de madeira, da estirpe lamentável dos bonecos iniciais? A dança no convés é canhestra como se dançassem legumes ou peças

mecânicas; a madeira insuficiente de uma criação torva e avara range e bamboleia a cada figura, tudo é de madeira, os rostos, as máscaras, as pernas, os sexos, os corações grosseiros onde nada se assenta sem se coagular e granular, as entranhas que amontoam vorazmente as substâncias mais espessas, as mãos que agarram outras mãos para manter de pé o corpo pesado, para terminar o giro. Agoniado de cansaço e desesperança, farto de uma lucidez que não lhe deu mais que outro retorno e outra queda, Persio assiste à dança dos bonecos de madeira, ao primeiro ato do destino americano. Agora serão abandonados pelos deuses descontentes, agora os cachorros e as vasilhas e até os almofarizes de pedra vão se rebelar contra os bisonhos golens condenados, vão cair sobre eles para fazê--los em pedaços, e a dança se complicará de morte, as figuras vão se encher de dentes e de pelos e de unhas; sob o mesmo céu indiferente vão começar a sucumbir as imagens frustradas, e aqui neste instante onde também Persio se eleva pensando num menino doente e numa madrugada turva a dança continuará suas figuras estilizadas, as mãos terão passado pela manicure, as pernas usarão calças, as entranhas terão o gosto do foie gras e do muscadet, os corpos perfumados e flexíveis dançarão sem no entanto saber que dançam a dança de madeira e que tudo é rebelião expectante e que o mundo americano é uma trapaça, mas por baixo trabalham as formigas, os tatus, o clima com ventosas úmidas, os condores com despojos podres, os caciques que o povo ama e apoia, as mulheres que tecem nos saguões ao longo de sua vida, os empregados de banco e os jogadores de futebol e os engenheiros orgulhosos e os poetas obstinados em se acharem importantes e trágicos, e os escritores tristes de coisas tristes, e as cidades manchadas de indiferença. Tapando os olhos onde a popa já penetra como um espinho, Persio sente como o passado inutilmente desmentido e adornado se abraça ao presente que o parodia como os macacos aos homens de madeira, como os homens de carne aos homens de madeira. Tudo o que vai acontecer será igualmente ilusório, a imersão no desencadeamento dos destinos se resolverá numa riqueza de sentimentos favorecidos ou contrariados, de derrotas e vitórias igualmente duvidosas. Uma ambiguidade abissal, uma irresolução insanável no próprio centro de todas as soluções: num pequeno mundo igual a todos os mundos, a todos os trens, a todos os violinistas, a todas as proas e a todas as popas, num pequeno mundo sem deuses e sem homens, os bonecos dançam na madrugada. Por que chora, Persio, por que chora. Com coisas assim às vezes se acende o fogo, de tanta miséria cresce o canto; quando os bonecos morderem seu último punhado de cinza, talvez nasça um homem. Talvez já tenha nascido e você não o vê.

Terceiro dia

40

— Três e cinco — disse López.
O barman havia ido dormir à meia-noite. Sentado atrás do balcão, o maître bocejava de tempos em tempos mas continuava fiel à sua palavra. Medrano, com a boca amarga de cigarro e noite maldormida, se levantou mais uma vez para ir à cabine de Claudia.
Sozinho no fundo do bar, López se perguntou se Raúl havia ido dormir. Estranho que Raúl desertasse numa noite assim. Ele o vira logo depois que levaram Jorge à sua cabine; fumava, escorado no anteparo do corredor de estibordo, um pouco pálido e com ar de cansaço; mas havia reagido de imediato ao clima de excitação geral provocado pela chegada do médico, entrando na conversa até que Paula saiu da cabine de Claudia e os dois foram embora juntos, depois de trocarem umas palavras. Essas coisas todas se desenhavam perversamente na memória de López, que as reconstruía entre um gole e outro de conhaque ou de café. Raúl escorado no anteparo, fumando; Paula que saía da cabine com uma expressão (mas como reconhecer agora as expressões de Paula, a própria Paula?); e os dois que se olhavam como

que surpresos de se encontrar de novo — Paula surpresa e Raúl quase abatido —, até saírem rumo ao passadiço central. Então López havia descido para o convés e ficado mais de uma hora sozinho na proa, olhando a ponte de comando onde não se via ninguém, fumando e se perdendo num vago e quase agradável delírio de raiva e humilhação em que Paula passava como uma imagem de carrossel, uma e outra vez, e a cada passagem ele estendia o braço para bater nela, e o deixava cair e a desejava, de pé e tremendo a desejava e sabia que esta noite não poderia voltar a sua cabine, que era necessário ficar de vigília, embrutecer-se bebendo ou falando, esquecer que uma vez mais ela havia se negado a segui-lo e que estava dormindo ao lado de Raúl ou escutando o relato de Raúl que lhe contaria o que havia acontecido durante o sarau, e então o carrossel girava outra vez e a imagem de Paula nua passava ao alcance de suas mãos, ou Paula com a blusa vermelha, diferente a cada volta. Paula com seu biquíni ou com um pijama que ele não conhecia, Paula nua de novo, estendida de costas contra as estrelas, Paula cantando "Un Jour tu verras", Paula dizendo amavelmente que não, mal mexendo a cabeça de um lado para outro, não, não. Então López tinha ido de novo até o bar para beber, e já fazia duas horas que estava com Medrano, velando.

— Um conhaque, por favor.

O maître desceu da prateleira a garrafa de Courvoisier.

— Sirva um pra você — acrescentou López. Um bom sujeito o maître, era um pouco menos da popa que o resto dos glucídios. — E mais um, que aqui vem meu companheiro.

Medrano fez um gesto negativo da porta.

— É preciso chamar o médico de novo — disse. — O menino está com quase quarenta de febre.

O maître foi ao telefone e discou o número.

— Tome um trago, de qualquer forma — disse López. — Faz um pouco de frio a esta hora.

— Não, meu velho, obrigado.

O maître virou para eles uma cara preocupada.

— Pergunta se teve convulsões ou vômitos.

— Não. Diga que venha logo.

O maître falou, escutou, falou de novo. Desligou com ar contrariado.

— Só vai poder vir mais tarde. Falou pra dobrar a dose do remédio do tubo e medir a febre de novo em uma hora.

Medrano correu para o telefone. Sabia que o número era cinco-seis. Discou-o enquanto López, debruçado no balcão, esperava com os olhos cravados no maître. Medrano discou de novo.

— Sinto muito, senhor — disse o maître. — É sempre a mesma coisa, não gostam de ser incomodados a estas horas. Dá ocupado, não?

Olharam-se, sem responder a ele. Saíram juntos e cada um se meteu em sua cabine. Enquanto carregava o revólver e enchia os bolsos de balas, López se viu no espelho e se achou ridículo. Mas qualquer coisa era melhor que pensar em dormir. Por via das dúvidas vestiu uma jaqueta escura e pegou outro maço de cigarro. Medrano o esperava fora, com uma jaqueta corta-vento que lhe conferia um ar esportivo. A seu lado e piscando de sono, os cabelos desgrenhados, Atilio Presutti era a própria imagem do espanto.

— Avisei o amigo porque, quanto mais gente, mais chances temos de chegar à cabine do rádio — disse Medrano. — Vá buscar Raúl e que ele traga a Colt.

— Merda, deixei a espingarda em casa — se queixou o Pelusa. — Ah, se eu soubesse.

— Fique aqui esperando os outros — disse Medrano. — Já volto.

Entrou na cabine de Claudia. Jorge respirava penosamente e tinha uma sombra azul em volta da boca. Não havia muito o que dizer, prepararam o medicamento e conseguiram que o bebesse. Como se de repente reconhecesse a mãe, Jorge a abraçou chorando e tossindo. Doía o peito, doíam as pernas, tinha uma coisa estranha na boca.

— Logo vai passar, leãozinho — disse Medrano se ajoelhando ao lado da cama e acariciando a cabeça de Jorge, até conseguir que soltasse Claudia e se estendesse de novo, com um gemido e um resmungo.

— Estou mal — disse a Medrano. — Por que não me dá uma coisa que me cure na hora?

— Você tomou agora mesmo, leãozinho. Olha, vai ser assim: num instante você dorme, sonha com o octopato ou com o que mais gosta, e lá pelas nove vai acordar muito melhor e eu venho contar umas histórias pra você.

Jorge fechou os olhos, mais calmo. Só então Medrano se deu conta de que sua mão direita apertava a de Claudia. Ficou quieto, olhando Jorge, deixando que sentisse sua presença que o acalmava, deixando que sua mão apertasse a de Claudia. Quando Jorge respirou mais aliviado, Medrano se ergueu pouco a pouco. Levou Claudia até a porta da cabine.

— Tenho de dar uma saída. Mas volto pra fazer companhia a vocês enquanto precisarem.

— Fique agora — disse Claudia.

— Não posso. É absurdo, mas López está me esperando. Não se preocupe, volto daqui a pouco.

Claudia suspirou e de repente se apoiou nele. Sua cabeça era muito suave contra o ombro dele.

— Não façam besteira, Gabriel. Não façam besteira.

— Não, querida — disse Medrano em voz muito baixa. — Prometo.

Beijou-a nos cabelos, apenas. Sua mão desenhou alguma coisa na face molhada de Claudia.

— Volto logo — repetiu, afastando-se lentamente. Abriu a porta e saiu. O corredor lhe pareceu desfocado, até distinguir a silhueta de Atilio que montava guarda. Sem saber por que olhou seu relógio. Eram três e vinte do terceiro dia de viagem.

Atrás de Raúl vinha Paula metida num roupão vermelho. Raúl e López caminhavam como se quisessem se livrar dela, mas não era tão fácil.

— O que vão fazer, afinal? — perguntou, olhando para Medrano.

— Trazer o médico pela orelha e telegrafar a Buenos Aires — disse Medrano meio chateado. — Por que não vai dormir, Paulita?

— Dormir, dormir, vocês dois só sabem me mandar dormir. Não tenho sono e quero ajudar no que puder.

— Faça companhia a Claudia, então.
Mas Paula não queria fazer companhia a Claudia. Virou-se para Raúl e o olhou fixamente. López havia se afastado, como se não quisesse se intrometer. Já não tinha sido fácil ir até a cabine e bater na porta, ouvir o "entre" de Raúl e encontrá-los no meio de uma discussão da qual os cigarros e os copos eram a prova. Raúl havia aceitado imediatamente se juntar à expedição, mas Paula parecia com raiva porque López o levava, porque iam os dois e a deixavam sozinha, isolada, do lado das mulheres e dos velhos. Havia acabado por perguntar furiosamente qual seria a cretinice da vez, mas López se limitara a encolher os ombros e esperar que Raúl botasse um pulôver e guardasse a pistola num bolso. Raúl fazia isso tudo como se estivesse ausente, como se fosse a imagem de um espelho. Mas tinha de novo no rosto a expressão de ironia decidida de quem não hesita em se arriscar num jogo ao qual no fundo não dá a mínima.

A porta de uma cabine se abriu com violência, e o sr. Trejo fez sua aparição enrolado numa gabardine cinza sob a qual o pijama azul era uma incongruência.

— Eu já estava dormindo, mas ouvi vozes e pensei que talvez o menino continuasse mal — disse o sr. Trejo.

— Tem febre alta, e vamos buscar o médico — disse López.

— Buscar o médico? Mas a troco de que ele não vem por conta própria?

— Não sei, por isso vamos lá.

— Suponho — disse o sr. Trejo, baixando o olhar — que não se observou nenhum novo sintoma que...

— Não. Mas não é hora de perder tempo. Vamos?

— Vamos — disse o Pelusa, a quem a recusa do médico havia acabado de entrar na cabeça com resultados cada vez mais sombrios.

O sr. Trejo ia dizer mais alguma coisa, mas passaram por ele e foram em frente. Não muito, porque já se abria a porta da cabine número 9 e surgia dom Galo enrolado numa túnica, espécie de dalmática, com o motorista ao lado. Dom Galo avaliou a situação com um olhar e levantou a mão ameaçadoramente. Aconselhava os queridos amigos a não perderem a calma a essa hora da madrugada. — Informado pelas vozes do sucedido ao telefone, insistia que as prescrições do galeno deviam bastar por ora, pois do contrário o facultativo teria vindo em pessoa ver o menino, sem contar que...

— Estamos perdendo tempo — disse Medrano. — Vamos.
Dirigiu-se ao passadiço central, e Raúl se pôs a seu lado. Às suas costas ouviam o diálogo veemente do sr. Trejo e dom Galo.

— Você está pensando em descer pela cabine do barman, não?

— Sim, talvez a gente tenha mais sorte dessa vez.

— Conheço um caminho melhor e mais direto — disse Raúl.

— Lembra, López? Vamos ver Orf e seu amigo da tatuagem.

— Claro — disse López. — É mais direto, mas não sei se por ali vai dar na popa. Bom, vamos experimentar.

Entraram no passadiço central quando viram o dr. Restelli e Lucio que vinham do corredor de estibordo, atraídos pelas vozes. O dr. Restelli não precisou de muito para se dar conta do que acontecia. Levantando o dedo indicador com o gesto das grandes ocasiões, ele os deteve a um passo da porta que levava para baixo. O sr. Trejo e dom Galo se juntaram a eles, tagarelas e excitados. Evidentemente a situação era desagradável se, como dizia o jovem Presutti, o médico havia se negado a se fazer presente, mas convinha que Medrano, Costa e López compreendessem que não tinha cabimento expor os passageiros às lógicas consequências de uma ação agressiva tal como a que presumivelmente tentavam perpetrar. Se infelizmente, como certos sintomas faziam presumir, uma manifestação de tifo 224 acabava de se declarar no lado dos passageiros, a única coisa sensata era requerer a intervenção dos oficiais (e para isso havia diversos recursos, tais como o maître e o telefone) a fim de que o simpático doentinho fosse imediatamente transferido para a enfermaria da popa, onde estavam tratando do capitão Smith e dos demais doentes de bordo. Mas não se alcançaria semelhante objetivo com ameaças como as que já tinham sido proferidas nessa manhã, e...

— Ora, doutor, cale a boca — disse López. — Sinto muito, mas eu estou cheio de contemporizar.

— Meu caro amigo!

— Nada de violência! — se esganiçava dom Galo, apoiado pelas exclamações indignadas do sr. Trejo. Lucio, muito pálido, havia ficado para trás e não dizia nada.

Medrano abriu a porta e começou a descer. Raúl e López o seguiram.

— Parem de cacarejar, suas franguinhas — disse o Pelusa, olhando a turma da paz com ar de supremo desprezo. Desceu dois degraus e fechou a porta na cara deles. — Que bando de babacas, *mamma mia*. O guri mal e essa gentalha enchendo o saco com armistílcio. Tenho vontade de encher eles de sopapos!

— Desconfio que logo vai ter uma chance — disse López.

— Bom, Presutti, agora temos de ficar de olho. Se encontrar por aí uma chave-inglesa que sirva de porrete, vai pegando.

Olhou para a câmara da esquerda, às escuras mas evidentemente vazia. Colando-se aos lados, abriram de repente a porta da direita. López reconheceu Orf, sentado num banco. Os dois finlandeses que se ocupavam da proa haviam se instalado perto do gramofone e se preparavam para botar um disco; Raúl, que entrava logo atrás de López, pensou ironicamente que devia ser o disco de Ivor Novello. Um dos finlandeses se ergueu surpreso e avançou com os braços meio abertos, como se fosse pedir uma explicação. Orf não tinha se mexido, mas os olhava entre estupefato e escandalizado.

No silêncio que parecia durar mais do que o normal, viram se abrir a porta do fundo. López já estava a um passo do finlandês que seguia na atitude de quem se dispõe a abraçar alguém, mas quando viu o glucídio que se recortava no marco da porta e os olhava espantado deu outro passo ao mesmo tempo que fazia um gesto para que o finlandês se afastasse. O finlandês fintou ligeiramente para um lado e no mesmo instante o golpeou na mandíbula e no estômago. Quando López desabava no chão, golpeou-o de novo em pleno rosto. A Colt de Raúl apareceu um segundo antes que o revólver de Medrano, mas não houve necessidade de tiros. Com um perfeito senso de oportunidade, o Pelusa se plantou em dois saltos ao lado do glucídio e o meteu na câmara com uma porrada, fechando a porta com um pontapé preciso. Orf e os dois finlandeses levantavam as mãos como se quisessem se pendurar no forro.

O Pelusa se abaixou ao lado de López, levantou a cabeça dele e começou a lhe massagear o pescoço com uma violência preocupante. Depois lhe afrouxou o cinto e lhe fez uma espécie de respiração artificial.

— Filho da puta, pegou ele na boca do estômago. Vou te quebrar a cara, puto de merda! Deixa eu te pegar sozinho, vai ver se não te arrebento, covarde. Que jeito de bater, *mamma mia*!

Medrano se abaixou e tirou o revólver do bolso de López, que começava a se mexer e a piscar.

— Fique com ele, por ora — disse a Atilio. — Que tal, meu velho?

López grunhiu alguma coisa ininteligível e procurou vagamente um lenço.

— Temos que levar todos esses para o nosso lado — disse Raúl, que se sentara num banco e curtia o duvidoso prazer de manter com as mãos levantadas quatro homens que começavam a se cansar. Quando López se ergueu, Raúl viu o nariz dele, o sangue que escorria pelo pescoço, e pensou que Paula ia ter um trabalhão. "Bem feito, já que gosta de bancar a enfermeira", pensou divertido.

— Pois é, a merda é que não podemos continuar deixando esses caras soltos atrás da gente — disse Medrano. — Que acha de tocar o rebanho até a proa, Atilio? E trancar todos em alguma cabine.

— Deixa comigo, senhor — disse Pelusa, esgrimindo o revólver. — Você aí, vai saindo, seu bosta. E vocês. Olho vivo, que meto um chumbo no coco do primeiro que bancar o engraçadinho. Mas vocês me esperam, hein? Não vão sozinho.

Medrano olhou com preocupação para López, que havia se levantado muito pálido e cambaleava. Perguntou se ele não queria ir com Atilio para descansar um pouco, mas López o olhou com raiva.

— Não foi nada — murmurou, passando a mão pela boca. — Eu fico. Já começo a respirar. Caramba, que droga.

Ficou branco e caiu de novo, escorregando contra o corpo do Pelusa, que o segurava. Não havia o que fazer, e Medrano se decidiu. Tocaram o glucídio e os lipídios para o corredor, deixando que o Pelusa quase carregasse López, que praguejava, e percorreram o corredor o mais rapidamente possível. Ao voltar provavelmente encontrariam reforços e talvez armas engatilhadas, mas não havia outra saída.

A reaparição de López ensanguentado, seguido de um oficial e três marinheiros do *Malcolm* com as mãos para cima, não era um espetáculo animador para Lucio e o sr. Trejo, que tinham ficado conversando perto da porta. Ao berro que o sr. Trejo deixou escapar responderam os passos do dr. Restelli e de Paula, seguidos de dom Galo que arrancava os cabelos de um modo que Raúl só tinha visto no teatro. Cada vez mais divertido, botou os primeiros prisioneiros contra a parede e fez um sinal ao Pelusa para que levasse López a sua cabine. Medrano repelia com um gesto a saraivada de gritos, perguntas e repreensões.

— Vamos, para o bar — disse Raúl aos prisioneiros. Fez com que saíssem para o corredor de estibordo, desfilando com não pouco trabalho entre a cadeira de dom Galo e a parede. Medrano seguia atrás, apressando a coisa o máximo que dava, e quando dom Galo, perdida toda a paciência, agarrou-o por um braço e o sacudiu gritando que não ia-consentir-que, decidiu fazer a única coisa possível.

— Todo mundo pra cima — mandou. — Paciência, se não gostam.

Encantado, o Pelusa pegou imediatamente a cadeira de dom Galo e a empurrou para a frente, embora dom Galo se agarrasse aos raios das rodas e girasse a manivela do freio com todas as suas forças.

— Vamos, larga o senhor — disse Lucio, interpondo-se. — O que é isso, ficaram loucos?

O Pelusa soltou a cadeira, agarrou Lucio pelo meio exato do casaco do pijama e o projetou com violência contra o anteparo. O revólver pendia insolentemente de sua outra mão.

— Cai fora, seu frouxo — disse o Pelusa. — Ou vou ter de baixar teu topete a sopapos?

Lucio abriu a boca, fechou-a de novo. O dr. Restelli e o sr. Trejo estavam petrificados, e o Pelusa teve bastante trabalho para os pôr em movimento. Ao pé da escada do bar, Raúl e Medrano esperavam.

Deixando todo mundo alinhado contra o balcão do bar, fecharam à chave a porta que dava para a biblioteca, e Raúl arrancou os fios do telefone com um puxão. Pálido e retorcendo as mãos no melhor estilo servil, o maître havia entregado as chaves sem opor resistência. Às pressas se foram outra vez pelo passadiço e pela escadinha.

— Está faltando o astrônomo, Felipe e o motorista — disse o Pelusa, parando de repente. — Trancamos eles também?

— Não precisa — disse Medrano. — Esses não gritam.

Abriram a porta da câmara sem tomar muitas precauções. Estava vazia — e de repente parecia muito maior. Medrano olhou para a porta do fundo.

— Dá para um corredor — disse Raúl com uma voz sem expressão. — Ao fundo fica a escada que sobe até a popa. É preciso ter cuidado com o camarote da esquerda.

— Mas você já veio aqui? — se espantou o Pelusa.

— Sim.

— Veio e não subiu pra popa?

— Não, não subi — disse Raúl.

O Pelusa o olhou com desconfiança, mas como simpatizava com ele se convenceu de que devia estar meio zonzo por causa de tudo o que tinha acontecido. Medrano apagou as luzes sem comentar nada, e abriram a porta lentamente, avançando às cegas. Quase em seguida viram o brilho do cobre dos corrimões da escada.

— Coitado, coitadinho do meu pirata — disse Paula. — Vem cá, a mamãe vai botar um algodão no seu nariz.

Deixando-se cair na beira da cama, López sentia que o ar lhe entrava muito devagar nos pulmões. Paula, que havia olhado apavorada o revólver que o Pelusa segurava com a mão esquerda, ficou aliviada quando ele foi embora. Depois obrigou López, que estava horrivelmente pálido, a se estender na cama. Foi molhar uma toalha e começou a lavar o rosto dele com muito cuidado. López praguejava em voz baixa, mas ela continuou limpando-o e provocando-o ao mesmo tempo.

— Agora tire essa jaqueta e se deite direito. Você precisa descansar um pouco.

— Não, já estou bem — disse López. — Acha que vou deixar os caras sozinhos, logo agora que...

Quando tentou se levantar, tudo girou de repente. Paula o segurou e dessa vez conseguiu que deitasse de costas. No armário havia um cobertor, e ela cobriu López da melhor forma possível. Suas mãos andaram às cegas por baixo do cobertor, até desamarrar os cadarços dos tênis. López olhava para ela como de longe, com os olhos entreabertos. O nariz dele não tinha inchado, mas havia uma marca violeta embaixo do olho e um tremendo hematoma na mandíbula.

— Ficou uma beleza — disse Paula, se ajoelhando para lhe tirar os tênis. — Agora, sim, você é Jamaica John, meu herói quase invicto.

— Bote alguma coisa aqui — murmurou López, apontando o estômago. — Não consigo respirar. Puta merda, como sou frouxo. Afinal, duas porradas...

— Mas você deu o troco, não? — disse Paula, procurando outra toalha e abrindo a água quente. — Não trouxe álcool? Ah, sim, aqui tem um vidro. Baixe a calça, se puder... Espere, vou ajudar você a tirar essa jaqueta que parece de amianto. Consegue levantar um pouquinho? Se não, se vire, que a gente tira devagarinho.

López deixava tudo com ela, pensando o tempo todo nos companheiros. Não era possível que por causa de um lipídio de merda tivesse de ficar fora de combate. Fechando os olhos, sentiu as mãos de Paula que andavam por seus braços, livrando-o da jaqueta, e que depois desprendiam o cinto, desabotoavam a camisa, punham alguma coisa morna sobre sua pele. Uma ou duas vezes sorriu porque o cabelo de Paula lhe fazia cócegas no rosto. Suavemente as mãos andavam de novo pelo nariz, trocando os algodões. Sem querer, sem pensar, López esticou um pouco os lábios. Sentiu a boca de Paula contra a sua, leve, um beijo de enfermeira. Apertou-a em seus braços, respirando penosamente, e a beijou mordendo-a, até fazê-la gemer.

— Ah, traidor — disse Paula, quando pôde se soltar. — Ah, velhaco. Que tipo de paciente você é?
— Paula.
— Quieto. Não me venha com dengos porque lhe deram uma surra. Não faz nem meia hora e você era uma geladeira último tipo.
— E você? — murmurou López, querendo atraí-la de novo.
— E você? Uma perfeita megera. Como pode dizer...
— Vai me encher de sangue — disse Paula, cruelmente. — Seja um bom menino, meu corsário negro. Não está nem vestido nem pelado, nem na cama nem fora dela... Sabe como é, não gosto das situações ambíguas. Você é meu doente ou o quê? Espere, vou trocar de novo a toalha do estômago. Posso olhar sem ofender meu pudor natural? Sim, posso olhar. Onde está a chave de sua bela cabine?
Cobriu-o até o pescoço com o cobertor e foi molhar as toalhas. López, depois de procurar confusamente nos bolsos da calça, entregou a chave para ela. Via tudo um pouco fora de foco, mas nítido o suficiente para notar que Paula estava rindo.
— Se você se visse, Jamaica John... Já tem um olho completamente fechado, e o outro me olha de um jeito... Mas isto vai lhe fazer bem, espere...
Fechou a cabine à chave e se aproximou torcendo uma toalha. Assim, assim. Estava tudo bem. Mais devagar, um pouco de algodão no nariz, que ainda sangrava. Havia sangue por todos os lados, o travesseiro era um horror, e o cobertor, a camisa branca que López tirava aos safanões. "Olha tudo o que vou ter de lavar", pensou, resignada. Mas uma boa enfermeira... Se deixou abraçar calmamente, cedendo às mãos que a atraíam e a apertavam contra o corpo dele, começavam a correr por ela, que tinha os olhos muito abertos enquanto sentia subir a velha febre, a mesma velha febre que os mesmos velhos lábios inflamariam e aliviariam, alternadamente, ao longo das horas que começavam como as velhas horas, sob os velhos deuses, para se agregar ao velho passado. E era tão bonito e tão inútil.

41

— Me deixe ir na frente, conheço bem esse trecho.

Agachados, colando-se à parede da esquerda, avançaram em fila indiana até que Raúl chegou à porta da cabine. "Deve continuar roncando entre os vômitos", pensou. "Se estiver aí, se nos atacar, dou um tiro nele? E atiro porque nos ataca?" Abriu a porta pouco a pouco e tateou até encontrar o interruptor da luz. Ligou e desligou de novo; apenas ele podia medir o alívio rancoroso de não ver ninguém ali dentro.

Como se seu comando acabasse exatamente nesse ponto, deixou que Medrano fosse o primeiro a subir a escadinha. Colados nele, quase se arrastando sobre os degraus, chegaram à escuridão de uma ponte coberta. Não se via nada além de um metro, entre o céu e as sombras da popa havia apenas uma diferença de grau. Medrano esperou um instante.

— Não se vê nada. Temos que nos meter em algum canto até que amanheça, se continuarmos assim vão nos meter bala à vontade.

— Ali tem uma porta — disse o Pelusa. — Que escuridão, Cristo rei.

Deslizaram para fora da escotilha e em dois saltos chegaram à porta. Estava fechada, mas Raúl bateu no ombro de Medrano para lhe indicar uma segunda porta a uns três metros. O Pelusa chegou primeiro, abriu-a rápido e se abaixou até o chão. Os outros esperaram um segundo antes de se juntar a ele; a porta se fechou sem barulho. Imóveis, escutaram. Não se ouvia respirar, um cheiro de madeira encerada lembrou as cabines da proa. Passo a passo, Medrano foi até a janelinha e puxou a cortina. Acendeu um fósforo e o apagou entre os dedos; a cabine estava vazia.

A chave tinha ficado do lado de dentro. Trancaram a porta e se sentaram no chão para fumar e esperar. Não havia nada a fazer até que amanhecesse. Atilio se preocupava, queria saber se Medrano ou Raúl tinham algum plano. Mas não tinham, simplesmente esperar até que a manhã permitisse entrever a popa, e então abrir caminho como desse até a cabine do rádio.

— Beleza — disse o Pelusa.

Na escuridão, Medrano e Raúl sorriram. Ficaram calados, fumando, até que a respiração de Atilio começou a ficar mais alta. Ombro a ombro, Medrano e Raúl acenderam um novo cigarro.

— A única coisa que me preocupa é que algum glucídio apareça na proa e descubra que prendemos um colega dele e dois lipídios.

— Pouco provável — disse Medrano. — Se até agora não deram as caras mesmo quando os chamamos aos gritos, difícil que de repente resolvam mudar de hábito. Tenho mais medo é do coitado do López, capaz de se achar na obrigação de se reunir com a gente, e está desarmado.

— Seria uma pena — disse Raúl. — Mas não acho que venha.

— Ah.

— Meu caro Medrano, sua discrição é deliciosa. Um homem capaz de dizer: "Ah" em vez de perguntar por que penso assim...

— Na verdade posso imaginar.

— Claro — disse Raúl. — Mas, enfim, acho que gostaria mais da pergunta. Deve ser a hora, esta escuridão cheirando a freixo, ou a perspectiva de que nos rachem a cabeça daqui a pouco... Não é que eu seja particularmente sentimental nem que as confidências me entusiasmem, mas não me incomodaria de lhe dizer o que isso representa pra mim.

— Diga. Mas não levante a voz.

Raúl ficou calado um instante.

— Imagino que deseje uma testemunha, como sempre. Por via das dúvidas, claro; é bem possível que me aconteça alguma coisa desagradável. Ou melhor, um mensageiro, alguém que diga a Paula... Eis a questão: dizer o que para ela? Você gosta de Paula?

— Sim, muito — disse Medrano. — Me dá pena que não seja feliz.

— Ora, alegre-se — disse Raúl. — Embora ache esquisito de minha parte, tenho certeza de que a essa hora Paula está sendo tão feliz quanto pode ser nesta vida. É isso o que o mensageiro teria que dizer a ela, se fosse o caso, como uma expressão de boa sorte. *To Althea, going to the wars* — acrescentou como para si mesmo.

Medrano não disse nada, e por um instante ficaram escutando o ruído das máquinas e algum marulho que lhes chegava de longe. Raúl suspirou, cansado.
— Fico contente de ter conhecido você — disse. — Não acho que a gente tenha muito em comum, fora a preferência pelo conhaque de bordo. Mas estamos aqui, juntos, não se sabe bem por quê.
— Por Jorge, acho — disse Medrano.
— Oh, Jorge... Já havia tantas coisas antes de Jorge.
— É verdade. Talvez Atilio seja o único que realmente está aqui por Jorge.
— *Right you are.*
Estendendo a mão, Medrano puxou um pouco a cortina. O céu começava a empalidecer. Perguntou-se se aquilo tudo teria algum sentido para Raúl. Esmagando cuidadosamente a bagana contra o assoalho, ficou olhando a tênue fenda cinzenta. Era preciso acordar Atilio, se preparar para sair. "Já havia tantas coisas antes de Jorge", havia dito Raúl. Tantas coisas, mas tão vagas, tão embrulhadas. Para os outros seria como para ele, de repente dominado por um acúmulo confuso de lembranças, de fugas súbitas em todas as direções? A forma da mão de Claudia, a voz de Claudia, a busca de uma saída... Lá fora clareava pouco a pouco, e ele gostaria que sua ansiedade também saísse para o dia ao mesmo tempo, mas nada era certo, nada estava garantido. Desejou voltar para Claudia, olhá-la longamente nos olhos, procurar ali uma resposta. Isso ele sabia, pelo menos disso ele tinha certeza, a resposta estava em Claudia mesmo que ela o ignorasse, mesmo que também acreditasse estar condenada a perguntar. Assim, alguém manchado por uma vida incompleta podia, no entanto, proporcionar plenitude no momento oportuno, apontar um caminho. Mas ela não estava a seu lado, a escuridão da cabine e a fumaça do cigarro eram a própria matéria de seu desconcerto. Como enfim pôr em ordem tudo aquilo que pensava estar tão ordenado antes de embarcar, criar uma perspectiva onde o rosto deformado de lágrimas de Bettina já não fosse possível, alcançar de alguma maneira o ponto central de onde cada elemento discordante pudesse chegar a ser visto como um raio da roda. Ver a

si mesmo andando, e saber que isso tinha um sentido; amar, e saber que seu carinho tinha um sentido; fugir, e saber que a fuga não seria mais uma traição. Não sabia se amava Claudia, apenas gostaria de estar perto dela e de Jorge, salvar Jorge para que Claudia perdoasse León. Sim, para que Claudia perdoasse León, ou deixasse de amá-lo, ou o amasse ainda mais. Era absurdo, era certo: para que Claudia perdoasse León antes de perdoar a ele, antes que Bettina o perdoasse, antes que outra vez pudesse se aproximar de Claudia e de Jorge para lhes estender a mão e ser feliz. Raúl apoiou a mão no ombro dele. Levantaram-se rapidamente, depois de acordar Atilio. Ouviam-se passos no convés. Medrano girou a chave da porta, que entreabriu. Um glucídio corpulento vinha do convés, com o gorro na mão. O gorro balançava de um lado para outro de sua perna direita; de repente ficou quieto, começou a subir, passou ao lado da cabeça e continuou mais para cima.

— Entra pra dentro — mandou o Pelusa, encarregado de metê-lo na cabine. — Porra, que gordo! Como comem lá em cima nesse barco.

Raúl interrogou brevemente em inglês o glucídio, que respondeu numa mistura de inglês e espanhol. Sua boca tremia, provavelmente nunca havia tido três armas de fogo tão perto do estômago. Compreendeu de imediato o que se passava e concordou. Deixaram que baixasse as mãos, depois de revistá-lo.

— O negócio é o seguinte — explicou Raúl. — Temos que seguir pelo caminho que ele ia tomar, subir outra escada, e bem ao lado está a cabine do rádio. Tem um cara lá a noite toda, mas parece que não está armado.

— Vocês estão de brincadeira, é alguma aposta? Qual é? — perguntou o glucídio.

— Fecha a matraca ou vai acabar na cova — avisou o Pelusa, enfiando-lhe o revólver nas costelas.

— Eu vou com ele — disse Medrano. — Andando rápido pode ser que não nos vejam. Será melhor que vocês fiquem aqui. Se ouvirem tiros, subam.

— Vamos os três — disse Raúl. — Por que temos que ficar aqui?

— Porque quatro é demais, vão nos pegar de saída. Cubram minha retaguarda, no fim das contas não acho que esses caras... — deixou a frase inacabada, olhou o glucídio.

— Vocês ficaram loucos — disse o glucídio.

Atarantado mas obediente, o Pelusa entreabriu a porta e se certificou de que não havia ninguém. Uma luz cinzenta parecia molhar o convés. Medrano botou o revólver no bolso da calça, apontando para as pernas do glucídio. Raúl ia lhe dizer mais alguma coisa mas se calou. Viram os dois sair, subir a escadinha. Atilio, nada satisfeito, ficou olhando para Raúl com um jeito de cachorro obediente que o enterneceu.

— Medrano tem razão — disse Raúl. — Vamos esperar. Você vai ver, ele volta logo, são e salvo.

— Eu podia ter ido, podia — disse o Pelusa.

— Vamos esperar — disse Raúl. — Mais uma vez.

Tudo aquilo tinha jeito de coisa já acontecida, de romance de banca de revista. O glucídio estava sentado ao lado do transmissor, com o rosto suarento e os lábios trêmulos. Escorado na porta, Medrano tinha o revólver numa das mãos e o cigarro na outra; de costas para ele, inclinado sobre os aparelhos, o radiotelegrafista girava os diais e começava a transmitir. Era um rapaz magro e sardento, que havia se assustado e não conseguia se acalmar. "Desde que não me engane", pensou Medrano. Mas esperava que a linguagem que havia usado e a sensação que o outro devia ter nas costas cada vez que pensava no Smith & Wesson fossem suficientes. Aspirou com prazer a fumaça, atento à cena mas ao mesmo tempo tão distante de tudo, deixando apenas o rosto para edificação do glucídio que o olhava apavorado. Pela janelinha da esquerda entrava pouco a pouco a luz, abrindo caminho na precária iluminação artificial da cabine. Ao longe se ouviu um assobio e uma frase num idioma que Medrano não entendia. Ouviu a crepitação do transmissor e a voz do radiotelegrafista, uma voz entrecortada por uma espécie de soluço. Pensou na escadinha por onde haviam subido a toda velocidade, ele com seu revólver a cinco centímetros da bunda opulenta do glucídio, a visão instantânea da grande curva da popa vazia, a entrada na cabine, o pulo do radiotelegrafista surpreendido em sua leitura. Pensando bem, era verdade: a popa totalmente vazia. Um horizonte cinzento, o mar como de chumbo, a curva da amurada — e tudo isso havia durado um segundo. O radiotelegrafista entrava em comunicação com Buenos Aires. Ouviu, palavra por palavra, a mensagem. Agora o glucídio implorava com os olhos permissão para tirar um lenço do bolso, agora o radiotelegrafista repetia a mensagem. Mas veja só, a popa totalmente vazia, era um fato; sim, e daí? As palavras do rapazinho sardento se misturavam com uma sensação seca e cortante, uma plenitude quase dolorosa nessa compreensão instantânea de que afinal de contas a popa estava totalmente vazia mas que isso não tinha importância, que não tinha mais importância alguma porque o que importava era outra coisa, algo inapreensível que buscava se mostrar e se definir na sensação que o exaltava cada vez mais. De costas para a porta, cada tragada de fumaça era como uma cálida aquiescência, um começo de reconciliação que levava embora os restos daquele longo mal-estar de dois dias. Não se sentia feliz, tudo estava muito depois ou à margem de qualquer sentimento comum. Quem sabe como uma música entre dentes ou simplesmente um cigarro bem aceso e bem fumado. O resto — mas o que podia importar o resto agora que começava a fazer as pazes consigo mesmo, a sentir que esse resto já não se alinharia mais como a antiga ordenação egoísta? "Vai ver, a felicidade existe e é outra coisa", pensou Medrano. Não sabia por quê, mas estar ali, com a popa à vista (e totalmente vazia), lhe dava alguma segurança, algo como um ponto de partida. Agora que ela estava longe, sentia Claudia a seu lado, era como se começasse a merecê-la a seu lado. Tudo o que havia acontecido antes contava tão pouco, a única coisa enfim verdadeira havia sido essa hora de ausência, esse balanço na sombra enquanto esperava com Raúl e Atilio, um acerto de contas de que saía tranquilo pela primeira vez, sem razões muito claras, sem méritos nem deméritos, simplesmente reconciliando-se consigo mesmo, botando abaixo o homem velho como um boneco de barro, aceitando a verdadeira face de Bettina embora soubesse que a Bettina perdida em

Buenos Aires jamais teria essa face, pobre garota, a menos que ela também houvesse sonhado alguma vez com um quarto de hotel e tivesse visto avançar seu antigo amante esquecido, se por sua vez o tivesse visto como ele a tinha visto, como só se pode ver o frívolo numa hora que não está nos relógios. E assim tudo passava — e doía e lavava.

 Quando notou a sombra na janelinha, o rosto do glucídio que revirava os olhos aterrorizado, levantou a arma com desânimo, à espera de que a brincadeira de criança não acabasse em choro. A bala pegou muito perto de sua cabeça, ouviu o radiotelegrafista guinchar e em dois saltos passou ao lado dele e se abrigou na outra ponta da mesa de transmissão, gritando ao glucídio que não se mexesse. Distinguiu um rosto e um brilho de níquel na janelinha; atirou, apontando baixo, e o rosto desapareceu enquanto se ouviam duas ou três vozes diferentes gritar e falar. "Se fico aqui, Raúl e Atilio vão subir atrás de mim e vão ser liquidados", pensou. Passando atrás do glucídio, levantou-o com o cano do revólver e o fez andar até a porta. Inclinado sobre os diais, o radiotelegrafista tremia e murmurava, procurando alguma coisa numa gaveta baixa. Medrano gritou uma ordem e o glucídio abriu a porta. "No fim não estava tão vazia", chegou a pensar, divertido, empurrando para fora o grandalhão trêmulo. Embora a mão do radiotelegrafista tremesse, foi fácil para ele apontar para o meio das costas e atirar três vezes seguidas, antes de soltar o revólver e se pôr a chorar como o garotinho que era.

 Ao primeiro disparo, Raúl e o Pelusa tinham saído a toda da cabine. O Pelusa chegou antes à escadinha. Ao nível dos últimos degraus esticou o braço e começou a atirar. Os três lipídios colados à parede da cabine do rádio se atiraram no chão, um deles com uma bala na orelha. Na porta da cabine o glucídio gordo havia levantado as mãos e gritava horrivelmente numa língua ininteligível. Raúl cobriu todo mundo com a pistola e obrigou os lipídios a se levantar, depois de tirar as armas deles. Era realmente incrível que o Pelusa tivesse podido assustá-los com tanta facilidade; não tinham nem tentado reagir. Gritando para ele que os mantivesse quietos contra a parede, entrou na cabine saltando por cima de Medrano caído de bruços. O radiotelegrafista fez menção de pegar de novo o revólver, mas Raúl o jogou longe com um pontapé e começou a lhe dar uns tapas na cara, de um lado e de outro, enquanto repetia a cada vez a mesma pergunta. Quando ouviu a resposta afirmativa, bateu nele mais uma vez, agarrou o revólver e saiu para o convés. O Pelusa entendia sem necessidade de palavras: agachando-se, levantou Medrano e andou em direção à escadinha. Raúl lhe cobria a retirada, temendo uma bala a cada passo. Não encontraram ninguém na ponte inferior, mas se ouviam gritos em algum outro lugar. Desceram as duas escadinhas e conseguiram chegar à câmara dos mapas. Raúl encostou a mesa contra a porta; já não se ouviam os gritos, provavelmente os lipídios não se encorajavam a atacá-los antes de contar com reforços suficientes.

Atilio havia estendido Medrano sobre umas lonas e olhava com olhos arregalados para Raúl, que se ajoelhou no meio dos respingos de sangue. Fez o que se esperava nesses casos, mas sabia desde o começo que era inútil.

— Quem sabe ainda escapa — dizia Atilio, transtornado. — Meu Deus, que hemorragia de sangue. Precisa chamar o médico.

— É tarde — murmurou Raúl, olhando o rosto vazio de Medrano. Tinha visto os três buracos nas costas, uma das balas havia saído perto do pescoço e por ali escorria quase todo o sangue. Nos lábios de Medrano havia um pouco de espuma. — Pegue Medrano de novo e vamos lá. Temos de levá-lo pra sua cabine.

— Então está morto mesmo? — disse o Pelusa.

— Sim, meu velho, está morto. Espere, vou te ajudar.

— Deixa pra lá, não pesa nada. Vai que acorda lá; quem garante que é tão sério?

— Vamos — repetiu Raúl.

Agora Atilio andava mais devagar pelo passadiço, procurando evitar que o corpo batesse nos anteparos. Raúl o ajudou a subir. Não havia ninguém no corredor de bombordo, e Medrano havia deixado sua cabine aberta. Estenderam-no na cama, e o Pelusa se jogou numa poltrona, ofegante. Dali a pouco começou a chorar — chorava estertorosamente, cobrindo o rosto com as duas mãos, e de vez em quando tirava um lenço e se assoava com uma espécie de berro. Raúl olhava o rosto inexpressivo de Medrano, à espera, contagiado pela esperança já extinta de Atilio. A hemorragia tinha parado. Foi até o banheiro, trouxe uma toalha molhada e limpou os lábios de Medrano, levantou a gola da jaqueta corta-vento para tapar a ferida. Lembrou que nesses casos não se deve perder tempo e logo cruzar as mãos sobre o peito; mas sem saber por quê, se limitou a estender os braços dele até que as mãos descansassem sobre as coxas.

— Filhos de uma puta, sacanas — dizia o Pelusa, se assoando. — O que ele tinha feito pra eles, hein? Me diga. Afinal a gente foi pelo guri, a gente só queria mandar o telegrama. E agora...

— O telegrama já chegou ao destino, pelo menos isso não puderam impedir. Você tem a chave do bar, não? Solta todo mundo e conta o que aconteceu. Tenha cuidado com os do barco, eu fico montando guarda no corredor.

O Pelusa abaixou a cabeça, se assoou mais uma vez e saiu. Parecia incrível que quase não houvesse se manchado com o sangue de Medrano. Raúl acendeu um cigarro e se sentou aos pés da cama. Olhava o anteparo que separava a cabine da outra ao lado. Levantando-se, se aproximou e começou a bater suavemente, depois com mais força. Sentou-se de novo. De repente se deu conta de que haviam estado na popa, na famosa popa. Mas que havia na popa no final das contas?

"E eu com isso?", pensou, encolhendo os ombros. Ouviu a porta da cabine de López se abrir.

42

Como era de imaginar, o Pelusa encontrou as senhoras no corredor de estibordo, todas elas em diversos graus de histeria. Durante meia hora haviam feito de tudo para abrir a porta do bar e pôr em liberdade os prisioneiros clamorosos, que continuavam dando murros e pontapés. Escorados na escadinha do convés, Felipe e o motorista de dom Galo acompanhavam a cena sem muito interesse.

Quando viram Atilio no corredor, dona Pepa e dona Rosita se precipitaram descabeladas, mas ele as repeliu sem nem mexer os lábios e começou a abrir caminho. A sra. Trejo, monumento de virtude ultrajada, cruzou os braços diante dele e o fulminou com um olhar reservado até então apenas ao marido.

— Monstros, assassinos! O que vocês fizeram, seus amotinados?! Vira esse revólver pra lá, estou dizendo!

— Me deixe passar, dona — disse o Pelusa. — Primeiro, ficam aí se esgoelando que é preciso soltar o pessoal e depois ficam atravancando o caminho. E aí, qual vai ser?

Desprendendo-se das mãos crispadas de sua mãe, a Nelly se atirou sobre Pelusa.

— Vão te matar, vão te matar! Por que fizeram isso? Agora os oficiais chegam e vão prender a gente!

— Não diga asneira — disse o Pelusa. — Isso não é nada. Se você soubesse o que aconteceu... Melhor deixar pra lá.

— Tem sangue na tua camisa! — bradou a Nelly. — Mamãe, mamãe!

— Vamos, me deixe passar — disse o Pelusa. — Esse sangue é do sr. López, quando deram umas porrada nele. Não venha bancar a Mecha Ortiz, por favor.

Afastou-as com o braço livre e subiu a escadinha. De baixo as senhoras redobraram a gritaria ao ver que empunhava o revólver antes de meter a chave na fechadura. De repente se fez um grande silêncio e a porta se abriu de par em par.

— Devagarinho — disse Atilio. — Você, sai primeiro e não se faça de louco porque te meto chumbo no bucho.

O glucídio olhou para ele como se lhe custasse compreender e desceu rapidamente. Viram que ele ia em direção a uma das portas Stone, mas toda a atenção se concentrava no sucessivo surgimento do sr. Trejo, do dr. Restelli e de dom Galo, recebidos diversamente com alaridos, choros e comentários aos berros. Lucio saiu por último, olhando Atilio com ar de desafio.

— Não banque o valente — disse o Pelusa para ele. — Agora não posso te atender, mas depois, se quiser, guardo o berro e te quebro a cara, pode crer.

— Quebra uma pinoia — disse Lucio, descendo a escada.

Nora olhava para ele sem coragem de dizer nada. Ele a pegou pelo braço e quase a arrastou até a cabine.

O Pelusa deu uma olhada dentro do bar, o maître imóvel atrás do balcão, e desceu metendo o revólver no bolso direito da calça.

— Calem a boca — disse, parando no segundo degrau. — Não estão vendo que tem um guri doente? Depois querem que a febre dele não suba.

— Monstro! — gritou a sra. Trejo, que se afastava com Felipe e o sr. Trejo. — Isso não vai ficar assim! Vocês vão para o porão com algemas e correntes, como os criminosos que são, sequestradores, mafiosos!

— Atilio! Atilio! — bradava a Nelly, convulsiva. — Mas o que aconteceu, por que você trancou esses senhores?

O Pelusa ia abrir a boca para dizer a primeira coisa que lhe passasse pela cabeça, que era um esporro em regra. Mas ficou quieto, apertando o revólver com o cano virado para o chão. Vai ver, era porque estava de pé no segundo degrau, mas de repente se sentia acima desses gritos, dessas perguntas, do ódio explodindo em pragas e recriminações. "Deixa pra lá, melhor ir ver o guri", pensou. "Tenho de dizer pra mãe dele que no fim das contas a gente mandou o telegrama."

Passou sem falar no meio de um conglomerado de mãos estendidas e bocas abertas; de longe quase se poderia pensar que essas mulheres o aclamavam, acompanhando-o em triunfo.

Persio acabara adormecendo, recostado na cama de Claudia. Quando começou a amanhecer, Claudia jogou um cobertor sobre as pernas dele, olhando com gratidão sua figura miúda, suas roupas novas mas já amarrotadas e um pouco sujas. Se aproximou da cama de Jorge e observou sua respiração. Jorge dormia calmamente depois da terceira dose do remédio. Bastou tocar na testa dele para se tranquilizar. Sentiu de repente um cansaço como de muitas noites sem dormir; mas ainda não queria se deitar ao lado do filho, sabia que logo alguém viria com notícias ou com a repetição dos mesmos episódios, os absurdos labirintos onde seus amigos haviam vagado durante quarenta e oito horas sem saber bem por quê.

O rosto arroxeado de López assomou na porta entreaberta. Claudia não se surpreendeu por ele não ter batido, nem mesmo lhe chamou a atenção ouvir que as mulheres gritavam e falavam no corredor de estibordo. Fez um aceno com a mão, convidando-o a entrar.

— Jorge está melhor, dormiu quase duas horas seguidas. Mas você...

— Ora, não é nada — disse López, tocando a mandíbula. — Dói um pouco quando falo, por isso vou falar pouco. Que bom que Jorge está melhor. Mas, enfim, o pessoal deu um jeito de mandar um radiograma a Buenos Aires.

— Que absurdo — disse Claudia.

— Sim, agora parece absurdo.

Claudia baixou a cabeça.

— Pois é, o que está feito está feito — disse López. — O problema é que houve tiros, porque os da popa não quiseram deixar que passassem. Parece mentira, a gente mal se conhece, uma amizade de dois dias, se se pode falar em amizade, e no entanto...

— Aconteceu alguma coisa com Gabriel?

A afirmação já estava na pergunta; López só precisou ficar em silêncio e olhá-la. Claudia se levantou com a boca entreaberta. Estava feia, quase ridícula. Deu um passo em falso, teve que se segurar no espaldar de uma poltrona.

— Foi levado pra cabine dele — disse López. — Eu fico cuidando de Jorge, se quiser.

Raúl, de guarda no corredor, deixou Claudia entrar e fechou a porta. A pistola no bolso começava a incomodá-lo, era absurdo pensar que haveria represália dos glucídios. Fosse como fosse, a coisa teria que acabar aí; no fim das contas não estavam em guerra. Tinha vontade de se aproximar do corredor de estibordo, onde se ouviam os guinchos de dom Galo e as invectivas do dr. Restelli em meio à gritaria das senhoras. "Coitados", pensou Raúl, "que viagem demos a eles..." Viu que Atilio se aproximava timidamente da cabine de Claudia e o seguiu. Sentia na boca o gosto da madrugada. "Seria realmente o disco de Ivor Novello?", pensou, descartando com esforço a imagem de Paula que insistia em voltar. Resignado, deixou que ela surgisse fechando os olhos, vendo-a tal como a tinha visto chegar à cabine de Medrano, atrás de López, enrolada em seu roupão, os cabelos belamente soltos como ele gostava de vê-la pela manhã.

— Enfim, enfim — disse Raúl.

Abriu a porta e entrou. Atilio e López falavam em voz baixa, Persio respirava com uma espécie de assobio que combinava perfeitamente com ele. Atilio se aproximou, fazendo um gesto de silêncio com o dedo.

— O guri está melhor, está sim — murmurou. — A mãe disse que já passou a febre. Dormiu a noite toda.

— Legal — disse Raúl.

— Agora vou pro meu camarote explicar as coisas pra minha noiva e pras velhas — disse o Pelusa. — Estão num estado, *mamma mia*. Arrancando os cabelos.

Raúl olhou-o sair e foi se sentar ao lado de López, que lhe ofereceu um cigarro. De comum acordo, arrastaram as poltronas para longe da cama de Jorge e fumaram um pouco sem falar. Raúl desconfiou que López ia agradecer sua presença nesse momento, a ocasião de acertar as contas e tocar o barco.

— Duas coisas — disse repentinamente López. — Primeiro, me considero culpado pelo que aconteceu. Já sei que é idiota, porque teria acontecido de qualquer jeito ou teria tocado a algum outro, mas agi mal ao ficar enquanto vocês... — a voz falhou, e ele fez um esforço e engoliu saliva. — O que aconteceu é que fui pra cama com Paula — disse, olhando Raúl, que girava o cigarro entre os dedos. — Essa é a segunda coisa.

— A primeira não tem importância — disse Raúl. — Você não estava em condições de acompanhar a expedição, sem falar que não parecia tão arriscada. Quanto à outra, imagino que Paula tenha lhe dito que não me deve nenhuma explicação.

— Explicação não — disse López, confuso. — Mas de qualquer forma...

— Mas de qualquer forma, obrigado. Me parece muito correto de sua parte.

— Mamãe — disse Jorge. — Onde está, mamãe?

Persio deu um pulo e passou do sono aos pés da cama de Jorge. Raúl e López não se mexeram, à espera.

— Persio — disse Jorge, se erguendo. — Sabe o que sonhei? Que caía neve no astro. Juro, Persio, uma neve, uns flocos como... como...

— E aí, se sente melhor? — disse Persio, olhando-o como se temesse se aproximar e quebrar o encantamento.
— Me sinto muito bem — disse Jorge. — Estou com fome. Diga pra mamãe me trazer café com leite. Quem está aí? Oi, tudo bem? Por que estão aqui?
— Por nada — disse López. — Viemos fazer companhia a você.
— Que aconteceu com o seu nariz? Você caiu?
— Não — disse López, levantando. — Me assoei forte demais. Sempre me acontece isso. Até logo, depois venho ver você. Raúl saiu atrás dele. Já era hora de guardar a bendita automática que lhe pesava cada vez mais no bolso, mas primeiro preferiu dar um pulo na escadinha de proa, onde já batia o sol. A proa estava deserta e Raúl se sentou no primeiro degrau e, piscando, olhou o mar e o céu. Estava havia tantas horas sem dormir, bebendo e fumando demais, que o brilho do mar e o vento no rosto lhe doeram; resistiu até se acostumar, pensando que já era tempo de voltar à realidade, se isso era voltar à realidade. "Nada de análise, meu caro", ordenou a si mesmo. "Um banho, um longo banho em sua cabine que agora será apenas para você enquanto durar a viagem, e Deus sabe como vai durar pouco, a menos que eu esteja totalmente enganado." Tomara que não estivesse enganado, porque então Medrano teria se imolado à toa. Para ele, àquela altura pouco importava continuar viajando ou que tudo acabasse numa encrenca maior ainda; a ressaca era grande demais para escolher com liberdade. Talvez quando acordasse, depois do banho, depois de um bom copo de uísque e um dia de sono, seria capaz de aceitar ou recusar; agora dava na mesma um vômito no assoalho, Jorge que acordava curado, três buracos numa jaqueta. Era como ter o baralho de pôquer na mão, numa neutralização total de forças; só quando decidisse, caso decidisse, tirar carta por carta, o curinga, o ás, a rainha e o rei... Respirou profundamente; o mar era de um azul mitológico, da cor que via em alguns sonhos nos quais voava em estranhas máquinas translúcidas. Cobriu o rosto com as mãos e se perguntou se realmente estava vivo. Devia estar, entre outras coisas porque era capaz de perceber que as máquinas do *Malcolm* paravam naquele instante.

* * *

Antes de sair, Paula e López tinham puxado as cortinas da escotilha, e na cabine havia uma luz amarelada que parecia esvaziar o rosto de Medrano de qualquer expressão. Imóvel aos pés da cama, com o braço ainda estendido para a porta como se não acabasse nunca de fechá-la, Claudia olhou para Gabriel. No corredor se ouviam vozes abafadas e passos, mas nada parecia alterar o silêncio total em que Claudia acabava de adentrar, a matéria esponjosa que era o ar da cabine, suas próprias pernas, o corpo estendido na cama, os objetos espalhados, as toalhas atiradas num canto.

Aproximando-se passo a passo, sentou na poltrona que Raúl havia encostado e olhou mais de perto. Poderia falar sem esforço, responder a qualquer pergunta; não sentia nenhum aperto na garganta, não havia lágrimas para Gabriel. Também por dentro tudo era esponjoso, espesso e frio como um mundo de aquário ou de bola de cristal. Era assim: acabavam de matar Gabriel. Gabriel estava ali, morto, esse desconhecido, esse homem com quem tinha falado umas poucas vezes durante uma curta viagem por mar. Não havia nem distância nem proximidade, nada se deixava medir nem contar; a morte entrava nessa cena canhestra muito antes da vida, botando o jogo a perder, aniquilando o pouco sentido que poderia ter nessas horas em alto-mar. Esse homem havia passado parte de uma noite perto da cama de Jorge doente, agora alguma coisa mal girava, uma leve transformação (mas a cabine era tão parecida, o cenógrafo não tinha muitos recursos para mudar a decoração) e de repente era Claudia quem estava sentada perto da cama de Gabriel morto. Toda a sua lucidez e seu bom senso não puderam impedir que durante a noite temesse a morte de Jorge, nessa hora em que morrer parece um risco quase insuperável; e uma das coisas que a tinham devolvido à calma fora pensar que Gabriel andava por aí, tomando café no bar, velando no corredor, procurando a popa onde o médico se escondia. Agora alguma coisa mal girava e Jorge era outra vez uma presença viva, outra vez seu filho de todos os dias, como se não houvesse acontecido nada; uma das muitas doenças de uma criança, as ideias negras da madrugada e do cansaço; como se não houvesse acontecido nada, como se Gabriel tivesse se cansado de velar e estivesse dormindo um pouco, antes de procurar por ela de novo e brincar com Jorge. Via a gola da jaqueta tapando a garganta; começava a distinguir as manchas enegrecidas na lã, o coágulo quase imperceptível na comissura dos lábios. Tudo isso era por Jorge, quer dizer, por ela; essa morte era por ela e por Jorge, esse sangue, essa jaqueta que teve a gola subida e ajeitada por alguém, esses braços colados ao corpo, essas pernas tapadas com um cobertor de viagem, esses cabelos desarrumados, essa mandíbula um pouco levantada enquanto a testa corria para trás como se deslizasse no travesseiro baixo. Não poderia chorar por ele, não tinha sentido chorar por alguém que mal se conhecia, alguém simpático e educado e talvez um pouco apaixonado e em todo caso homem o suficiente para não suportar a humilhação dessa viagem, mas que não era ninguém para ela, apenas umas horas de conversa, uma proximidade virtual, uma mera chance de proximidade, uma mão firme e carinhosa na sua, um beijo na testa de Jorge, uma grande confiança, uma xícara de café muito quente. A vida era essa operação demasiado lenta, demasiado sigilosa para se mostrar em toda sua profundidade; teria sido necessário que acontecessem muitas coisas, ou não acontecesse coisa nenhuma e que fosse isso o que acontecia, teria sido necessário que se encontrassem pouco a pouco, com fugas e retrocessos e mal-entendidos e reconciliações, em todos os planos em que ela e Gabriel se pareciam e se necessitavam. Olhando-o com uma mescla de despeito e recriminação, pensou que ele havia precisado dela e que era uma traição e uma covardia ir embora assim, abandonar-se a si mesmo na hora do encontro. Ralhou com Gabriel, inclinando-se sobre ele sem medo e sem pena, negou-lhe o direito de morrer antes de estar vivo nela, de começar realmente a viver nela. Deixava-lhe um fantoche carinhoso, uma imagem de férias de verão, de hotel, deixava apenas sua aparência e alguns momentos em que a verdade havia lutado para abrir caminho; deixava um nome de mulher que havia sido sua, frases que gostava de repetir, episódios de infância, uma mão ossuda e firme na sua, uma maneira arisca de sorrir e de não perguntar. Ia embora como se tivesse medo, escolhia a mais vertiginosa das fugas, a da imobilidade irremediável, a do silêncio hipócrita. Ele se negava a continuar esperando por ela, a merecê-la, a afastar uma por uma as horas que os distanciavam do encontro. De que servia que beijasse essa testa fria, que penteasse com dedos trêmulos esses cabelos pegajosos e emaranhados, que alguma coisa sua e quente corresse agora por um rosto inteiramente voltado para dentro, mais distante que qualquer imagem do passado? Não poderia perdoá-lo jamais, enquanto se lembrasse dele o recriminaria por tê-la privado de um possível tempo novo, um tempo em que a duração, o estar viva no próprio centro da vida, renascesse nela resgatando-a, queimando-a, exigindo-lhe o que o tempo de todos os dias não lhe exigia. Como um giro surdo de engrenagens nas têmporas, já sentia que o tempo sem ele se desenrolava num caminho interminável igual ao tempo de antes, ao tempo sem León, ao tempo da rua Juan Bautista Alberdi, ao tempo de Jorge que era um pretexto, a mentira materna por excelência, o álibi para justificar a estagnação, os romances fáceis, o rádio à tarde, o cinema à noite, o telefone a toda hora, os fevereiros em Miramar. Tudo isso poderia ter acabado se ele não estivesse aí com as provas do roubo e do abandono, se não houvesse se deixado matar como um bobo para não chegar a viver de verdade nela e fazê-la viver como sua própria vida. Nem ele nem ela jamais teriam sabido quem necessitava um do outro, assim como dois algarismos não sabem o número que compõem; de sua dupla incerteza teria crescido uma força capaz de transformar tudo, de encher a vida deles de mares, de corridas, de aventuras inauditas, de repousos como mel, de bobagens e catástrofes até um fim mais merecido, até uma morte menos mesquinha. Seu abandono antes do encontro era infinitamente mais desastrado e mais sórdido que o abandono de suas antigas amantes. De que Bettina podia se queixar diante de sua queixa, que censura seus lábios urdiriam diante dessa privação interminavelmente repetida, que nem mesmo nascia de um ato de sua vontade, nem mesmo era obra sua? Tinham-no matado como a um cão, escolhendo por ele, acabando com sua vida sem que pudesse aceitar ou negar. E que não tivesse a culpa era assim, diante dela, morto ali diante dela, a pior, a mais irremediável das culpas. Alheio, disponível a outras vontades, alvo grotesco para a pontaria de qualquer um, sua traição era como o inferno, uma ausência eternamente presente, uma carência enchendo o coração e os sentidos, um vazio infinito em que ela cairia com todo o peso de sua vida. Agora sim podia chorar, mas não por ele. Choraria por seu sacrifício inútil, por sua bondade calma e cega que o tinha levado ao desastre, pelo que havia tentado fazer e talvez tivesse feito para salvar Jorge, mas atrás do pranto, quando o pranto parasse como todos os prantos, veria se levantar outra vez a negativa, a fuga, a imagem de um amigo de dois dias que não teria forças para ser seu morto de toda a vida. "Perdão por lhe dizer tudo isso", pensou desesperada, "mas estava começando a ser algo meu, já entrava por minha porta com passos que eu reconhecia de longe. Agora serei eu quem foge, quem perde muito rápido o pouco que tinha de seu rosto e de sua voz e de sua confiança. Você me traiu de súbito, totalmente; coitada de mim, que aperfeiçoarei minha traição todos os dias, perdendo você aos poucos, cada vez mais, até que já não seja nem mesmo uma fotografia, até que Jorge nem se lembre de falar em você, até que outra vez León entre em minha alma como um redemoinho de folhas secas, e eu dance com seu fantasma e não me importe."

43

Às sete e meia alguns passageiros atenderam ao chamado do gongo e subiram até o bar. A parada do *Malcolm* não os surpreendia muito; era previsível que depois das loucuras insensatas daquela noite começassem a sofrer as consequências. Dom Galo proclamava isso com sua voz mais esganiçada enquanto passava manteiga raivosamente nas torradas, e as senhoras presentes concordaram com suspiros e olhares carregados de censura e profecia. A mesa dos malditos recebia de tempos em tempos uma alusão ou um par de olhos condenatórios que se fixavam obstinados no rosto arroxeado de López, nos cabelos soltos e descuidados de

Paula, no sorriso sonolento de Raúl. A notícia da morte de Medrano havia provocado o desmaio de dona Pepa e uma crise histérica na sra. Trejo; agora procuravam se recuperar diante das xícaras de café com leite. Tremendo de raiva ao pensar nas horas que havia passado preso no bar, Lucio apertava os lábios e se abstinha de comentários; a seu lado, Nora se juntava oficiosamente ao partido da paz e se unia em voz baixa aos comentários de dona Rosita e da Nelly, mas não podia deixar de olhar a todo momento para a mesa de López e Raúl, como se para ela, pelo menos, as coisas estivessem longe de estar esclarecidas. Imagem da retidão ofendida, o maître ia de uma mesa a outra, recebia os pedidos, se inclinava sem falar, e de tanto em tanto olhava os fios arrancados do telefone e suspirava.

Quase ninguém havia perguntado por Jorge, a truculência podia mais que a caridade. Capitaneadas pela sra. Trejo, dona Pepa, a Nelly e dona Rosita haviam manifestado muito cedo a intenção de se meter na cabine mortuária para adotar as diversas disposições em que a necrofilia feminina se destaca. Atilio, que havia tido uma briga aos berros com a família, adivinhou a intenção delas e foi se plantar como um tronco diante da porta. Ao convite cortante da sra. Trejo para que as deixasse entrar para cumprir com seus deveres cristãos, ele respondeu com um: "Vão tomar banho" que não admitia dúvidas. À menção que a sra. Trejo fez de lhe dar um tapa na cara, o Pelusa respondeu com um gesto tão significativo que a digna senhora, profundamente humilhada, recuou com o rosto avermelhado enquanto reclamava aos gritos a presença de seu esposo. Mas o sr. Trejo não dava as caras, e as damas acabaram por ir embora, a Nelly banhada-em--lágrimas, dona Pepa e dona Rosita horrorizadas com a conduta do filho e futuro genro, a sra. Trejo em plena crise de urticária nervosa. De certo modo o café da manhã se apresentava como uma trégua tensa em que todos se observavam de soslaio, com a desagradável sensação de que o *Malcolm* havia parado no meio do mar, quer dizer, a viagem se interrompia e alguma coisa ia acontecer, sabia-se lá o quê.

À mesa dos malditos acabava de se juntar o Pelusa, a quem Raúl convidou com um gesto mal o viu surgir na porta. Com o rosto iluminado por um sorriso de felicidade, o Pelusa se apressou a se instalar com seus amigos, enquanto a Nelly baixava os olhos até quase tocar as torradas e sua mãe ia ficando cada vez mais vermelha. Dando as costas para elas, ele se sentou entre Paula e Raúl, que se divertiam. López, mastigando um biscoito com muitas precauções, piscou para ele o único olho aberto que tinha.

— Acho que sua família não gostou de ver você nesta mesa contaminada — disse Paula.

— Eu tomo café com leite onde me dá na telha — disse Atilio. — Eles que encham o saco de outro.

— Claro — disse Paula e lhe ofereceu pão e manteiga. — Vamos assistir agora à chegada majestosa do sr. Trejo e do dr. Restelli.

A voz esganiçada de dom Galo estourou como uma rolha de champanhe. Estava contente por ver que os amigos haviam podido dormir umas duas horas pelo menos, depois da inqualificável noite que haviam passado presos. Para ele fora impossível conciliar o sono apesar de uma dose dupla de Bromural Knoll. Mas logo teria tempo de dormir, uma vez esclarecidas as responsabilidades e punidos exemplarmente os inconscientes favorecedores de tamanha barbaridade.

— Vai fechar o tempo em menos de dois minutos — murmurou Paula. — Carlos, e você, Raúl, fiquem quietos.

— Sim, claro que sim — dizia o Pelusa, metido em seu café com leite. — Uma tempestade em copo d'água.

Com curiosidade, López olhava o dr. Restelli, que tinha o cuidado de lhe devolver o olhar. Da mesa das senhoras brotou um "Osvaldo!" imperioso, e o sr. Trejo, que se encaminhava para um lugar vazio, pareceu se lembrar de uma obrigação e, mudando de rumo, se aproximou da mesa dos malditos e encarou Atilio, que lutava com um pedaço um tanto excessivo de pão com geleia de morango.

— Pode-se saber, meu jovem, com que direito pretendeu impedir a passagem de minha esposa na... na, digamos, câmara-ardente?

O Pelusa engoliu o pão com um esforço notável, e seu pomo de adão pareceu a ponto de arrebentar.

— Mas se só queriam encher o meu saco — disse.
— Como é que é? Repita!
Apesar de Raúl fazer sinais para que não se mexesse, o Pelusa empurrou a cadeira para trás e se levantou.
— Melhor parar por aqui — disse, juntando os dedos da mão esquerda e metendo-os embaixo do nariz do sr. Trejo. — Ou quer mesmo que eu perca as estribeiras? O castigo não bastou? Não ficou o suficiente na gaiola, você e esses aí, cambada de cagões?
— Atilio! — disse virtuosamente Paula, enquanto Raúl rolava de rir.
— Pois sim, senhor, já que vêm me encher, vão me ouvir! — gritou o Pelusa com uma voz que trincava os pratos. — Cambada de metidos, falam e falam e falam, e que sim e que não, e enquanto isso o guri morrendo, morrendo, sim, senhor! O que vocês fizeram, hein? Se mexeram, vocês? Foram atrás do doutor, vocês? A gente foi, está entendendo? Nós, o senhor aqui, e aquele que teve a cara quebrada! E o outro senhor... sim, o outro... e depois quer que eu deixe qualquer um entrar no camarote...
Engasgava, emocionado demais para continuar. Pegando-o pelo braço, López insistiu que sentasse, mas o Pelusa resistia. Então López, por sua vez, se levantou e olhou na cara do sr. Trejo.
— Vox populi, vox Dei — disse. — Vá tomar seu café, senhor. Quanto ao senhor, sr. Porriño, nos poupe de seus comentários. E vocês também, senhoras e senhoritas.
— Inqualificável! — vociferou dom Galo, entre um coro de gemidos e exclamações femininas. — Abusam de sua força!
— Deveriam ter matado todos! — gritou a sra. Trejo, derramando-se no encosto da cadeira.
Tão sincero desejo serviu para que os demais começassem a se calar, suspeitando que haviam ido longe demais. O café da manhã continuou entre murmúrios surdos e um ou outro olhar furioso. Persio, que chegava tarde, passou como um duende entre as mesas e puxou uma cadeira para perto de López.
— Tudo é paradoxo — disse Persio, servindo-se de café. — Os cordeiros se tornaram lobos, o partido da paz agora é o partido da guerra.
— Um pouco tarde — disse López. — Seria melhor que ficassem em suas cabines e esperassem... me pergunto o quê.

— Não é um bom sistema — disse Raúl, bocejando. — Tentei dormir, em vão. Estamos melhor fora, ao sol. Vamos?
— Vamos — aceitou Paula, mas parou no instante em que se levantava. — *Tiens*, olhem quem chega.
Magro e introvertido, o glucídio de cabelos grisalhos à escovinha os olhava da porta. Numerosas colherinhas pousaram nos pratos, algumas cadeiras deram meia-volta.
— Bom dia, senhoras. Bom dia, senhores.
Ouviu-se um fraco "Bom dia, senhor", da Nelly.
O glucídio passou a mão pelos cabelos.
— Desejo comunicar, em primeiro lugar, que o médico acaba de visitar o doentinho e o achou muito melhor.
— Beleza — disse o Pelusa.
— Em nome do capitão informo que as restrições de segurança conhecidas pelos senhores serão levantadas a partir do meio-dia.
Ninguém disse nada, mas o gesto de Raúl era eloquente demais para que o glucídio deixasse passar por alto.
— O capitão lamenta que um mal-entendido tenha sido a causa de um deplorável acidente, mas compreenderão que a Magenta Star declina de toda responsabilidade a respeito, principalmente quando todos vocês sabiam que se tratava de uma doença extremamente contagiosa.
— Assassinos — disse claramente López. — Sim, foi o que ouviu: assassinos.
O glucídio passou a mão pelos cabelos.
— Em circunstâncias como essa, a emoção e o estado nervoso explicam certas acusações absurdas — disse, descartando a questão com um encolher de ombros. — Não gostaria de me retirar sem prevenir os senhores de que talvez fosse conveniente que preparassem a bagagem.
Em meio aos gritos e perguntas das senhoras, o glucídio parecia mais velho e cansado. Disse umas palavras ao maître e saiu, passando com insistência a mão pelos cabelos.
Paula olhou para Raúl, que acendia aplicadamente o cachimbo.

— Que sacanagem! — disse Paula. — Eu subloquei meu apartamento por dois meses.

— Quem sabe — disse Raúl — você pode conseguir o de Medrano, se sair na frente de Lucio e Nora, que devem estar loucos pra ter uma casa.

— Você não tem respeito pela morte.

— A morte não vai ter respeito por mim.

— Vamos — disse bruscamente López a Paula. — Vamos tomar sol, estou cheio disso tudo.

— Vamos, Jamaica John — disse Paula, olhando-o de soslaio. Gostava de vê-lo irritado. "Não, querido, não pense que vai ficar por cima", pensou. "Machinho orgulhoso, logo vai ver como atrás dos beijos está sempre a minha boca, que não muda assim sem mais nem menos. Melhor que trate de me entender, não de me mudar..." E a primeira coisa que tinha que entender era que a velha aliança não fora quebrada, que Raúl seria sempre Raúl para ela. Ninguém compraria sua liberdade, ninguém a faria mudar enquanto não decidisse isso por sua conta.

Persio tomava uma segunda xícara de café e pensava na volta. As ruas de Chacarita desfilavam em sua memória. Teria que perguntar a Claudia se era legal continuar faltando ao emprego mesmo que estivesse em Buenos Aires. "Detalhes jurídicos delicados", pensou Persio. "Se o gerente me vê na rua e eu disse que ia fazer uma viagem por mar..."

I

Mas se o gerente o vê na rua e ele havia dito que ia fazer uma viagem de navio, que que tem? Que que tem? Persio sublinha isso olhando o fundo de sua segunda xícara de café, alheado e distante, oscilando como uma cortiça em outra cortiça maior numa região incerta do oceano austral. Não pôde vigiar durante a noite toda, desconcertado devido ao cheiro de pólvora, às andanças, à quiromancia frívola sobre mãos falseadas pelo talco, aos volantes dos automóveis e às alças das malas. Viu a morte mudar de ideia a poucos metros da cama de Jorge, mas sabe que isso é uma metá-

fora. Soube que homens amigos romperam o cerco e chegaram à popa, mas não encontrou a passagem por onde reatar o contato com a noite, coincidir com a descoberta precária dessas pessoas. O único que soube alguma coisa da popa já não pode falar. Subiu as escadas da iniciação? Viu as jaulas das feras, viu os macacos pendurados nos cabos, ouviu as vozes primordiais, encontrou a razão ou a satisfação? Oh, terror dos antepassados, oh, noite da raça, poço cego e borbulhante, que tesouro obscuro guardavam os dragões de idioma nórdico, que reverso esperava ali para mostrar a um morto sua face verdadeira? Todo o resto é mentira e esses outros, os que voltaram ou os que não foram também sabem, uns por não olhar ou não querer olhar, e os outros por inocência ou pela doce canalhice do tempo e dos hábitos. Mentira as verdades dos exploradores, mentira as mentiras dos covardes e dos prudentes; mentira as explicações, mentira os desmentidos. Só é verdadeira e inútil a ira santa de Atilio, anjo de grosseiras mãos sardentas, que não sabe o que foi mas que já se ergue, marcado para sempre, distinto em sua hora perfeita, até que a conjunção inevitável da Isla Maciel o devolva à ignorância satisfatória. E no entanto lá estavam as Mães, para lhes dar algum nome, por acreditar em suas vagas superstições, erguendo-se no meio do pampa, sobre a terra que está arruinando o rosto de seus homens, a postura de suas costas e suas nucas, a cor de seus olhos, a voz que pede ansiosa a costela assada e o tango da moda, estavam os arquétipos, os pés ocultos da história que enlouquecida corre pelas versões oficiais, pelo vinte-e-cinco-de-maio-amanheceu-frio-e-chuvoso, por Liniers misteriosamente herói e traidor entre a página 30 e a 34, os pés profundos da história esperando a chegada do primeiro argentino, sedenta de entrega, de metamorfose, de ascendência à luz. Mas Persio sabe mais uma vez que o rito obsceno se cumpriu, que os antepassados sinistros se interpuseram entre as Mães e seus filhos distantes, e que seu terror acaba por matar a imagem do deus criador, substituí-lo por um comércio favorável de fantasmas, um cerco ameaçador da cidade, uma exigência insaciável de ofrendas e pacificações. Jaulas de macacos, feras soltas, glucídios de uniforme, efemérides pátrias, ou somente um convés lavado e cinzento de amanhecer, qualquer coisa basta para ocultar o que tremulamente esperava do outro lado. Mortos ou vivos voltaram lá de baixo com os olhos turvos, e mais uma vez Persio vê se desenhar a imagem do violonista num quadro que foi de Apollinaire, mais uma vez vê que o músico não tem rosto, não há mais que um vago retângulo preto, uma música sem dono, um cego suceder sem raízes, um barco flutuando à deriva, um romance que acaba.

Epílogo

44

Às onze e meia começou a fazer calor e Lucio, cansado de tomar sol e explicar a Nora uma quantidade de coisas que Nora não parecia considerar irrefutáveis, resolveu subir e tomar um banho. Estava cheio de falar de frente para o sol, amaldiçoando os que haviam estragado a viagem; cheio de se perguntar o que ia acontecer e por que se falava em arrumar as bagagens. A resposta o alcançou quando subia a escadinha de estibordo: um zumbido imperceptível, uma mancha no céu, uma segunda mancha. Os dois hidroaviões Catalina circularam duas vezes o *Malcolm* antes de amerissar a cem metros. Sozinho na ponta da proa, Felipe os olhou sem interesse, perdido numa sonolência que a Beba atribuía malignamente ao álcool.

A sirene do *Malcolm* soou três vezes, e se viu brilhar um heliógrafo a bordo de um dos hidroaviões. Refestelados em suas espreguiçadeiras, López e Paula olharam se distanciar uma chalupa em cuja proa ia um glucídio gordo. O tempo parecia se estender indefinidamente a essa hora, a chalupa demorou a chegar ao costado de um dos hidroaviões, mas enfim viram que o glucídio subia na asa e desaparecia.

— Me ajude a fazer as malas — pediu Paula. — Está tudo atirado pelo chão.

— Claro, mas estamos tão bem aqui.

— Então vamos ficar — disse Paula, fechando os olhos.

Quando se interessaram de novo pelo que acontecia, a chalupa se afastava do hidroavião com vários homens a bordo. Espreguiçando-se, López considerou chegada a hora de botar suas coisas em ordem, mas antes de subir ficaram um instante escorados na amurada, perto de Felipe, e reconheceram a silhueta e o terno azul-escuro de quem vinha falando animadamente com o glucídio gordo. Era o inspetor do Ministério de Desenvolvimento.

Meia hora depois, o maître e o garçom percorreram as cabines e o convés para convocar os passageiros ao bar, onde o inspetor os esperava acompanhado do glucídio de cabelos grisalhos. O dr. Restelli foi o primeiro a chegar, respirando um otimismo que seu sorriso forçado desmentia. No intervalo havia confabulado com o sr. Trejo, Lucio e dom Galo, trocando ideias sobre a melhor forma de apresentar as coisas (no caso de que se fizesse uma sindicância sumária ou se pretendesse dar por encerrado o cruzeiro a que todos, fora os revoltosos, tinham pleno direito). As senhoras se apresentaram com seus melhores cumprimentos e sorrisos, ensaiando uns: "Como?! O senhor por aqui? Mas que surpresa!", que o inspetor respondeu esticando levemente os lábios e levantando a mão direita com a palma virada para a frente.

— Acho que estão todos — disse, olhando o maître que passava a turma em revista.

Fez-se um grande silêncio, no meio do qual o fósforo que Raúl acendia estalou com força.

— Bom dia, senhoras e senhores — disse o inspetor. — É desnecessário mencionar o quanto o ministério lamenta os inconvenientes produzidos. O radiograma enviado pelo capitão do *Malcolm* era de caráter tão urgente que, como podem observar, o ministério não hesitou em mobilizar imediatamente os recursos mais eficazes.

— Nós mandamos o radiograma — disse Raúl. — Para ser exato, quem mandou foi o homem que eles assassinaram.

O inspetor olhava a ponta do dedo de Raúl, que apontava o glucídio. O glucídio passou a mão pelos cabelos. Pegando um apito, o inspetor soprou duas vezes. Entraram três jovens com uniforme da polícia da capital, especialmente incongruente naquela latitude e naquele bar.

— Agradecerei que me deixem terminar o que vim lhes comunicar — disse o inspetor, enquanto os policiais se posicionavam atrás dos passageiros. — Foi uma lástima que a epidemia irrompesse depois que o barco havia saído da enseada de Buenos Aires. Consta-nos que a oficialidade do *Malcolm* tomou todas as medidas necessárias para proteger a saúde dos senhores, forçando-os inclusive a uma disciplina um tanto incômoda, mas que se impunha indispensável.

— Exato — disse dom Galo. — Tudo isso, perfeito. Eu disse desde o primeiro instante. Agora me permita, estimado senhor...

— Permita-me o *senhor* — disse o inspetor. — Apesar dessas precauções, houve dois alarmes. O segundo obrigou o capitão a telegrafar a Buenos Aires. O primeiro, por sorte, não passou de um alarme falso, e o médico de bordo já deu alta ao doentinho; mas o segundo, provocado pela imprudência da vítima, que ultrapassou indevidamente as barreiras sanitárias e chegou até a região contaminada, foi fatal. O senhor... — consultou uma caderneta, enquanto cresciam os murmúrios. — O senhor, deixa ver, Medrano. Muito lamentável, certamente. Permitam-me, senhores. Silêncio! Permitam-me. Nessas circunstâncias, e depois de consultar o capitão e o médico, chegou-se à conclusão de que a presença de vocês a bordo do *Malcolm* é perigosa para a saúde de todos. A epidemia, embora em curso de extinção, poderia ter uma nova manifestação do lado de cá, principalmente quando o caso fatal chegou a seu desenlace numa das cabines da proa. Por tudo isso, senhoras e senhores, rogo que se preparem para embarcar nos aviões dentro de quinze minutos. Muito obrigado.

— E por que embarcar nos aviões? — gritou dom Galo, empurrando a cadeira para se aproximar do inspetor. — Mas então é pra valer o negócio da epidemia?

— Meu caro dom Galo, é claro que é — disse o dr. Restelli, adiantando-se vivamente. — O senhor me surpreende, caro amigo. Ninguém duvidou um só instante de que a oficialidade lutasse contra uma irrupção do tifo 224, o senhor sabe muito bem. Senhor inspetor, na verdade não se trata disso, pois todos estamos de acordo, mas da conveniência da medida, digamos um tanto drástica, que o senhor cogita tomar. Longe de mim pretender fazer valer o direito que como contemplado me corresponde, mas ao mesmo tempo solicito encarecidamente que reflita sobre a possível precipitação de um ato que...

— Olha, Restelli, chega de embromação — disse López, escapando do braço de Paula e de seus beliscões ameaçadores. — Você e todos os outros sabem perfeitamente que o pessoal do barco matou Medrano a tiros. Que tifo porra nenhuma! E você me escute um instante. Não dou a mínima por ter de voltar a Buenos Aires depois do que passamos aqui, mas não vou permitir uma mentira dessas.

— Cala a boca, senhor — disse um dos policiais.

— Não estou a fim. Tenho testemunhas e provas do que digo. A única coisa que lamento é não ter estado com Medrano para sentar bala em uma meia dúzia desses filhos da puta.

O inspetor levantou a mão.

— Pois bem, senhores, não gostaria de me ver obrigado a lhes apontar a alternativa que se apresenta no caso de algum dos senhores, perdida a noção da realidade por razões de amizade ou pelo que for, insistir em desvirtuar a origem dos fatos. Acreditem que lamentaria me ver obrigado a desembarcar os senhores em... digamos, alguma região isolada, e retê-los até que os ânimos serenem, e pudesse se dar um curso normal à informação.

— Pode me desembarcar onde lhe der na telha — disse López. — Medrano foi assassinado por esses aí. Olha minha cara. Isso também parece tifo?

— Os senhores vão decidir — disse o inspetor, dirigindo-se principalmente ao sr. Trejo e a dom Galo. — Não gostaria de me ver obrigado a interná-los, mas se se obstinam em falsear fatos que foram verificados pelas pessoas mais irrepreensíveis...

— Não diga mentiras — disse Raúl. — Por que não descemos juntos, você e eu, para dar uma olhada no morto?

— Ah, o corpo já foi retirado do barco — disse o inspetor.
— O senhor compreende que se trata de uma medida sanitária elementar. Rogo aos senhores que pensem bem. Podemos estar todos de volta a Buenos Aires em quatro horas. Lá, e assinadas as declarações que vamos redigir de comum acordo, não tenho a menor dúvida de que o ministério se ocupará de indenizá-los devidamente, pois ninguém esquece que essa viagem correspondia a um prêmio, e que o fato de ter malogrado não é óbice.
— Belo final de frase — disse Paula.
O sr. Trejo pigarreou, olhou para a esposa e decidiu falar.
— Eu pergunto, senhor inspetor... Já que, como o senhor notou, o corpo foi retirado do barco, e ao mesmo tempo a manifestação tifoide está em franca regressão, não pensou na possibilidade de...?
— Mas claro, homem! — disse dom Galo. — Que razão há para que nós, que estamos de acordo... digo francamente, nós, que estamos de acordo... prossigamos esta viagem?

Todos falavam ao mesmo tempo, as vozes das senhoras sobrepujavam as incômodas tentativas dos policiais de impor silêncio. Raúl notou que o inspetor sorria satisfeito e que fazia um sinal para que os policiais não interferissem. "Dividir para governar", pensou, escorando-se num anteparo e fumando sem prazer. "Por que não? Dá na mesma ficar ou ir embora, continuar ou voltar. Pobre López, obstinado em fazer a verdade brilhar. Mas Medrano estaria contente se pudesse ver isso tudo; beleza de encrenca que armou..." Sorriu para Claudia, que assistia à cena de muito longe, enquanto o dr. Restelli explicava que alguns lamentáveis excessos não deviam pesar sobre o merecido descanso da maioria dos passageiros, de modo que confiava que o senhor inspetor... Mas o senhor inspetor voltava a levantar a mão com a palma para a frente, até conseguir um silêncio relativo.

— Compreendo muito bem o ponto de vista dos senhores — disse. — No entanto, o capitão e a oficialidade consideraram que, dadas as circunstâncias, a manifestação tifoide et cetera... Numa palavra, senhores: voltamos todos para Buenos Aires ou me vejo obrigado, com imensa consternação, a ordenar uma internação temporária até que se dissipem os mal-entendidos. Observem os senhores que a ameaça do tifo bastaria para justificar medida tão extrema.

— Aí está — disse dom Galo, virando-se como um basilisco para López e Atilio. — Esse é o resultado da anarquia e da prepotência. Falei desde que subi a bordo. Agora os justos vão pagar pelos pecadores, porra. E esses hidroaviões são seguros ou não?

— Nada de hidroaviões! — gritou a sra. Trejo, apoiada por um murmúrio predominantemente feminino. — Por que não podemos continuar a viagem, por quê?

— A viagem acabou, senhora — disse o inspetor.

— Você vai tolerar isso, Osvaldo?!

— Filhinha — disse o sr. Trejo, suspirando.

— Certo, certo — disse dom Galo. — A gente pega o hidroavião e ponto-final, desde que não se fale mais em internações e outras besteiras.

— De fato — disse o dr. Restelli, olhando de soslaio para López —, dadas as circunstâncias, se alcançássemos a unanimidade a que nos solicita o senhor inspetor...

López sentia nojo e pena ao mesmo tempo. Estava tão cansado que a pena sobressaía.

— Não se preocupe por mim — disse a Restelli. — Não tenho nenhum problema em voltar a Buenos Aires, e lá veremos como a coisa fica.

— Justamente — disse o inspetor. — O ministério tem que ter certeza de que nenhum de vocês se aproveitará da volta para espalhar histórias.

— Então — disse López — o ministério está bem-arrumado.

— Meu senhor, sua insistência... — disse o inspetor. — Acredite, se não tenho a garantia prévia de que os senhores renunciarão a tergiversar, sim, a tergiversar dessa maneira a verdade, serei levado a fazer o que disse antes.

— Só faltava essa — disse dom Galo. — Primeiro, três dias com a alma por um fio, e depois vai saber quanto tempo metidos no cu do mundo. Não, não e não. Pra Buenos Aires, pra Buenos Aires!

— Mas claro — disse o sr. Trejo. — É intolerável.

— Analisemos com calma a situação — pediu o dr. Restelli.

— A situação é muito simples — disse o sr. Trejo. — Como o senhor inspetor considera que não é possível continuar a viagem... — olhou para a esposa, lívida de raiva, e fez um gesto de impotência — ... entendemos que o mais lógico e natural é voltar logo a Buenos Aires e nos reintegrar com... com...

— A — disse Raúl. — Reintegrar a.

— Não vejo inconveniente em que vocês se reintegrem — disse o inspetor —, desde que assinem a declaração que será preparada oportunamente.

— Eu vou redigir minha declaração até a última vírgula — disse López.

— Não vai ser o único — disse Paula, sentindo-se um tanto ridícula por tanta virtude.

— Claro que não — disse Raúl. — Seremos pelo menos cinco. E isso é mais do que um quarto dos passageiros, coisa nada desprezível numa democracia.

— Não me venham com política, por favor — disse o inspetor.

O glucídio passou a mão pelos cabelos e começou a lhe falar em voz baixa, enquanto o inspetor escutava deferente.

Raúl se virou para Paula.

— Telepatia, querida. Está dizendo a ele que a Magenta Star se opõe ao truque da internação parcial, porque a longo prazo o escândalo vai ser maior. Você vai ver, não vão nos levar a Ushuaia, nem mesmo isso. Ainda bem, porque não trouxe roupa de frio. Presta atenção e vai ver que tenho razão.

Tinha, porque o inspetor levantou de novo a mão de um jeito que fazia pensar incongruentemente num pinguim e declarou com vigor que se não se conseguisse a unanimidade ele se veria forçado a internar todos os passageiros sem exceção. Os hidroaviões não podiam se separar et cetera; acrescentou outras tonitruantes razões técnicas. Então se calou, à espera dos resultados da velha máxima que Raúl tinha suspeitado um pouco antes, e não teve que esperar muito. O dr. Restelli olhou para dom Galo, que olhou para a sra. Trejo, que olhou para seu marido. Um polígono de olhares, um rebote instantâneo. Orador, dom Galo Porriño.

— Vejamos, meu senhor — disse dom Galo, balançando a cadeira de rodas. — Não é o caso, devido à contumácia e à obstinação desses jovens metidos, que nós, os mais ponderados e bem-pensantes, sejamos transferidos para quem sabe onde, sem contar que mais tarde a calúnia se voltará contra nós, pois eu conheço muito bem este mundo. Se o senhor nos diz que a... que o acidente foi provocado pela porra dessa epidemia, pessoalmente acredito não haver razões para duvidar de sua palavra de funcionário. Eu não ficaria nada surpreso se a rixa dessa madrugada não tiver sido, como se diz, mais as vozes que as nozes. A verdade é que nenhum de nós — frisou a última palavra — pôde ver o... o infeliz cavalheiro, que além do mais gozava de toda a nossa simpatia apesar de seus despropósitos de última hora.

Girou a cadeira um quarto de círculo e olhou triunfante para López e Raúl.

— Repito: ninguém o viu, porque esses senhores, ajudados pelo bandido que se atreveu a nos trancar ontem à noite no bar (e observem os senhores o peso que tem essa inqualificável tropelia quando é considerada à luz do que estamos dizendo), esses senhores, repito, para chamá-los por um nome que não merecem, impediram essas damas, movidas por um impulso de caridade cristã que respeito embora minhas convicções sejam outras, o acesso à câmara mortuária. Que conclusões, senhor inspetor, cabe tirar disso?

Raúl agarrou o braço do Pelusa, que estava cor de tijolo, mas não pôde impedir que ele falasse.

— Hein?! Que conclusão, seu velho gagá? Eu trouxe ele de volta, o senhor estava aqui, ó! Escorria sangue pelo blusão!

— Delírio alcoólico, provavelmente — murmurou o sr. Trejo.

— E o tiro que mandei no cara da popa, então? A orelha dele sangrava que parecia um porco degolado! Por que não mandei bala na pança, santo Deus, pra ver se também vinham com o papo do tifo!

— Não se canse, Atilio — disse Raúl. — A história já está escrita.

— Mas que história que nada — disse o Pelusa.

Raúl encolheu os ombros.

O inspetor esperava, sabendo que outros seriam mais eloquentes que ele. Primeiro falou o dr. Restelli, modelo de discrição e bom senso; depois foi o sr. Trejo, veemente defensor da causa da justiça e da ordem; dom Galo se limitava a apoiar os discursos com frases cheias de espírito e oportunidade. Nos primeiros instantes López se deu ao trabalho de lhes responder e insistir que eram uns covardes, apoiado pelas interjeições e pelos arrebatamentos de Atilio e pelas farpas sempre certeiras de Raúl. Quando o nojo acabou até com sua vontade falar, deu as costas a eles e foi para um canto. O grupo dos malditos se reuniu em silêncio, discretamente vigiado pelos policiais. O partido da paz arrematava suas conclusões, favorecido pela aprovação das senhoras e pelo sorriso melancólico do inspetor.

45

Do alto o *Malcolm* parecia um palito de fósforo numa bacia. Depois de ter se apressado para ocupar um assento ao lado da janela, Felipe o olhou com indiferença. O mar perdia todo volume e relevo, se transformava numa lâmina turva e opaca. Acendeu um cigarro e deu uma olhada ao redor; os encostos dos assentos eram surpreendentemente baixos. À esquerda, o outro hidroavião voava dando uma perfeita sensação de imobilidade. A bagagem dos viajantes ia nele e também, provavelmente... Ao subir, Felipe havia olhado em todos os cantos da cabine, à espera de descobrir uma forma enrolada num lençol ou numa lona, mais provavelmente numa lona. Como não viu nada, achou que o haviam embarcado no outro avião.

— Enfim — disse a Beba, sentada entre sua mãe e Felipe.
— Era de imaginar que isso ia acabar mal. Não gostei desde o começo.
— Poderia ter acabado normalmente — disse a sra. Trejo —, se não fosse pelo tifo e... pelo tifo.
— De qualquer jeito é um papelão — disse a Beba. — Agora vou ter de explicar pra todas as minhas amigas, imagina só.
— Ora, filhinha, explique e ponto-final. Sabe muito bem o que tem que dizer.
— Se você pensa que María Luisa e a Meche vão engolir...

A sra. Trejo olhou para a Beba por um instante e depois para seu esposo, instalado no lado oposto onde havia só dois assentos. O sr. Trejo, que tinha ouvido, fez um sinal para tranquilizá--la. Em Buenos Aires convenceriam pouco a pouco as crianças a não tergiversar as explicações; quem sabe fosse melhor mandá--las por um mês a Córdoba, para a fazenda da tia Florita. As crianças esquecem logo e além do mais, como são menores de idade, suas palavras não têm consequências jurídicas. Realmente não valia a pena ficar esquentando a cabeça.

Felipe continuava olhando o *Malcolm* até que o viu se perder embaixo do avião; agora só restava uma interminável chatice de água, quatro horas de água até Buenos Aires. O voo não era tão ruim, no final das contas era a primeira vez que entrava num avião e teria o que contar para a turma. A cara de sua mãe antes de decolar, a Beba disfarçando o pavor... As mulheres eram incríveis, se assustavam por qualquer besteira. Pois é, fazer o quê? Armaram uma encrenca do caralho, tanto que no fim nos meteram todos num Catalina e nos tocaram de volta pra casa. Mataram um cara e tal, que... Mas não iam acreditar, Ordóñez ia olhar para ele com a cara que fazia quando bancava o superior. Está pensando o quê? A gente teria sabido, cara, pra que servem os jornais? Sim, era melhor não falar disso. Mas Ordóñez e quem sabe Alfieri perguntariam como tinha sido a viagem. Isso era mais fácil: a piscina, uma ruiva de biquíni, a paquera esquentando, a garota que se fazia de santinha, olha que se ficam sabendo, tenho vergonha, não, não, linda, ninguém vai saber nada, vem cá, só um pouquinho, deixa. No começo não queria, estava assustada, mas sabe como é, logo que peguei ela de jeito ela fechou os olhos e deixou que eu tirasse a roupa dela na cama. Que mulherão, cara, nem te conto...

Deslizou um pouco no assento, com os olhos meio fechados. Olha, se eu te conto como foi a coisa... O dia inteiro, e não queria que eu fosse embora, um grude daqueles, você nem sabe o que fazer... Ruiva, sim, mas embaixo era quase loira. Claro, eu também tinha curiosidade, mas te disse, era quase loira.

A porta da cabine de comando se abriu e o inspetor apareceu com ar satisfeito e quase juvenil.

— Tempo magnífico, senhores. Dentro de três horas e meia estaremos em Puerto Nuevo. O ministério considerou que depois de se cumprir os trâmites de que já falamos vocês sem dúvida vão preferir se encaminhar imediatamente para seus domicílios. Para evitar perda de tempo, haverá táxis para todos, e as bagagens serão entregues quando desembarcarem.

Ele se sentou no primeiro assento, ao lado do motorista de dom Galo, que lia um número de *Rojo y Negro*. Nora, metida nas profundezas do assento da janela, suspirou.

— Não consigo acreditar — disse. — É mais forte que eu. Ontem a gente estava tão bem e agora...

— Nem me fale — murmurou Lucio.

— Eu não entendo, você mesmo no começo estava tão preocupado com a história da popa... Por que estavam tão nervosos, por quê? Eu não sei, pareciam pessoas de bem, tão simpáticos.

— Um bando de vagabundos — disse Lucio. — Eu não conhecia os outros, mas Medrano... juro que fiquei besta. Olha, do jeito que as coisas estão em Buenos Aires uma encrenca dessas pode nos prejudicar a todos. Imagina se alguém entrega a história pros meus chefes, pode me custar uma promoção ou coisa pior. No fim das contas, eram prêmios oficiais, ninguém prestou atenção nisso. Só pensavam em armar escândalo, pra se exibir.

— Eu não sei — disse Nora, olhando-o e em seguida baixando os olhos. — Você tem razão, claro, mas quando o filho daquela senhora ficou doente...

— E daí? Não vê ele sentado ali chupando bala? Que doença era aquela, hein? Mas a única coisa que esses fanfarrões queriam era arrumar confusão e bancar os heróis. Acha que não me dei conta de saída e que não cortei as asinhas deles? Muito revólver, muita pose... Estou avisando, Nora, se ficarem sabendo disso em Buenos Aires...

— Mas não vão saber de nada, acho — disse Nora, timidamente.

— Tomara. Por sorte alguns pensam como eu, e somos a maioria.

— Vamos ter que assinar aquela declaração.

— Claro que sim. O inspetor vai dar um jeito nisso. Vai ver eu me preocupo por nada. No fim das contas quem vai acreditar numa história dessas?
— Sim, mas o professor López e Presutti estavam furiosos...
— Vão bancar os tais até o fim — disse Lucio —, mas você vai ver que em Buenos Aires ninguém mais vai falar deles. Por que está me olhando assim?
— Eu?
— Sim, você.
— Ora, Lucio, eu só estava olhando.
— Me olhando como se eu estivesse mentindo ou algo assim.
— Não, Lucio.
— Sim, me olhando de um jeito esquisito. Não vê que eu tenho razão?
— Claro que sim — disse Nora, evitando seus olhos. Claro que Lucio tinha razão. Estava irritado demais para não ter razão. Lucio era sempre tão alegre, ela precisaria fazer todo o possível para que ele se esquecesse desses dias e voltasse a ficar alegre. Seria terrível que continuasse mal-humorado e que ao chegar em Buenos Aires decidisse fazer qualquer coisa, ela não sabia bem o quê, qualquer coisa, não gostar mais dela, abandoná-la, mesmo que fosse absurdo pensar que Lucio pudesse abandoná-la justamente agora que ela havia lhe dado a maior prova de amor, agora que havia pecado por ele. Parecia incrível que dentro de três horas fossem estar em pleno centro, e agora tinha que perguntar a Lucio o que pensava fazer, se ela ia voltar para a casa dela, porque embora Mocha compreendesse, sua mãe... Imaginou a si mesma entrando na sala de jantar, e sua mãe olhando para ela e ficando cada vez mais pálida. Onde tinha se metido esses três dias? "Vadia", sua mãe ia dizer. "Essa é a educação que as freiras te deram, vadia, meretriz, desgraçada." E Mocha tentaria defendê-la mas como explicar esses três dias? Impossível voltar para casa, ia telefonar a Mocha para que se encontrasse com ela e com Lucio em algum lugar. Mas se Lucio, que estava tão furioso... E se não quisesse se casar logo, se começasse a adiar o casamento, e se voltasse ao emprego, às garotas do escritório, principalmente a tal de Betty, se começasse a sair de novo com os amigos...

Lucio olhava o mar por cima do ombro de Nora. Parecia esperar que ela lhe dissesse alguma coisa. Nora se virou para ele e o beijou na bochecha, no nariz, na boca. Lucio não devolvia os beijos, mas ela o sentiu sorrir quando beijava de novo a bochecha dele.

— Fofo — disse Nora, com toda sua alma para que o que dizia fosse como tinha que ser. — Te amo tanto. Sou tão feliz com você, me sinto tão segura, sabe, tão protegida.

Espiava o rosto dele, beijando-o, e viu que Lucio continuava sorrindo. Juntou forças para começar a falar de Buenos Aires.

— Não, não, chega de balas. Ontem estava morrendo e agora quer arrumar uma indigestão.

— Só chupei umas duas — disse Jorge, deixando-se cobrir com um cobertor de viagem e fazendo cara de vítima. — Puxa, como voa calminho esse avião. Você não acha, Persio, que com um avião desses a gente poderia chegar ao astro?

— Impossível — disse Persio. — A estratosfera faria pó da gente.

Fechando os olhos, Claudia apoiou a nuca na beira do encosto desconfortável. Era irritante ter se irritado com Jorge. Ontem à noite você estava morrendo... Não era uma frase para se dizer ao coitadinho, mas sabia que no fundo não era para ele, que Jorge era culpado de uma culpa que o ultrapassava infinitamente. Coitadinho, era estúpido descarregar nele uma coisa tão diferente, tão distante de tudo isso. Agasalhou-o de novo, tocando-lhe a testa, e procurou os cigarros. Nos assentos do lado oposto López e Paula brincavam de cruzar os dedos das mãos, de dedo amputado, de queda de braço. Contra a janela, envolto pela fumaça, Raúl dormitava. Uma ou duas imagens de cochilo dançaram um instante e sumiram, acordando-o de repente. A vinte centímetros de seu rosto via a nuca do dr. Restelli e o cangote robusto do sr. Trejo. Poderia reconstruir quase literalmente a conversa deles, mesmo que o barulho do avião não lhe permitisse ouvir nem uma palavra. Trocariam cartões, decididos a se encontrar muito em breve e se assegurar de que tudo corria bem e que nenhum dos exaltados (felizmente postos na linha pelo inspetor e por sua própria inépcia) ia pretender iniciar uma campanha nos pasquins de esquerda para enlamear a todos. Àquela altura, e a julgar pela veemência que o dr. Restelli punha em seus movimentos e gestos, devia estar insistindo que, pensando bem, não existia prova alguma do que afirmavam os mais desaforados. "Pelo menos um bom advogado demonstraria isso conclusivamente", pensou Raúl, divertido. "Quem vai aceitar, quem vai acreditar que num barco como esse havia armas de fogo ao alcance da mão e que os lipídios não nos trucidaram em cinco minutos depois que os baleamos na ponte? Onde estão as provas do que poderíamos dizer? Medrano, claro. Mas logo leremos um obituário de três linhas, muito bem preparado."

— Carlos...

— Espera — disse López. — Ela está me torcendo o braço de um jeito pavoroso.

— Tasque um beliscão, é infalível pra ganhar uma queda de braço. Olha, estava me divertindo em pensar que os velhinhos talvez tenham razão. Você trouxe o revólver?

— Não, acho que ficou com Atilio — disse López, surpreso.

— Duvido. Quando fui fazer as malas, a Colt tinha sumido com todas as balas. Como não era minha, achei certo. Vamos perguntar ao Atilio, mas na certa também lhe surrupiaram o tresoitão. Outra coisa que pensei: você e Medrano foram ao barbeiro, não?

— Ao barbeiro? Espera aí, isso foi ontem. Será que foi ontem? É como se tivesse passado muito tempo. Sim, claro que fomos.

— Me pergunto — disse Raúl — por que não interrogaram o barbeiro a respeito da popa. Tenho certeza de que não interrogaram.

— Na verdade, não — disse López, perplexo. — Estávamos num papo tão bom, Medrano era muito legal, tão... Como pode que esses cínicos queiram dizer que as coisas aconteceram de outro jeito...

— Voltando ao barbeiro — disse Raúl —, não é interessante que na hora em que todos nós andávamos procurando uma passagem qualquer para chegar à popa...?

Quase sem escutar, Paula os olhava alternadamente, perguntando-se até quando continuariam batendo na mesma tecla. Os verdadeiros inventores do passado eram os homens; ela se preocupava com o que viria, se é que se preocupava. Como Jamaica John seria em Buenos Aires? Não como a bordo, não como agora; a cidade os esperava para mudá-los, devolver-lhes tudo que haviam deixado junto com a gravata ou a caderneta de telefones ao subir a bordo. Por ora López era nada menos que um professor, o que se chama um docente, alguém que tem que levantar às sete e meia para ensinar os gerúndios às nove e quarenta e cinco ou às onze e quinze. "Que coisa pavorosa", pensou Paula. "E o pior vai ser quando ele me vir lá; isso vai ser muito, muito pior." Mas que importava? Sentiam-se tão bem de mãos dadas como idiotas, às vezes se olhando ou mostrando a língua, ou perguntando a Raúl se não eram mesmo um casal perfeito.

Atilio foi o primeiro a distinguir as chaminés, as torres, os edifícios, e percorreu o avião com um entusiasmo extraordinário. Havia se chateado durante toda a viagem entre a Nelly e dona Rosita, tendo além disso que atender à mãe da Nelly, a quem o enjoo provocava sólidos ataques de choro e evocações familiares um tanto confusas.

— Olha, olha, já estamos no rio, se a gente presta bem atenção vê a ponte de Avellaneda! Que coisa, meu, pensar que pra ir foi mais de três dias e agora voltamos em dois tempos!

— É o progresso — disse dona Rosita, que olhava o filho com temor e desconfiança ao mesmo tempo. — Olha, quando a gente chegar, liga pro teu pai ir pegar a gente com o furgão.

— Não, não, senhora, o inspetor disse que vai ter táxi — afirmou a Nelly. — Por favor, Atilio, senta, fico nervosa só de ver você se mexendo. Juro, parece que o avião vai virar.

— Como naquele filme em que morre todo mundo — disse dona Rosita.

O Pelusa deu uma gargalha desdenhosa, mas mesmo assim se sentou. Era difícil ficar quieto e o tempo todo ele tinha a sensação de que devia fazer alguma coisa. Não sabia o quê, tinha energia de sobra para fazer qualquer coisa se López ou Raúl pedissem. Mas López e Raúl estavam calados, fumando, e Atilio se sentia vagamente decepcionado. No fim os velhos e os tiras iam sair por cima, era uma vergonha, na certa se Medrano estivesse ali não iam levar tudo na maciota.

— Puxa, como você está nervoso — disse dona Rosita. — Parece que não bastam as barbaridades de ontem. Olha a Nelly, olha ela. Você devia morrer de vergonha de ver como ela sofreu, coitada. Nunca vi chorar tanto, juro. Ai, dona Pepa, os filhos são uma cruz, ouça o que eu digo. Como a gente estava bem naquele camarote de compensado de madeira e com o sr. Porriño tão divertido, e bem aí esses cabeça-oca vão se meter numa baita confusão.

— Chega de lero-lero, mãe — pediu o Pelusa, arrancando uma cutícula.

— Tua mãe tem razão — disse debilmente a Nelly. — Não vê que esses outros te enganaram? O inspetor disse. Te fizeram acreditar em cada coisa que... e você, claro...

O Pelusa se ergueu como se tivessem lhe cravado um alfinete.

— Mas você quer que eu te leve pro altar, sim ou não? — vociferou. — Quantas vezes tenho que te dizer o que aconteceu, sua bocó?

A Nelly desatou a chorar, protegida pelos motores e pelo cansaço dos passageiros. Arrependido e furioso, o Pelusa preferia olhar Buenos Aires. Já estavam perto, já se inclinavam um pouco, se viam as chaminés da companhia de eletricidade, o porto, tudo passava e desaparecia, oscilando numa neblina de fumaça e calor de meio-dia. "Que pizza vou traçar com o Humberto e o Rusito", pensou o Pelusa. "Isso não tinha no barco, verdade seja dita."

— Por favor, senhora — disse o impecável oficial da polícia.

A sra. Trejo pegou a esferográfica com um sorriso amável e assinou ao pé da folha onde já se amontoavam dez ou onze assinaturas.

— Senhor — disse o oficial.

— Eu não assino isso — disse López.

— Eu também não — disse Raúl.

— Muito bem, senhores. Senhora?
— Não, não assino — disse Claudia.
— Nem eu — disse Paula, dedicando ao oficial um sorriso especialíssimo.
O oficial se virou para o inspetor e disse alguma coisa. O inspetor lhe mostrou uma lista onde figuravam os nomes, profissões e domicílios dos viajantes. O oficial pegou um lápis vermelho e sublinhou alguns nomes.
— Senhores, podem sair do porto quando quiserem — disse, batendo os calcanhares. — Os táxis e a bagagem esperam lá fora.
Claudia e Persio saíram levando Jorge pela mão. O calor espesso e úmido do rio e os cheiros do porto enjoaram Claudia, que passou uma das mãos pela testa. Sim, Juan Bautista Alberdi, lá pelo número setecentos. Ao lado de seu táxi, se despediu de Paula e López, cumprimentou Raúl. Sim, o telefone estava no guia: Lewbaum.
López prometeu a Jorge que um dia iria, armado de um caleidoscópio que já provocava grande expectativa em Jorge. O táxi saiu, levando também Persio, que parecia meio adormecido.
— Bom, nota-se que nos deixaram sair — disse Raúl. — Vão nos vigiar por um tempo, mas depois... Sabem de sobra o que fazem. Contam com a gente, é claro. Eu, por exemplo, vou ser o primeiro a me perguntar o que devo fazer e quando vou fazer. Vou me perguntar tantas vezes que no fim... Pegamos o mesmo táxi, casal encantador?
— Claro — disse Paula. — Mande botar aqui suas malas.
Atilio se aproximou correndo, com o rosto suarento. Apertou a mão de Paula até machucá-la, bateu sonoramente nas costas de López e botou cinco contra cinco com Raúl. O paletó cor de tijolo o devolvia em cheio a tudo o que o estava esperando.
— A gente tem que se ver — disse o Pelusa, entusiasmado.
— Me empresta a lapiseira e te deixo o endereço. Um domingo aí vocês aparecem e a gente faz um churrasco, que tal? O velho vai adorar conhecer vocês.
— Mas é claro — disse Raúl, com a certeza de que não voltariam a se ver.

O Pelusa os olhava, resplandecente e emocionado. Deu novos tapinhas nas costas de López e anotou seus endereços e telefones. A Nelly o chamava aos gritos, e ele se afastou mortificado, talvez compreendendo ou sentindo alguma coisa que não compreendia.

Do táxi viram como o partido da paz se dispersava, como o motorista metia dom Galo num grande carro azul. Alguns curiosos presenciaram a cena, mas havia mais policiais que civis.

Apertada entre López e Raúl, Paula perguntou aonde iam. López se calou, à espera, mas Raúl também não dizia nada, olhando-os entre irônico e divertido.

— Como primeira medida poderíamos beber alguma coisa — disse então López.

— Grande ideia — disse Paula, que tinha sede.

O motorista, um rapaz sorridente, se virou à espera da ordem.

— Tudo bem — disse López. — Vamos ao London. Perú e Avenida.

Nota

Este romance foi iniciado com a esperança de levantar uma espécie de biombo que me isolasse o máximo possível da afabilidade que acometia os passageiros de terceira classe do *Claude Bernard* (ida) e do *Conte Grande* (volta). Como provavelmente o leitor o escolherá com intenções análogas, visto que os livros vão se tornando o único lugar da casa onde ainda se pode ficar quieto, me parece justo apontar coincidência tão fraternal na arte da fuga.

Também gostaria de dizer, talvez em minha defesa, que não me moveram intenções alegóricas e muito menos éticas. Se no fim algum personagem consegue entrever a si mesmo, enquanto outro recai docilmente no que a ordem bem estabelecida o estimula a ser, são esses os jogos dialéticos cotidianos que qualquer um pode observar à sua volta ou no espelho do banheiro, sem pensar por isso em lhes dar grande importância.

Os monólogos de Persio incomodaram alguns amigos que gostam de se divertir em linha reta. Ao escândalo deles só posso responder que me foram impostos ao longo do livro e na ordem em que aparecem, como uma espécie de supervisão do que se ia urdindo ou desatando a bordo. Sua linguagem insinua outra dimensão ou, menos pedantemente, aponta para outros alvos. No jogo do sapo acontece que, depois de quatro lances precisos, mandamos a quinta argola para os cafundós; não é razão para... Aí está: não é uma *razão*. E justamente por isso o quinto lance talvez coroe o jogo em algum marcador invisível, e Persio pode murmurar aqueles versos que presumo anônimos e espanhóis: "*Nadie con el tejo dio/ Y yo con el tejo di*".

Por fim, desconfio que este livro desconcertará aqueles leitores que apoiam seus escritores preferidos, entendendo por apoio o desejo e quase a ordem de que sigam pelo mesmo caminho e não deem uma bola fora. O primeiro desconcertado fui eu, porque comecei a escrever partindo da atitude central que me ditou outras coisas muito diferentes; depois, para meu espanto e grande diversão, o romance se resolveu sozinho e tive que segui-lo, primeiro leitor de episódios que jamais havia pensado que pudessem acontecer a bordo de um barco da Magenta Star. Quem poderia me dizer que o Pelusa, que não me era muito simpático, cresceria tanto no final? Para não mencionar o que aconteceu com Lucio, porque eu queria que Lucio... Ora, vamos deixá-los quietos, sem falar que coisas parecidas já aconteceram a Cervantes e acontecem a todos os que escrevem sem muitos planos, deixando a porta bem aberta para que entrem o ar da rua e até a luz pura dos espaços cósmicos, como não teria deixado de acrescentar o dr. Restelli.

ESTA OBRA FOI COMPOSTA EM ELECTRA PELO ACQUA ESTÚDIO E IMPRESSA PELA LIS GRÁFICA EM OFSETE SOBRE PAPEL PÓLEN SOFT DA SUZANO S.A. PARA A EDITORA SCHWARCZ EM ABRIL DE 2023

A marca FSC® é a garantia de que a madeira utilizada na fabricação do papel deste livro provém de florestas que foram gerenciadas de maneira ambientalmente correta, socialmente justa e economicamente viável, além de outras fontes de origem controlada.